Zhang Jie
Schwere Flügel

Roman

Aus dem Chinesischen von
Michael Kahn-Ackermann

Carl Hanser Verlag

Die vorliegende Übersetzung folgt der Originalfassung in der Zeitschrift »Oktober«. Korrekturen und Streichungen einiger weit ausholender theoretischer Passagen erfolgten in Absprache und mit Einwilligung der Autorin.

ISBN 3-446-14308-4
2. Auflage 1985

Schutzumschlag: Klaus Detjen unter Verwendung
des Gemäldes »Elegy of the Spanish Republic« (1953/54)
von Robert Motherwell
Satz: LibroSatz, Kriftel
Druck und Bindung: May + Co, Darmstadt
Printed in Germany

1. Kapitel

Aus der Küche weht der Duft von Borschtsch-Suppe herüber und läßt ihr das Wasser im Munde zusammenlaufen. Sie hört den leichten, schnellen Rhythmus des Hackmessers auf dem Schneidebrett. Sie ist wieder gesund, vielleicht gleicht deshalb ihre Gemütsverfassung dem Stückchen Himmel im Fenster, der so heiter und klar ist wie selten im Winter. Für einen Augenblick fühlt sie sich, als sei die Eßlust ihrer Schülerinnentage zurückgekehrt, sie könnte jetzt auf einen Schlag sechs Liang Reis hinunterschlingen. Solche Anwandlungen aus längst vergangenen Tagen überkommen sie selten, sie erregen in ihr eine Art Sehnsucht, wecken in ihr den Wunsch, einen zu ihrem Alter völlig unpassenden Lausbubenstreich auszuhecken.

Ach, natürlich darf sie keinen Unsinn machen, schließlich mischen sich in ihr Haar bereits graue Strähnen. Nicht einmal in ihren vier Wänden darf sie sich gehenlassen; ein lockeres Benehmen schleppt man, wenn es einmal zur Gewohnheit geworden ist, mit ins Büro und in die Öffentlichkeit, ohne es zu merken, und dann erntet man spitze Bemerkungen und kommt ins Gerede. Sie kann dann noch so aufpassen, in den Augen der anderen gilt ihr Verhalten als absurd. Täglich zehn gute Taten, und kein Mensch wird sich daran erinnern; eine winzige Unbedachtheit oder Nachlässigkeit, und man macht sich für alle Zeiten unmöglich, wird jemand, der gegen die gerade geltenden Regeln verstößt. Weiß der Himmel! Sie ist eine ganz einfache Person, nicht komplizierter als eine Amöbe. Nein, sie hat noch immer nichts vom Leben begriffen – mehr als vierzig vergeudete Jahre. Bei nüchterner Überlegung erkennt sie ihre Fehler recht genau, doch wenn sie sich erregt, gerät alles ins Schwimmen.

Daher beherrscht sie ihre Aufwallung von Fröhlichkeit und zwingt sie in die Formen des Verhaltens, das man von einer Chinesin in mittleren Jahren erwartet. Vermutlich reicht die Kraft ihrer Selbstbeherrschung nicht aus, ein wenig von diesem

Überschwang möchte sich Luft schaffen, sie erinnert sich plötzlich an ihr längst vergessenes Französisch und fragt unwillkürlich und laut: »Was gibt's heute zum Mittagessen?«

Prompt kommt, auf französisch, Mo Zhengs Antwort aus der Küche: »Borschtsch-Suppe, Wurst und Brot.«

Nicht schlecht, der Junge, hat nichts vergessen. Das Ergebnis einer Erziehung in einem gebildeten Elternhaus.

Gebildetes Elternhaus? Er hat alles verloren, er ist Vollwaise, wie sie.

Und Bildung? Ein verbotenes Luxusgut in jenen Jahren, identisch mit dem Begriff ›Bourgeoisie‹.

Die Menschheit besteht aus einem Haufen verrückter Idioten, warum hat sie sich die Zivilisation geschaffen? Vermutlich wäre alles viel einfacher, wenn sie in der Urzeit stehengeblieben wäre und noch auf allen vieren herumkröche.

Mo Zhengs Eltern waren Professoren für Französisch an einer bekannten Universität. Mitte der fünfziger Jahre hat Ye Zhiqiu bei ihnen studiert.

Nicht nur, daß Mo Zheng alles verloren hat. Ein grausames Leben hat ihm genommen, was ihm zustand, und ihm aufgebürdet, was keinem aufgebürdet werden darf. Nachdem seine Eltern in der ›Großen Kulturrevolution‹ ums Leben gekommen waren, wurde er ein kleiner Gauner, der von Diebstählen lebte, ein herrenloser Hund, der in den Straßen herumstreunte. Als ihn Ye Zhiqiu zum ersten Mal von der Polizeistation abholte, biß er sie haßerfüllt; in ihr Haus zu kommen, hieß für ihn, sämtliche Wertsachen einzupacken und abzuhauen. Vermutlich waren das Reaktionen auf die bitteren Erfahrungen eines streunenden Hundes, nach dem sich Hände nur ausgestreckt hatten, um ihn zu prügeln; unvorstellbar eine Hand, die ihn trösten wollte.

Ye Zhiqiu holte ihn ein weiteres Mal von der Polizeistation ab. Sie begreift selbst nicht recht, warum sie das tat.

Vielleicht, weil auch sie von klein auf eine Waise war, weil auch sie schmerzhafte Erfahrungen mit einer kalten Umwelt und der Abhängigkeit von fremden Menschen gemacht hat. Dieser Schmerz ist wie ein natürliches Band zwischen ihr und dem Jungen.

Vielleicht auch, weil sie weiß, daß ihre Sehnsucht nach Mutterschaft ein Leben lang unerfüllt bleiben wird, und sie wie alle

Frauen um jeden Preis eine Möglichkeit braucht, ihre natürliche Weiblichkeit zur Geltung zu bringen.

Für eine Frau gibt es nichts Schmerzvolleres, als häßlich zu sein. Wirklich ein Unglück.

Schwer zu sagen, welche erkennbaren Mängel die einzelnen Partien ihres Gesichtes aufweisen, doch wenn man es als Ganzes betrachtet, kann man ohne Übertreibung sagen, daß man unter tausend Frauen schwerlich eine häßlichere finden dürfte.

Schon ihr Haar entspricht ganz und gar ihrem Charakter: grob, üppig und hart. Der Schnitt ist entsetzlich altmodisch, sie weigert sich, es vom Friseur ein wenig modischer zurechtstutzen oder auch nur ein wenig ausdünnen zu lassen. Kurz und dick sträubt es sich wie ein Strahlenkranz in alle vier Himmelsrichtungen, von weitem sieht es aus, als trüge sie einen Stahlhelm. An ihrem Körper finden sich keinerlei weibliche Linien, nicht der geringste Sex-Appeal. Eckige Schultern, wie ein von einem Holzfäller umgehauener Baumstamm – mit der Axt, nicht mit der Säge. Kein Mann, der seine fünf Sinne beisammen hat, würde so eine Frau heiraten.

Das Essen wird hereingetragen.

Wie ein routinierter Kellner jongliert Mo Zheng auf der rechten Hand die dampfende Suppe und auf der linken zwei Teller mit Wurst und Brot. Auf den Tellern steht jeweils ein Schälchen mit Marmelade.

Die Wurstscheiben sind hauchdünn, Scheibe für Scheibe in regelmäßigem Abstand um den Tellerrand drapiert, bilden sie einen Kranz. Das Brot ist so gleichmäßig geschnitten, als hätte Mo Zheng einen Zollstock zu Hilfe genommen.

Jedesmal, wenn Ye Zhiqiu zusieht, wie Mo Zheng fachkundig in der Küche mit Töpfen und Löffeln hantiert, um schließlich wie der Chefkoch eines großen Restaurants mit unergründlichem Lächeln zweimal mit dem Kochlöffel spitzbübisch gegen den Topfrand zu schlagen, überkommt sie eine komplizierte Empfindung, nur ganz leicht, sie weiß nicht, ob es Trauer oder Freude ist. Mo Zheng ist jedenfalls lebenstüchtiger als die Angehörigen ihrer Generation. Sie zum Beispiel kann bis heute nicht kochen, ohne Mo Zheng müßte sie mit dem gräßlich eintönigen Kantinenfraß vorliebnehmen. Sie schätzt gutes Essen, aber sie bringt es nicht über sich, darauf Zeit und Energie zu verschwenden. Im übrigen käme auch dann nichts dabei heraus, wenn sie sich wild entschlossen Zeit dafür nehmen würde. Ihr Leben ist völlig desorganisiert. Lebenstüchtigkeit! Darauf wollte sie aber gar nicht hinaus, sie weiß selbst nicht, wie ihre abwegigen Assoziationen zustande gekommen sind. Worum es geht, ist, daß Mo Zheng alles kann, wenn er nur will: kochen, Klavier spielen, Französisch, er ist viel stärker als sie. Doch warum trägt er mit einer so selbstgenügsamen Freude Teller auf? Nein, sie hat nichts daran auszusetzen, daß er Teller aufträgt, das ist es nicht, nur ... Nur was? Ihre Gedanken verlieren sich.

Die Suppe ist offenbar heiß, Mo Zheng bläst sich auf die Fingerkuppen, sobald er den Topf abgestellt hat.

Es sollten eigentlich Künstlerhände sein. Grobe, lange Finger, fleischige, breite Handteller, kräftige Finger- und Handgelenke. Sie weiß, daß er in seiner Kindheit ein paar Jahre Klavierunterricht gehabt hat. Der Knirps, dessen Beine nicht an die Pedale reichten, konnte im Gewimmel der Tasten Essen und Spielen vergessen. Heute dagegen, wenn es Ye Zhiqiu überkommt, auf ihrem eingestaubten Klavier mit steifen und widerspenstigen Fingern eine Melodie zu hämmern, verkriecht er sich in den hintersten Winkel der Wohnung, als berge der Klang des Klaviers einen unaussprechlichen Schrecken.

Was heißt ›sollten eigentlich‹? Mo Zheng ist nicht mehr der kleine Junge im hellblauen Flanellanzug. Er ist ein aufgeschossener, kräftiger Bursche in einer olivgrünen Baumwolljacke – ausgesonderte Armeekleidung zu herabgesetztem Preis. Die Jacke ist zerknittert, die grünen Knöpfe sind abgesprungen, die fünf neuen mal hell, mal dunkel und außerdem unterschiedlich groß. Die weite Drillichhose schlottert wie ein leerer Sack um seine langen dünnen Beine, im Hosenbein ist ein Triangel. Alle seine Hosen haben solche Löcher. Er hat den ganzen Tag mit Ästen und Sträuchern zu tun. Bewässern, stutzen, besprühen, wenn man nicht aufpaßt, zerfetzt man sich dabei die Kleider. Trotzdem ist er ein Typ, der den Mädchen gefällt – solange sie nichts über seine Vergangenheit wissen. Rechteckiges Kinn, ein klar geschnittener großer Mund, weiches, in der Mitte gescheiteltes Haar, locker nach hinten gekämmt, Augenbrauen, die sich in einer regelmäßigen Linie bis zur Schläfe hinziehen, nicht zu schmal, nicht zu breit, wie mit der Schere geschnitten. Nur am Brauenende schwingen ein paar Haare leicht nach oben und geben seinem Gesicht auch dann, wenn es keinerlei Regung zeigt, einen Ausdruck von Überschwang. Sein Blick wirkt starr, apathisch und ein wenig verschwommen, vielleicht, weil seine Pupillen etwas größer sind als üblich. Dieser Gegensatz im Ausdruck von Augen und Augenbrauen erregt Aufmerksamkeit und macht sein Gesicht interessant.

Mo Zheng angelt mit dem Fuß den Hocker unter dem Tisch hervor. Als er sich darauf niederläßt, gibt der sofort ein jämmerliches Quietschen von sich, als empfinde er unter der plötzlichen Belastung unerträgliche Schmerzen.

Bei diesem Geräusch wird Ye Zhiqiu jedesmal unruhig. Wie oft hat sie ihn gedrängt, den Hocker zu reparieren oder wegzuschmeißen, irgendwann würde er unter jemandem zusammenbrechen. »Solange Sie sich nicht darauf setzen – !« entgegnet Mo Zheng dann jedesmal träge. Sie muß sich fügen.

Auch jetzt hat sie wieder diesen unruhigen Blick. Mo Zheng spürt ihn, auch wenn er sich nichts anmerken läßt. Sie macht sich unnötige Sorgen.

Wie nebenbei fragt er: »Na, schmeckt's einigermaßen?«

Erst jetzt bläst Ye Zhiqiu mit gesenktem Kopf auf die dampfende Suppe im Löffel und schluckt sie hastig hinunter. Sie lächelt und gesteht anerkennend: »Ausgezeichnet, ganz wie dein Französisch, comme il faut.«

Mo Zhengs Löffel hält auf halbem Wege inne. Warum muß sie immer diese Erinnerungen an ein vergangenes Leben aufrühren? Er hat nicht die geringste Lust, sich daran zu erinnern. Warum tritt es beim kleinsten Lichtstrahl sofort wie ein Schatten hervor, verfolgt ihn, umschnürt ihn und klammert sich fest? Er öffnet den Mund und schluckt die Suppe hinunter, als koste es ihn übermenschliche Kraftanstrengung, als schlucke er seine Irritation mit hinunter. Der Nerv, der seine Augenbrauen hat zucken lassen, scheint sich zu beruhigen. Dann reißt er mit seinen kräftigen weißen Zähnen ein Stück Brot ab.

»Bang!« Ye Zhiqiu fährt zusammen, im ersten Moment glaubt sie, der Hocker sei nun endgültig unter Mo Zheng zusammengebrochen. Aber das Geräusch kommt durch die Decke. Oben muß jemand etwas umgestoßen haben. Es folgt das Gebrüll des kleinen Zhuang, das Geklapper hastiger Schritte und das unterdrückte Schluchzen Liu Yuyings, der Mutter.

Über Mo Zhengs Gesicht huscht ein kühles Lächeln: »Leben aus Gorkis Feder.«

Ye Zhiqiu hört auf zu essen.

Mo Zheng, noch immer mit einem leichten, kalten Lächeln: »Was ist denn?«

Ye Zhiqiu lächelt beschämt. Angesichts des lebenserfahrenen, durch nichts aus der Fassung zu bringenden Mo Zheng fühlt sie sich manchmal wie ein gefühlsduseliger Backfisch. »Wenn ich jemanden weinen höre, kriege ich keinen Bissen runter . . .«

»Sie sind ja geradezu eine Christin!«

»Mo Zheng!« Er mißachtet ihre Gefühle. Sie steht auf und will hinausgehen. Mo Zheng legt ihr seine endlos langen Beine quer in den Weg, wie eine Hürde beim 200-Meter-Lauf. »Sie sollten sich ausruhen! Was können Sie schon ausrichten? Keine zwei Tage, und er wird sie wieder prügeln.«

Er hat recht. In der Wohnung über ihnen nimmt das Gezänk der Großen und das Geschrei der Kleinen kein Ende.

Um sie zu trösten, sagt Mo Zheng versöhnlich: »Essen Sie noch ein wenig, bevor alles kalt wird.«

Ye Zhiqiu schüttelt den Kopf. Sie hat keinen Appetit mehr, die wunderbare Stimmung von vorhin ist restlos verflogen.

Schweigend setzt sie sich an den Schreibtisch und überfliegt die Zeitungen der letzten Tage, die sie während ihrer Krankheit kaum angesehen hat. Wie immer richtet sie ihr Augenmerk auf Berichte über fertiggestellte Projekte, über Betriebe, die den Jahresplan vorzeitig erfüllt haben, ja, die Nachrichten lassen spüren, daß sich das Jahr seinem Ende nähert. In gut einem Monat geht das Jahrzehnt zu Ende. Der Bericht fällt ihr ein, den sie vor ihrer Krankheit hätte beenden sollen, und sie beginnt, nach dem schon ausgearbeiteten Konzept zu suchen.

Merkwürdig, wo ist es hingeraten? Sie erinnert sich deutlich, es auf diesen Stapel Manuskriptpapier gelegt zu haben. Nichts. Hat sie es in die Schublade gelegt?

Sie zieht die Schubladen heraus, eine nach der anderen, in allen das gleiche Durcheinander: Tagebücher, Briefe, Briefmarken, Kuverts oder Geldbörsen mit Banknoten, ihr Arbeitsausweis, Brillenetuis (sie hat mehrere), Arzneifläschchen (leere und gefüllte), nur jemand mit einer Engelsgeduld darf hoffen, in diesem Chaos etwas zu finden. Und gerade ihr mangelt es völlig daran. Deshalb faßt sie jedesmal, wenn sie hastig in den Schubladen herumsucht, den eisernen Entschluß, bei nächster Gelegenheit Ordnung zu schaffen, koste es, was es wolle, wegzuwerfen, was sie nicht mehr braucht, und davon gibt es viel: diese alten Briefe, und da, sieh mal an, eine Arzneiflasche, peng, fliegt sie in die Ecke.

Doch sobald der Aufruhr vorüber ist, vergißt sie ihren Entschluß. Der alte Kram liegt wohlbehalten wie eh und je in den Schubladen. Außerdem kann sie sich nicht von den Briefen trennen, auch wenn es sich dabei keineswegs um heilige Erinnerungsstücke an alte Freunde handelt. Die Briefe sind für sie so etwas wie das Protokoll ihres Lebens. Gescheitert, aber ungebrochen.

Die einfachen Arbeiter und Basiskader, die sie interviewt, betrachten sie als Vertraute, der man sein Herz ausschütten kann. Das verdankt sie ihrer Arbeit als Journalistin, aber ebenso ihrem aufrichtigen Mitgefühl für jeden, dem vom Schicksal übel mitgespielt wurde. Sie kann sich über jede Art von Gemeinheit empören. In völliger Überschätzung ihrer Möglichkeiten mischt sie sich in Angelegenheiten, die außerhalb ihrer Kompetenz liegen. Eine vernünftige Lösung dieser Probleme zu erreichen, gelingt ihr fast nie. Jedesmal, wenn sie wie eine kopflose Fliege überall gegen Wände gestoßen ist, erschöpft nach Hause kommt und am Schreibtisch sitzend die Briefe überfliegt, gibt es ihr einen Stich, als habe sie all diese gutherzigen und rechtschaffenen Leute an der Nase herumgeführt. Dennoch verlieren sie nicht ihr Vertrauen in sie. Schwierig, weiß der Himmel. Gäste von weither kommen plötzlich hereingeschneit, stehen in der Tür, reiben sich die knochigen, groben Hände. Verlegenes Lächeln, leicht gerötete Gesichter, und dann wird bis Mitternacht aus Leibeskräften gewettert. In Mo Zhengs Zimmer geht es nachgerade zu wie in einem Wirtshaus.

Aber sie muß das Konzept finden.

»Mo Zheng, hast du das Blatt gesehen, das ich auf den Schreibtisch gelegt habe?« Von einem Konzept zu sprechen, ist sinnlos, der Junge kümmert sich nicht um ihre Arbeit, wirft nie auch nur einen Blick auf ihre Artikel.

»Was für ein Blatt? Ich habe kein Blatt von Ihrem Schreibtisch genommen!«

»Ein Blatt Manuskriptpapier, beschrieben!«

Jetzt fällt es Mo Zheng ein: »Oh, vorgestern ist der kleine Zhuang zum Spielen gekommen, da habe ich einen Fetzen Papier von Ihrem Tisch genommen, um Bonbons einzuwickeln.«

Das trifft sie: »Oh je! Was heißt hier einen Fetzen Papier, das war das Konzept für meinen Artikel über die diesjährige Planerfüllung in der Industrie!«

»Was weiß ich von einem Konzept!« Keine Spur von Unruhe oder Bedauern in seiner Stimme.

»Wie oft habe ich dir gesagt, daß du beschriebenes Papier nicht in der Gegend herumwerfen sollst! Aber bei dir geht das zum einen Ohr rein und zum andern raus!«

Mo Zheng zeigt sich nun doch schuldbewußt. Nicht etwa, weil er ein Konzept zerrissen hat, sondern wegen des Zorns und der Enttäuschung in ihrem Gesicht. Er bekundet aufrichtige Reue: »Also wirklich, Sie sollten sich lieber ausruhen. Warum sind Sie so nervös? Diese Artikel und all das Zeug sind doch nur leeres Stroh! Wer liest das denn? Wer glaubt denn dran?«

»Wie kannst du so etwas sagen! Das Durcheinander in deinem Hirn wird von Tag zu Tag schlimmer!« Ye Zhiqiu schlägt mit der Faust auf den Tisch.

Mo Zheng schweigt. Er will sie nicht reizen, ißt mit gesenktem Kopf weiter. Im Zimmer sind nur das Kratzen des Löffels und Mo Zhengs ruhiges, rhythmisches Kauen zu hören.

Sie streiten häufig. Gewöhnlich ist es Mo Zheng, der nachgibt. Er will sie nicht verletzen. In der Wüste seiner Seele gibt es einen üppig wuchernden grünen Fleck. Ye Zhiqiu ist die einzige auf dieser Welt, die ihn liebt, ihm Wärme gibt, ihn nicht ständig an seine Vergangenheit erinnert. Die unbeugsamsten Herzen sind wahrscheinlich auch die zerbrechlichsten. Eine Seele, die alle nur denkbaren Schläge aushalten mußte, erniedrigt und getreten wurde, kalt und grausam geworden ist, unterwirft sich noch am ehesten der ›Wärme‹. Mo Zheng, der zuwenig Wärme bekommen und zuviel davon verloren hat, begriff damals sofort, wie kostbar Ye Zhiqius Zuneigung für ihn war.

Ansonsten teilt er das Überlegenheitsgefühl seiner Generation gegenüber den Älteren. Manchmal begreift er einfach nicht, wie es möglich ist, daß ihre Auffassungen von der Wirklichkeit derart weit auseinanderklaffen, obwohl zwischen ihnen nur ein Altersunterschied von zwanzig Jahren besteht. Verrückt! Diese gutherzige, leichtgläubige Generation, die so unbeirrbar an ihren abgedroschenen Anschauungen festhält.

Bei solchen Streitereien fühlt sich Ye Zhiqiu oft zu Unrecht angegriffen. Sie ist alles andere als ein hirnloses Frauenzimmer mit abgedroschenen Ansichten. Das wollen ihr nur diese jungen Leute einreden, in deren Augen alle über vierzig senil sind.

Mehr als zwanzig Jahre, seit ihrem Hochschulabschluß 1956, arbeitet sie nun schon als Journalistin. Ihre Arbeit hat sie mit vielen Dingen in Berührung gebracht, sie begreift recht gut und genau, wie es in der Wirklichkeit zugeht. In den Jahren der ›Großen Kulturrevolution‹ hat sie sich lieber vor dem Schreiben gedrückt, als mit jenen ›Theoretikern‹ zu heulen, die Schafsköpfe ins Schaufenster hängten und sie als Hundefleisch verkauften. Ihr ist klar, daß das nur gutging, weil sie sich glücklicherweise nie mit theoretischen Fragen beschäftigt hat, und nicht etwa deshalb, weil sie besonders mutig gewesen wäre. Im Gegenteil, sie war feige. War das ihre schuld? Es war insgesamt eine feige Zeit.

Sie hat bei ihrer Arbeit viel mit Basiskadern zu tun, die sich vor Ort in den Industriebetrieben abrackern, solide Leute, die eine solide Arbeit machen. Hinter den dürren Zahlen der Berichte stehen für Ye Zhiqiu vertraute Gesichter, trockene Statistiken verwandeln sich vor ihren Augen in flüssigen Stahl, der den Hochöfen entströmt, in Werkbänke, in Hochspannungsleitungen, durch die der Wechselstrom fließt wie das Blut durch die Venen. Wenn sie daran denkt, fühlt sie sich getröstet, fühlt sie, daß auch sie eine solide Arbeit leistet, die ihre Loyalität und Opferbereitschaft verdient. Aber was bekommt sie von Mo Zheng zu hören? »Leeres Stroh!«

Ihr wachsender Zorn läßt ihr Kinn leicht zittern, sie reckt den Hals weit vor und fixiert Mo Zheng, selbst ihre Brille scheint Zornesfunken zu sprühen.

Mo Zheng hört auf zu essen, er spürt, daß es ihr ernst ist. Sie mißversteht ihn. Das leichte, kalte Lächeln verschwindet aus seinem Gesicht, und auch er wird ernst. »Ich meine nicht Ihre

Arbeit, sondern diese endlosen Zahlen. Manche Leute glauben, daß sie nach den Regeln der Statistik errechnet werden, von der Basis bis zur Leitung, Stufe um Stufe, Einer, Zehner, Hunderter, Tausender, Zehntausender, Kugel rauf, Kugel runter auf dem Abakus. In Wirklichkeit kann man nach meiner Erfahrung alles fälschen, ›allerhöchste Weisungen‹ inbegriffen. Die Zeitungen schreiben immer darüber, um wieviel Prozent die industrielle Produktion des zweiten Halbjahres über der des ersten liegt, und die in diesem Jahr über der im letzten. Geschwätz! Was bedeutet das schon? Ich will gar nicht behaupten, daß alle diese Zahlen gefälscht sind, ich meine nur, daß sie nichts aussagen. Zum Beispiel die Wus über uns, einfache Arbeiter, wie leben sie denn? Darüber sollte mal einer einen Artikel schreiben, einen wahrheitsgetreuen Bericht über die Lebensbedingungen dieser Arbeiter, die Jahr um Jahr im Schweiße ihres Angesichts den Reichtum unserer Gesellschaft produzieren und dafür sorgen, daß wir weiterexistieren können! So ein Bericht würde die Frage wahrheitsgemäß beantworten, ob und wie sich unsere Industrie entwickelt hat. Worin liegt denn unsere Überlegenheit, wenn es den Leuten bei uns immer noch schlechter geht als in den kapitalistischen Ländern? Steht denn die Bevölkerung noch hinter euch? Also, welchen Nutzen haben diese Zahlen? Alles Firlefanz, um sich und den anderen Sand in die Augen zu streuen!«

Mo Zheng ist, was selten geschieht, in Zorn geraten, er spricht schneller und schneller, zum Schluß versetzt er der Suppenschale einen Stoß, die Suppe schwappt über und ergießt sich in alle Richtungen, tropft von einer Ecke des Tisches herunter, auf Mo Zhengs Hosen. Er zieht ein zusammengeknülltes Taschentuch hervor, dessen ursprüngliche Farbe vor Dreck unkenntlich geworden ist, und reibt sich das durchnäßte Hosenbein, unaufhörlich, ein ums andere Mal, die Bewegung hat längst ihren ursprünglichen Sinn verloren, sie zeigt nur noch an, mit welcher Gewalt er an sich hält.

Seine Worte wirken wie ein Ventil für Ye Zhiqius angestauten Zorn, ihr innerer Druck verringert sich allmählich. Was er da sagt, ist zwar von kindischer Einseitigkeit, aber in gewisser Weise hat er recht. Bekümmert denkt sie an all die politischen und ökonomischen Fehlentscheidungen seit 1956. Ginge es den

Leuten ohne dieses ewige Auf und Ab nicht wenigstens ein bißchen besser? Aber besser als vor der Befreiung geht es ihnen auf jeden Fall.

Ein wenig kraftlos entgegnet sie: »Immerhin beweisen diese Zahlen, daß es mit unserer Volkswirtschaft von Jahr zu Jahr aufwärts geht, verglichen mit der Zeit vor der Befreiung . . .«

Mo Zheng hört sofort auf, sein Hosenbein zu reiben und unterbricht sie: »Natürlich müssen Sie mit diesem Vergleich kommen. Aber irgendwann ist Schluß damit! Es geht doch um zwei ganz unterschiedliche Gesellschaften. Oder ist das hier nicht der Sozialismus? Bei soviel Selbstgenügsamkeit hätte die Menschheit auf der Stufe der Sklavenhaltergesellschaft stehenbleiben müssen. Wie man weiß, bedeutete sie gegenüber der Urgesellschaft einen ganz hübschen Fortschritt!« Sein Gesichtsausdruck macht deutlich, daß er keine Lust hat, weiterzusprechen, er schleudert das Taschentuch wie einen Putzlumpen in die Suppenschale, offenbar hat auch ihm der Zorn ein wenig den Verstand getrübt, er erhebt sich, sammelt das Geschirr zusammen und geht zur Küche. An der Tür dreht er sich noch einmal um und sagt, als hätte ein plötzlicher Windstoß die düsteren Wolken von seinem Gesicht verscheucht, voller Herzlichkeit: »Wirklich, haben Sie schon mal darüber nachgedacht, warum sich die Wus oben ständig in den Haaren liegen?«

Eine solch unverhüllte Gefühlsäußerung aus seinem Munde hat etwas Bewegendes. Für ihn, den Mann, ist Wärme ein Zeichen von Schwäche. Vergleichbar mit einem Luxusgegenstand für einen armen Schlucker: Nur ein Dummkopf kann in völliger Verkennung seiner Möglichkeiten davon träumen! Die Zuteilung von Gefühlen funktioniert zwar nach anderen Prinzipien als die der materiellen Güter – sie lassen sich weder entsprechend den Wünschen der einzelnen umverteilen, noch kann man sie sich mit Gewalt aneignen –, doch läßt sich auch die Tatsache, daß einige mehr Freude, Wärme und Zufriedenheit im Leben haben als andere, auf ihre Macht, ihre Position und ihr Vermögen zurückführen. Mo Zheng hat begriffen, daß ihn nur entschlossener Widerstand gegen sein Verlangen nach Wärme vor den Verletzungen durch diese verführerische, aber unerfüllbare Sehnsucht bewahrt.

Die Wus wohnen seit vielen Jahren im Haus. Ye Zhiqiu kann sich noch gut daran erinnern, was für ein gutaussehender und anstelliger Bursche Wu Guodong früher gewesen ist, und wie zärtlich er an seiner Frau hing. Als Liu Yuying zum ersten Mal schwanger war, haben sich alle Hausbewohner über seine übertriebene Fürsorge lustig gemacht. Mutter Wang aus dem zweiten Stock wurde nicht müde, ihm zu erklären: »Hör mal, Wu, das ist doch nichts Besonderes. Eine Frau, die ein Kind kriegt, ist wie eine Henne, die ein Ei legt. Spiel nicht verrückt, du machst ihr ja nur Angst!« Da konnte sie lange reden, Ye Zhiqiu war überzeugt, daß Wu seine Frau den ganzen Tag mit äußerster Behutsamkeit auf Händen getragen hätte, wenn es keiner gesehen hätte, als wäre sie das frisch gelegte Ei und nicht die Henne, die sich anschickte, es zu legen. Und was für eine hübsche, kleine Frau ist Liu Yuying gewesen! Wie haben sich die beiden in kaum zehn Jahren verändert: Wu Guodong ist brutal geworden, das Haar an seinen Schläfen hat sich gelichtet, und die Falten auf Liu Yuyings Stirn haben sich rasch vermehrt.

2. Kapitel

Die Dauerwelle entspricht genau Xia Zhujuns Vorstellungen, wirklich ausgezeichnete Arbeit. Wie eine Welle läuft sie in eine Richtung und gibt ihr ein distinguiertes Aussehen. Wenn man älter wird, kann man nicht mehr mit einem Kopf voller Löckchen herumlaufen. Im übrigen ist das ziemlich vulgär, etwas für Kleinbürgerinnen, für die eine Dauerwelle ein Luxus ist, und die sich aus Angst vor dem finanziellen Ruin am liebsten jedes Haar einzeln kräuseln lassen, um nicht öfter als einmal im Jahr zum Friseur gehen zu müssen.

Entspannt mustert sie sich im Spiegel, über der Stirn, am Hinterkopf, an den Seiten, und lächelt zufrieden. Sie nickt Liu Yuying zu, die mit einem weiteren Spiegel hinter ihr steht.

Diese Friseuse beherrscht ihr Metier, denkt sie. Kein Wunder, daß man sie ihr empfohlen hat. Aber warum schaut sie so melancholisch drein? Sie ist doch noch jung! Warum macht sie so eine bedrückte Miene? Man wird ja nachgerade trübsinnig, wenn man sie anschaut.

Xia Zhujun gibt einen erleichterten Seufzer von sich, während sie darauf wartet, daß ihr die Friseuse Mantel und Tasche von der Garderobe bringt.

Der silbrig schimmernde, dunkelgraue Mantel ist dick und dennoch leicht, bestimmt aus einem erstklassigen Wollstoff. Die Tasche hat eine ungewöhnliche Form, keine dieser Kuchenschachteln, die alle hier tragen, sie ist flach und breit, mit eingeprägtem Dekor auf der Außenseite. Ein Geschenk ihres Mannes, das er im vergangenen Jahr von einer Informationsreise aus England mitgebracht hat.

Das ist eine eiserne Regel: Wohin auch immer er eine Dienstreise macht, er muß ein paar Geschenke mitbringen. Auf Xia Zhujuns Gesicht erscheint dann jedesmal das huldvolle Lächeln einer Kaiserin, die die Geschenke eines Gesandten entgegennimmt. Sie würde allerdings kaum lächeln, wenn sie zum Beispiel wüßte, daß er beim Kauf von Longjing-Tee in Hangzhou mit leichtem Spott in der Stimme dem Verkäufer erklärt (wobei er den schweren Akzent der Leute aus Baoding imitiert): »'n Geschenk für meine Ehefron!«

Liu Yuying sieht zu, wie Xia Zhujun gemächlich in ihren Mantel schlüpft, sich behutsam das Kopftuch umbindet – vorsichtig, damit die frisch gelegte Frisur nicht zerdrückt wird – und schließlich langsam ihre Handtasche öffnet. Die Bedächtigkeit ist keine Absicht, es ist die Bedächtigkeit einer in die Jahre gekommenen Ehefrau eines Mannes in höherer Position, die seit langem im Wohlstand lebt und daran gewöhnt ist, daß man vor ihr buckelt, die weiß, daß jede ihrer Bewegungen (und sei es das Fallenlassen einer längst bedeutungslos gewordenen Gebrauchsanweisung für einen Kosmetikartikel) ihre Umgebung auf der Stelle zu einer Haltung geduldigen und respektvollen Abwartens erstarren läßt, wie dringend die Geschäfte auch sein mögen.

Xia Zhujun nimmt aus ihrer Tasche eine elegante Brieftasche aus gelblichem Leder mit kaffeebraunem Ziermuster und einem Verschluß aus goldenen Druckknöpfen.

In der Brieftasche stecken mindestens fünf oder sechs Zehn-Yuan-Scheine, annähernd ein Monatsgehalt für Liu Yuying. Nur am Zahltag trägt Liu Yuying soviel Geld bei sich, normalerweise hat sie höchstens einen Yuan einstecken.

Xia Zhujun entnimmt der Brieftasche einen Schein und reibt ihn zwischen Daumen und Zeigefinger, als könne sie damit einen zweiten hervorreiben, dann reicht sie ihn Liu Yuying.

Xiao Gu, die an der Kasse die Quittung ausstellt, bemerkt Liu Yuyings Erschöpfung, sie wirkt noch abgehärmter als sonst. Während sie das Wechselgeld abzählt, wirft sie einen schnellen Blick auf die Wanduhr: »Halb sechs vorbei, du mußt Schluß machen!«

Liu Yuying versteht, daß sich Xiao Gu um sie Sorgen macht und lächelt zu ihr hinüber. Was hab ich denn davon, wenn ich Schluß mache, denkt sie. Auf sie wartet nichts als ein Berg von Kümmernis!

Das Wechselgeld ist schmierig und zerknittert, vor allem die Jiao-Scheine. Xia Zhujun faßt sie angeekelt mit den Fingerspitzen an, was sie jedoch nicht davon abhält, das Geld kurz nachzuzählen. Dann klappt sie die Brieftasche zu, die Druckknöpfe schließen sich mit einem hellen und melodischen Klack.

Sie wirft einen letzten Blick in den Spiegel, dann wendet sie sich dem Ausgang zu. Hinter ihrem Rücken hört sie die Friseuse leise »auf Wiedersehen!« sagen. Hastig wendet sie den Kopf und holt ihr »auf Wiedersehen« nach. Sie fühlt einen leichten Ärger in sich aufsteigen, nicht etwa, weil sie vergessen hat, sich bei der Friseuse für all die Mühe zu bedanken (sie hat schließlich bezahlt, und einer Friseuse gegenüber hat sie sich nichts zu vergeben), nein, sie ist ärgerlich, weil sie nicht daran gedacht hat, als erste »auf Wiedersehen« zu sagen. Unvorstellbar, daß eine Friseuse die Anstandsregeln besser beherrscht als sie.

Beim Hinausgehen wirft Xia Zhujun einen Blick auf die kleine, goldene Armbanduhr. Fast vier Stunden hat das Legen der Dauerwelle gedauert. Doch Zeit bedeutet ihr nichts, sie muß sie totschlagen, das ist ihr Hauptproblem. Zum Waschen, Kochen und Saubermachen hat sie ein Mädchen. Auch die jüngere Tochter, die noch zu Hause wohnt, ist erwachsen und arbeitet. Bildreporterin, eine ideale Arbeit. Das einzige, worüber sich Xia Zhujun den Kopf zu zerbrechen hat, ist das Problem, wie man für die Tochter einen Ehemann findet, der ihr zusagt und nach Herkunft und Erziehung zur Familie paßt.

Wenn sie sich körperlich und seelisch wohl fühlt, geht auch sie zur Arbeit. Wenn sie ihre Herzbeschwerden hat, kann sie sich ein paar Tage zu Hause ausruhen. Aber sie kann schließlich nicht die ganze Zeit schlafen! Stricken, ja, aber sie hat seit Jahren nicht einen Pullover zu Ende gebracht. Ihr Mann lacht darüber: »Wenn ich auf einen deiner Pullover angewiesen wäre, würde mein Bart nicht nur weiß werden, er würde schimmeln.«

Schwer zu sagen, ob er Spaß macht oder über sie spottet. Seine Sache. Zumindest ist das Stricken ein Zeitvertreib.

Sie kann natürlich auch Bücher oder Zeitschriften lesen. Sie hat unzählige Zeitschriften und Zeitungen abonniert und verbringt mit dieser Lektüre einen beträchtlichen Teil des Tages. Schließlich ist sie keine dieser üblichen Kaderfrauen; sie hat eine Hochschulausbildung genossen. Aber das Leben im Wohlstand ist wie eine Droge, es hat ihre Fähigkeit verkümmern lassen, an geistigen Fragen Anteil zu nehmen, sie zu begreifen, und es hat ihr Erinnerungsvermögen geschwächt. Sie kann einfach nicht behalten, was in diesen Büchern, Magazinen und Zeitungen steht.

Am Abend hat ihr Mann Konferenz im Ministerium, die Tochter ist ausgegangen, und so sitzt sie allein auf einem der Sessel im Salon vor dem japanischen Farbfernseher. Sieht sie zu? Ihre Augen sind geschlossen, als döse sie vor sich hin. Sieht sie nicht zu? Kein Zweifel, sie sitzt im Sessel vor dem Fernseher.

Wenn sie schließlich zu Bett geht, kann sie nicht einschlafen. Dann sucht sie Stoff zum Nachdenken. Der Schlaf vor Mitternacht ist nicht wichtig für sie, sie kann am nächsten Morgen ausschlafen, so lang sie will. Gewöhnlich beschäftigt sie die Verheiratung der Tochter: Der Zweitälteste von Vizekommandeur Wang ist noch nicht verlobt, aber der Junge ist liederlich und hat keinerlei ernstzunehmende Begabung; dann fällt ihr der Sohn von Botschafter Yu ein, aber der kränkelt, man darf die Zukunft der eigenen Tochter nicht leichtfertig aufs Spiel setzen; sie denkt an Minister Tians Dritten, der sieht nicht schlecht aus, ist auch nicht dumm, Dolmetscher, nur weiß sie nicht, ob er schon eine Verlobte hat. Sie grübelt und grübelt, schließlich kriecht sie aus dem Bett und klopft an die Schlafzimmertür ihres Mannes. Ob er wirklich schläft wie ein Stein, oder ob er ahnt, daß es nichts Wichtiges zu besprechen gibt und sich deshalb absichtlich nicht rührt, jedenfalls macht er die Tür nicht auf.

In ihrem Alter wendet man die viele Zeit, die man mit der Schönheitspflege verbringt, längst nicht mehr deshalb auf, weil man irgend jemandem gefallen will, es ist nur noch eine mit den Jahren gewachsene Gewohnheit, eine Forderung des guten Geschmacks. Zugleich demonstriert man damit seine gesellschaftliche Position. Ihr Mann, ständig auf dem Sprung zur Arbeit, ständig auf irgendwelchen Inspektionsreisen an der Basis, ständig am Telefon, hat nie die Zeit gefunden, ihrer Kleidung oder ihrer Frisur die gebührende Bewunderung zu zollen. Diese ewigen Telefonanrufe, nicht einmal zu Hause wird man verschont. Das Telefon treibt sie nicht selten zu Zornesausbrüchen: »Von morgens bis abends muß ich für dich ans Telefon rennen!« Worauf er erwidert: »Warum bist du denn so versessen darauf, die Anrufe für mich entgegenzunehmen?« Nein, das läßt sie sich auf keinen Fall nehmen. Gespräche für ihn entgegenzunehmen gehört zu ihren Rechten als Hausfrau, und außerdem kann sie auch damit den Ehegatten überwachen.

1956 hat sie ihn einmal mit Gewalt zu einer Tanzveranstaltung ins Peking-Hotel gezerrt und ihn am nächsten Morgen gefragt: »Wie hat mir das Kleid gestern abend gestanden?«

Er dachte gewissenhaft und gründlich darüber nach, bis er seine Meinung kundtat: »Ausgezeichnet, blaßgelb paßt zu deinem Teint!«

Xia Zhujun starrte ihn wie vom Donner gerührt eine ganze Weile sprachlos an. Dann brüllte sie los, kochend vor Wut: »Verdammt noch mal, bist du plötzlich farbenblind geworden? Ich hatte gestern ein Qipao aus purpurrotem Seidenkrepp an!«

Wider Erwarten brach er in schallendes Gelächter aus: »Na, dann laß dir doch ein blaßgelbes machen, damit ist das Problem erledigt.«

Doch als sie sich tatsächlich eine blaßgelbe Seidenbluse machen ließ und sie ihm vorführte, hatte er seine Bemerkung längst vergessen und erklärte: »Blaßgelb? Das solltest du vielleicht besser nicht tragen.«

Abgesehen davon bietet er ihr keinerlei Anlaß zu Wutausbrüchen. Als junger Mann hat er blendend ausgesehen, wenn sie zusammen ausgingen, haben ihm die Frauen bewundernd nachgeschaut. Im übrigen ist er treu, nie hat er für irgendeine andere Frau Interesse gezeigt. Aber auch sie ist für ihn so etwas wie ein entbehrliches Möbelstück. Seit langem haben sie getrennte Schlafzimmer. Insgeheim stellt sie Mutmaßungen darüber an, ob er es bereut, eine Frau genommen zu haben. Vielleicht hat er zum Zeitpunkt seiner Heirat das Ungestüm der Jugend mit Liebe verwechselt. Hat er sie je geliebt? Steckt er sein nie ausgelebtes Verlangen nach starken Gefühlen nun vollständig in die Arbeit? Manchmal ist sie voller Groll: Arbeit, Arbeit, immer Arbeit! Gehören denn die Familie, die Töchter nicht zu seinem Leben? Wäre die jüngere je zu ihrer idealen Arbeitsstelle gekommen, wenn sie nicht persönlich interveniert hätte? Bildreporterin, eine prestigeträchtige und zugleich leichte Arbeit. Sie bringt einen in Kontakt mit den führenden Persönlichkeiten, und man lernt die große Welt des Rampenlichts kennen.

Um eine bessere Wohnung muß sie sich allerdings noch kümmern. Als ihr Mann rehabilitiert wurde und seinen Posten zurückerhielt, war das Ministerium kurzfristig knapp an Wohnungen, Jahr für Jahr wurden neue Wohnungen gebaut und ausgerechnet an die Kader im Ministerrang dachte dabei keiner.

So mußten sie notgedrungen in ihrer alten Wohnung bleiben. Ist das vielleicht eine passende Wohnung für einen Vizeminister? Fünf Zimmer, und noch dazu im vierten Stock! Man braucht sich doch nur die anderen Vizeminister anzuschauen, wohnt von denen vielleicht einer in so einer Bude? Sie verlangt ja gar nicht, daß das Ministerium eigens für sie etwas baut, aber wäre es denn nicht nur fair und vernünftig, diese Wohnung gegen eine angemessenere zu tauschen? Sie hat es mit dem Herzen, und der Alte hat Asthma. Unmöglich, sich in dieser Sache auf ihn zu verlassen. Sie muß das selbst in die Hand nehmen.

Als die Kundin den Laden verläßt, ist es Liu Yuying, als würden ihre letzten Kraftreserven mit fortgenommen. Sie fühlt sich, als wollten ihr die Glieder abfallen. In der letzten Nacht hat sie kein Auge zugetan, morgens ist sie ohne Frühstück aus dem Haus gegangen, mittags hat sie kaum etwas heruntergebracht, jeder Bissen ist ihr im Hals steckengeblieben. Das Nachdenken bereitet ihr Pein, um keinen Preis will sie sich hinsetzen und verschnaufen. Sie muß sich ablenken, sonst kommen ihr sofort die Tränen. Sie greift nach dem Besen und kehrt die Haare auf dem Boden zusammen.

Nicht ein böses Wort hat sie in all den Jahren daheim zu hören bekommen, weder vom Vater noch von der Mutter. Schläge – undenkbar! Und gestern abend nun diese Ohrfeige. Vom eigenen Mann, für den sie alles, sogar ihr Leben hergeben würde. Und warum? Nur weil Zhuang eine Thermosflasche zerschmissen hat. Er hat ihm eine Ohrfeige verpaßt, ohne auch nur danach zu fragen, ob sich der Junge verbrüht hat. Sie hat nur gesagt: »Ist doch nur der Einsatz für die Thermosflasche, für einen Yuan, was schlägst du das Kind?«

Und was hat sie von Wu Guodong zu hören gekriegt? »Hör dir das an! Bist wohl die Frau vom Minister! Ein Yuan, wieviel hast du denn davon?«

Den Yuan haben sie schon, aber am Monatsende muß sie hin und her rechnen und jeden Yuan-Schein zehnmal umdrehen, bevor sie ihn ausgibt. Wer so ein Hungerleiderdasein nicht selbst miterlebt hat, kann sich nicht vorstellen, welche Macht ein einziger Yuan auf das Denken und Fühlen einer Hausfrau ausübt.

Seit Wu Guodong Hepatitis hat und krankgeschrieben ist, kriegt er monatlich nur 60 Prozent vom Lohn, knapp über 40 Yuan, sie selbst bekommt maximal 50, wenn man die Zulage dazurechnet. Vier Mäuler stopfen, und dazu müssen sie jeden Monat 15 Yuan an seine Eltern schicken. Wu Guodong ist krank, er braucht bessere Kost, aber soll er die beiden Kinder mit großen Augen dabei zuschauen lassen? Keinen Bissen würde er herunterkriegen.

Natürlich, verhungern brauchen sie nicht, andern geht es noch dreckiger, aber Liu Yuying muß alle ihre Kräfte aufbieten, um die Familie über die Runden zu bringen.

Um ein paar Fen zu sparen, kauft sie keine fertig geschnittenen Nudeln oder Vermicelli. Sie muß, wenn sie abends nach Hause kommt, die Nudeln selbst machen, obwohl ihre Beine vom stundenlangen Stehen im Friseurladen dick geschwollen sind.

Um ein paar Fen zu sparen, kauft sie kein frisches Gemüse, sondern die Ausschußware, die auf dem Markt in Haufen auf dem Boden liegt, das Bündel zu einem Jiao. Die ältere Schwester hat aus Xinjiang geschrieben, daß Gemüse dort schrecklich teuer sei. Im Vergleich dazu geht es ihnen in Peking nicht schlecht, alles gibt es als Ausschuß zu kaufen: Gemüse, Fisch, Stoff, Schuhe. Liu Yuying weiß genau, auf welchen Märkten sie herabgesetzte Ware bekommt.

Um Waschpulver zu sparen, entfaltet sie ihr ganzes Genie als Planungswissenschaftlerin: Zuerst wäscht sie die hellen Sachen, dann die dunklen, dann die Baumwollschuhe der Kinder, und zu guter Letzt schrubbt sie in der schwarzen Brühe, auf der kein Schaumbläschen mehr schwimmt, den Mop.

In dieses zermürbende Leben investiert sie alle Fähigkeiten und Kenntnisse, über die sie als Frau verfügt. Daheim, als Mädchen, hat es dieses Leben nicht gegeben. Freilich waren das andere Zeiten, damals. Sie erinnert sich an das Leben vor 58, damals ging es jedermann gut! Seit 65 ist das Leben von Tag zu Tag schwieriger geworden.

Es ist schwer auszuhalten, aber um keinen Preis dürfen Vater und Mutter davon erfahren. Erstens will sie nicht, daß sie sich Sorgen machen, zweitens haben sie auch nicht mehr als das Nötigste. Vater ist Rentner, der Bruder hat gerade eine Tochter bekommen. Sie darf ihnen das Herz nicht schwermachen. Wenn sie die Eltern besucht, richtet sie die Kinder so ordentlich her, wie es eben geht, außerdem bringt sie eine Schachtel Kekse mit, allerdings nur Eiergebäck für sieben Jiao das Pfund, oder Mandelbiskuits für sechs Jiao. Trotz aller Bemühungen Liu Yuyings entgeht es den Augen einer liebenden Mutter nicht, wie es wirklich um die Familie steht. Unter tausend Vorwänden, an den Geburtstagen der Kinder, an den Feiertagen, steckt ihr die Oma etwas für die Enkel zu, dabei ist sie sehr darauf bedacht, den Schwiegersohn nichts merken zu lassen, um seine Selbstachtung nicht zu verletzen.

Damit nicht genug, Liu Yuying hat alles der weiblichen Natur innewohnende Verlangen nach schönen Dingen aufgegeben. Vor ein paar Tagen hat sie sich einen dringend notwendigen Überzug für ihren wattierten Mantel gekauft. Ursprünglich hatte sie mit einem Stoff aus Polyester-Mischfaser geliebäugelt, kamelhaarfarben mit grünen und blauen Punkten. Sie rechnete nach, der Überzug wäre auf zehn Yuan gekommen. Unschlüssig wand sie sich vor der Ladentheke hin und her und kaufte schließlich ein Stück billigen Baumwollstoff. Das Geld war in Wu Guodongs Krankenkost besser angelegt, außerdem brauchten die Kinder neue gefütterte Baumwollschuhe.

Als wäre das alles selbstverständlich, erhält sie für all ihre Mühe kein liebes, verstehendes Wort, sondern Spott und Beschimpfungen. Unwillkürlich steigt in ihr der Gedanke hoch: Na wenn schon, aber warum müssen die Kinder dafür herhalten? Und das nicht zum ersten Mal! Sie können wirklich nichts dafür. Wenn du's nicht schaffst, eine Familie zu ernähren, hättest du nicht heiraten sollen, und wenn du nun mal geheiratet hast, sei ein Mann, beiß gefälligst die Zähne zusammen und tu dein Möglichstes! Was ist das für ein Kerl, dem, um seine Wut abzulassen, nichts Besseres einfällt, als Gott und die Welt zu verfluchen, seine Kinder zu prügeln und seine Frau zu beschimpfen? Ein Schlappschwanz! Sie wurde immer bitterer, und einmal entschlüpfte ihr ein Satz, der Öl ins Feuer goß: »Warum bist du denn nicht Minister?«

»Hättest dir eben damals einen Minister suchen sollen!«

Keiner gab nach, jeder fühlte nur Unrecht und Bitterkeit, jeder fand den andern brutal und ohne Mitgefühl. Ein Wort gab das andere – Auge um Auge, Zahn um Zahn. Natürlich mußte

Zhuang als Demonstrationsobjekt herhalten, Wu Guodong prügelte ihm die Seele aus dem Leib. Liu Yuying fiel ihm in den Arm, aber er wollte sich nun mal an dem Jungen austoben, er prügelte und prügelte, und unversehens knallte er ihr eine Ohrfeige mitten ins Gesicht. Er war darüber sofort zu Tode erschrocken, er begriff selbst nicht, was in ihn gefahren war.

Liu Yuying hörte schlagartig auf zu streiten, ihre Tränen verschwanden, sie starrte ihn an, als habe sie zum ersten Mal in all den Jahren ihres Zusammenlebens sein wahres Gesicht gesehen.

Sie hatten oft gestritten in den letzten Jahren, aber so etwas war noch nie passiert. Wie konnte es dazu kommen, und wer war schuld daran?

Die Ohrfeige brachte Wu Guodong offenbar zur Besinnung. Erst in diesem Moment fühlte er, wieviel er Liu Yuying verdankte. Wie wäre die Familie ohne sie durchgekommen? Hatte er je an ihre bescheidenen Bedürfnisse gedacht? Nie! Ohne zu klagen hatte sie alles geopfert. Geduldig und ohne ein Wort zu verlieren hatte sie sich diese Last aufgeladen, die die Kraft ihrer schwachen Schultern bei weitem überstieg.

Wahrscheinlich sind Frauen stärker und zäher als Männer, eher zur Selbstaufopferung bereit.

Aber Wu Guodong wußte nicht, welcher Teufel ihn ritt, er brachte kein Wort der Entschuldigung heraus. Empfand er Worte als unzureichend, um auszudrücken, was ihn bewegte? Oder fürchtete er, sie werde glauben, er halte die Angelegenheit mit ein paar guten Worten für erledigt? Dann würde sie ihm weder verzeihen noch ihn verstehen, im Gegenteil, es würde sie noch mehr reizen!

Auch durch Liu Yuyings Kopf schossen in diesem Augenblick unzählige Gedanken. Am besten wäre es, dachte sie, jetzt tot umzufallen und Wu Guodong den Rest seines Lebens den Qualen der Reue zu überlassen. Aber wer würde sich um die verlassenen Kinder kümmern? Vielleicht würden sie von einer hartherzigen Stiefmutter gequält! Sie erinnerte sich an all die schrecklichen Geschichten aus ihrer Kindheit, in denen unzählige Stiefmütter ihre Stiefkinder grausam tyrannisierten. Sie konnte die Tränen nicht mehr zurückhalten, als sähe sie sich tatsächlich schon tot auf der Erde liegen. Ausgeschlossen! Sie durfte nicht sterben! Sie dachte an Scheidung. Aber das Wort ›Scheidung‹ hatte einen seltsamen Klang, man hatte das Gefühl von etwas Unanständigem, von etwas, wofür man sich schämen mußte. Oder nicht? Schauten die Leute etwa nicht mit verächtlichen und abschätzigen Blicken auf geschiedene Frauen herab? Nein, unmöglich, sie wollte nicht, daß die Leute hinter ihrem Rücken auf sie zeigten. Sie dachte daran, ihre Sachen zu packen und zu ihren Eltern zurückzukehren. Nein, auch das ging nicht, wo sollte sie denn wohnen? Außerdem würden die beiden Alten vor Aufregung durchdrehen.

Seit dem Morgen grübelt sie nun unaufhörlich hin und her, doch fällt ihr beim besten Willen nichts ein, womit sie Wu Guodong bestrafen kann.

Mein Gott, denkt sie, warum ist das Leben so hart. Diese Kundin gerade, die hat wahrscheinlich ein ganz anderes Leben als ich. Die ist bestimmt glücklich und zufrieden. Ihr Mann sagt sicher nie ein häßliches Wort zu ihr, von Schlägen ganz zu schweigen.

An diesem Punkt angelangt, kommen ihr wieder die Tränen, eilig wischt sie sie mit dem Handrücken fort, auf keinen Fall sollen es die anderen sehen.

Der Schnee fällt, Flocke um Flocke, dicht und weich, reiner, sanft dahinwirbelnder Schnee. Im kalten Wind tanzen die Flocken fröhlich umher. Es ist der erste Schnee in diesem Jahr. Er führt sie in ihre Mädchenzeit zurück, ist genauso frisch, so klar und so fröhlich.

Ein junges Paar betritt das Geschäft. Das Gesicht des Mädchens ist vom eisigen Wind purpurrot, ihre Augen strahlen dafür um so lebhafter.

Der Bursche schleppt zwei große Taschen, bis zum Rand voll mit kleinen Päckchen, die in Papier mit dem Aufdruck verschiedener Kaufhäuser eingewickelt sind. Kaum im Laden, steht er dümmlich kichernd herum, nicht, weil es hier irgendwas zu lachen gäbe, sondern weil er glücklich ist und nicht anders kann.

Liu Yuying kennt sich aus mit ihren Kunden, sie weiß sofort, die beiden sind bei ihren Hochzeitsvorbereitungen.

Das Mädchen wendet sich an sie: »Genossin, ich suche die Friseurmeisterin Liu –.«

»Was willst du von ihr?«

Der Junge räuspert sich, vermutlich um anzukündigen, daß er eine Angelegenheit von höchster Wichtigkeit mitzuteilen hat.

»Wir wollen sie bitten, eine Dauerwelle zu machen. Es heißt, sie könnte das am besten!«

Xiao Gu an der Kasse fährt dazwischen: »Man kann sich das hier nicht aussuchen, unsere Friseusen sind alle gut!« Liu Yuying sieht ihrer Meinung nach zu erbärmlich aus. Ist sie krank? Sie sollte sich ausruhen. Sie verlangt zuviel von sich, sie ist zu gutherzig, man braucht nur nach ihr zu fragen, und schon macht sie sich an die Arbeit, sie kann niemandem etwas abschlagen.

Der Junge gerät durcheinander. Mit so einer Situation hat er sich bisher nie herumschlagen müssen. Er weiß nicht, wie er verständlich machen soll, wie ungeheuer wichtig die Angelegenheit für ihn und seine zukünftige Frau ist: »Es geht darum –.« Er findet keine passenden Worte.

Liu Ying versteht ihn, in diesem Augenblick dreht sich alles um seine Zukünftige, noch die geringste Kleinigkeit wird zur wichtigsten Sache auf Erden. Sie ist erschöpft, bekümmert, zornig, aber die einfältige Energie des Jungen rührt sie. Gegen ihren Willen sagt sie: »Ich bin Liu!«

Murrend gibt sich Xiao Gu geschlagen: »Na gut, holt euch euren Schein!« Dann flüstert sie Liu Yuying ärgerlich zu: »Schau dich bloß mal im Spiegel an, dein Gesicht ist ganz verquollen!«

Das Mädchen reicht Xiao Gu einen Schein: »Eine Kaltwelle!«

Sofort drückt ihr Xiao Gu das Geld wieder in die Hand und sagt mit einem Blick auf die Wanduhr: »Also für eine Kaltwelle ist es jetzt wirklich zu spät!«

Jetzt erst begreifen die beiden vor Glück schwindligen Schafsköpfe, daß sie nicht der Mittelpunkt der Welt sind. Sie stehen da, schauen sich an und wissen nicht, was sie machen sollen.

»Aber morgen hab ich keine Zeit«, sagt das Mädchen. »Ich schaff das nicht mehr –.«

Liu Yuying wirft Xiao Gu einen Blick zu, worauf Xiao Gu zu dem jungen Paar sagt, als erweise sie ihnen eine unermeßliche Gnade: »Na schön, hier habt ihr euren Schein. Aber bedankt euch bei der Kollegin!«

Das Mädchen steht vor dem Spiegelrahmen, der mit Fotos aller möglichen Modellfrisuren zugepflastert ist, und wendet sich nach einer Weile mit einem hilflosen Lächeln an den Jungen: »Welche ist am besten?«

Mit dem gleichen Lächeln echot der Junge wie ein Papagei: »Welche ist am besten?« Dann, mit der Inspiration des Ehemanns: »Meisterin Liu, entscheiden Sie, Sie treffen bestimmt das Richtige!«

Das Mädchen, offenbar erlöst: »Ja, Sie treffen bestimmt das Richtige!«

Liu Yuying sagt: »Na gut, da ihr mir vertraut, werde ich mal sehen, was sich machen läßt.« Sie faßt die Zöpfe des Mädchens und will gerade zur Schere greifen, als sie unwillkürlich einen Blick auf den Jungen wirft. In seinen Augen entdeckt sie widerstreitende Gefühle.

Was denkt er wohl. Vielleicht denkt er: Zöpfchen, Zöpfchen, wenn die Zöpfchen fallen, überschreitet sie noch eine andere Schwelle. Sollte sie nicht von ihm über diese Schwelle geführt werden?

Liu Yuying hält ein und sagt aus einer Eingebung heraus zu dem Jungen: »Es ist vielleicht passender, wenn du sie abschneidest.«

Vor Aufregung kann der Junge kaum die Schere halten. Ist es der innere Widerstreit eines normalerweise gutherzigen Menschen beim Betrachten einer schönen Blume, die er eigenhändig abbrechen muß? Lange sieht er auf die abgeschnittenen Zöpfe, dann steckt er sie behutsam in eine kleine Plastiktüte. Liu Yuying kommt es vor, als habe sie das alles vor mehr als zehn Jahren auch mit Wu Guodong erlebt. Und heute? Wieso bringt sie alles mit Wu Guodong und sich in Verbindung?

Liu Yuying arrangiert mit Hilfe des Föns ein letztes Mal die Frisur des Mädchens.

Wie verschieden die beiden Gesichter im Spiegel sind! Neben dem rotbackigen Gesicht mit den strahlenden Augen wirkt ihres bleich und grau. Hat sie nicht auch einmal so rote Backen und so strahlende Augen gehabt? Mit dem Blick auf das junge und hübsche Gesicht vor ihr entringt sich ihr aus tiefstem Herzen der Wunsch, das Mädchen möge ein Leben lang so jugendlich und hübsch bleiben.

Der Fön summt, Liu Yuying zupft am Haar hinter den Ohren, sie zieht zwei Löckchen hervor und ringelt sie an der Wange entlang. Sofort hat das Mädchen den Charme einer jungen

Ehefrau, wirft verschämt einen Blick in das ihr fremd gewordene Gesicht im Spiegel und lächelt.

Dem jungen Paar wird undeutlich bewußt, daß dieser Abend vor der Hochzeit, daß das Zusammentreffen mit dieser ganz gewöhnlichen Friseuse in diesem ganz gewöhnlichen Friseurladen für die nächsten Jahrzehnte ihres Lebens von großer Bedeutung sein wird.

In einer Aufwallung von Konfusion und Erregung zieht der Bursche eine Tüte aus der Tasche und reicht sie Liu Yuying: »Meisterin Liu, bitte nehmen Sie, das sind – das sind unsere Hochzeitsbonbons!«

Liu Yuying lehnt entschieden ab: »Aber nicht doch, sehr freundlich, aber das kann ich nicht annehmen!«

Sie sträubt sich, er nötigt sie, gegen so viel Überschwang ist sie machtlos. Schließlich macht sie die Tüte auf, nimmt zwei Karamelbonbons mit der Aufschrift ›Doppeltes Glück‹ heraus, dann stopft sie die Tüte in die Tasche zurück und begleitet die beiden aus dem Laden.

Auf der Straße sind kaum noch Passanten, auf dem Boden liegt eine dünne Schneedecke. Liu Yuying sieht den beiden lange nach, glückliche Schatten, und wieder und wieder schickt sie dem Mädchen den Wunsch nach: Ich wünsch dir, daß du immer so schön bleibst!

Erst als sich die Schatten in der Dunkelheit verlieren, wendet sie sich um. Plötzlich sieht sie Wu Guodong am Baum neben dem Eingang lehnen. Er muß schon lange dort gestanden haben, auf seiner alten Baumwollmütze, seinen Schultern und seinem Schal hat sich der Schnee gesammelt. Liu Yuying umkrampft die beiden Hochzeitsbonbons in ihrer Hand, als sie Wu Guodong Schritt für Schritt auf sich zukommen sieht.

3. Kapitel

Streng und mit einem Anflug von Schadenfreude betrachtet He Jiabin das wabbelige Riesengesicht seines Gegenübers. Das Gesicht ist wirklich enorm, es scheint nahezu doppelt so groß wie ein normales Gesicht. Er ist tatsächlich versucht, in dem seltsamen Singsang, den man früher in den Theaterhäusern hörte, auszurufen: »Hao lian, hao da lian!« Oder noch bissiger: »Hao dade mianzi! Welch großes Gesicht!« Der Besitzer der speckglänzenden Visage ist noch nicht alt. Allzufrüh hat sich das Fett auf Backen, Kinn und Bauch abgelagert – das Resultat zügellosen Essens und Trinkens.

Nervös? denkt He Jiabin. Recht geschieht dir. Ein bißchen Nervosität kann dir nicht schaden, vielleicht baut das ein bißchen Fett ab.

In Wirklichkeit ist der Dicke keineswegs so nervös, wie He Jiabin glaubt. Seine Aufregung ist gespielt. Als Materialeinkäufer ist er das ganze Jahr unterwegs und weiß, wie man seinen jeweiligen Verhandlungspartner zu behandeln hat. Seine Miene folgt den Regeln der Pekingoper: Je nach Geschmack des Publikums entschließt man sich für eine bestimmte Szene und trägt die passende Maske auf. Mit Leuten vom Schlage He Jiabins wird der Dicke spielend fertig. Ein kleiner Sachbearbeiter, natürlich muß man sich zuerst an ihn wenden, das verlangt die Etikette. Wenn er Schwierigkeiten macht, fegt man ihn zur Seite und wendet sich direkt an den Abteilungsleiter Feng, einen alten Kriegskameraden des Bezirksparteisekretärs. Die elektrische Ausrüstung und die Maschinen für die Generatorenstation hat man auch erst bekommen, als man die Beziehungen zu ihm spielen ließ. Und diese Angelegenheit hier ist nicht der Rede wert. Mit solchem Kleinkram rennt man besser nicht sofort zum Abteilungsleiter. Das Ausnützen von Beziehungen ist eine Wissenschaft für sich, man muß Zeit und Umstände in Betracht ziehen und das Feuer richtig dosieren. Wie bei einem Guthaben: irgendwann ist es aufgezehrt, man muß sich ein wenig zurückhalten, damit es im entscheidenden Moment aufgefüllt ist, und natürlich muß man immer mal wieder etwas drauflegen.

Er lächelt unterwürfig: »Wären Sie so freundlich, die Fabrik zu verständigen, daß sie die Spannung ändern. Als wir den Eintrag ins Bestellformular gemacht haben, waren wir so in Hetze, daß wir vergessen haben, die Karte nochmals zu überprüfen.«

»Lächerlich! Das weiß man doch, das muß man doch wissen, wenn man das Formular ausfüllt. Das Zubehör für diese Turbinen muß auf 6000 Volt ausgelegt sein. Wie kann man da 380 Volt eintragen. War der Kerl besoffen, der das Ding ausgefüllt hat? Davon muß man doch eine Ahnung haben, da kann man doch nicht Hinz und Kunz dranlassen!« Wütend schlägt He Jiabin auf das zerknitterte Bestellformular auf dem Tisch. »Außerdem geht mich das gar nichts an, euer Kraftwerk ist nicht im laufenden Staatsplan, die Bestellung läuft gar nicht über uns. Wir haben uns lediglich um die Anforderungen für Investbauprojekte zu kümmern, die im Plan aufgeführt sind. Ich möchte wirklich wissen, wie ihr an eure Ausrüstung gekommen seid!«

Er bietet seinen ganzen Sarkasmus auf, um sich abzureagieren. Die Arbeit wird einem heutzutage weiß Gott sauer gemacht. Entweder man rührt keinen Finger, oder man wird bis aufs Blut gereizt.

Zum Beispiel dieser Kerl da. Verkäufer im Kaufhaus seiner Kreisstadt ist er gewesen, heißt es. Da hat er sich vielleicht nicht schlecht gemacht – obwohl auch das fraglich ist bei soviel Gerissenheit. Den Kopf darauf verwettet, daß der Mann korrupt war, und gerade so einen machen sie zum Materialeinkäufer. Manche Leute verwechseln einen Materialeinkäufer mit einem Ladenverkäufer, ein Pfund Chinakohl hier, eine Garnrolle dort, aber in Wirklichkeit kommt so einer durch seinen Job im ganzen Land herum. Und warum? Doch bloß, weil er der Schwager des Kraftwerkdirektors ist. Natürlich ist es heute unendlich viel wichtiger, Schwager zu sein, als ordentliche Arbeit zu leisten. Nur deshalb kann er diese Komödie hier aufführen. Auf Staatskosten, versteht sich, ihn selbst kostet das keinen Fen.

In Wirklichkeit ist sich He Jiabin vollständig im klaren darüber, wie die Leute an ihre Ausrüstung gekommen sind. Solche

Schiebereien hat er zur Genüge erlebt. Dabei fallen diese kleinen Klitschen gar nicht ins Gewicht, wenn man erst an die großen Kraftwerke denkt. 1975 hat ein leitender Funktionär eine komplette Anlage für 125 000 Kilowatt verschoben. Nur weil der Leiter dieses Kraftwerkprojektes im Krieg Leibwächter irgendeines leitenden Funktionärs gewesen ist, konnte er unter Umgehung des Dienstweges direkt zum Chef vordringen und ihm die Sache aufschwatzen. He Jiabin hat so viele Jahre im Ministerium zugebracht. Während der ›Großen Kulturrevolution‹ gab es immer wieder ein paar Investbauprojekte, die auf ein Machtwort irgendeines leitenden Funktionärs installiert wurden. Im Plan nicht enthalten? Hat nichts zu sagen! Der Plan wird eben ergänzt. Von der Verbindlichkeit des Plans sprach man besser nicht. Jahr für Jahr wurde gezetert, daß die Zahl der Investbauprojekte zu sehr hochgetrieben würde. Kein Wunder, da hatte man den festgelegten Plan (wie fundiert er war, stand auf einem anderen Blatt), und dann ein neues Projekt, gut, dann eben ein neues Projekt. Reicht das Essen für fünf, dann muß es auch für zehn reichen. Eine gutklingende Begründung war dafür schnell gefunden: »Solange was im Topf ist, sollen alle daraus essen.« Satt wurde keiner.

Und streichen? Versuch's doch! Alle haben sie erstklassige Beziehungen. Also wird weitergewurstelt, eilig hat es keiner. Was macht es schon, wenn das Projekt erst nach acht oder zehn Jahren fertig wird, darüber regt sich keiner auf, es geht ja nicht um die eigene Haut.

Zum Beispiel der kleine Schwager da. Er ist zwar nie Leibwächter des Chefs gewesen, aber auch er hat seine Mittelchen. Vor kurzem hat er Walnüsse, Datteln, Eier und Bambusschnaps angeschleppt, alle in der Abteilung haben etwas davon abbekommen. Natürlich bezahlt man dafür, doch abgelehnt hat keiner, alle haben zugegriffen. Draußen sind solche Dinge ja nicht zu kriegen. Noch dazu zu diesem Preis. Selbst er hat zehn Pfund Eier gekauft, er ist Junggeselle und hat nicht wie Leute mit Familie Anspruch auf zwei Pfund Eier pro Monat.

Hier im Hause fehlt es an nichts. Taglilien, Morcheln, Erdnußkerne, Ginseng – welche Provinz braucht keine Kraftwerke? Und welche Provinz hat nicht ihre Spezialitäten? Gibt es irgend etwas, das die Leute in den lokalen Energiebehörden nicht bekommen können? Sie brauchen nur ein paar Worte fallenzulassen, und wenn du die Sachen nicht ranschaffst, ziehen sie dir mir nichts dir nichts die Sicherungen heraus und stoppen die Stromzufuhr. Welche Einheit kann schon auf Strom verzichten? Auch die Hersteller von lokalen Spezialitäten bilden da keine Ausnahme. Und wenn eine Einheit den Bau ihres Kraftwerks einigermaßen rasch zu Ende bringen will, kommt zum Kampf um das Baumaterial, Bauholz, um Stahl und Zement das kritische Problem, rechtzeitig an die elektrische Ausrüstung in hinreichender Qualität und Menge zu kommen. Dazu braucht man einen guten Draht zu den Verantwortlichen der Verwaltung und Zuteilung. Stellt man sich gut mit ihnen, läuft alles wie geschmiert. Geht es darum, daß sie zum richtigen Zeitpunkt liefern, liefern sie vielleicht. Geht es darum, die Sachen ein bißchen früher zu bekommen, läßt sich auch das arrangieren.

So läuft das nun mal. Wie ein Geschwür, das sich in einem lebenswichtigen Teil des menschlichen Arteriensystems festgefressen hat, man kann es nicht abschneiden, ohne den ganzen Organismus in Gefahr zu bringen. Im Gegenteil, im Interesse der Erhaltung des gesamten Blutkreislaufes muß diese Deformation aufrechterhalten, unaufhörlich frisches Blut in das belastende Geschwür gepumpt werden, es nährt die überflüssigen Zellen, läßt sie anschwellen, bis sie alle Lebenskräfte aufgezehrt haben oder eines Tages plötzlich explodieren.

Allein diese kleine Generatorenstation auf Kreisebene schickt fünf bis sechs Leute nach Peking, um Klinken zu putzen, um Geld, Material und Ausrüstung zu ergattern. Im Gästehaus reservieren sie ein Zimmer, gleich für ein paar Monate, fahren im Taxi durch die Gegend, allein die Ausgaben dafür betragen 600 Yuan. Alles Geld, das mit dem Blut und Schweiß der Bauern des ganzen Kreises erwirtschaftet worden ist. Wenn die Leute wenigstens ihr Metier verstünden! Aber solche Formulare wie das hier für die Düse, wo statt 6000 Volt 380 Volt stehen und das Z auch als 2 gelesen werden kann. Nichts paßt zusammen, ein einziges Durcheinander! He Jiabin lächelt bitter.

Er weiß natürlich, daß sein Zorn und seine sarkastischen Bemerkungen Kindereien sind. Er betreibt dieses Geschäft seit über zwanzig Jahren, bald ist er fünfzig und noch immer ein Ausbund an Weltfremdheit. Was kann er schon ausrichten?

Außerdem ist der Dicke nicht auf den Kopf gefallen, er kann sich an Abteilungsleiter Feng wenden; wenn er sich als zu widerspenstig erweist, wird Unterabteilungsleiterin He Ting die Angelegenheit einem anderen übergeben, der sich flexibler zeigt. Das Projekt ist schließlich nicht im Plan enthalten und daher niemand offiziell dafür zuständig. Shi Quanqing zum Beispiel. Der wartet nur auf eine Gelegenheit, ihm einen Tritt zu verpassen. Der würde seine Sprüche vom Stapel lassen, man müsse ›den landwirtschaftlichen Investbau unterstützen‹ – das ist doch wohl die Flagge, unter der die Generatorenstation segelt; es handele sich um ›eine Frage der Einstellung zur Modernisierung der Landwirtschaft‹. Solche an den Haaren herbeigezogenen Begründungen verhelfen ihm dazu, den ganzen Tag um He Ting und Feng Xiaoxuan herumzuscharwenzeln und ›Bericht zu erstatten‹. Er will schließlich um jeden Preis Parteimitglied werden.

In der Tat beobachtet Shi Quanqing, ohne sich das geringste anmerken zu lassen, haargenau jede Bewegung He Jiabins. Er ist gerade in die Lektüre der ›Internen Materialien‹ vertieft. Man darf nicht annehmen, daß er nur so tut, als läse er. Nein, er besitzt die ungewöhnliche Fähigkeit, mit seinen Augen hier und mit seinen Ohren dort zu sein, ihm entgeht nichts.

In seinen Augen benimmt sich He Jiabin kindisch und lächerlich. Sie arbeiten seit Jahren zusammen, und in all diesen Jahren hat er He Jiabin ein ums andere Mal auf die Nase fallen und mit dem Kopf gegen die Wand rennen sehen. Er erkennt sofort jeden Stolperdraht, der über Hes Weg gespannt ist, jeden Stein, über den er stolpern muß, aber er warnt ihn nie. Er hofft inbrünstig, daß es so weitergeht. Leute, die stolpern, verlieren dabei leicht ihre goldene Armbanduhr oder ihren Geldbeutel. Natürlich stiehlt man sie ihnen nicht, so etwas macht nur ein Schuft, aber man kann sie aufheben, ohne daß es der Verlierer merkt, weil er sich gerade die schmerzenden Glieder reibt.

Auf dieser Welt herrscht nun mal ein merkwürdiges Gleichgewicht. Gewisse Lebewesen können nur existieren, indem sie sich am Körper anderer Lebewesen emporranken. Zahlreiche Moose und Schlingpflanzen gedeihen nur auf dem Stamm alter Bäume. Nicht wie Pilze auf abgestorbenen Stämmen, sondern auf lebenden Bäumen, denen sie ihre Lebenskraft entziehen.

He Jiabins gegenwärtiges Verhalten erfordert zwar kein unmittelbares Reagieren, aber Shi Quanqing registriert es, und irgendwann wird ihm das von Nutzen sein.

Die Tür zum Büro öffnet sich einen Spalt, dann wird sie mit einem Quietschen weit aufgerissen. Der Schritt der Unterabteilungsleiterin He Ting ist noch hoheitsvoller als gewöhnlich, ihr Gesicht absichtsvoll gewichtig und streng. Daran erkennt Shi Quanqing, daß sie zu He Jiabin will.

Nichts in seinem Verhalten könnte sie vermuten lassen, er wolle ihr einen geheimen Wink übermitteln, aber auf seinem Gesicht erscheint sofort ein Ausdruck, der ihre Aufmerksamkeit unweigerlich auf He Jiabins unfreundlichen Umgang mit dem ›Genossen von der Basis‹ lenken muß. In diesem Ausdruck mischen sich Zorn, Mitleid und Vorwurf, mit anderen Worten: es ist der perfekte Gesichtsausdruck eines aufrechten Mannes, vor dessen Augen sich etwas Ungehöriges abspielt.

He Tings finsteres Gesicht wird noch finsterer, ihre an sich schon kurzen Augenbrauen schrumpfen noch mehr. Shi Quanqing ist diese geometrische Veränderung ihrer Züge beim Zusammentreffen mit He Jiabin wohl vertraut.

Sie geht zu He Jiabins Schreibtisch, richtet sich zu majestätischer Autorität auf und will eben zu sprechen beginnen, als das Telefon läutet.

Offenbar ein Ferngespräch, es klingelt dringlich und ohne Unterbrechung.

He Jiabin hebt den Hörer ab: »Hallo?«

»Hier ist das Fernamt, He Jiabin bitte!«

»Am Apparat, sprechen Sie!«

»Hallo, hallo, bist du es, He? Hier ist Cai vom Yaojiang Wasserkraftwerk!«

»Was gibt's?«

»Also, also – also – also –.«

»Was alsost du herum, sag, was du zu sagen hast. Was ist denn los mit dir? Das ist ein Ferngespräch, diese Minute ›also‹ kostet Geld!«

»Es geht darum, wir haben unsere Wasserturbinen in Österreich bestellt –.«

»Weiß ich!«

»Jetzt haben uns die Österreicher die technischen Daten für das Hauptaggregat geschickt, und ein großer Teil des Zubehörs, das wir auf der letzten Bestellkonferenz in Auftrag gegeben haben, entspricht diesen Daten nicht. Wir wollen einen Teil der Bestellung rückgängig machen.«

Der schämt sich nicht einmal, nicht der leiseste Ton des Bedauerns oder der Unruhe. He Jiabin brüllt sofort los:

»Hab ich euch nicht schon immer gesagt, wartet, wartet, bestellt das Zubehör erst, wenn ihr die technischen Daten für das Hauptaggregat habt. Aber ihr wolltet ja nicht hören! Seid ihr euch im klaren darüber, wie spät ihr jetzt dran seid? Die Herstellerbetriebe haben mit der Produktion längst begonnen, was sollen sie denn machen, wenn ihr die Bestellung rückgängig macht?«

»Ist das vielleicht unsere Schuld? Die Leitung hat unsere Teilnahme an der Bestellkonferenz genehmigt. Hätten wir vielleicht nicht bestellen sollen? Später hätte es dann geheißen, wir hätten die planmäßige Durchführung des Projektes verbummelt. Im übrigen richten wir uns genau nach dem Staatsplan, man kann uns nichts ankreiden!«

Er hat recht, man kann ihnen nichts vorwerfen. Von oben ist festgelegt worden, daß bei jedem Investbauprojekt streng nach der vorgeschriebenen Prozedur zu verfahren ist. Erst wenn der Plangenehmigungsbescheid, der Planauftragsbescheid, die Plangenehmigungsunterlagen, die gesamten Pläne für Kapital und Material, die Blaupausen, die technischen Daten für die Haupt- und Nebenaggregate und das Zubehör etc. in den Staatsplan aufgenommen worden sind, dürfen Bestellungen aufgegeben werden. Dennoch haben an den Bestellkonferenzen dieses Sommers allein aus den Provinzen, die He Jiabin zu betreuen hat, drei Kraftwerke teilgenommen, die keine der Voraussetzungen erfüllt haben. Bei einem war noch nicht klar, ob das Hauptaggregat im eigenen Land hergestellt oder importiert werden soll; beim zweiten stand noch nicht einmal der Bauplatz fest und niemand wußte, ob es mit Öl oder Kohle betrieben werden sollte. Das dritte schließlich war das von Cai, das eben erst mit den Österreichern eine Absichtserklärung unterzeichnet hatte, also noch nicht einmal einen offiziellen Vertrag. Die technischen Daten des Hauptaggregates waren noch unbekannt, und da wagten die schon, Beschlüsse zu fassen und das Zubehör frei nach Phantasie anzufordern. Was für einen Sinn hat nach alledem noch die vorgeschriebene Prozedur für Investbauten?

In Anbetracht dessen kann He Jiabin nur noch widerwillig fragen: »Wer übernimmt die Verantwortung für das rausgeworfene Geld?« Dämliche Frage, wer wohl? Keiner. Richtig muß die Frage lauten: »Kommt ihr für den Verlust der Firmen auf?«

Cai ist ein alter Hase, und freudig sagt er sofort: »Machen wir!«

He Jiabin gibt sich einen Ruck: »Also, ihr könnt nicht nach Belieben Aufträge stornieren. Ihr macht einen schriftlichen Bericht über den Ablauf der Dinge, wir werden das den Fabriken dann schon irgendwie beibiegen!«

»Gut, machen wir.«

»In Ordnung.«

He Jiabin legt den Hörer auf und beschließt, dem Staatsrat einen Brief zu schreiben, in dem er auf das Durcheinander von Staatsplan und Investbau hinweist.

Als er sich den Schweiß von der Stirn wischt, den das lautstarke Telefonat hervorgetrieben hat, und in Gedanken noch beim Staatsplan und der Genehmigungsprozedur im Investbau verweilt, klopft He Ting ungeduldig auf den Tisch. Erst jetzt kommt He Jiabin zu Bewußtsein, daß sie mit ihm sprechen will, aber er macht keine Anstalten, sie zu fragen. Sie hat nie die geringste Sympathie für ihn gezeigt und schlägt ihm gegenüber immer einen sarkastischen Ton an. Wenn er sie von sich aus anspricht, wird sie ruppig. Zu viele Leute haben in den letzten Jahren vergessen, daß der Respekt vor anderen Ausdruck des eigenen moralischen Niveaus ist.

»Ihr Referatsleiter hat mir mitgeteilt, daß Sie die Zusammenfassung Ihrer persönlichen Erfahrungen zum Thema ›Von Daqing lernen‹ noch nicht abgegeben haben.«

»Ich habe doch schon vor langem erklärt, daß ich derartige Entwürfe und Zusammenfassungen nicht zu schreiben gedenke!«

Die Unterabteilungsleiterin mit der Miene eines Richters, der dem Delinquenten sein Urteil verkündet: »Wie Sie meinen. Abteilungsleiter Feng bittet Sie, bei ihm vorbeizukommen.«

Auf dem speckigen Gesicht des Dicken erscheint sofort ein Ausdruck befriedigter Rache.

Shi Quanqing schlägt hastig die Lider nieder, fast hätte ihn sein freudestrahlender Blick verraten. Merkwürdig, He Jiabin hat ihn nie gekränkt, nie provoziert, und doch haßt ihn Shi Quanqing inbrünstig. Man muß jemanden nicht unbedingt kränken oder provozieren, die Unverträglichkeit der Charaktere schafft Gegensätze genug.

Mit He Ting war He Jiabin dagegen ursprünglich einigermaßen ausgekommen, aber seit der Neuwahl der Parteizelle im letzten Jahr hat sich die Beziehung verschlechtert. Hätte man Luo Haitao wirklich auf die Stelle von Guo Hongcai befördert, weil dessen Arbeit im Komitee für politische Schulung und Propaganda zu wünschen übrig ließ, hätte man es hinnehmen können. Aber das war alles Theater für die Öffentlichkeit. In Wirklichkeit ging es darum, daß Guo Hongcai in der Parteizelle den ewigen Opponenten spielte. He Ting und Luo Haitao zum Beispiel wollten Shi Quanqing in die Partei aufnehmen, die Mehrheit der Zellenmitglieder aber war dagegen, worauf die beiden die Unterlagen für den Parteieintritt Shi Quanqings unter Umgehung der Parteizelle direkt an das Parteikomitee der Abteilung schickten. Guo Hongcai erhob daraufhin bei Abteilungsleiter Fang Wenxuan Einspruch und schilderte die Situation. Fang Wenxuan wandte sich an He Ting als Sekretärin der Parteizelle und kritisierte ihr Vorgehen. Natürlich spielten dabei auch noch andere Dinge eine Rolle. Kurzum, Guo Hongcai war He Ting und Luo Haitao ein Dorn im Auge, sie versuchten ihm auf Teufel komm raus irgendwas anzuhängen, aber er bot ihnen keine Handhabe. Die Zelle war derart uneins, daß sie sich schließlich in zwei Fraktionen spaltete, und nichts wurde getan, die Eintracht wiederherzustellen. He Jiabin hatte sich deshalb immer wieder bei He Ting beschwert, und auch andere Genossen beschwerten sich: Man solle eine allgemeine Aussprache herbeiführen, auf der jeder seine Meinung vortragen könne. Doch seit He Ting die Leitung der Unterabteilung übernommen hat, ist es jahrelang zu keiner derartigen Aussprache gekommen.

Erst vor kurzem konnte sich He Ting dazu durchringen. Die Aussprache fand statt. Luo Haitao jedoch, der normalerweise an Guo Hongcai kein gutes Haar ließ und ihn ständig vor He Ting heruntermachte, brachte auf der Versammlung kein Wort heraus. Erst als man sich hinterher in die Büros zurückbegab, um in kleinen Gruppen weiterzudiskutieren, krakeelte er herum, ohne ein Ende zu finden. He Jiabin konnte es nicht mehr ertragen, während Shi Quanqing hinter vorgehaltener Hand hetzte: »Paßt auf, daß keiner weitertratscht und Unfrieden stiftet.«

He Jiabin hatte vorgehabt, das Geschwätz zu ignorieren, aber Shi Quanqings versteckter Hieb zielte auf ihn. Deshalb erklärte er: »Warum habt ihr das nicht offen auf den Tisch gelegt, solange Guo Hongcai anwesend war? Jetzt, hinter seinem Rücken, zieht ihr über ihn her. Und weil sich einige an eurem Gerede nicht beteiligen, habt ihr Angst vor dem Klatsch. Wann hätte ich je etwas weitergetratscht. Ihr könnt's ja nachprüfen! Wer stiftet hier Unfrieden?«

»Dich habe ich nicht gemeint, sondern Wang Mengyun«, erklärte Shi Quanqing eilig.

»Ganz egal, wen du gemeint hast, ganz abgesehen davon, daß Wang Mengyun längst versetzt wurde und mit der Angelegenheit nicht das geringste zu tun hat. Was soll das Versteckspiel!«

Luo Haitaos Gesicht verdüsterte sich wie der Sommerhimmel vor einem Gewitter. »Wir sprechen hier vor allen Leuten des Büros, wer behauptet, wir würden hinter jemandes Rücken über jemanden herziehen?«

Das war nun wirklich Sophisterei. »Wenn man in Abwesenheit einer Person über sie redet, dann heißt das, hinter ihrem Rücken. Im übrigen hast du als Parteimitglied und Referatsleiter nicht nur Shi Quanqing zu seinen Verleumdungen aufgehetzt, du hast dich noch selbst daran beteiligt. Das ist unmöglich. Ich weigere mich, an einer solchen Versammlung teilzunehmen!« He Jiabin stand auf.

Luo Haitao spürte, daß ihn He Jiabin ins Unrecht gesetzt hatte, und er wußte, daß er zu den Leuten gehört, die tun, was sie sagen. Daher machte er eine Kehrtwendung und schlug einen sanfteren Ton an: »So bringst du die ganze Versammlung durcheinander, wie sollen wir denn weitermachen?«

»Es ist in deinem eigenen Interesse, jetzt Schluß zu machen, sonst machst du die Angelegenheit nur noch schlimmer.«

Die Nachricht von diesem Vorfall verbreitete sich in Windeseile, allerdings ohne He Jiabins Zutun. Das Parteikomitee der Abteilung erfuhr rasch, daß es zwischen der Unterabteilungsleitung und den Referatsleitern, aber auch unter den Referatsleitern selbst dauernd Krach gab. Vizeabteilungsleiter Feng Xiaoxuan informierte sich bei einigen Nichtparteimitgliedern und befragte natürlich auch He Jiabin. Von ihm erhielt er einen umfassenden Bericht über die Probleme der Unterabteilung.

Vizeabteilungsleiter Feng, zuständig für Politik und Personalfragen, gab alles, was ihm He Jiabin berichtet hatte, haarklein an He Ting weiter. Über seine Motive lassen sich natürlich nur Vermutungen anstellen, aber immerhin kann man sagen, daß es in einer Einheit mit normalem Arbeitsklima und einer politisch besser geschulten Leitung zu derart fatalen Konsequenzen nicht gekommen wäre. Das Resultat war jedenfalls, daß He Jiabins unmittelbar bevorstehende Aufnahme in die Partei auf unbefristete Dauer verschoben wurde. Sein Denken enthalte zahlreiche unproletarische Elemente und bedürfe einer weiteren Überprüfung, hieß es zur Begründung. Und He Ting, die sich seit Jahren nicht mehr um die politische Schulung gekümmert hatte, veranstaltete mit denjenigen, die bei Abteilungsleiter Feng Xiaoxuan Bericht erstattet hatten, einen einwöchigen Schulungskurs mit Texten des Vorsitzenden Mao gegen den Liberalismus.

Die stets fest verschlossene Tür Nummer 213 umgibt eine Aura von Geheimnis und Ehrfurcht. Hinter dieser Tür werden Schicksale entschieden, durch diese Tür wird verkündet, daß dieser oder jener zum Referats- oder Unterabteilungsleiter ernannt wird, daß dieser oder jener eine Lohnerhöhung, eine Beförderung erhält und daß dieser oder jener in die Partei aufgenommen, bestraft oder versetzt wird.

Auf dem Weg zu Nummer 213 erwägt He Jiabin alle diese Möglichkeiten, außer einer Versetzung käme für ihn wohl keine in Frage. Eine Versetzung? Wozu ist er denn heute noch fähig? Er geht auf die fünfzig zu, mehr als zwanzig Jahre hat er sich auf seinem Posten aufgerieben und nichts zuwege gebracht. Er hat Physik studiert. Hätte man ihm nach seinem Studienabschluß eine Arbeit zugewiesen, die seiner Qualifikation entsprach, hätte er vielleicht etwas geleistet. Nun ja, es hat keinen Sinn, die

Anfänge wieder aufzurühren! Natürlich hat er auch hier ein bißchen physikalisches Allgemeinwissen anwenden können, aber um nach den hierzulande üblichen Methoden den Investbau zu organisieren, reichen die Kenntnisse eines Absolventen einer technischen Mittelschule bei weitem nicht hin. Zwanzig Jahre sind nun vorbeigerauscht, er hat keine Ahnung, wo die nationale physikalische Forschung heute steht, von der internationalen ganz zu schweigen. Und selbst das bißchen, was er gelernt hat, hat er restlos vergessen. Mit dem Gefühl, seine Jahre sinnlos vergeudet zu haben, betritt er Zimmer 213, das Büro Feng Xiaoxuans.

»Sie haben mich rufen lassen?«

Feng Xiaoxuan hebt seine breite Denkerstirn von einem Stoß Akten. Vielleicht ist er mit seinen Gedanken noch bei den vor ihm liegenden Papieren. Er starrt He Jiabin eine Ewigkeit an, ohne ihn wirklich wahrzunehmen: »Wie, ich habe Sie rufen lassen? Wer hat Sie benachrichtigt? He Ting?« Er scheint sich wieder zu erinnern: »Ah richtig, ich will mit Ihnen reden. Bitte, nehmen Sie Platz, setzen Sie sich!«

Feng Xiaoxuan macht es sich auf seinem Stuhl bequem, nimmt seine Brille ab und spielt mit dem altmodischen und plumpen Brillengestell.

Seine Kleidung sieht nicht viel anders aus als damals, als er aus der Guerilla in die Stadt kam. Er hat noch nie Lederschuhe angehabt, seit eh und je trägt er schwarze Baumwollschuhe mit rundem Ausschnitt und Sohlen aus Stoff und Pappe, und seit eh und je trägt er einen Sun Yatsen-Anzug, früher grau, später aus blauem Khaki, schließlich aus blauer Mischfaser, natürlich hat er auch ein paar aus blauem Flanell.

Im Sommer knöpft er sein Hemd auf, krempelt das Unterhemd bis zu den Achselhöhlen hinauf und schrubbt sich mit beiden Händen wie beim Einseifen die behaarte Brust. Dabei rieseln feine Staubklümpchen an ihm herunter. Wenn er sich nicht die Brust schrubbt, rollt er seine Hosenbeine auf, so hoch es geht, und knetet seine behaarten Beine. Im Winter, wenn diese Aktionen mit Unbequemlichkeiten verbunden sind, schlüpft er aus seinen Schuhen – er mag weder Schuhe aus Leder noch Schuhe mit Schnürsenkeln – und knetet die Ritzen zwischen den Zehen. Erst wenn es bitter kalt wird, zieht er die Socken nicht mehr aus. Bei Besprechungen und Versammlungen verfällt er in diese Gewohnheiten wie in einem Pawlowschen Reflex. Außerhalb der Versammlungen, oder wenn er nicht spricht, wirkt er abwesend und unnahbar, wie zum Beispiel jetzt.

He Jiabin kann nicht herausfinden, ob er nach passenden Worten sucht oder ob er wirklich vergessen hat, daß er ihn hat rufen lassen.

Nein, Feng Xiaoxuan sucht nicht nach passenden Worten, und ihm ist längst eingefallen, warum er He Ting gebeten hat, He Jiabin zu rufen. Er sortiert nur in seinem Gedächtnis die Eindrücke, die er von ihm gewonnen hat, um sich dann ein Konzept für diese Unterredung zurechtzulegen: Weder ist der Mann ein ›Daqing-Mustersoldat‹ noch ein ›fortschrittlicher Arbeiter‹, er kritisiert gern und mit aller Schärfe. Er äußert häufig ungewöhnliche Ansichten und gerät schnell in Rage. Er verfügt über gewisse theoretische Kenntnisse und ist einer von denen, die immer Marx und Engels im Munde führen. Außerdem hat er Vizeminister Fang über die Spezialitäten Meldung erstattet, die man ihm aus seinem Heimatkreis geschickt hat. Glücklicherweise hat Feng Xiaoxuan die Regelung dieser Angelegenheit He Ting überlassen, schließlich mußten alle etwas von dem Dankeschön abbekommen, das man ihnen für die Unterstützung beim Bau des Kraftwerkes hatte zukommen lassen. Im übrigen fehlt es ihm, Feng, an nichts, auch nicht an Dingen, die schwer zu bekommen sind. Er hat daher mehrfach laut und deutlich erklärt, daß er nichts will. Den Bambusschnaps und die Walnüsse hat ihm He Ting später ins Haus geschickt, doch hat er dafür bezahlt. Freilich waren die Sachen ein bißchen billiger als auf dem Markt, nein, viel billiger, sie kosteten nur einen symbolischen Preis. Doch He Ting hatte nicht aufgepaßt, so daß die halbe Stadt Wind davon bekam! Es war wirklich zu dämlich, sich vor den andern diese Blöße zu geben. Natürlich stürzte sich Fang Wenxuan sofort auf die Sache und wies auf der Versammlung des Parteikomitees darauf hin, daß es auf keinen Fall angehe, im Staatsplan vorgesehene Mittel aus privater Freundschaft an Einheiten des Investbaus zu verteilen, die nicht im Plan aufgeführt seien, daß man nicht irgend jemandem aus privaten Gründen Vorteile verschaffen dürfe, daß man die Auswirkungen zu bedenken habe, etc., etc. Kurzum, er veranstaltete einen

Riesenwirbel und spielte sich mächtig auf. Er, Feng, hielt daraufhin eine pathetische Rede, allerdings ohne die Sache konkret anzusprechen: »Ja, wir müssen an den guten Traditionen der Partei festhalten. Haben wir nicht ungezählte Schwierigkeiten überstanden? Größere als die, die wir jetzt haben? Den antijapanischen Krieg, den Befreiungskrieg, die Bodenreform, die Unterstützung Koreas gegen die Amerikaner, und dann die Naturkatastrophen von 59 bis 61. Und warum? Weil die Partei Autorität besessen hat und diese Autorität sich in den Kadern aller Rangstufen und der Masse der Parteimitglieder verkörpert hat. Heute haben viele Kader die glorreichen Traditionen und den Arbeitsstil der Partei fallenlassen und sich von den Massen abgesondert, sie verstoßen gegen Gesetz und Disziplin. Wenn das nicht aufhört, wird unsere Sache Schaden nehmen!«

Das nennt man: den Pelz waschen, ohne ihn naß zu machen. Niemand auf der Versammlung verstand, worum es eigentlich ging.

Offen gegen Fang Wenxuan zurückzuschlagen ist unnötig. Wann immer der Konflikt zwischen ihnen offen zutage tritt, setzt Feng eine treuherzige Miene auf und schweigt. ›Das törichte Gesicht eines weisen Mannes.‹ Es gibt für ihn noch genug Gelegenheit, Fang eins auszuwischen, und dann wird er sich nicht wie dieser mit irgendwelchem Kleinkram aufhalten. Er geht auch nicht bei allem und jedem persönlich zur Attacke über, er benutzt seit langem seine Macht, um Leute in die Hand zu kriegen, und er hat seine Leute in der Umgebung von Fang plaziert. So werden ihm nicht nur jedes Wort und jede Aktion Fang Wenxuans hinterbracht, er hat Leute, die in der Lage sind, zu analysieren, was in seinem Hirn vorgeht, um es ihm hinterher systematisiert und auf das Wesentliche konzentriert zu berichten.

Der alte Fang. Zig Jahre revolutionärer Arbeit sind bei dem vergeudete Zeit. Eine Null! Was hat er denn schon groß geleistet? Einundvierzig hat er sich der Revolution angeschlossen und ist schließlich offizieller Abteilungsleiter geworden, zwei Jahre nach Feng Xiaoxuans Beförderung zum Vizeabteilungsleiter. Mit welchem Recht? Wegen des bißchens Bildung, das er gefressen hat? Diese Bildung ist vielleicht gar kein Vorteil, sie bringt einen nur auf krumme Ideen.

Unwillkürlich hat Feng das Gefühl, daß He Jiabin und Fang in dieser Hinsicht große Gemeinsamkeiten haben. Und nun hat er eine Partitur, ein Konzept, und er beginnt, indem er einen Umweg einschlägt:

»Wie geht's denn so in letzter Zeit?«

Was soll man darauf antworten?

»Was heißt: Wie geht's?«

Feng Xiaoxuan runzelt die Stirn. Was ist denn das für eine Antwort? So redet man nicht mit einem Vorgesetzten, das läßt jeden Respekt vermissen. Besser, man läßt sich nichts anmerken. Wenn man zu deutlich reagiert, macht man sich bei den Leuten bloß unbeliebt. Geduldig erklärt Feng deshalb: »Also, ich meine zum Beispiel, was Sie so denken, wie es mit der Arbeit, im Privatleben . . .«

He Jiabin weiß, daß sich kein Personalkader aus heiterem Himmel um einen unbedeutenden Menschen wie ihn kümmert, nur weil er nichts Besseres zu tun hat. Aus He Tings Ankündigung ist zu schließen, daß es sich bei diesem Gespräch um seine Weigerung drehen wird, die ›Von Daqing lernen‹-Berichte zu schreiben. Aber da ihn der Vorgesetzte nicht darauf anspricht, warum soll er den Schlaumeier spielen und von sich aus auf dieses Problem eingehen? Daher gibt er auf Feng Xiaoxuans unbestimmte Frage eine unbestimmte Antwort: »Nichts Besonderes, im großen und ganzen alles in Ordnung!«

Na gut, He Jiabin hat ihm den Ball zurückgeworfen. Auch recht, irgendeinen Einstieg muß es immer geben. Wie soll das Gespräch sonst weitergehen?

»Mit ›im großen und ganzen‹ ist es aber nicht getan. Schließlich planen wir, innerhalb von zwei Jahren eine Mustereinheit nach dem Modell Daqings zu werden, und das verlangt, daß jeder von uns seine Arbeit am Muster von Daqing ausrichtet . . .«

Na also, es geht tatsächlich darum!

»Wie steht es mit Ihrem persönlichen Plan zum Lernen von Daqing?«

He Jiabing denkt bei sich, daß Feng Xiaoxuan doch ganz genau weiß, daß er weder einen Plan noch eine Zusammenfassung seiner Erfahrungen geschrieben hat. He Ting hat es ihm längst gemeldet. Was soll dieses scheinheilige Herumgerede?

Abteilungsleiter Fang wäre anders vorgegangen, er hätte ohne Umschweife gefragt: »Genosse He Jiabin, wieso schreiben Sie weder einen Plan noch eine Zusammenfassung zum Thema ›Lernen von Daqing‹?«

Hätte Feng Xiaoxuan die Karten offen auf den Tisch gelegt, hätte er He Jiabin vielleicht das Gefühl einer gewissen Aufrichtigkeit vermittelt. Aber das ist seine Art, politische Probleme zu behandeln. Er hält ihn für ein dreijähriges Kind und meint, daß er, He Jiabin, auf diese Weise nicht dahinterkommt, daß He Ting Bericht über ihn erstattet hat. Lächerlich! Es ist doch im Grunde völlig normal, daß ein Unterabteilungsleiter seinen Vorgesetzten über die ideologische Situation seiner Mitarbeiter unterrichtet. Wenn es dabei mit der Wahrheit zugeht und weder Verleumdungen noch Verdrehungen im Spiel sind, brauchte man nicht um den heißen Brei herumzureden! Schließlich hat er gegenüber He Ting auch nicht verheimlicht, was er dem Parteikomitee der Abteilung über die Probleme innerhalb der Unterabteilung erzählt hat.

»Ich habe keinen Plan geschrieben.«

»Und warum nicht, das ist doch eine Sache von prinzipieller Bedeutung?«

»Ich halte es nicht für eine Sache von prinzipieller Bedeutung.« He Jiabin grinst in sich hinein. Wie würde Feng wohl reagieren, wenn er ihn darüber informierte, daß der Plan eines Genossen in der Unterabteilung als Vorlage für die anderen gedient hat und von ihnen abgeschrieben worden ist?

Feng Xiaoxuan setzt sofort seine altmodische Brille auf und starrt He Jiabin einen Moment lang unverwandt an, als habe er sich plötzlich in einen Davidshirsch aus dem Zoo verwandelt und bedürfe einer eingehenden Betrachtung. Damit überspielt er zugleich, daß ihm für den Moment keine passende Antwort einfällt. Soll er ihm eine ›Mütze‹ verpassen? Unmöglich, solche Scherze sind passé, im übrigen haben sich die Leute daran gewöhnt, niemand nimmt das mehr ernst, vor allem nicht Leute wie He Jiabin. Außerdem findet er im Moment keine passende ›Mütze‹, unter den politischen Kampagnen der letzten zwanzig Jahre ist keine, die auf diese Situation anwendbar wäre.

Soll er ihn kritisieren? Aber wie? Noch ist unklar, wie He Jiabin wirklich denkt. Man könnte zumindest seine ablehnende

Haltung gegenüber Daqing zu einem gravierenden Problem machen, zu einem Keim, der Wachsamkeit verdient. Schließlich muß er als Vizeabteilungsleiter für politische Schulung und Personalfragen das Gewicht dieses Problems doppelt schwer empfinden. Daqing, das ist das Banner, das der alte Herr persönlich aufgepflanzt hat. Noch nie hat jemand dagegen opponiert, warum muß dieses Weltwunder ausgerechnet in der Einheit auftreten, für die er zuständig ist! Widerwärtig! Und dann gehört dieser Kerl auch noch zu denen, die ohne Rücksicht auf Verluste geradewegs drauflosschießen. Wenn das nach außen dringt, kann er die Sache nicht vorläufig auf sich beruhen lassen, zumindest würde sich das für ihn als Vizeabteilungsleiter für Politik und Personalfragen sehr ungünstig auswirken. Was soll er tun? Das Nächstliegende ist, ihm unmißverständlich die Meinung zu sagen.

»Ihren Standpunkt halte ich für einen ernsthaften Fehler. Ich kann mich damit nicht einverstanden erklären. Wenn Sie so weitermachen, wird es gefährlich!«

»Ich habe meinen Standpunkt noch gar nicht dargelegt!«

Intellektuelle verstehen sich immer auf solche Haarspaltereien. Aber warte, alter Freund, in politischen Fragen kommst du bei mir mit diesen Tricks nicht durch, da fehlt's noch ein bißchen.

»Na, dann äußern Sie mal Ihren Standpunkt frei von der Leber weg. Sie müssen schon Ihre Gründe angeben, wenn Sie weder einen Plan noch eine Zusammenfassung schreiben!«

Nennt man diese Methode bei Verhören nicht ›ein Geständnis herauskitzeln‹?

»Ich habe keinen Standpunkt, ich kenne nur die Schwester eines Freundes, die in einem Frauenbohrteam auf dem Ölfeld arbeitet. Ich habe sie getroffen, als sie dieses Jahr Heimaturlaub hatte. Als wir uns so unterhielten, hab ich sie gefragt: ›Was macht ihr denn so normalerweise nach Feierabend?‹

›Nichts!‹

›Wie, nichts? Lest ihr denn nicht?‹

›Nein!‹

›Kein Fernsehen?‹

›Nein!‹

›Keine Zeitungen?‹

›Nein!‹

Ich war verblüfft: ›Was macht ihr denn in eurer Freizeit?‹

›Es gibt keine Freizeit, jeden Abend außer Samstag politische Schulung, hinterher schrubben wir uns und ab ins Bett. Waschräume haben wir auch erst seit allerneuestem . . .‹ Und nun hören Sie mal zu: Wollen die vielleicht nicht weiterlernen, sich kulturell und technisch fortbilden? Glauben Sie denn, daß die sich für gar nichts interessieren? Keineswegs. Sie haben nur krumme Buckel von der Schufterei und keine Energien mehr für irgend etwas anderes. Oder nehmen wir die Waschmöglichkeiten, vielleicht nur eine Kleinigkeit, aber schließlich arbeiten die Leute auf einem Ölfeld. Na schön, jetzt haben sie Waschräume gebaut. Und dann heißt es, sie sollen die Amerikaner und die Revisionisten überholen. Bei denen ist doch die Arbeitsbelastung auf den Ölfeldern viel geringer als in diesem Frauenbohrteam. Wie sollen sie das denn schaffen? Mit ihrer Körperkraft? Natürlich nicht, das geht nur über Mechanisierung und Modernisierung. Sicher sind unsere Arbeiter klassenbewußt, auch in der Bevölkerung fehlt's daran nicht, unsere Leute können Not ertragen und hart arbeiten. Aber wir haben die Pflicht, mit diesen Fähigkeiten sparsam umzugehen und mit dem Enthusiasmus unserer Arbeiterklasse kein Schindluder zu treiben. Außerdem: wie sollen die Leute eines Tages in modernen Betrieben arbeiten, wenn wir ihnen keine Möglichkeiten geben, sich technisch zu qualifizieren und sich kulturell fortzubilden, wie sollen sie jemals hochentwickelte Anlagen kontrollieren und bedienen können? Haben Sie im übrigen schon mal dran gedacht, daß auch sie das Bedürfnis nach Liebe haben, Kinder haben wollen? Das sind Menschen und keine Maschinen, Maschinen werden wenigstens noch geölt, gewartet und repariert! Ich weiß nicht, was die da oben sich dabei denken. Ich glaube, daß sie da nicht richtig liegen. Es ist geradeso, als wollten wir die Leute in das Zeitalter zurückkatapultieren, als man noch auf allen vieren herumgekrochen ist, um dann alle, die auf zwei Beinen herumlaufen, zu warnen: ›Leute, daß ihr eure zwei Hände nicht zum Gehen benutzt, ist ein Fehler; wenn ihr so weitermacht, werdet ihr noch arbeitsscheues Gesindel, das die Hände nicht aus den Taschen kriegt, besser ihr kriecht so fleißig, gewissenhaft und ehrlich wie wir!‹«

Der verfaßt ja geradezu einen Roman, denkt Feng Xiaoxuan.

»Und ihre Management-Methoden sollten auch mal unter die Lupe genommen werden. Sind sie denn wirklich ein unumstößliches Vorbild für uns? Erwartet man von Kommunisten nicht dialektisches Denken? Ich halte nichts davon, mit derartigem Kraftaufwand die Ausführung von Befehlen zu erzwingen, wo man mit ein paar ökonomischen Hebeln Ergebnisse erzielen könnte, wie sie in einem Zwangssystem nie zu erreichen sind.«

Als He Jiabin Luft holen muß, benützt Feng Xiaoxuan die Gelegenheit, ihn zu unterbrechen. Ihm stehen bereits die Haare zu Berge: »Aber das rote Banner Daqing hat der Vorsitzende Mao selbst aufgepflanzt. Seien Sie vorsichtig, überlegen Sie gut, was Sie sagen!«

»Ich behaupte nicht, daß alles an Daqing schlecht ist, in einer bestimmten historischen Epoche hat es eine ganz unerhörte Wirkung erzielt. Aber alles ändert sich. Was gestern fortschrittlich war, ist es heute vielleicht nicht mehr. Warum sollen wir nicht über Daqing hinausgehen? Wenn wir immer sofort aus allem ein Dogma machen und jede Entwicklung mit ›Revisionismus‹ gleichsetzen, ist das für mich Metaphysik und Idealismus. Sehen Sie, es wird in der Zukunft neue Grenzen geben, keine Schranke läßt sich aufrechterhalten, weil das Leben selbst fortschreitet, reicher und farbiger wird . . .«

He Jiabin redet sich immer mehr in Erregung, er redet auf Feng Xiaoxuan ein, Betriebsverwaltung, Metaphysik, Idealismus, Feng schwirrt der Kopf. Doch läßt er sich nichts anmerken, er gibt durch nichts zu erkennen, daß er nicht versteht, wovon He Jiabin spricht. An seiner Miene ist abzulesen, daß er das alles weit besser begreift als He Jiabin, er ist schließlich Abteilungsleiter. In Wahrheit denkt er bei sich, daß er, als Angehöriger der Verwaltung, sich mit solchem Zeug nicht zu beschäftigen braucht, das hat mit seiner Arbeit nichts zu tun. Müdigkeit überfällt ihn, er möchte gähnen, aber er unterdrückt es mit Gewalt. Im Geiste rekapituliert er, was He Jiabin gesagt hat und beschließt, sich lediglich zu merken, daß dieser gegen Daqing ist, das ist von grundsätzlicher Bedeutung. Das ist der springende Punkt, egal, was He Jiabin sonst noch für wirres Zeug von sich gibt.

Was soll er nun mit dem Mann da vor ihm machen? Es gilt bei allem die allgemeine Lage, das politische Klima im Auge zu behalten. Zeit, Umstände, Ort, das sind die wesentlichen Faktoren für ein marxistisches Herangehen an ein Problem. Feng Xiaoxuan lobt sich insgeheim selbst: Er hat die Jahrzehnte der Revolution nicht nutzlos vertan, ein gewisses marxistisch-leninistisches Niveau hat er immer noch. Es ist zum Beispiel unüberlegt, zu irgendeiner Person oder irgendeiner Angelegenheit persönliche Stellungnahmen abzugeben, individuell zu räsonieren. Die politische Großwetterlage ist unvorhersehbar! Heute wird man geprügelt, morgen ist man vielleicht ein Held. Wie heißt es doch im ›Traum der roten Kammer‹? »Gut ist es, wenn das Ende gut ist«, da steckt eine Menge Dialektik drin. Und was sagt Sun Yatsen im ›Testament des Premierministers‹? Richtig: »Die Erfahrungen von vierzig Jahren Revolution sammeln!« Das ist es, man muß sich immer eine Hintertür offenlassen. In seinem großen Hirn sieht es aus wie in einem Kramladen, der vollgestopft ist mit allerhand Krimskrams, ein bißchen Wissen über dies, ein paar Kenntnisse über jenes.

Er beschließt, zum vorliegenden Fall nur wenige Worte zu verlieren: »Wie auch immer, man muß für sein Denken und Handeln die Verantwortung übernehmen. Wenn Sie sich weigern, Ihren Plan und Ihre Zusammenfassung zum Thema ›Von Daqing lernen‹ zu schreiben, werfen Sie der Unterabteilung bei ihrem Versuch, eine Modelleinheit nach dem Vorbild Daqings zu werden, Knüppel zwischen die Beine. Sie arbeiten hier lange genug, um das zu begreifen. Sie können nicht aus persönlichen Motiven dem ganzen Kollektiv schaden. Wenn Sie weiter so stur bleiben, werden wir keine Daqing-Mustereinheit. Übernehmen Sie die Verantwortung dafür?«

»Nichts übernehme ich! Wieso muß ich überhaupt von Daqing lernen, leiste ich andernfalls keine ordentliche Arbeit? Außerdem ist es mit diesem Lernen von Daqing doch so: Jahr für Jahr wird dieser Kram veranstaltet, Zusammenfassungen, Vergleiche, Erfahrungsaustausch, Weitergabe wertvoller Ergebnisse, was von all dem hat denn irgendeinen Wert? Wäre es nicht besser, die Zeit für etwas Reelles, Solides zu nutzen? Zum Beispiel das Problem der ständigen Zwistigkeiten in unserer Unterabteilung zu lösen, das Kaderproblem, das wäre das allermindeste.«

Würde man He Jiabin über die Übel im politischen Bereich innerhalb der Unterabteilung reden lassen, hätte er viel zu sagen, sehr viel. Aber plötzlich verläßt ihn alle Energie, er weiß, daß es zu nichts führt. Die Lage ist nun mal so.

Feng Xiaoxuan spürt sofort, daß er sich nicht weiter in dieser Weise mit He Jiabin einlassen darf. Der Mann schreckt vor nichts zurück, womöglich spricht er Dinge aus, die ihn, Feng, noch empfindlicher treffen würden. Seit dem Ende der ›Kulturrevolution‹ läßt sich offenbar nichts mehr unter Verschluß halten, vom Inhalt der Rundschreiben des Zentralkomitees bis zum Privatleben der Vorgesetzten, sogar wer bei wem zum Essen war, wer ohne zu bezahlen die Betriebsschreiner private Möbel hat anfertigen lassen – solche Kleinigkeiten verbreiten sich in Windeseile in der ganzen Stadt. Die Sitten haben sich geändert, keiner schützt mehr die Autorität der Vorgesetzten, jeder kleine Kader kann das Maul weiter aufreißen als der erhabene Chef der Einheit. Heute erstatten sie bei jeder Gelegenheit Bericht über einen bei den übergeordneten Stellen oder verbreiten überall Geschichten. Wenn man nur ein wenig versucht, Hindernisse aus dem Weg zu räumen, heißt es gleich, man wolle sich rächen. Kurzum, Leitungsarbeit ist heute eine vertrackte Sache geworden, die Gedanken der Leute sind wie Doufubrösel, sie lassen sich nicht zu einem Ganzen zusammenkneten. Wer hätte denn vor der ›Großen Kulturrevolution‹ gewagt, so zu einem Führungskader der eigenen Einheit zu sprechen!

Weiß Gott, man denkt mit Sehnsucht an die fünfziger Jahre zurück, so viele Leute denken voller Nostalgie an den damaligen Lebensstandard, an die Art des Denkens, an den Umgang der Menschen miteinander. Sogar Feng Xiaoxuan denkt mit einem Seufzen an die gute alte Zeit: Ansichten, wie sie He Jiabin gerade geäußert hat, hätten ihn 1957 längst zum Rechtsabweichler gestempelt. Kein Wunder, daß die Parteizelle seine Aufnahme zurückgestellt hat, eine richtige Entscheidung. Eine Katastrophe, wenn derart disziplinlose Leute in die Partei geholt würden.

Jetzt muß er ihn zunächst einmal loswerden, soll sich doch He Ting mit ihm herumplagen!

Nach Dienstschluß sieht He Jiabin Wan Qun in der Einfahrt des Ministeriums, sie steht mit gerunzelter Stirn im Schneematsch.

Vielleicht runzelt sie gar nicht die Stirn, und es ist nur eine tiefe Falte zwischen ihren Augenbrauen, die diesen Eindruck hinterläßt. Sie ruft ihm zu: »Jiabin, morgen ist Samstag, hilf mir, aus der Kohlefabrik ein paar Briketts zu holen!« Zwischen ihnen beiden bedarf es keiner Höflichkeiten.

»Warum wartest du nicht, bis die Brikettfabrik welche liefert?«

»Die haben schon so lange nicht mehr geliefert, ich habe ein paarmal gedrängt, es hat immer geheißen: Sofort! Sofort! Aber geschehen ist nichts. Ich hab meine ganze Kohle aufgebraucht, was bleibt mir übrig, als sie selbst abzuholen?«

Für eine alleinstehende Frau mit Kind ist das Leben weiß Gott nicht einfach. Warum hat sie nicht wieder geheiratet. He Jiabin wagt nicht mehr, ihr dazu zu raten. Vielleicht wäre es nie zu dieser Tragödie gekommen, wenn er sie damals nicht zur Heirat gedrängt hätte. In He Jiabin steigt ein schmerzhaftes Schuldgefühl hoch.

Als Wan Qun direkt im Anschluß an ihr Studium ins Ministerium versetzt wurde, hat sie alle Blicke auf sich gezogen, man mußte sie einfach gern haben.

Erzählte man ihr Scherze von der Art, daß einem Menschen vier Ohren gewachsen seien, konnte sie mit schräggelegtem Kopf zuhören und schließlich mit aufgerissenen Augen zweifelnd fragen: »Ist das wahr?« Noch bei den fadesten Witzen brach sie in schallendes Gelächter aus.

Alle dachten sich mit Vorliebe solche Kleinkinderscherze aus, um sie zu necken. Ein Blick in ihre gläubigen Augen genügte, um sich am Anblick paradiesischer Unschuld zu erfreuen.

Gern sang sie die Strophe aus ›La Paloma‹: »Als ich scheiden mußte, sagte meine Liebste unter Tränen: Geliebter, ich möchte dir folgen, weit hinaus und frei wie die Taube über dem Meer . . .« Dabei wirkte sie selbst wie eine Taube, die den ganzen Tag gluckste und schwatzte. Heute ist von dieser liebenswerten Kindlichkeit und unbeschwerten Energie nichts mehr zu spüren. Ihre Augen liegen tief in den Höhlen, die Mundwinkel, die einst willensstark und übermütig nach oben schwangen, zeigen nach unten, als seien sie vom Kummer herabgezogen worden und hätten sich endgültig in ihre Niederlage ergeben. Das weiche, flaumige Haar, das sich über der Stirn ringelte und niemals strähnig wurde, ist längst verschwunden und läßt eine breite

Stirn frei. Wan Qun ist mager geworden, und selbst wenn sie nicht zornig ist, treten die Stirnadern kräftig hervor. Ein Zyniker würde sagen: »Das Gesicht einer Witwe!« Ja, sie ist eine Witwe. Ihr Mann hat 1970 die Verhöre wegen des Verdachtes auf Beteiligung an der Affäre vom 16. Mai nicht mehr ertragen und sich in der Kaderschule das Leben genommen.

Wirklich, er hätte ihr damals nicht zur Heirat raten sollen. Aber wer kann schon in die Zukunft sehen? Und wer das Sphinxrätsel der Ehe lösen?

An der Universität sind sie gute Freunde gewesen. Er war zwar Student der technischen Fakultät, aber er verstand einiges von Malerei, Musik und Literatur, er war unbefangen und unkonventionell. Hätte er nicht in jeder Hinsicht zu ihr gepaßt?

»Du mußt dich um Wan Qun bemühen, sonst baut sich die Taube irgendwann ihr Nest unter dem Dach eines anderen. Aber ich wüßte keinen, der zu ihr paßt.«

»Warum bemühst du dich nicht um sie?«

»Ich? Unmöglich! Ich bewundere Frauen lediglich als Kunstwerke und habe nicht die geringste Lust, die Schönheit dieser Kunstwerke zu zerstören. Müßte ich eines Tages erleben, daß meine Frau einen Bauch hat wie ein Känguruh und wie ein Säugetier ihr Kind nährt, käme ich mir vor, als hätte ich ein Kapitalverbrechen begangen. Außerdem könnte ich sie dann nicht mehr lieben.«

»Du bist ein Ästhetizist!«

»Vielleicht!«

»Wenn das so ist, warum stachelst du mich dann auf, um sie zu werben?«

»Die Menschen sind verschieden und haben nicht alle die gleichen Vorstellungen vom Leben wie ich. Ganz zu schweigen davon, daß sie früher oder später doch irgendeiner heiratet, und da ist es besser, du bist es.«

»Du bist ein komischer Vogel und gibst komische Sachen von dir!«

Wie sollte der ästhetizistische He Jiabin wissen, daß sich das verborgene Wesen eines Menschen erst nach der Heirat enthüllt. Auch unter den besten Freunden hat man keinen richtigen Begriff davon.

Wan Qun hat nie das Glück der Ehe genossen. Zuerst kam die Enttäuschung in der Liebe, denn in Wirklichkeit handelte es sich nur um ein eigensüchtiges Besitzergreifen. Dann band ihr die Politik einen Mühlstein um den Hals. Zugegeben, sie ist rehabilitiert worden und wird nicht mehr als Frau eines Selbstmörders und Konterrevolutionärs behandelt. Aber wer hilft ihr, die schwere Last des Lebens zu tragen?

Bin ich verantwortlich für ihre Tränen? fragt sich He Jiabin oft.

Gedankenlos schlägt er ihr vor: »Du solltest auf einen Gasofen überwechseln.« Er bereut es sofort. Sie hat ihm einmal erklärt, daß sie keinen Gasofen will, weil sie die Gasflaschen nicht allein von der Stelle bewegen kann und andere um Hilfe angehen muß. Ein-, zweimal könne sie das schon machen, aber Monat für Monat, nein, das wolle sie nicht. Wenn die Brikettfabrik ins Haus liefere, dann könne sie die Briketts langsam Stück für Stück nach oben schaffen und brauche keinen um Hilfe anzugehen.

Er hat vergessen, daß sie eine stolze und starke Frau ist.

Der Wagen hupt leise, aber unaufhörlich, sie versperren die Ausfahrt. He Jiabin zieht Wan Qun zur Seite, an eine Stelle, wo das Schlammwasser nicht so tief steht, und läßt das Auto passieren.

Im kleinen Fenster des Wagens zeigt sich das ausdruckslose Gesicht Fang Wenxuans, man könnte es ohne Übertreibung gefroren nennen.

»Gut, ich komme morgen vormittag bei dir vorbei, ungefähr um neun.« Erstaunt und befremdet entdeckt He Jiabin in Wan Quns Augen Tränen.

Was hat sie nur? Hysterisches Frauenzimmer!

4. Kapitel

Das Gebäude muß vor 1956 gebaut worden sein, wie sonst käme ihr ein vierstöckiges Haus derart hoch vor? Jedenfalls ein Stockwerk höher als die Wohnhäuser, die heute gebaut werden. Vier Treppen, für einen jungen Menschen eine Kleinigkeit. Ye Zhiqiu ist zwar noch einigermaßen gesund, aber ihr Haar beginnt sich zu lichten, die Falten ihres Gesichts vertiefen sich, die Zähne fangen an sich zu lockern, das Herz wird langsamer. Alles Hinweise darauf, wieviel sie in den fünfundvierzig Jahren ihres Lebens durchgemacht hat. So wird ein Fels Tropfen um Tropfen vom Regenwasser ausgehöhlt, so verwittert Granit, so tritt ein Leben an die Stelle eines anderen, wird ein Augenblick vom nächsten abgelöst. Auch sie wird abgelöst, ausgeschieden, leise, leise, unmerklich, niemand weiß, wann das Haar auszufallen beginnt, wann sich die Falten in den Augenwinkeln und auf der Stirn sammeln und die Zähne lang werden, von welchem Schlag an der Herzmuskel unregelmäßig zu pochen beginnt. Aber noch preßt das Herz kraftvoll das Blut in alle Teile des Körpers. Und das Leben verlangt einen unbezähmbaren und zugleich opferwilligen Geist.

Sie ist im zweiten Stock angekommen, in der Brust pfeift es wie in einem kaputten Blasebalg. Aufs Geländer gestützt rastet sie einen Augenblick und stellt Vermutungen darüber an, wie man ihren dreisten Besuch bei einer so hochgestellten Persönlichkeit aufnehmen wird.

Die Geräusche, die über den Flur dringen, sind hemmungslos, unanfechtbar, als verkündeten sie die Vernunft ihres Daseins: das Geräusch des Hackmessers beim Zerkleinern der Jiaozi-Füllung, das Plärren eines Säuglings, Klaviergeklimper. Ein geräuschvoller Sonntag. Ein einfaches Klavierstück: ›Gebet einer Jungfrau‹, gespielt von einem Anfänger, er macht sie nervös, sie möchte ihm zu Hilfe kommen. Wie auf einer Tastatur spielt sie mit den Fingern auf dem Geländer aus der Erinnerung die Melodie, während der Mittelschulzeit hat sie das Stück oft auf dem Klavier gespielt, das in einer dunklen Ecke in der Aula stand. Es war alt und demoliert, als habe man es in den tiefsten Schlund der Hölle befördert, voller Narben, Kratzer und Schrammen, kaum ein Ton richtig gestimmt, unmöglich, eine Melodie sauber zu spielen; wie ein einsamer Greis nach einem Leben zielloser Wanderschaft stand es da, verlöschend wie eine heruntergebrannte Kerze, blind und taub. Doch hatte sie das nicht gehindert, darauf zu ›beten‹. Das Licht sickerte durch die hohen Pappeln, die riesigen Fenster, und zerstreute sich auf dem Boden der Aula. Die Harmonien füllten sich mit der Kraft der Phantasien, den Phantasien eines jungen Mädchens, aller jungen Mädchen. An der Hochschule hat Ye Zhiqiu nur noch selten gespielt. Keine Zeit zum Träumen, und dann: was waren Träume? Eine substanzlose Gefühlsduselei der nichtstuenden Klassen, mit der man seine Zeit verplemperte ... Später, als sie arbeitete, sparte sie sich ein Klavier vom Munde ab. Mit Beginn der ›Kulturrevolution‹ versank es, von einem Teppich verdeckt, in zehnjährigen Schlummer. Jetzt könnte sie wieder spielen, aber sie ist längst nicht mehr in der Gemütsverfassung dazu. Das junge Mädchen, die Träume, die Harmonien – das scheint alles einer anderen Welt anzugehören, einem anderen Stern.

Die vertraute Melodie, wegen des ungeübten Spiels scheint sie sich zu entfernen und zu verwirren, rührt sie zu Tränen, bitter, doch nicht ohne Süße, Tränen, die ihr Inneres sanft zusammenpressen.

Irgendwo beginnt jemand zu hämmern, laut und aggressiv, als wolle er der Musik Paroli bieten. Ping, pang, ping, pang!

Ye Zhiqiu ist seltsam berührt: Wohnt ein Vizeminister des Schwerindustrieministeriums tatsächlich in einem solchen Wohnblock? Hat ihr He Jiabin eine falsche Adresse gegeben? Unmöglich; er hat erzählt, daß er bereits privat hier gewesen sei.

Natürlich ist das kein Wohnhaus für gewöhnliche Sterbliche, hier wohnen höhere Funktionäre, zumindest Sektions- oder Abteilungsleiter. Doch verglichen mit den für Minister üblichen Wohnverhältnissen wirkt es schon ein bißchen ungewöhnlich. Soviel ist gewiß: Noch ehe sie Vizeminister Zheng Ziyun zu Gesicht bekommen hat, bringt sie ihm Sympathie entgegen.

Und es ist seine Wohnung, aus der Klavierspiel und Gehämmer dringen.

Sie klopft ein paarmal kräftig an die Tür, das Geklimper im Innern verstummt sofort.

Die Tür öffnet sich.

Die sanfte Erscheinung ist das erste, was ihr an dem Mädchen auffällt. Weiches, natürlich gewelltes Haar, etwas zu hell nach chinesischem Geschmack. Sehr kurz geschnitten, kaum länger als Mo Zhengs Haar. Warum muß sie alle jungen Leute mit Mo Zheng vergleichen? Als wäre er ihr eigener Sohn. Die Augen haben irgend etwas Besonderes, vielleicht einen leichten Silberblick, aber merkwürdigerweise beeinträchtigt das ihre Schönheit nicht im geringsten, verleiht ihr im Gegenteil einen zusätzlichen Charme. Ein bißchen ungezogen? Kapriziös? Ein weißer Rollkragenpulli umschließt eng ihren graziösen Körper. Ye Zhiqiu fragt sich, ob sie je einen so reizenden Körper gesehen hat. Nur die Hosen sind formlos wie ein Sack. Und so weit, daß man ein gestohlenes Huhn in den Hosenbeinen unterbringen könnte, sie lassen nichts von den Körperformen ahnen, die Bügelfalten, vermutlich waren ursprünglich welche drin, sind längst zerknittert und verschwunden.

Wie bei jedem, der zum ersten Mal mit ihr in Kontakt kommt, liest Ye Zhiqiu sofort in den Augen ihres Gegenüber: »Mein Gott, ist die Frau häßlich!« Doch bemerkt sie auch andere Empfindungen: Mitgefühl, Bedauern. Das gutherzige Kind! Sie hat auf dem Klavier herumgestümpert, aber Ye Zhiqiu verzeiht ihr sofort die Vergewaltigung des ›Gebets einer Jungfrau‹.

»Sie wünschen?« Eine sanfte, warme Stimme.

»Ist Minister Zheng zu Hause?«

»Woher kommen Sie?«

Ye Zhiqiu zieht Presseausweis und Empfehlungsschreiben hervor. Das Mädchen mustert eingehend den Ausweis, offensichtlich erregt dieser Beruf ihr Interesse. Freundlich bittet sie Ye Zhiqiu herein und geht ins Nebenzimmer. Das Hämmern hört sofort auf.

Das Zimmer ist penibel aufgeräumt und blitzsauber. Aber es vermittelt ihr nicht das Gefühl, daß hier jemand lebt. Keinerlei Wandschmuck, weder Landschaftsbilder noch Fotos, noch Kalligraphien. Die Möbel sind Leihgaben einer Behörde und weder farblich noch im Stil aufeinander abgestimmt. Die Vorhänge sind aus dem blauen Stoff, den man oft in Büros sieht. Der Raum erlaubt keinerlei Rückschlüsse auf Vorlieben und Interessen seines Bewohners. Ye Zhiqiu ist seltsam berührt: Irgendwie erkennt sie in diesem unpersönlichen Raum die Unordnung und Disparatheit ihres eigenen Zimmers wieder.

»Sie wollen zu mir?«

Sie sieht sich um. Er ist ganz anders, als sie ihn sich vorgestellt hat. Seine Kleidung ist abgetragen, ja schäbig, aber Haltung und Bewegungen sind die eines Oxford-Absolventen. Wäre das möglich? Nein, He Jiabin hätte davon erzählt. Der Vizeminister ist mager, doch sein Händedruck ist kraftvoll.

»Warum haben Sie sich nicht an das zuständige Büro im Ministerium gewandt?« Er ist geradezu unhöflich. »Bitte setzen Sie sich!« Er setzt sich, ohne auf sie zu warten.

»Ich bin im Büro gewesen, man hat mir versprochen, einen Termin zu arrangieren. Aber anscheinend haben Sie nie Zeit, so wurde ich ein wenig ungeduldig.«

»Ah!« Zheng Ziyun betrachtet sie aufmerksam. Die Frau ist von einer geradezu männlichen Zähigkeit. Was macht sie? Journalistin, hat ihm Yuanyuan mitgeteilt.

Jetzt erst entdeckt Ye Zhiqiu, wie groß seine Augen sind, so groß, daß sie in seinem mageren Gesicht fast ein wenig unproportioniert wirken. Irgendwas bringt sie auf den Gedanken, daß er ein außergewöhnlich hübscher Junge gewesen sein muß, kurzgeschorenes Haar, ein weißes Hemd mit umgeschlagenem Kragen, ein Paar bläulich schimmernde, wie Sterne blitzende Augen.

Wie kommt sie nur darauf? Diese Unkonzentriertheit ist eine schlechte Angewohnheit, ihre Gedanken treiben zu oft fort und verlieren sich in unzusammenhängenden Assoziationen. Zum Beispiel jetzt. Warum kommt ihr die Kindheit dieses alten Mannes in den Sinn? Sie schüttelt den Kopf, um den merkwürdigen Gedanken zu verjagen, womit sie Zheng Ziyun ein weiteres »Ah?« entlockt.

Hastig spricht sie weiter: »Ich hätte Sie gern interviewt –.«

Zheng Ziyuns Miene wird abweisend. Wahrscheinlich befürchtet er, mit einem dieser hochstaplerischen Jubelberichte in Zusammenhang gebracht zu werden. »Tut mir leid, aber ich habe Ihnen nichts mitzuteilen!« Ganz offensichtlich ist er vor Presseleuten auf der Hut. Hat er selbst schon bei einer Zeitung gearbeitet? Oder sind es Vorurteile aufgrund des laxen Umgangs mit der Wahrheit während der letzten zehn Jahre? Oder hat er eine instinktive Abwehr dagegen, in der Presse zu erscheinen?

»Sie mißverstehen mich, ich habe nicht vor, über Sie zu schreiben, ich möchte Sie nur bitten, mir Probleme und Aufgaben der Stahlindustrie, des Maschinenbaus und so weiter zu erläutern, heute, wo wir endgültig die ›vier Modernisierungen‹ vorantreiben.«

»Oh!« Zheng Ziyuns Interesse ist erwacht. »Hat Sie Ihre Zeitung damit beauftragt?«

»Nein, ich selbst.« Sie erzählt von ihrem Disput mit Mo Zheng und daß sie um keinen Preis ihm gegenüber hat zugeben wollen, daß er den Nagel auf den Kopf getroffen hat.

»Warum interessieren Sie sich dafür?«

»Das sind doch Fragen von grundlegender Bedeutung für das Leben der ganzen Bevölkerung! Das Materielle ist nun mal der Dreh- und Angelpunkt, wenn's da fehlt, ist die Entwicklung von Wissenschaft, Kultur und Militär leeres Gerede. Ich möchte was davon verstehen, damit ich anderen begreiflich machen kann, wie wichtig das ist. Im Augenblick sagt mir nur mein Gefühl, daß unsere Arbeit im ökonomischen Bereich miserabel ist. Warum? Wie kann man's besser machen? Ich weiß es nicht. Sie wissen sicher, wieviele Erwartungen man heute allgemein in die Fachleute im wirtschaftlichen Sektor setzt, besonders in die, die an den Schalthebeln sitzen. Es geht den Leuten ja wirklich zu schlecht! Sind wir denn tatsächlich so arm? Nicht unbedingt. Wenn wir mit dem Geld umgehen würden wie die Japaner, jeden Fen zweimal umdrehen, bevor wir ihn ausgeben, wären wir nicht so elend dran. Warum wird bei uns immer blind drauflos gewurstelt? Selbst wenn wir in Geld schwimmen würden, könnten wir uns das nicht leisten. Ich will gar nicht von den großen Sachen reden, nur von der Straße zum Beispiel, durch die ich jeden Tag zur Arbeit gehe: Dreimal wurde sie im letzten Jahr aufgerissen, beim ersten Mal wurden die alten Abwasserrohre durch dickere ersetzt, beim zweiten Mal die Leitungen für die Fernwärme neu verlegt, beim dritten Mal die Rohre der

Wasserleitung ebenfalls gegen größere ausgewechselt. Und die Bäume am Straßenrand? Ursprünglich waren's Akazien, die hat man umgesägt, Pappeln gepflanzt, nach kaum zwei Jahren waren Kiefern an der Reihe ... Warum gibt es dafür keinen langfristigen Gesamtplan, nach dem man alles auf einmal erledigt? Man darf gar nicht zusammenzählen, was das an Arbeitslöhnen kostet und an Kosten verursacht für Planierraupen, Benzin, Asphalt und Kies. Muß das wirklich sein? Im Grunde kennt jeder das Problem, aber warum ändert sich nichts?«

Was an dieser Frau äußerlich so hart und abgebrüht wirkt, ist in Wirklichkeit die naive Hartnäckigkeit eines Kindes ohne jede Lebenserfahrung. Unwillkürlich fragt Zheng Ziyun: »Erinnern Sie sich an die ersten Worte des Kommunistischen Manifests?«

»Ein Gespenst geht um in Europa, das Gespenst des Kommunismus. Alle Mächte des alten Europa haben sich zu einer heiligen Hetzjagd gegen dies Gespenst verbündet, der Papst und der Zar, Metternich und Guizot, französische Radikale und deutsche Polizisten.«

»Hervorragend. Und der letzte Satz?«

»Proletarier aller Länder, vereinigt euch!« Wie in der Mittelschule, wenn sie auf die Fragen des Lehrers antwortete. Was geht wohl im Kopf Zheng Ziyuns vor?

Er erhebt sich vom Sofa, kreuzt die Arme auf dem Rücken und geht mit großen Schritten leise und zugleich rasch im Zimmer auf und ab. Erst nach einer langen Pause fragt er: »Wie sind Sie auf mich gekommen?«

»Durch einen Kommilitonen, der bei Ihnen im Ministerium arbeitet. Er hat Sie mir als einen hart arbeitenden und aufgeschlossenen Führungskader geschildert.« Sie drückt sich idiotisch aus, als wolle sie ihm Honig ums Maul schmieren. Sie spürt seine Reserve.

Tatsächlich runzelt Zheng Ziyun die Stirn.

»Wie heißt Ihr Kommilitone? In welcher Abteilung arbeitet er?«

»He Jiabin, er –.«

»Oh, ich kenne ihn. Er hat mich lange nicht mehr besucht.«

»Er ist ein bißchen eigen.«

»Krankhafte Selbstachtung, vermutlich eine allgemeine Krankheit der Intellektuellen. Aber er ist ein guter Mann.«

Sie lächelt: »Sind Sie sicher?«

»Was soll das heißen?«

»Sein politischer Abteilungsleiter scheint anderer Meinung zu sein.«

»Warum?«

»Vielleicht, weil He Jiabins Ansichten ein bißchen einseitig und extrem sind.«

Ein ironisches Lächeln spielt um Zheng Ziyuns Mundwinkel.

»Während unserer Studienzeit gründeten wir die erste Universitätszeitschrift an der Hochschule von B. Wir haben uns damals heftig über den Namen der Zeitschrift gestritten. Seiner Ansicht nach klangen die Namen, die ich vorschlug, nach Schönheitssalon, er meinte, Nachrichten dürften kein Make-up sein, die Seele eines Nachrichtenmagazins sei die Wahrheit. Er schlug vor, die Zeitschrift ›Röntgenlabor‹ zu nennen. Ziemlich kindisch und übertrieben, nicht wahr? Lächerlich, wenn man darüber nachdenkt. Aber es berührte die Leute. Es kann sich ja nicht jeder diese rührende Kindlichkeit bewahren. In dieser Hinsicht ist er ein seltenes Exemplar. Heute bin ich tatsächlich bei der Presse. Ich habe begreifen müssen, daß sich Standpunkte wie seiner nicht aufrechterhalten lassen. Natürlich sollte man, theoretisch gesehen, vor nichts Angst haben. Ein radikaler Materialist, heißt es, fürchtet nichts. Vielleicht sind wir nicht radikal genug. Dauernd reden wir von der Parteilichkeit der Presse, aber meint das, daß wir verpflichtet sind, nur angenehme Dinge zu schreiben? Haben wir dabei nicht schon mehr als genug draufgezahlt? Ich bin keine Politikerin, wahrscheinlich nicht mal eine qualifizierte Journalistin – ich spreche nur aus, was mich innerlich bewegt, in Wahrheit drehe ich mich doch nur mit der Umlaufgeschwindigkeit der ganzen Maschinerie! Wissen Sie, was unsere Generation ausmacht? Wir können uns mit dem Gang der Welt nicht abfinden!«

Sie hebt automatisch ihre Tasse und nimmt einen Schluck: »Oh, sehr aromatisch, der Tee.«

Zheng Ziyun bleibt stehen. Warum mag auch sie Longjing-Tee? Er kann keine Gemeinsamkeiten zwischen ihr und seiner Frau entdecken, nein, es gibt wohl keine. Die Frau hier steckt voller Gedanken und Fragen. Eine Milliarde Hirne so in Bewegung, welche Energien würden da freigesetzt! Ihre Wertschätzung für Longjing beweist gar nichts. Warum macht er sich überhaupt Gedanken darüber? Immer nagt in seinem Innern die unbestimmte Furcht, alle würden wie seine Frau werden.

»Er schmeckt Ihnen?«

»Ausgezeichnet!« Sie versteht von Tee nicht das geringste. Teetrinken ist eine lästige Angewohnheit, vor allem sind weder sie noch Mo Zheng fähig, die Heißwasserversorgung aufrechtzuerhalten.

Der Vizeminister nimmt seinen Marsch durch das Zimmer wieder auf. Womit soll er anfangen? Ihr wie einem Laien die Schwierigkeiten begreifbar machen, denen man bei der Entwicklung und Reform der Industrie gegenübersteht? Sie steckt voller Enthusiasmus, will alles untersuchen, alles verstehen, aber hier geht es um einen allzu komplexen Vorgang. Vielleicht ist es das beste, ihr zunächst ein bißchen theoretisches Material als Lektüre zu geben. Über die aktuelle Lage der industriellen Produktion, Betriebsverwaltung und Organisationsreform, über die Erfahrungen des Auslands? Richtig, sein Sekretär bzw. die Genossen der Forschungsabteilung sollen ihr das Material heraussuchen. Aber wie heißt sie überhaupt und wo wohnt sie?

»Entschuldigen Sie, wie war Ihr Name?«

Den Namen auf ihrem Empfehlungsschreiben hat er offensichtlich vergessen, womöglich hat er es gar nicht genau gelesen.

»Ye Zhiqiu.«

»Ein schöner Name!« Er bleibt sinnend stehen. Ein passender Name für diese Frau, er entspricht ihrem Geist und Charakter.

»Ja, schade nur, daß jemand wie ich ihn trägt.«

Warum ist sie so empfindlich? Vielleicht auch ein bißchen hysterisch. Er glaubt, sie durch seinen hingeworfenen Satz verletzt zu haben. Sie flößt ihm Respekt ein, er möchte seinen Fehler wiedergutmachen und fügt scherzend hinzu: »Aber nein, Bitterkürbis zum Beispiel schmeckt zwar bitter, aber manche Leute lieben gerade diesen Geschmack –.« Das ist nun vollends unmöglich, jetzt ist er erst recht ins Fettnäpfchen getreten. Außerhalb des Büros hat er, von seiner Frau abgesehen, mit Frauen nur selten Umgang, von ihrer Psychologie versteht er überhaupt nichts, er hat keine Ahnung, wie man sich im gesellschaftlichen Umgang mit ihnen verhält. Hinzu kommt, daß diese Frau ganz anders ist als die, mit der er schon so viele Jahre zusammenlebt; man kann ihr nicht mit männlich-herablassender Nachsicht begegnen, sie ist völlig unbeeindruckt von männlichem Auftreten. Man kann sie auch nicht mit verlogenen Komplimenten traktieren, auch wenn manche Frauen dieses falsche Getue schätzen. Sie hat einen wachen Verstand.

Wider Erwarten bricht Ye Zhiqiu in Gelächter aus: »Ausgezeichneter Vergleich, ist mir noch nie eingefallen: Bitterkürbis, hervorragend!«

Ist sie wirklich nicht ärgerlich, oder tut sie nur so? Nein, eine Frau wie sie spielt kein Theater. Sie ist ihm zufällig über den Weg gelaufen, aber sie weckt auf ihre Art Vertrauen, ein Mensch, mit dem man vom ersten Zusammentreffen an offen sprechen kann.

Der sechste Sinn – Metaphysik oder Wissenschaft?

Vergeht die Zeit wirklich so schnell?

Sie sprechen über gesellschaftliche und wirtschaftliche Probleme, über Philosophie, Politik. In der Haltung einer Funktionärin stemmt sie beim Sprechen wie ein Mann die Hände in die Hüften, wenn sie sich erregt, läuft sie wie ein Mann mit den Händen auf dem Rücken im Zimmer auf und ab, ohne daran zu denken, daß dies ihr erster Besuch im Haus eines Vizeministers ist. Sie läuft in die eine, er in die andere Richtung, oder sie bleiben beide einfach in der Mitte des Zimmers stehen.

Merkwürdig, er und Xia Zhujun sind etwa gleich lange in der Partei. Aber sie sprechen schon lange nicht mehr über Themen wie Politik, Wirtschaft oder Philosophie. Warum? Liegt es an ihm? Abgesehen von der Schlafenszeit (sie haben seit langem getrennte Schlafzimmer) verbringt er den Großteil des Tages im Ministerium, auf Versammlungen, im Wagen, nicht einmal sonntags kommt er zur Ruhe. Selbst zu Hause gehen ihm die amtlichen Geschäfte nicht aus dem Kopf; ganz abgesehen davon ist er bei seiner Rückkehr geistig und körperlich zu erschöpft, um die Kraft für Gespräche aufzubringen. Und wenn er schon mal das Bedürfnis hat, mit Xia Zhujun zu plaudern, ist sie so geistesabwesend, daß er rasch das Interesse verliert. Er überlegt oft, was sie aus ihrer Gedankenlosigkeit aufrütteln, was ihr im Alltagstrott stumpf gewordenes Herz bewegen könnte.

Ist ihr Geist mit dem Körper gealtert? Wodurch schafft man es, für den Partner anziehend zu bleiben? Nur durch körperliche

Schönheit? Auch der schönste Körper wird alt und faltig. Zheng Ziyun begreift nicht, warum sich manche Frauen ausschließlich darauf konzentrieren, den eigenen Mann zu überwachen und andere Frauen von ihm fernzuhalten, um zu verhindern, was nicht zu verhindern ist, anstatt sich ihren Unternehmungsgeist, ihre Kreativität zu bewahren und vor dem Partner immer neue, verführerische Geisteswelten zu entfalten.

Xia Zhujun geht immer mit der Mode, sie achtet auf ihr Make-up und ihre Kleidung und lacht nie laut, weil sie fürchtet, die Lachfältchen könnten sich vermehren und vertiefen. Sie sieht tatsächlich aus wie sieben- oder achtundvierzig, obwohl sie auf die sechzig zugeht. Die Gesichtshaut ist noch immer weiß und rein, keine Altersflecken. Nur wenn man Xia genau aus der Nähe mustert, entdeckt man die feinen Fältchen in den Augenwinkeln. Doch seit ihrer Hochzeit verhält sie sich wie eine Ballschönheit, die gerade den Tanzsaal verlassen und die Schminke entfernt hat. Sobald sie die Haustür hinter sich geschlossen hat, verschwindet aus ihren Mundwinkeln das sanfte Lächeln, das sie aufsetzt, wenn sie auf offener Bühne von Menschen umringt ist, verschwunden sind Freundlichkeit und Eleganz der Bewegung, verschwunden sind gehobene Bildung und Weltgewandtheit im Umgang mit anderen. Sie wischt Lippen- und Augenbrauenstift ab, zieht die angeklebten dichten Wimpern von den Lidern, nimmt den falschen Busen ab, zieht das Mieder aus, das ihre schlaffgewordenen Muskeln eng umspannt, läuft im Pyjama herum mit wirrem Haar, schlappt in schiefgetretenen Schuhen durch die Wohnung, wirft die Sachen durch die Gegend, zieht grundlos die Augenbrauen hoch, tyrannisiert die Familie durch schlechte Laune. Verändern sich alle Frauen auf diese Weise?

Andererseits: Warum war sie anfangs bereit, diesen langen Weg zu gehen, dessen Ende sich nicht absehen ließ? Hat sie ihn wirklich so enttäuscht? Ist sie anfangs nicht wenigstens neugierig gewesen?

Von irgendeinem Moment an hat er sich angewöhnt, bei ihr auf einen Funken zu hoffen, und sei er so winzig und so schwach wie das Funkeln eines Glühwürmchens.

Aber Neugier ist nur ein rotglühendes Eisen, eine falsche Hitze, eine Flamme, die sich schnell verzehrt. Hat er sie geschürt? Keine Ahnung, er kann sich nicht erinnern. Von einem märchenhaften Panorama angezogen, hastete er allein und unter Einsatz all seiner Kräfte voran. Sie dagegen blieb allein am Wegesrand sitzen, nicht bereit, weiterzugehen.

Es ist dunkel geworden, die Zimmereinrichtung, Sofa, Fernseher, das Schränkchen, das Klavier und die Gesichter fließen ineinander, verschmelzen im Zwielicht. Ye Zhiqiu hat das Gefühl, diese Szene schon einmal erlebt zu haben. Wo? Vielleicht im Traum, vielleicht in einer ihrer Tagträumereien. Sie fühlt sich in ihre Kindheit zurückversetzt, sie schlägt auf diesem schmalen, hartgepolsterten Sofa Purzelbäume, liest Märchen, hört die Großmutter Geschichten erzählen . . . Als hätte sie auf diesem Sofa ein Leben verbracht. Plötzlich kommt ihr zu Bewußtsein, daß sie sich verabschieden muß.

Doch die Hausherrin ist zurückgekehrt.

Xia Zhujun läßt ein großes Paket aufs Sofa fallen, ohne zu registrieren, daß sich ein Gast im Raum befindet, und ohne sich um irgend etwas zu kümmern, ruft sie »Yuanyuan!«

Auf andere zu achten, hat sie nicht nötig, weil es stets die anderen sind, die auf sie Rücksicht nehmen, sich um sie kümmern. Wenn es sich um einen Gast handelt, der ihrer Aufmerksamkeit bedarf, so hält vor dem Haus ein Toyota oder ein Mercedes.

Zheng Ziyun runzelt die Stirn: »Das ist die Genossin Ye Zhiqiu von der Zeitung.«

Erst jetzt wendet sich Xia Zhujun langsam um und nickt: »Bitte setzen Sie sich!« Ohne auf ihre Antwort zu warten, ruft sie wieder: »Yuanyuan!«

Ye Zhiqiu bemerkt, daß die Frau des Vizeministers jedesmal, wenn ihr Blick von einem Gegenstand zu einem anderen gewandert ist, die Augen schließt. Zusammen mit ihren übertrieben langsamen Bewegungen macht das einen überaus arroganten Eindruck.

Yuanyuan kommt aus ihrem Zimmer, ihr verstrubbeltes Haar läßt erkennen, daß sie gerade aufgestanden ist.

»Du hast wieder auf dem Bett gelegen und gelesen, wie oft habe ich dir gesagt, daß du davon kurzsichtig wirst. Eine Frau mit Brille sieht unmöglich aus.« Xia Zhujun hat völlig vergessen, daß Ye Zhiqiu eine Brille trägt, vielleicht hat sie es auch gar nicht bemerkt.

Yuanyuan und Zheng Ziyun geraten in entsetzliche Verlegenheit, als hätten sie selbst sich derart ungehobelt aufgeführt. Steif stehen sie da und wissen für einen Augenblick nicht, wie sie die Peinlichkeit der Situation durchbrechen sollen. Ye Zhiqiu dagegen geht darauf ein, als sei nichts gewesen: »Stimmt, auf dem Bett zu lesen ist schlecht für die Augen.«

Xia Zhujun fühlt sich in keiner Weise beunruhigt. Nicht im Traum käme sie auf die Idee, daß sich Mann und Tochter ihretwegen genieren könnten. Vollkommen mit sich selbst beschäftigt, spricht sie weiter, während sie das große Paket öffnet: »Ich habe dir eine hellblaue Bergsteigermontur gekauft, daunengefüttert, warm und leicht, viele junge Mädchen tragen das jetzt.«

Darauf Zheng Ziyun, der anscheinend nicht zugehört hat: »Sollten wir nicht zu Abend essen?«, und zu Yuanyuan: »Bitte Tante Wu, das Essen zu bringen!«

Die gescheite Tante Wu weiß offensichtlich, daß Yuanyuans Stimme nicht zählt und kommt mit umgebundener Schürze aus der Küche gelaufen: »Genossin Xia, soll ich auftragen?«

Xia Zhujun sieht auf ihre Armbanduhr. »Gut!« Dann fällt ihr ein: »Wir haben heute einen Gast, sollten wir nicht ein Gericht mehr machen?«

Ye Zhiqiu bemerkt, daß die Haut an Xia Zhujuns Handgelenk zart und schneeweiß ist. Die feine Goldkette des Uhrarmbands scheint zu spannen, sie schneidet in den Arm.

Tante Wu reibt sich die fetten Hände an der Schürze ab. Eine überflüssige Geste, aber Tante Wu erweckt ständig den Eindruck, gerade eine mühselige und schmutzige Arbeit hinter sich zu haben. »Heute ist Sonntag, ich habe ein bißchen was mehr eingekauft, für den Fall, daß Gäste kommen. Ein Huhn vom freien Markt, sieben Kuai –.«

»Sieben Kuai?!« unterbricht sie Xia Zhujun.

Tante Wu beeilt sich zu ergänzen: »Weil's 'n lebendes ist. Außerdem hab ich ein paar Pfund Gelbfische gekauft.« Alle stehen da und hören zu, wie Tante Wu Rechenschaft ablegt.

Ye Zhiqiu wirft einen kühlen Blick auf Zheng Ziyun. Das ironische Lächeln auf seinem Gesicht ist erstarrt. In seinen Augen funkelt es boshaft und hintergründig. Doch als sich ihre Blicke treffen, bemerkt sie Abweisung und Fremdheit. Sie verabschiedet sich eilig. Er fragt steif: »Wollen Sie nicht zum Essen bleiben?« Dann: »Haben Sie nicht gehört, es gibt ein lebendes Huhn für sieben Kuai?« Schwer zu sagen, ob er über sich selbst oder die anderen spottet.

Sie hat plötzlich Mitgefühl mit ihm. Der überall respektierte Vizeminister, der administrativ über Tausende von Betrieben und Millionen von Arbeitern und Angestellten verfügt, hat wie jeder gewöhnliche Mensch seinen Kummer, auch für ihn gibt es Zeiten, wo sich das Leben über ihn lustig macht.

Die Atmosphäre hat sich verändert. Mit einem Mal kommt Zheng Ziyun alles um ihn herum fremd vor. Ein wenig ratlos sieht er Ye Zhiqiu an. Hat er wirklich vor ein paar Minuten erst dieses fesselnde Gespräch mit ihr geführt?

Tatsächlich erscheint ein Gast. Schon beim Eintreten dröhnt er: »Ich habe Hunger, was gibt es Gutes?«

»Willkommen, Minister Wang, kommen Sie herein!« Selbst gegenüber einem Gast wie Wang erhebt Xia Zhujun ihre Stimme nur unwesentlich, beschleunigt sich der Rhythmus ihrer Bewegungen kaum.

Wang Fangliang starrt Ye Zhiqiu an: »Ich glaube nicht, daß ich dieser Genossin schon mal begegnet bin!«

Zheng Ziyun stellt sie vor: »Eine Journalistin.«

»Oh, eine Journalistin! Paß auf, alter Freund, wir müssen die Zeitungsleute hätscheln, sonst fallen sie über uns her, und das stehen wir nicht durch!« Er hat eine volltönende Stimme, als spräche er zu einem ganzen Saal voller Leute und befürchte, er sei in den Ecken nicht zu verstehen. Er ist es jedenfalls gewohnt, Reden zu halten, denkt Ye Zhiqiu.

Ohne jemandem Zeit zu lassen, etwas darauf zu sagen, fährt er fort: »Haben Sie ihn interviewt? Na, dabei sind Sie schön reingefallen! Der ist ein Ketzer, erst neulich ist er kritisiert worden. Auf die Gefahr hin, daß Sie ärgerlich werden, muß ich Ihnen etwas Unhöfliches sagen: Wenn Sie sich einen Interviewpartner wie Zheng aussuchen, sind Sie für eine Journalistin reichlich unerfahren! Ha, ha, hör mal, Zheng, du hast doch nicht vergessen, ihr deine Theorie zu unterbreiten: ›Die vier Modernisierungen‹ einkaufen oder sie aus eigener Kraft zustande bringen! Wenn wir in dieser Frage versagen, haben die Chinesen kein Hemd mehr auf dem Leib!«

Zheng Ziyun lächelt: »Erschreck sie nicht!«

Erst jetzt wirft Xia Zhujun Ye Zhiqiu einen kurzen, schrägen Blick zu, Ausdruck der Eifersucht oder der Mißbilligung darüber, daß sich eine Angehörige ihres Geschlechts allzu hingebungsvoll ihrem Beruf widmet.

Als Yuanyuan Ye Zhiqiu zur Haustür geleitet, fragt sie: »Wo wohnen Sie, Tante Ye? Ich möchte Sie unbedingt besuchen.«

Das gutherzige Mädchen.

Ye Zhiqiu bemerkt, daß sie sich bemüht, das schlechte Benehmen ihrer Mutter auszubügeln.

Frauen wie Xia Zhujun haben alles, was sie für einen Mann begehrenswert macht. Und dennoch ist diese Familie nicht gerade glücklich.

Wurde bei der Erschaffung des Menschen in der Urfinsternis nicht ein wenig geschludert? In der einen oder anderen Richtung ist immer das Wichtigste vergessen worden, und so wurde den Menschen grenzenloser, nie wiedergutzumachender Schmerz zugefügt.

Wang Fangliang läßt sich entspannt auf der Couch nieder und schlägt die Beine übereinander; seine Nylonsocken sind auf den Spann heruntergerutscht und enthüllen Knöchel und Rist. Er streift die Schuhe ab und zieht die Socken von den Füßen, und während er sie hin und her wedelt, murrt er: »Schau dir das an, so ist es mit der Qualität unserer Konsumgüter bestellt!«

Sogar Xia Zhujun runzelt, und das ist selten, die Stirn. Doch sofort fallen ihr die beiden steilen Falten zwischen den Augenbrauen ein, und sie glättet sie wieder. »Ja wirklich, ich habe eine Waschmaschine gekauft, sie ist nur ein paarmal gelaufen und schon kaputt.«

»Ha!«, Wang Fangliang läßt seine Stimme erdröhnen, »hat man so was schon gehört, sogar unsere kleine Xia macht sich Gedanken über die Qualität unserer Konsumprodukte. Da sieht man, wie ernst die Lage ist.«

»Unsere Maschinen sind auch nicht besser.« Schwer zu beurteilen, ob in Zheng Ziyuns Stimme Schadenfreude mitschwingt.

»Nicht zu leugnen!« Wang Fangliang seufzt. »Nimm zum Beispiel so etwas Simples wie die Generatoren, entweder tritt Öl aus oder Wasser oder Gas. Was ist an diesem Problem, technisch gesehen, unlösbar? Nichts! Trotzdem werden wir nicht damit fertig. Schrecklich!«

Xia Zhujun rutscht unruhig auf der Couch hin und her. Dieses Problem interessiert sie weit weniger als Socken und Waschmaschinen. Wang Fangliang registriert, daß sie völlig unnötig an ihrer tadellosen Jacke herumzupft und geziert das rechte Bein ans linke preßt.

Er ist einfühlsam genug, um zu begreifen, was in der Psyche anderer vorgeht, auch wenn seine analytischen Fähigkeiten gelegentlich von den sarkastischen übertroffen werden. Er hat längst erkannt, daß Xia Zhujun jedesmal, wenn ein Außenstehender auf der Bildfläche erscheint, instinktiv eine Position wählt, die sie unter den Anwesenden am vorteilhaftesten zur Geltung bringt und die sich am besten für ein Porträt oder Foto eignet. Auch wenn sich in der Gesellschaft weder Maler noch Fotografen befinden. Jeder, der sich mit ihr zusammen in einem Raum aufhält, ist nach zehn Minuten vollkommen erschöpft.

Wie erträgt Zheng Ziyun dieses Leben? Doch hat er auch Mitleid mit Xia Zhujun. Frauen sind immer ein wenig hohl und oberflächlich, vielleicht macht sie gerade das so liebenswert. Ergänzt sich nicht alles auf der Welt auf diese Weise?

»Wie geht's denn so in letzter Zeit, gesundheitlich?« Wangs Frage ist nicht nur bloße Höflichkeit.

»Es geht so!« Ihr Ton gibt zu verstehen, daß sie ihrem Gesundheitszustand wenig Aufmerksamkeit schenkt und noch viel weniger ihr Mann. Der jedenfalls redet weiter, ohne auf sie zu achten: »Es gibt viele Gründe dafür. Du hast völlig recht: würde man sich streng an die Operationsvorschriften halten, wäre ein Gutteil der Qualitätsprobleme zu lösen. Warum kriegen wir sie nicht in den Griff? Strengen wir uns zuwenig an? Ideologische Motivation, materielle Anreize, schön und gut, aber warum hat das alles so wenig Effekt? In den letzten Jahren haben wir uns darauf beschränkt, Phrasen zu dreschen und Parolen zu brüllen, den dicken Knüppel zu schwingen und ›Mützen‹ zu verteilen. Auf dem Papier heißt es: ›Die Arbeiterklasse ist Herr des Staates.‹ Aber wie viele der mit den Händen zu greifenden Probleme und alltäglichen Schwierigkeiten unserer Arbeiter haben wir gelöst? Wieviel Respekt ihrer Kreativität gezollt? Wieviel Handlungsspielraum haben wir ihnen zugestanden? Denk an den

Krieg – wie eng waren damals die Beziehungen zwischen den politischen Kadern und den Massen! Sie fühlten sich wie zuhause, wenn sie zu uns ins Büro kamen; jetzt führt sich jeder kleine Bürohengst auf wie der Höllenfürst persönlich, als habe er Entscheidungsgewalt über Leben und Tod. Keine Spur von Herzlichkeit mehr. Unsere erste Aufgabe muß es sein, die erkalteten Herzen unserer Arbeiter wieder mit Wärme und Hoffnung zu erfüllen, ihren Enthusiasmus anzuspornen. Das ist eine Wissenschaft, etwas, was wir gründlich erforschen müssen.«

»Meinst du damit das, was die Psychologieprofessoren ›Behaviorismus‹ nennen?«

»Ich meine eher so etwas wie Betriebspsychologie.«

Gegenüber den rhetorischen Ausschweifungen ihres Gatten pflegt Xia Zhujun eine gewisse Nachsichtigkeit an den Tag zu legen, wie sie eine kluge und vollkommen abstinente Ehefrau einem schwachen und alkoholfreudigen Ehemann gegenüber bewahrt, der bereits nach dem Genuß geringer Alkoholmengen stockbetrunken ist und mit einer Fahne wirres Zeug daherschwadroniert.

Solange er nicht seine Position gefährdet, soll er reden, worüber er will. Sie hört ihm sowieso nicht zu, selbst wenn sie direkt neben ihm sitzt. Sie setzt eine möglichst wohlwollende Miene auf, was sie nicht davon abhält, über Dinge nachzudenken, die sie für wichtiger hält. Sie sitzt da, um zu dokumentieren, daß sie nicht zu den Hausfrauen gehört, die von nichts eine Ahnung haben; vor allem aber ist ihre Anwesenheit Ausdruck der Höflichkeit gegenüber einem bedeutenden Gast.

»Zheng wird übermorgen den Professor aufsuchen. Er hat vor, sich eingehend mit dieser Theorie zu befassen.« Sie ist sich nicht ganz klar darüber, was es mit ›Betriebspsychologie‹ und ›Behaviorismus‹ auf sich hat, aber angesichts des Wortes ›Wissenschaft‹, das heute jedermann ehrfürchtig im Munde führt, spürt auch sie die Notwendigkeit, sich ein wenig zu ›verwissenschaftlichen‹. Sie kann allerdings nicht verhindern, daß man aus ihren Worten ein wenig die Hochstapelei heraushört.

»Was denn, das Problem interessiert Wang genauso wie mich. Es geht ja nicht darum, mir über Nacht den Heiligenschein eines buddhistischen Unsterblichen aufzusetzen und mich als Bodhisattva anbeten und beweihräuchern zu lassen. Ich suche nach einer Methode, um mit den realen Problemen fertig zu werden, mit denen wir uns auseinandersetzen müssen.«

Xia Zhujun hat das Gefühl, daß Zheng ihr eine Lektion erteilen will. Sie steht auf. »Schön, schön, unterhalten wir uns nach dem Essen weiter.«

Das Essen ist nicht üppig, aber wohlschmeckend.

Xia Zhujun kostet sorgfältig, ruhig und geduldig nagt sie mit ihren kleinen, spitzen, eng nebeneinanderstehenden Zähnen jeden Hühnerknochen sauber ab.

Zheng Ziyun ißt beherrscht, selbst beim Essen kommt seine Haltung Menschen und Dingen gegenüber zum Ausdruck.

Yuanyuan ißt hastig, sie schaufelt den Reis in sich hinein, als sei die Nahrungsaufnahme eine lästige Notwendigkeit.

Wang Fangliang spricht dem Essen so ungezwungen zu, als sei er bei sich zu Hause. Er drängt Zheng Ziyun: »Iß noch ein bißchen Suppe!«

»Ich kann nicht mehr.«

»Dann laß das Biertrinken sein! Nimm noch Suppe! Beim Essen ist es wie im Krieg oder bei der Arbeit: man braucht eine Hauptangriffsrichtung!«

»Mir scheint, Sie greifen überall gleichzeitig an, Onkel Wang!« Yuanyuan stützt sich auf ihre Ellbogen und kichert.

»Man macht keine solchen Scherze über erwachsene Leute«, bremst sie Xia Zhujun.

»Warum denn nicht?« Wang Fangliang lächelt Yuanyuan zu. »Heute morgen mußte ich eilig in die ›Der Osten ist rot‹-Kommune. Ich bin etwas spät aufgestanden, alles mußte huschhusch gehen, und dann lag im Gang ein Basketball herum und im Klo stolpere ich über Turnschuhe. Ich sag zu den Kindern: ›Könnt ihr vielleicht mal euer Zeug wegräumen, überall liegt es im Weg!‹ Sagt mein Zweiter: ›Grad bin ich in der Bibliothek über deine Schuhe gestolpert. Wie der Herr, so's Gescherr!‹ Da konnte ich nichts mehr sagen. Kinder haben auf ihre Weise recht. Jeder hat auf seine Weise recht. Warum soll der eine reden dürfen und der andere nicht?«

»Wie war's denn in der Kommune?« fragt Zheng Ziyun interessiert.

»Na, da hab ich Tian Shoucheng eins ausgewischt!« Er hält ein, um die Spannung zu steigern und Zhengs Neugier zu reizen.

Vor nicht allzu langer Zeit hatte die ›Der Osten ist rot‹-Kommune Minister Tian Shoucheng einen Brief geschrieben, in dem sie sich darüber beschwerte, daß ein neugekaufter Traktor Qualitätsmängel aufweise und nicht zu gebrauchen sei. Man habe einen Haufen Geld zum Fenster hinausgeworfen. Der Brief war nicht die erste Beschwerde über die Produkte des dem Ministerium unterstehenden Betriebs, doch alle früheren Beschwerden waren von Jahr zu Jahr verschleppt worden und unbeantwortet geblieben.

Diesmal jedoch hatte Tian Shoucheng wider alle Erwartung prompt und energisch reagiert. Er beschloß, einen Vertreter des Ministeriums zusammen mit dem Fabrikdirektor in die Kommune zu schicken, den mangelhaften Traktor zurückzunehmen, sich bei der Kommune zu entschuldigen und einen Ersatztraktor erster Qualität zu liefern.

Was steckte dahinter? Fand er drei Jahre nach dem Sturz der ›Viererbande‹ keinen Vorwand mehr, die Sache noch weiter hinauszuzögern? Ahnte er angesichts der neuen Töne in der ökonomischen Diskussion, daß eine umfassende Reform der wirtschaftlichen Strukturen nicht mehr aufzuhalten war?

Die Windströmungen am politischen Himmel Chinas sind launenhaft. Zumindest waren sie es während der letzten dreißig Jahre.

Tian Shouchengs Überlegungen bewegten sich ganz zwangsläufig nur in die eine Richtung: Was konnte er bei der Reform gewinnen, was verlieren?

Die Rücknahme eines Traktors ist eine beispiellose Aktion, noch nie hatte ein Ministerium auf diese Weise reagiert. So, wie sich die politische Großwetterlage darstellte, würden Presse und Rundfunk wahrscheinlich darüber berichten. Das bedeutete womöglich einen Pluspunkt, zumindest hatte man einen Stein ins Wasser geworfen und es bewegte sich etwas.

Zheng Ziyun begreift nicht, warum sich Wang Fangliang auf der Versammlung des Parteikomitees so sehr danach gedrängt hat, die Angelegenheit persönlich zu regeln. Ein Blick in seine verschmitzen Augen verriet ihm jedoch, daß er bei der Aktion einen Hintergedanken hatte.

»Gestern habe ich beim Kreisparteikomitee anrufen lassen, um zu klären, ob es möglich ist, die Parteisekretäre, die Kader und möglichst viele Bauern aus den Nachbarkommunen dazuzuholen. Die Genossen des Kreisparteikomitees haben zugestimmt. Als ich aber heute dort erscheine, soll das Ganze in der Aula der Kreisverwaltung stattfinden, in die gerade ein paar hundert Leute hineingehen. Und die Bauern? Ich erfahre, daß ein ganzer Haufen gekommen ist, aber der Platz sei beschränkt, die Bauern müßten draußen bleiben. Darauf ich: ›Dann gehen wir raus in die Stadt und suchen einen größeren Platz.‹ Der Kreisparteisekretär windet sich. ›Ich fürchte, es ist zu kalt.‹ Ich: ›Macht mir nichts aus. Wir sind Kommunisten, es ist ein unmöglicher Zustand, daß uns kein Platz groß genug ist, wenn wir Erfolgsmeldungen hinausposaunen, aber wenn es darum geht, Selbstkritik zu leisten, dann wollen wir möglichst kleine Säle und möglichst wenige Zuhörer. So geht das nicht.‹ Gut, wir gehen also auf den Platz, stellen ein paar Tische zusammen, bauen eine provisorische Lautsprecheranlage auf, und dann sage ich: ›Genossen aus den Kommunen, ich als Vizeminister schäme mich, daß wir euch einen derart minderwertigen Traktor verkauft haben. Wir haben schlechte Arbeit geleistet, euch betrogen und hintergangen. Ihr müßt euer Geld sauer genug verdienen, das darf nicht mehr vorkommen. Jetzt wollen wir die Karten offen auf den Tisch legen, wir fordern euch auf, vorläufig keine Traktoren dieser Marke mehr zu kaufen. Und wenn die Fabrik nichts dafür tut, daß sich die Situation bessert, kauft ihr eben nie mehr ihre Traktoren. Sie sind die schlechtesten im ganzen Land!‹ Unten wird es unruhig. Einer ruft ärgerlich: ›Was sollen wir denn tun, wir haben doch schon bestellt?‹ Darauf ich, ohne mit der Wimper zu zucken: ›Rückgängig machen, die Bestellung rückgängig machen!‹ Der Fabrikdirektor wird käsebleich vor Wut. Ich kann an seinem Gesicht ablesen, was er denkt: ›Der Kerl hat während der Kulturrevolution zu Recht ein paar Jahre im Loch gesessen, warum hat man ihn nicht ein paar Jahre länger dringelassen!‹ Aber er muckst sich nicht, schließlich bin ich Minister und er nur Direktor. In solchen Situationen hat hierarchisches Denken seine Vorteile, nicht wahr? Was mich wirklich bekümmert, ist, daß keiner wagt, so einem Fabrikdirektor auf die Finger zu klopfen. Einfach zurücknehmen und damit ist die Sache erledigt? Und dann? Weiter solche Traktoren produzieren? Warum wird man bei uns Kader und sogar Fabrikdirektor auf Lebenszeit, egal ob man Gewinn oder Verlust erwirtschaftet, ob man fähig oder unfähig ist? Solche Leute haben abzutreten, egal in welcher Position. Soll ich ihn vielleicht ungeschoren davonkommen lassen?

Von unten schallt es wieder herauf: ›An wen sollen wir uns denn wenden, wenn wir die Bestellung rückgängig gemacht haben? Die Feldarbeit kann nicht warten!‹

›Wendet euch an die Liming-Traktorenfabrik, ihre Produkte sind besser und billiger, und der Service ist gut.‹ Das ist der Vorteil der Konkurrenz. Keiner soll sich mehr wie früher auf sein Verkaufsmonopol verlassen und aus dem allgemeinen Topf fressen können.

Ein pfiffiger Buchhalter fragt mich: ›Können wir denn ohne Zuteilungsgenehmigung einen Traktor kaufen?‹

›Das gehört der Vergangenheit an, heute haben die Betriebe die erweiterte Selbstverwaltung, sie haben auch was zu sagen.‹

Ich bin im Nu umringt, die Leute wollen nicht glauben, was ich gesagt habe. Ich habe sie darüber informiert, daß du den Liming-Werken erlaubt hast, in der Zeitung für ihre Traktoren zu werben, habe ihnen sogar das Erscheinungsdatum genannt.«

Ohne auf die Reaktion der anderen zu warten, bricht Wang Fangliang in ein herzliches Gelächter aus, seine Augen strahlen vor Genugtuung.

»Onkel Wang, Sie sind ein Schatz! So muß ein richtiger Minister sein. Wenn alle so wären wie Onkel Tian, könnte ich auch leicht Minister sein. Kringel auf die Akten malen, das ist alles, was er macht. Ewig dieses ›Im Sinne der Führung behandeln‹ und ›Ich schließe mich vollinhaltlich der allgemeinen Meinung an‹. Was er wirklich denkt, weiß kein Mensch.«

»Yuanyuan!« Xia Zhujun runzelt die Stirn.

»Ist doch wahr!« Yuanyuan verzieht schmollend den Mund und klimpert mit den Augendeckeln.

Wang Fangliang spöttisch: »Aber Yuanyuan, wie kannst du so über deinen zukünftigen Schwiegervater herfallen?«

»Wer will denn den als Schwiegervater?«

»Wieso, du bist doch, wie alle Welt weiß, praktisch mit seinem Dritten verlobt.«

Xia Zhujun verzieht ärgerlich das Gesicht. Wang Fangliang

nimmt ein bißchen zuwenig Rücksicht auf die Privatangelegenheiten und die Reputation anderer Leute.

»Ach, mit so einem will ich nichts zu schaffen haben!«

»Was heißt ›mit so einem‹, was gibt's denn an ihm auszusetzen?«

»Soll ihn doch nehmen, wer mag!«

»Yuanyuan, du wirst immer unverschämter!«

Yuanyuan stößt ihren Löffel in die Suppenschale, die Suppe spritzt über den Tisch, sie schiebt den Stuhl zurück, wendet sich abrupt um und geht in ihr Zimmer.

»Warum mußtest du die Sache mit der Werbung ansprechen?« Zheng Ziyun setzt das Gespräch fort, als habe er vom Streit zwischen Mutter und Tochter keine Notiz genommen.

Wang Fangliang wird ernst: »Zheng, alter Freund, ich bewundere deinen Mut!« Er hält ein, er spürt, daß weitere Erklärungen überflüssig sind. Sie sind alte Genossen, verstehen sich ohne Worte, haben alle Stürme überlebt, alle Schrecklichkeiten gesehen. Daß Zheng Ziyun ohne Zögern die Verantwortung für die Reklameaktion der Liming-Werke übernommen hat, bewegt ihn dennoch. Es war im Sommer, die Diskussion über Markt, Profit und Konkurrenz hatte gerade erst begonnen. Wer garantiert, daß sich der Wind nicht eines Tages um 180 Grad dreht. Das wäre nicht das erste Mal. Zheng Ziyun würde unweigerlich mit in den Strudel hineingezogen, in den die Fabrik dann geriete. Der Antrag auf Genehmigung der Werbeaktion geht auf seine Initiative zurück, er hat ihn persönlich abgesegnet. Wenn sich eines Tages wieder das Oberste zuunterst kehrt, wird man die Akten durchstöbern und herausfinden, wer hinter der Aktion steht. Früher hätte das vielleicht nicht viel bedeutet, aber in den letzten Jahren ist die Politik aus den Fugen geraten, viele der besten Genossen sind infiziert und korrumpiert worden. Um so mehr schätzt Wang Fangliang an Zheng Ziyun, daß diesem materielle Vorteile, persönliche Karriere und Gefahren für Leib und Leben gleichgültig sind. In Gedanken versunken zieht er seine Zigaretten hervor und bietet Zheng Ziyun eine an.

Der winkt ab.

In Wangs Augen blitzt Spott: »Befehl der Hausfrau?«

»Über das Alter, wo wir uns gegenseitig beaufsichtigten, sind wir hinaus. Ich habe heute nachmittag zuviel geraucht.«

»Beaufsichtigen ist das eine, rauchen das andere, jeder, wie es ihm gefällt. Mit unvereinbaren Ansichten gehe ich immer so um.« Verschmitzt lächelnd zieht er aus der anderen Tasche eine elegant bedruckte Pappschachtel, wirft Zheng Ziyun einen Blick zu, schüttelt den Kopf und liest mit geheimnisvoller Stimme vor: »Dieses Produkt besteht aus granuliertem Zucker, Traubenzucker, Mastix plus einem Teil organisch zubereiteter, natürlicher Arzneimittel; Versuche haben seine Tauglichkeit zur Abgewöhnung des Rauchens ergeben. Es befeuchtet die Lungen, stoppt den Husten, regt den Geist an, stärkt den Magen. Anwendung: Bei jeder Einnahme circa dreißig Minuten kauen, je nach Nikotinabhängigkeit hält die Wirkung zwei bis vier Stunden an. – Tabletten gegen das Rauchen, willst du mal eine probieren?«

Zheng Ziyun reagiert nicht, er weiß, daß Wang eine Schwäche für derlei Mystifikationen hat.

Wang Fangliang bricht in Gelächter aus: »Den Befehlen der Alten muß ich folgen. Ist der Drang nach einer Zigarette zu stark, muß ich rauchen. Also rauche ich und nehme zugleich Tabletten. Auf diese Weise nehme ich Rücksicht auf meine Ehehälfte und tu mir was Gutes, so ist uns beiden geholfen.«

Wang Fangliang, wie er leibt und lebt. In widersprüchlichen Situationen verhält er sich immer so.

Wird er damit auch die Konflikte bewältigen, die auf sie zukommen? Konflikte, in denen selbst die bisher grundlegenden Anschauungen ins Wanken geraten?

Bis vor kurzem liebte man Worte wie ›Klassenkampf‹ oder Ausdrücke wie ›Kampf auf Leben und Tod‹. Als seien Konflikte dieser Schärfe nur zwischen feindlichen Lagern möglich. Sind Konflikte um verschiedene Anschauungen innerhalb eines Lagers leichter zu lösen?

Man wird sich in Zukunft mit einem ganzen System einander bedingender Anschauungen auseinandersetzen müssen, mit einem System, das sich in den letzten Jahren tief in die Köpfe, ins Denken der ganzen Gesellschaft gefressen hat und für natürlich und sakrosankt gehalten wird.

Ein Netz, das jeden umgarnt und fesselt. Man ist auf Leben und Tod miteinander verkettet. Geht einer darin zugrunde, denkt keiner daran, eine Hand freizuschütteln, um den verwesenden Leichnam nach draußen zu befördern. Keiner denkt daran, die Nase hinauszustrecken, um frische Luft zu atmen. Alle verbreiten den gleichen üblen Gestank.

Dennoch: Kommunist zu sein bedeutet, das Rad der Geschichte vorwärtszudrehen.

Was heute als Ketzerei gilt, wird in nicht allzuferner Zukunft vielleicht schon eine unumstößliche Wahrheit sein.

5. Kapitel

Der Wecker auf dem Nachttischchen zeigt zehn nach sechs, Zeit zum Aufstehen. Der Straßenlärm ist stärker geworden. Auf Autolärm reagiert sie besonders empfindlich, vielleicht weil sie die Frau des Direktors einer Autofabrik ist. Sie kann inzwischen Lastwagen, Kipplader, Jeeps und Personenwagen schon am Hup- und Fahrgeräusch unterscheiden.

Sie hat vor, Chen Yongming ein üppiges Frühstück herzurichten. Selten genug, daß sie Gelegenheit haben, gemeinsam zu essen. Sie lächelt, als sie daran denkt, sie lächelt über sich selbst: Ein dummes Frauenzimmer, das den Mann zum Zentrum ihres Lebens macht! Es ist das gleiche Essen wie sonst auch, aber wenn er mit ihr ißt, schmeckt es anders; und es ist auch die gleiche Wohnung wie sonst, aber wenn er da ist, scheint das Thermometer um ein paar Grad zu klettern.

Doch Yu Liwen bleibt reglos im Bett liegen, sie fürchtet, ihren Mann zu wecken. Sie wendet sich ihm geräuschlos zu und betrachtet eingehend sein mageres Gesicht.

Er ist erschöpft. Er schläft wie ein Toter, mit ausgestreckten Armen und Beinen, sein Gesicht ist düster, die Augen liegen tief in den Höhlen. Ein Mann von fünfzig Jahren, und das Haar schon fast überall grau, lange Haare, eine Ewigkeit nicht mehr geschnitten. Rasiert ist er auch nicht. Als sie am Abend zuvor ihre Wange an die seine gelegt hat, hat sie sich an seinen Bartstoppeln die Haut wundgerieben. Sie hat ihn gefragt: »Wie lange hast du dich nicht mehr rasiert?«

Er hat geistesabwesend gelächelt, ohne zu antworten; keine Ahnung, woran er dachte.

Sie hat ihm einen Klaps gegeben: »Woran denkst du?«

»Kann ich nicht sagen, nichts Bestimmtes, aber irgendwas liegt mir wohl auf der Seele.« Noch während er sprach, schien ihm aufzufallen, wie abweisend er sie behandelte, und er küßte sie besonders liebevoll auf die Schläfe, doch selbst in seinem Kuß spürte sie eine geistesabwesende Geschäftsmäßigkeit. War sie denn noch immer das kleine Mädchen aus der Zeit vor der Ehe, das seine ständigen Liebesbezeugungen brauchte? Sie spürte, daß ihn eine unsichtbare Last niederdrückte, die ihm das Interesse für alles andere raubte, sogar für sie, die er liebte, die er in seinem Arm hielt.

Sie haben spät geheiratet. Hätte er nicht 1962 wegen einer akuten Hepatitis ins Krankenhaus gemußt, hätte er vermutlich nie die Zeit gefunden, sich zu verlieben und zu heiraten. Die jungen Leute von heute werden kaum verstehen, ja nicht einmal glauben, daß die Menschen damals so gelebt haben. Er war siebenunddreißig, sie dreiundzwanzig, sie hatte gerade die medizinische Hochschule absolviert und machte ihr Praktikum als Ärztin.

Tag für Tag lag er in seinem Krankenbett und starrte auf die geöffnete Tür des Krankenzimmers, bis ihn die Augen schmerzten, er hoffte, wenigstens einen Schatten des vorbeihuschenden weißen Kittels zu erhaschen oder sie mit lachendem Gesicht hereinkommen zu sehen, um sich am Fußende seines Bettes nach seinem Befinden zu erkundigen.

Damals erst entdeckte er, daß auf dieser Welt neben Produktionsmengen, Produktionskosten, fixem und zirkulierendem Kapital, Staatsplan und Unternehmensprofit auch noch etwas anderes existierte, das sein Denken, seine Kraft und sein Gefühl in Beschlag nehmen konnte.

Ihre blassen, weit auseinanderstehenden Augenbrauen, ihre scharf gezeichneten Mundwinkel, ihre stets warmen Augen, ihre ruhigen und eleganten Bewegungen waren wie ein ruhiger Platz im dichten Schatten eines Baumes, in dem man sich niederlassen und entspannen konnte.

Er erklärte ihr seine Liebe (auf die gleiche Weise wie er arbeitete), rücksichtslos wie ein Gewittersturm fiel er über sie her.

Liebe auf den ersten Blick. Manche kritisierten ihn deshalb.

Was soll daran unmöglich sein? Wenn wir uns wirklich lieben?

Sie war nicht in der Partei. Manche mahnten ihn zur Vorsicht.

War es denn ihre Schuld, daß sie kein Parteimitglied war? Waren diejenigen, die man aufgrund von Vorurteilen draußen hielt, unbedingt schlechter als die drinnen? Wann würde man diesen Formalismus endlich aufgeben und lernen, eine Sache ihrem Wesen nach zu beurteilen?

Ihre warmen Augen fragten voller Unruhe: »Passe ich zu dir? Kann ich dich glücklich machen?«

Er zog sie an seine breite Brust: »Kleines Fräulein, du bist für mich geschaffen!«

Aber was war das für eine Liebe!

Hastig den weißen Kittel ausgezogen, keine Zeit fürs Abendessen, mit knurrendem Magen lehnte sie in seinem Arm. »Was, du hast nicht gegessen?« Ihm war offensichtlich entgangen, daß sie wie jeder Mensch irgendwann auch einmal etwas essen mußte. »Ich gehöre wirklich geprügelt. Schlag mich!« Er griff nach ihren Händen und wollte partout von ihr geohrfeigt werden. Später rasten sie kreuz und quer durch die Stadt, um irgendwo ein offenes Lokal zu finden. Ihr war es nicht recht, eine kleine Mahlzeit beanspruchte die Hälfte der Zeit, die sie füreinander hatten, er hatte jämmerlich wenig Zeit für sie.

Manchmal wartete sie ein bis zwei Stunden auf einer Parkbank, bis er endlich wutschnaubend angerannt kam. Schwer zu beurteilen, ob er seine Wut an ihr abreagieren oder ihr einen Heiratsantrag machen wollte: »Los, wir heiraten, wie lange wollen wir denn noch herumpoussieren? Ich hab keine Zeit!«

Oder er rief an: »Tut mir leid, ich kann hier nicht weg. Entschuldige, ich küsse dich!«

». . .«

»Warum sagst du nichts?« Seine Stimme hob sich.

». . .«

»Na schön, vielleicht kann ich eine halbe Stunde rausschinden, komm in mein Büro, ja?«

An einem Sommernachmittag nahm er sie einfach fest bei der Hand und führte sie zum Straßenkomitee, damit sie sich registrieren ließ.

Die Verwirrung und die brütende Hitze stürzten sie fast in eine Ohnmacht.

Einmal hatten sie unter einer Akazie gestanden. In langen Fäden hingen die ›erhängten Seelen‹ von den Zweigen und Blättern herab, eine fiel ihr direkt in den Nacken. Sie stieß einen schwachen Schrei aus, legte ihren Kopf an seine Schulter, ihre Augen wurden feucht. Chen Yongming zog ein zerknittertes Taschentuch hervor, um ihr die Schweißtropfen von der Stirn zu wischen, wobei er sie immer wieder aufgeregt fragte: »Was ist los? Was ist denn los?«

Yu Liwen hörte aus dem Tonfall seiner Fragen eine Verwirrung heraus, die sie nicht kannte bei ihm. Sie wußte, daß Leute wie er immer die Nerven behielten, selbst in lebensbedrohlichen Situationen. Sie begriff, daß sie für ihn wichtiger war als sonst etwas auf der Welt, nur fand er es unnötig, das in Worten auszudrücken. Unser Herz schlägt unaufhörlich in unserer Brust, aber wir können nicht ständig darauf achten. Dennoch würden wir ohne dieses Herz sterben.

Die Wohnung, die sie bezogen, wirkte leer und kahl. Chen Yongming wirtschaftete völlig kopflos im Zimmer herum. Erst legte er die auf dem Boden verstreuten Pappschachteln auf die Fensterbank, dann stapelte er sie wieder in die Ecke, um das Fenster zu öffnen.

Schließlich streckte er seine Pranken aus und sagte zu Yu Liwen: »Entschuldige, ich sollte mich heute wohl besser mal waschen.«

»Soll ich dir Wasser heiß machen?« Sie war hilflos, sie schämte sich. Wie die auf dem Boden gestapelten Einrichtungsgegenstände hatte sie ihren Platz noch nicht gefunden.

»Nicht nötig, danke!« Platschend und ausdauernd wusch er sich unter dem Wasserhahn im Klo.

Sein Gesicht unter dem triefenden Haar roch nach frischer Seife.

»Meine kleine Frau, wollen wir nicht Abendessen machen?«

Natürlich war unter all dem Haushaltszeug ausgerechnet das Kochgeschirr nicht zu finden.

Das Mahl vor ihrer Hochzeitsnacht bestand aus Keksen.

Es war eine glückliche Zeit nach der Hochzeit.

Sie hatten wenig Zeit füreinander, die Gefühle verfestigten sich unter dem Druck der knappen Zeit. Ein Kuß Chen Yongmings versetzte Yu Liwen in einen rauschhaften Zustand, aus dem sie mehrere Tage und Nächte nicht erwachte. Danach mußte sie lange auf den nächsten Liebesbeweis warten. Dienstreisen, Dienstreisen. Häufige Trennung bewahrt die Frische der Gefühle.

Chen Yongmings Frau zu sein war nicht einfach, aber sie war

stolz darauf. War er nicht der ideale, bewundernswerte Ehemann, der mit allen Schwierigkeiten fertig wurde, war er nicht der, den sie sich in ihren Jungmädchenträumen ersehnt hatte?

Später dann Unruhe, Sorge, Qual – während der ›Kulturrevolution‹ wäre er fast totgeschlagen worden. Als er den feuchten und finsteren ›Kuhstall‹ verließ, in den man ihn für mehrere Monate gesperrt hatte, waren seine Gelenke entzündet, er konnte keinen Schritt mehr gehen. Es zerriß ihr das Herz, als sie sah, wie gebrechlich dieser mächtige Körper geworden war, wie dieser willensstarke Mann an die Wand gestützt Schritt für Schritt die Beine nachschleppte. Sie war den ganzen Tag unterwegs, um Medizin zu besorgen, sie aufzubrühen, ihm heiße Kräuterwickel auf die Gelenke zu legen, während er witzelte: »Ich werde allen Männern empfehlen, eine Ärztin zur Frau zu nehmen.«

Sie lachte, aber ihre Tränen tropften auf den heißen Wickel, den sie auf den Nacken ihres Mannes gelegt hatte.

Chen Yongming packte sie bei den Schultern, sie wandte sich ab, er zwang sie, ihm in die Augen zu sehen: »Geht's mir etwa nicht gut? Warte, wenn ich wieder gesund bin, trage ich dich auf meinem Rücken auf die Duftenden Hügel . . .«

Es ging ihm wieder besser, doch sein tiefschwarzes Haar wurde grau, und bei feuchtem Wetter schmerzten die Gelenke, bei jeder Bewegung quietschten sie wie ein rostiges Schloß. An einen Spaziergang auf die Duftenden Hügel war natürlich nicht zu denken.

Vor zwei Jahren dann war Minister Zheng höchstpersönlich bei ihm erschienen und wollte ihn zum Direktor der Shuguang-Automobilwerke machen.

»Wir wissen, woran wir mit Ihnen sind und glauben, daß Sie der richtige Mann für diese Aufgabe sind.«

»Ich habe noch nie eine so große Fabrik geleitet.«

»Die Schwierigkeiten sind in der Tat beträchtlich, wir haben schon ein paarmal die Direktoren ausgewechselt. Sie brauchen sich nicht auf der Stelle zu entscheiden, lassen Sie sich die Sache durch den Kopf gehen, ich bin überzeugt, daß Sie mir eine zufriedenstellende Antwort geben werden.«

Nicht nur er, auch Freunde und Genossen, die es gut mit ihm meinten, machten sich ihre Gedanken. Diejenigen, die mit der

Situation des Werks vertraut waren, rieten ihm ab: »Bringst du den Betrieb auf Vordermann, wirst du auf die Nase fallen, schaffst du's nicht, fällst du auch auf die Nase.«

Andere meinten: »In Anbetracht deiner Rangstufe ist der Direktorensessel der Shuguang-Werke für deinen Hintern eine Nummer zu groß.«

»Wirst du durchhalten können?«

Er selbst verschwendete kaum einen Gedanken an die Kräfte, die sich ihm in den Weg stellen würden, Kräfte, die massiv wie Felsgestein das Denken und Machtgefüge der Gesellschaft beherrschten. Er überlegte nur, ob seine Kräfte und Fähigkeiten für dieses Amt ausreichten.

Ein wirklicher Kommunist muß Gleichungen lösen, die andere kaum aufstellen. Jedem stellt das Leben dieselbe Bühne zur Verfügung, doch spielt jeder darauf eine andere Rolle. Wie sonst wäre historische Entwicklung denkbar? Es gäbe weder Helden noch Karrieristen.

Geboren werden, leben, sterben. Jeder lebt sein kurzes Leben, ausgestattet mit seinen natürlichen Anlagen. Manche behaupten, die Zeit, die Umwelt, die Lebensbedingungen könnten dieses natürliche Erbe verändern. Doch in welche Richtung? Hat das etwa nichts mit den individuellen Zellkernen zu tun? Vielleicht wird die Biologie dieses Rätsel eines Tages lösen.

Chen Yongming allerdings ist wie gehärteter Stahl. Ins Wasser, ins Feuer, immer wieder.

1949, letzter Durchgang der Aufnahmeprüfung an die Hochschule für Militärwesen und Politik: mündliche Prüfung. Vor ihm eine schwächliche junge Frau im enganliegenden Qipao aus Kunstseide. Sie mochte achtzehn Jahre alt sein, das Gesicht grünlich wie Kohl, geschwollene Lider über verschüchterten und ängstlichen Augen. Ein Mann in grauer Uniform mit Backenbart hinter einem Tisch, wahrscheinlich war der Mann sehr groß, seine langen Beine in Gamaschen lugten unter dem Tisch hervor. Auf dem Tisch stapelten sich die Prüfungsformulare. Nach jeder Antwort eines Prüflings machte er ein Zeichen auf dem Formular. Er hielt das Kinn in der linken Hand, als stützte er damit seinen unendlich schweren Schädel, der ihm wegen der immer gleichen Fragen schon brummen mochte. Mit dem Stift in der Hand fühlte er sich offensichtlich weniger vertraut als mit dem Armeegewehr auf dem Rücken.

Chen Yongming hörte ihn fragen: »Warum wollen Sie auf die Hochschule?«

Die junge Frau antwortete stockend: »Um zu arbeiten.«

»Tun Sie es aus dem Wunsch, mit ganzem Herzen dem Volk zu dienen?«

»Zum Teil, um dem Volk zu dienen, und zum Teil, um zu essen. Aber das soll nicht heißen, daß ich nur mit halbem Herzen –.« Der Mann fuhr ohne aufzusehen mit der Feder über das Papier, kratzte wie mit einem Messer, das ein Ochsenfell zerteilt. Den vor ihm stehenden Prüfling nahm er gar nicht wahr. Vielleicht durfte man ihm keinen Vorwurf machen, er war müde. Doch wenn er den Kopf gehoben und nur einen Blick auf die junge Frau geworfen hätte, die da ehrfurchtsvoll und verschreckt vor ihm stand, hätte er vielleicht kein Kreuzchen auf ihrem Bogen gemacht. Die Frau wagte nicht einmal, einen Blick auf das Formular zu werfen, um nachzusehen, was er dort vermerkt hatte, sie lief verstört aus dem Raum, und um ein Haar wäre sie dabei über die unter dem Tisch hervorragenden Beine gestolpert. Das Schicksal eines Menschen, eines Lebens, wurde damals leichtfertig, subjektiv und formalistisch entschieden.

Chen Yongmings Entschluß, sich rückhaltlos der Sache der Partei zu verschreiben, fiel vermutlich an diesem Tag.

Zehn Tage später fragte Chen Yongming den Vizeminister Zheng Ziyun: »Welche konkreten Forderungen stellen Sie?«

»Zunächst ganz einfache, genauer gesagt nur zwei: erstens, eine allmähliche Steigerung der Monatsproduktion mit dem Ziel einer Verdoppelung der Produktionsrate im Vergleich zum Vorjahr, und zweitens eine bessere Abstimmung des Produktionsablaufs. Über alles andere sprechen wir später. Diese beiden Ziele sind angesichts des Durcheinanders und der verrotteten Organisation nicht einfach zu erfüllen. Um Stützungsmaßnahmen in vielen anderen Bereichen wird man nicht herumkommen. Und Sie, haben Sie Forderungen?«

»Ich habe in der Vergangenheit nie das Gefühl gehabt, ein wirklicher Fabrikdirektor zu sein; ich meine, oder besser, ich habe beobachtet, daß auch Sie es nie zu einem wirklichen Minister gebracht haben. Da Sie mir diese schwere Aufgabe übertragen, hoffe ich sie in Ihrem Sinne zu erfüllen. In den letzten Tagen ist mir so allerhand durch den Kopf gegangen, aber um all das zu realisieren, muß ich den Handlungsspielraum eines wirklichen Fabrikdirektors haben. Ich habe daher nur eine Forderung: Statten Sie mich mit diesen Befugnissen aus. Ich verlange sie nicht um meinetwillen, was soll ich damit? Es geht mir um die Fabrik, letzten Endes um die Entwicklung der Produktion. Wie viele Befugnisse können Sie mir übertragen?«

»Alle, nichts bleibt beim Ministerium, wir werden nicht kleinlich sein. Die Grenzen –«, Zheng Ziyun überlegt einen Augenblick, »so weit Ihre Belastbarkeit reicht, so weit kann auch das Parteikomitee des Ministeriums gehen, was meinen Sie dazu?«

»Wird das nicht zu Konflikten mit den gegenwärtigen Verwaltungsvorschriften führen?«

»Solange die Methoden mit den objektiven ökonomischen Gesetzen in Einklang bleiben, stehe ich dahinter, soweit meine Macht als Minister dazu reicht. Soweit es irgend geht, übernehme ich die Verantwortung. Kommt es zu Anzeigen oder Beschwerden, helfe ich Ihnen, die Sache hinzubiegen.« Er zwinkerte ihm zu.

Starke Charaktere wie Chen Yongming neigen nicht dazu, Sympathie und Respekt anderen gegenüber in Worten auszudrücken. Nach dem Gespräch streckt er unwillkürlich seine Pranke aus und drückt fest Zheng Ziyuns magere, knochige Hand.

Yu Liwen hätte jede Entscheidung ihres Mannes akzeptiert. Sie verstand nicht allzuviel von der Bedeutung der Angelegenheit, aber sie vertraute ihrem Mann. Trotz ihrer vierzig Jahre betrachtet sie das komplizierte Gebilde der Gesellschaft mit den schlichten Augen einer Schülerin. Das Denken einer Politikerin ist ihr fremd. Das hat seine Vorteile, sie ist nicht gezwungen, ständig Situationen auf ihre Gefährlichkeit hin zu analysieren, übergescheit mit Menschen und Dingen umzugehen und auf diese Weise ihrem Mann noch mehr Druck und Sorgen aufzuhalsen, für ihn Finten und Intrigen zu ersinnen und sich in seine Pläne einzumischen.

Sie achtet nur darauf, ob Chen Yongmings Gesicht magerer

wird, ob seine Augen von roten Äderchen durchzogen sind, ob er deprimiert ist, ihr geht es darum, mit Hilfe ihres medizinischen Wissens und ihrer Wärme dem erschöpften Chen Yongming physisch und psychisch Rückhalt zu geben. Sie ist nur eine einfache Frau, das Weibchen, das sich zärtlich an Chen Yongmings Brust schmiegt und ihm Sicherheit und Ruhe zur Entfaltung seiner Energien verschafft.

Yu Liwen streckt unwillkürlich ihre Finger aus und streichelt Chen Yongmings schlohweiße Schläfen. Sein widerborstiges Haar entspricht dem ganzen Menschen und seinem Charakter.

Finger trommeln gegen die Tür. Viermal, da, da, da, da, und dann noch einmal. Danach Gekicher und das Geräusch einer Rangelei.

Die Jungen. Zweieiige Zwillinge. Auch dazu hat Chen Yongming seine spezielle Meinung: »Ausgezeichnet, die Aufgabe mit einem Mal erfüllt, entspricht dem Geist der Generallinie ›mehr, schneller, besser und sparsamer‹.«

Er hat versprochen, mit ihnen heute Schlittschuh laufen zu gehen. Die Kerle sind ganz aus dem Häuschen, mußten nicht mal von ihr geweckt werden. Selten genug, daß Chen Yongming Zeit findet, etwas mit ihnen zu unternehmen.

Yu Liwen reagiert nicht. Chen Yongming soll noch ein bißchen schlafen. Es scheint, als hätten die Kinder begriffen, was in ihr vorgeht, sie hört sie noch eine Weile vor der Tür flüstern, dann ziehen sie ab.

Doch Chen Yongming ist erwacht. Lebenskraft und Energie kehren in sein Gesicht zurück, als sei der schlafende Mann mit dem bedrückten Gesicht von eben ein ganz anderer Mensch. Er greift nach Yu Liwens Hand auf seiner Wange, betrachtet sie aufmerksam, dann spielt er mit ihren Fingern und küßt sie einen nach dem andern ab. Er räuspert sich laut. Die Heizung ist zu hoch eingestellt, jeden Morgen ist er beim Aufwachen heiser.

Sofort trommelt es wieder an die Tür. Ohne auf Antwort zu warten, wird sie aufgerissen, die beiden Jungen schießen wie Kanonenkugeln herein. Chen Yongming steht da und hat beide Arme waagrecht ausgestreckt, der eine Junge hängt sich an den linken, der andere an den rechten Arm, dann drehen sie sich wie ein Windrad.

Nach dem Frühstück verläßt Yu Liwen mit ihnen das Haus,

sie sieht Vater und Söhne in der Ferne entschwinden und macht sich auf den Weg zum Markt.

Als sie am Gelbfischstand vorüberkommt, sieht sie in der Käuferschlange die Frau des ehemaligen Leiters des ›Daqing-Büros‹ und die Frau des ehemaligen Leiters der Politischen Abteilung des Automobilwerks erregt und lautstark miteinander schnattern. Die beiden entdecken sie und wollen sie mit Gewalt zu sich in die Reihe ziehen: »Heute gibt es frischen Gelbfisch, kommen Sie her, wir sind gleich dran.«

»Nein, das geht nicht, was sollen denn die Leute hinter uns sagen, außerdem will ich gar keinen Gelbfisch.« Yu Liwen wird rot und unruhig. Sie will sich nicht vordrängeln, aber sie spürt, daß es böses Blut gibt, wenn sie das Anerbieten zurückweist. So bleibt ihr keine andere Wahl, als sich schweren Herzens eilig zu entfernen.

Die beiden Frauen giften: »Genau wie ihr Mann, alles nur falsches Getue!«

»Ach was! Als Chen Yongming aus Japan zurückgekommen ist, hat sie ihn vom Flughafen abgeholt, und sie haben sich vor allen Leuten in den Arm genommen und fest gedrückt!«

Pikiertes Kichern: »Können's wohl nicht abwarten, bis sie zu Hause sind?«

»Na ja, Intellektuelle!«

»Weiß Gott, jetzt haben sie Oberwasser, die Intellektuellen. Seit Deng Xiaoping gesagt hat, daß auch sie zu den Werktätigen gehören, schwillt ihnen der Kamm bis zum Himmel.« Die Frau knirscht vernehmlich mit den Zähnen.

Keine der giftigen Bemerkungen der beiden geht über Alltäglichkeiten hinaus, aber aus dem Tonfall, dem Blick, dem Zucken der Augenbrauen und der Veränderung der Falten um die Mundwinkel herum erfaßt jede sofort intuitiv die mühsam verborgene Wut der andern. Da ihnen Chen Yongming unermeßlichen Schaden zugefügt hat – ihre Männer hatten über Nacht von ihren Posten zurücktreten müssen, die hohes Prestige bei minimalem Arbeitsaufwand garantierten –, vergessen sie ihren geheimen Groll gegeneinander und schließen eine Heilige Allianz.

6. Kapitel

Li Ruilin erscheint sehr früh zur Ablösung der Nachtschicht. Lange Zeit steht er wie teilnahmslos, doch voller widerstreitender Gefühle am Haupttor. Zwei Monate ist er nicht zur Arbeit erschienen, doch während sein Körper untätig war, ist sein Geist nicht eine Minute zur Ruhe gekommen. Daß er, der als Parteizellensekretär zwanzig Jahre lang jedes ›Aufmucken‹ im Keim erstickt hat, nun selbst in diese Untugend verfallen ist, erscheint ihm ungeheuerlich. Verrückt! Vielleicht ist er in die falsche Zeit geraten, und nichts ist mehr wie früher.

Am Anfang war es Wut. Als habe er das Zeitliche gesegnet und müsse aus dem Jenseits ohnmächtig zusehen, wie man seine Ahnentafeln fortschaffte. Später verwandelte sich die Wut in Depression, die ganze Welt schien ihn vergessen zu haben. Am Ende lag er auf dem Kang und rätselte, was wohl die anderen über sein Fernbleiben dachten. Würde man ihn mit Gewalt zur Arbeit holen? Würde man ihn kritisieren oder ihm gut zureden? Wen würden sie schicken? Warum hatte man die hauptamtlichen Parteizellensekretäre der Werkhallen ihrer Posten enthoben? Von welchem Teufel wurde Chen Yongming nur geritten? Seit seinem Amtsantritt hatte er schon genug verbrochen, was gegen alle Regeln verstieß. Hatte er in der Kulturrevolution zuwenig abgekriegt?

Li Ruilin ging alles mögliche durch den Kopf, nur an das Wesentliche dachte er nicht. Im übrigen hatte sich in den zwei Monaten keine Seele um ihn gekümmert. Er mußte schließlich klein beigeben und Chen Yongming aufsuchen.

»Hast du's eingesehen?« Chen Yongming kam ohne Umschweife zur Sache.

»Darüber sprechen wir noch, ich mach mich erst mal an die Arbeit!«

»So ist es recht. Manche Dinge kann man nicht auf Anhieb einsehen, denk in Ruhe darüber nach.«

Das klang verständnisvoll; es löste zwar keines seiner Probleme, doch steigerte es wenigstens nicht seine Bitterkeit.

Der nächste Satz machte alles wieder zunichte. »Ich habe die Finanzabteilung angewiesen, deinen Lohn für die letzten beiden Monate einzubehalten, abgesehen von den sieben Tagen, die dir als Urlaub angerechnet werden. Li, wir sind alte Genossen, du mußt zum Dienst erscheinen, auch wenn es dir nicht einleuchtet. Jemand, der wie du so lange politisch gearbeitet hat, sollte das wissen!« Chen Yongmings anfänglich nachsichtiger Blick wurde hart, ja verärgert, weder das Gespräch noch seine Entscheidung bereiteten ihm offensichtlich das geringste Vergnügen.

Während Li Ruilins zweimonatigem Schmollen hatte Chen Yongming täglich an ihn gedacht. Er wußte, daß Li über den Lohnabzug vor Zorn kochen würde. Keine Frage, daß jemand wie er ein Riesengezeter anstimmen würde, und das würde sich mit der Unzufriedenheit einer ganzen Reihe von Leuten treffen. Außerdem wurde alles teurer, eine Lohnkürzung von zwei Monaten war ein harter Schlag. Doch lieber ließ er ihm später einen Teil seines eigenen Gehalts zukommen, als auf eine Bestrafung zu verzichten. Als Direktor dieser Fabrik wäre er ohne ein ›Wolfsherz‹ zum Scheitern verurteilt, wo käme man hin, wenn jeder die Arbeit hinwarf, weil ihm irgendwas nicht in den Kram paßte? Versuchte man nicht schon, ihm hinterrücks Knüppel zwischen die Beine zu werfen? Lauerten da nicht einige schon auf ihre Chance? Seine persönliche Karriere war ihm gleichgültig. Aber eine innere Stimme warnte ihn: Jeder Erfolg, jede Niederlage, jeder kleine Schritt nach vorn, jede noch so unbedeutende Entscheidung, und sei es die über den Ankauf von Teetassen, ist ein Kettenglied eines unsichtbaren Kampfes, der täglich neu geführt werden muß.

Li Ruilin kochte vor Zorn über die Lohnkürzung, die Wut kroch ihm ins Hirn, aber er muckste sich nicht. Er konnte kein Geschrei machen und die Sache an die große Glocke hängen, er war im Unrecht. Davon abgesehen gab es im Chaos seiner Gedanken eine Saite, die immer mitschwang: mehr als dreißig Jahre Parteimitgliedschaft.

Der alte Lü begrüßt ihn wie eh und je: »Sekretär Li, Sie – sind aber früh da.«

Das Gebiß des Alten hat Lücken, er ist deshalb schwer zu

verstehen, und sein Genuschel steigert Li Ruilins Trostlosigkeit nur noch mehr.

Er will sagen: »Hör auf, mich Sekretär zu nennen, ab jetzt bin ich Lao Li.«

Doch das Gefühl der Demütigung bei dem Gedanken, ab heute an der Seite des alten Lü das Haupttor hüten zu müssen, steht ihm ins Gesicht geschrieben. Es heißt zwar, für einen kommunistischen Kader spiele es keine Rolle, ob er nach oben oder nach unten geschickt wird. Aber seit jeher gilt, daß nur Kader, die Fehler begangen haben, degradiert werden können. Wann wäre je ein Kader aus heiterem Himmel zum Arbeiter geworden. Wenn man schon nicht befördert wird, behält man wenigstens seinen alten Posten, darüber hätte er mit sich reden lassen.

Immerhin, daß ihn der alte Lü so anredet, ist ein bißchen Balsam auf seine Wunden. Wenigstens hält er ihn nicht für jemanden, der wegen begangener Fehler zur Umerziehung durch körperliche Arbeit verurteilt worden ist. Daher tut Li Ruilin jetzt so, als sei er in Gedanken ganz woanders, und empfiehlt dem Alten nachdrücklich, ein bißchen früher Schluß zu machen.

Der alte Lü holt sein Fahrrad, an dem, wie es in Hou Baolins komischem Dialog ›Protokoll einer nächtlichen Reise‹ heißt, alles klingelt außer der Klingel, aus dem Schuppen. Auf dem Kopf trägt er eine khakifarbene Baumwollmütze mit grauem Karnickelfell, vermutlich ein Mitbringsel seines Sohnes Lü Zhimin von der Armee, die hochgeschlagenen Ohrenklappen wippen bei jedem Schritt. Sein Baumwollmantel glänzt speckig, überall ist er geflickt, am Ellbogen, am Aufschlag, am Saum, selbst die Knopflöcher sind mehrfach ausgebessert. Ein neuer Mantel wäre überfällig. Doch der Alte spart und spart, alles für den Sohn.

Es heißt, die beiden vertragen sich nicht. Dabei ist der junge Lü kein schlechter Kerl, nur ein bißchen dickköpfig. Sagt der Alte hü, muß der Junge natürlich hott sagen, zudem ist er leicht erregbar und ein durch und durch ungehobelter Bursche. Überhaupt, die jungen Leute heutzutage, Flegel, einer wie der andere.

So hat jeder sein Bündel zu tragen. Li Ruilin starrt gedankenverloren dem alten Lü nach.

Er geht in die Pförtnerloge, setzt sich, steht wieder auf, es bereitet ihm Unbehagen, nur so herumzusitzen, er muß etwas tun, nur was? Plötzlich hat er das Gefühl, die Fabrik, in der er so viele Jahre zugebracht hat, habe sich von Grund auf verändert, er kommt sich vor, als sei er gerade neu eingestellt worden. Ein ungutes Gefühl.

Er schürt das Brikettfeuer im Kanonenofen, füllt den Wassertopf und stellt ihn auf die Ofenplatte, nimmt den großen Besen hinter der Tür hervor und fegt die Allee vor der Pförtnerloge. Eigentlich gibt es da gar nichts zu fegen, die Allee ist pieksauber, sie wirkt geradezu wie aufgeschleckt. Li Ruilin richtet sich auf und schaut auf die schier endlose Flucht von Fabrikgebäuden. Mehr als zwanzig Jahre, seit seiner Entlassung aus der Armee arbeitet er hier, er hat das Werk aus dem Nichts wachsen sehen, er hat miterlebt, wie es wuchs und wuchs. Wie die Kinder in der Nachbarschaft, die unter seinen Augen geboren, gestillt, entwöhnt wurden, bald konnten sie krabbeln, laufen, wuchsen heran, gingen zur Schule . . . Manchmal erscheint es ihm unbegreiflich, wie aus diesen Kindern, die gerade noch mit nacktem Hintern auf allen vieren herumgekrochen sind, mit einem Mal stattliche Burschen werden, Burschen in diesen Trompetenhosen, die ihm gar nicht behagen, die Hosenbeine sehen aus wie Besen aus Gaoliangstroh, und im Arm ein junges Mädchen.

Die Fabrik wurde immer gewaltiger. Sie war bald größer als die Kreisstadt seines Heimatkreises, mittlerweile braucht man mehr als eine halbe Stunde, wenn man um sie herumlaufen will.

Durchschreitet man das Haupttor, steht man vor einem riesigen Rundbeet, zwei Pappelalleen führen links und rechts darum herum wie zwei muskulöse Arme, die einen leeren Korb umschließen. Die Astlöcher an den Pappelstämmen sehen aus wie Augen, die jemand achtlos mit dem Taschenmesser ins Holz geschnitzt hat, kunterbunt, mal größer, mal kleiner. Ein großer Künstler war der Schnitzer allerdings nicht, weit aufgerissen glotzen die Augen starr auf Kommende und Gehende, und so glotzen sie auch auf Li Ruilin. Unter den Pappeln eine gerade geschnittene Kiefernhecke; auf den Nadeln rostet der Kohlenstaub eines ganzen Winters, der Ruß, der aus Pekings Kaminen quillt. Die grünlich-schwarzen Nadeln sind so schmutzig wie das winterliche Peking, alles ist von einer schwärzlichen Schicht überzogen, wie verdreckte und nicht gründlich gewaschene Kleider.

Hinter dem Beet erhebt sich das Verwaltungsgebäude, dahinter reiht sich Werkhalle an Werkhalle. Rechts der riesige Platz, auf dem die fertigen Fahrzeuge abgestellt werden, bevor sie das Werk verlassen, ordentlich und in Reih und Glied stehen sie da, stramm wie Rekruten in brandneuen Uniformen und mit schimmernden Sturmgewehren über dem Rücken, als wollten sie den Himmel stürmen. Selbst der grollende Li Ruilin muß zugeben, daß dieser Sieg über Chaos und Mißwirtschaft der Vergangenheit eine gigantische Leistung gewesen ist. Da gab es offene und versteckte Angriffe, Knüppel zwischen die Beine von links und rechts, Neid und Eifersucht auf die Fähigen, jeder Schritt eine Falle. Li Ruilin weiß über alle in der Fabrik Bescheid, unten wie oben, und er kennt all die seit Jahr und Tag ungelösten Probleme! Auch Chen Yongming ist nur ein Mensch, auch er ist gelegentlich niedergedrückt, ohne darüber sprechen zu können. Wie macht er es nur, daß man ihm nie ansieht, wenn er mutlos und verzweifelt ist?

Das Wasser kocht. Es blubbert, der Dampf schießt zischend hervor und hebt klappernd den Topfdeckel. Li Ruilin brüht sich eine Tasse Jasmintee auf. Tee für acht Mao das Liang. Weiß Gott, schlechter als früher der zu sechs Mao. Nichts ist wie früher. Er setzt sich, zieht eine Blechdose mit Tabak und Zigarettenpapier aus der Hosentasche und dreht sich eine ›Kanone‹. Während er sie raucht, mustert er niedergeschlagen die Ausstattung der Pförtnerloge.

Eine Bußgeldliste, ordentlich mit Tusche geschrieben, klebt demonstrativ und gut sichtbar unter der Wanduhr. Das Pendel schwingt hin und her wie ein Kopf, der aufmerksam mal von der einen, dann von der andern Seite den Anschlag studiert.

Fünf provisorische Bestimmungen zur Verhängung eines Bussgeldes von einem Yuan

Es ist verboten:

1. auf den Boden zu spucken
2. auf dem Werksgelände zu rauchen
3. Papier oder Obstschalen herumzuwerfen
4. Fahrräder außerhalb der vorgesehenen Stellplätze abzustellen

5. ohne Genehmigung Familienmitglieder ins Werk mitzubringen

Jeder Verstoß gegen eine der aufgeführten Bestimmungen wird mit einer Buße von einem Yuan geahndet.

Shuguang-Automobilwerke

Li Ruilin liest die Liste zweimal durch, beide Male hat er das Gefühl, hier würde mit Kanonen auf Spatzen geschossen.

Daß Kinder von Werksangehörigen nicht einfach im Fabrikgelände herumtoben und ihre Eltern besuchen dürfen, mag noch angehen. Aber einen Yuan, weil man raucht oder spuckt, Papier wegschmeißt oder sein Fahrrad irgendwo stehenläßt? Als ob die Leute zuviel Geld hätten! Ganz was Neues! Die Straßen sind voll mit Zigarettenkippen, Papierschnitzeln und Rotz. Je mehr Leute, je belebter der Platz, desto größer die Unordnung. In der Wangfujing oder im Tierpark, hinter Bäumen oder den prächtigen Reklamewänden mit den hübschen Mädchen, überall tritt man, wenn man nicht aufpaßt, in Kotze oder in irgendwelchen bunten Abfall. Zuviel gegessen oder ein verdorbener Magen, oder es ist einem vom Gerüttel im Bus schlecht geworden. Und spucken? In China spuckt jeder. Man braucht nur die Ohren aufzusperren, im Theater, bei Versammlungen, morgens, wenn man sich auf dem Weg zur Arbeit in den Bus quetscht, immer hört man jemanden seine Kehle freiräuspern und den Rotz auswerfen. Wen oder was behindert denn die Spuckerei? Die Fahrräder? Die kann man sowieso nicht einfach in der Gegend rumstehen lassen. Gegen die alten Weiblein, die jeden, der die zwei Fen Parkgebühr sparen möchte, per Megafon zusammenstauchen, hat auch der Dickfelligste keine Chance.

Hinter der Sache steckt sicher Chen Yongming. Er ist vor kurzem von einer Inspektionsreise durch Japan zurückgekommen, dieses ausländische Zeug hat er bestimmt von dort mitgebracht. Es heißt, daß neben der Fabrik ein Gewächshaus gebaut wird, sogar ein Gärtner soll eingestellt werden. Und im Frühjahr will man auf den Freiflächen Gras säen. Schön und gut, dagegen läßt sich nichts sagen, aber was bringt's? Macht das die Stromausfälle wett oder den Mangel an Rohmaterial? Eine Fabrik ist eine Fabrik, wer Rasen sehen will, soll in den Park gehen. Will man's mit den Ausländern aufnehmen? Das sind Kapitalisten,

Chinesen können auch ohne Blumen oder Rasen leben und Autos produzieren!

Sucht Li Ruilin mit Gewalt nach Vorwänden, um Chen Yongming am Zeug zu flicken?

Wer ist schuld daran, daß er zum Pförtner herabgesunken ist?

Im Frühjahr, als Chen Yongming von einer dieser Konferenzen über die Reorganisation der Betriebsverwaltung zurückkam, hatte er irgendwo neue Energien geschöpft und neuen Rückhalt bekommen, jedenfalls trat er noch rücksichtsloser auf als zur Zeit seines Amtsantritts. Das klingelte nur so von ›erweiterter Autonomie der Betriebe‹, ›Marktkonkurrenz‹, ›Reorganisation des Managements‹, ›freie Hand bei der Besetzung von Mitarbeiterstellen in den Leitungsorganen‹, ›Abschaffung des Daqing-Büros und der Politischen Abteilung sowie der hauptamtlichen Parteisekretäre auf Werkhallenebene‹. Chen Yongming ging wirklich aufs Ganze!

Zu den meisten Punkten wagt sich Li Ruilin nicht zu äußern, aber ein paar gehen wirklich zu weit!

Abschaffung des Daqing-Büros und der Politischen Abteilung! Geht das an?

Freie Hand bei der Besetzung von Mitarbeiterstellen in den Leitungsorganen! Was heißt denn das? Wo steht das geschrieben, und wer in der Führung hat das gesagt? Öffnet man damit der Fraktionsbildung und Vetternwirtschaft nicht Tür und Tor? Wie kann man mit kapitalistischen Methoden die Leitung sozialistischer Betriebe organisieren?!

Yang Xiaodong aus der zweiten Werkhalle, dieser ewige Querkopf, hat ihm damals entgegengehalten: »Was heißt hier kapitalistisch? Der Vorsitzende Mao hat diesen Ausdruck auch verwendet, als er Jiang Qing kritisiert hat! Hast du die vom ZK veröffentlichten Dokumente zur Entlarvung der ›Viererbande‹ nicht gelesen?«

Sobald Li Ruilin auf Versammlungen oder beim Dokumentenstudium seinen Hintern mit einer Bank in Berührung bringt, versinkt er in Schlummer, als habe er ausgerechnet in der Nacht zuvor kein Auge zugetan. Wenn es wirklich darum geht, wach zu bleiben, klemmt er sich mit größter Konzentration die Haare seines Backenbärtchens zwischen zwei übereinandergelegte Münzen. Sein Barthaar ist außerordentlich resistent. Zwanzig

Jahre an zahllosen Bewegungen teilgenommen, so viele Versammlungen durchgestanden, so viele Dokumente studiert, der Bart ist darüber nicht sichtbar dünner geworden.

Wohlweislich hat sich Li Ruilin auf keine Diskussion mit Yang Xiaodong eingelassen, weil er nicht die leiseste Ahnung hat, was wie in den Dokumenten steht. Abgesehen davon – diese jungen Leute haben immer ein flinkes Mundwerk, sie werfen mit Ausdrücken und Theorien um sich; sobald sie den Mund aufmachen, zitieren sie die Klassiker, schüchtern einen damit ein, bis man keinen Ton mehr herausbringt. Wer weiß denn schon, ob Marx oder Lenin das wirklich gesagt haben? Wo soll man denn nachschlagen? Daher pflegt Li Ruilin in solchen Situationen eine überlegene und undurchdringliche Miene aufzusetzen. Hätte er sich auf Dispute eingelassen, hätte er nur seine Autorität als Parteisekretär aufs Spiel gesetzt.

Chen Yongming wurde grob: »Selbst wenn einer seine Tante oder seinen Onkel holt, ist mir das scheißegal, solange er die Produktion voranbringt. Die Bedingungen sind klar: Innerhalb von drei Monaten akzeptable Ergebnisse und innerhalb eines halben Jahres einen Durchbruch. Wer keine Resultate vorzuweisen hat, muß einem Besseren Platz machen! Wovor fürchtet ihr euch? Wir haben einen Großteil der Befugnisse auf die Ebene der Werkhallen und Abteilungen hinunterdelegiert, jetzt sind die am Zug, sich Leute zu wählen, die mit diesen Befugnissen etwas anzufangen wissen!«

Als nach dieser Logik verfahren wurde, verlor Li Ruilin nicht nur seinen Sekretärsposten, er verlor bei der Neubildung des Leitungsteams auch seinen Kaderstatus. Was ihn am meisten traf, ihn fassungslos machte: Keiner konnte ihm größere Fehler vorwerfen, aber keiner wollte ihn mehr.

Eine Fahrradklingel unterbricht Li Ruilins Gedankenstrom. Auf einem nagelneuen 28er Yongjiu-Fahrrad kommt Wu Guodong durchs Tor gefahren. Als er Li Ruilin am Fenster der Pförtnerloge sitzen sieht, ruft er herzlich: »Du – bist zur Arbeit gekommen?«

»Ich kann schließlich nicht dauernd zu Hause herumhängen.« Li Ruilin geniert sich ein wenig. Dann kommt er heraus und inspiziert eingehend das neue Fahrrad. Wie kommt Wu an so ein

Fahrrad, er ist doch lange krank gewesen, und das Fahrrad hat mindestens 170 Yuan gekostet!

»Neu gekauft«, erklärt Wu Guodong. »Das Werk hat denen, die weiter weg wohnen, einen Kredit gewährt, damit das Gequetsche auf der Fahrt zur Arbeit aufhört. Monatlich werden zwei Yuan vom Lohn abgezogen.« Noch während er spricht, setzt er die Klingel in Bewegung, wieder und wieder, wie zur musikalischen Untermalung seiner Zufriedenheit. Auch über Li Ruilins Gesicht fliegt bei diesem Klang ein Lächeln: Haben's nicht leicht, die Arbeiter; an ein Fahrrad zu kommen, ist nicht einfach für sie.

Doch dann bemerkt Wu Guodong Li Ruilins weiß gewordene Schläfen, seine gelichtete Stirn, und ihn beschleicht ein ungutes Gefühl. Er hält die Klingel an.

Aus der Sicht der Arbeiter gibt es an Chen Yongming nichts auszusetzen. Das neue Wohnheim ist nahezu fertig, die Belegschaft hat es selbst gebaut, das seit mehr als zehn Jahren beklagte Problem der Wohnungsnot ist der Lösung nähergerückt.

»Wie steht's mit deiner Hepatitis, ausgeheilt?«

»Ja.« Wu Guodong schüttelt den Kopf. All die Nöte und Kümmernisse, die er seit Krankheitsbeginn durchgemacht hat, kommen in diesem Kopfschütteln zum Ausdruck.

Li Ruilin versteht ihn, sie gehören der gleichen Generation an, beide empfinden gegenüber der Gesellschaft und den Nöten des Alltags oft das gleiche. »Na, dann paß gut auf dich auf, daß du keinen Rückfall kriegst.«

Er hat den Satz noch nicht zu Ende gebracht, als Lü Zhimin durchs Tor radelt. Er tippt mit der rechten Fußspitze auf den Boden, tut so, als hebe er das Bein über den Sattel und leistet damit der Vorschrift ›Beim Ein- und Ausfahren absteigen‹ Genüge, dann – flopp – spuckt er die Zigarettenkippe aus dem Mundwinkel.

»Absteigen! Steig ab!« brüllt Li Ruilin, er wird zum ersten Mal seines Amtes walten. Erst mal den Yuan kassieren, dann weitersehen.

Verwirrt plinkert Lü Zhimin mit den Augen: »Wie? Was?«

»Was? Rück einen Yuan raus!«

»Weshalb?«

Li Ruilin weist mit ausgestreckter Hand auf die Pförtnerloge: »Schau, was da hängt, die fünf Bußgeldbestimmungen.«

Lü Zhimin verdreht die Augen und gibt keinen Ton von sich.

Li Ruilin und Wu Guodong machen schadenfrohe Gesichter. Auch in diesem Punkt denken beide das gleiche. Sei es, daß sie Genugtuung darüber empfinden, daß diese in ihren Augen blödsinnigen Bußgeldbestimmungen auf Hindernisse stoßen – ehrlich gesagt hoffen beide, daß sie sich als undurchführbar erweisen –, sei es, daß sie sich darüber freuen, daß es einen von den Jungen wie Lü Zhimin erwischt hat.

Sonst bist du bei jedem Klamauk vornedran, denkt Li Ruilin, und jetzt tust du wegen dem einen Yuan, als müßtest du dir ein Pfund Fleisch aus den Rippen schneiden. Damals, auf der Konferenz, auf der Chen Yongming die Auflösung des Daqing-Büros und der Politischen Abteilung verkündet hat, ist Li Ruilin wutentbrannt ans Rednerpult gestürmt und hat gerufen: »Was wird hier gespielt? Seid ihr noch Sozialisten?« Die jungen Leute im Saal haben vor Lachen gegrölt, gepfiffen und geklatscht, Lü Zhimin hat ihn vom Rednerpult gezerrt und gesagt: »Weg hier, amüsieren Sie sich woanders!«

Wu Guodong schaltet sich ein: »Direktor Chen hat die Bußgeldbestimmungen in der Fabrik bekanntgegeben! Weißt du das nicht?«

Lü Zhimin knöpft widerstrebend seine Jackentasche auf. Da sie sich auf Chen Yongming berufen, muß er sich fügen. Sie bewundern den Direktor, und deshalb möchte Lü Zhimin zu dessen Anweisungen ungeteilte Zustimmung demonstrieren. Aber Wu Guodongs Selbstgefälligkeit geht ihm gegen den Strich, er überlegt, wie er ihm den Mund stopfen kann. Das ist er nicht bereit zu schlucken, auch wenn Wu Guodong zehnmal sein Werkhallenchef ist.

Vor Li Ruilins innerem Auge erscheint plötzlich der alte Lü, mit seinem klapprigen Fahrrad und dem zerrissenen Baumwollmantel, und er ändert plötzlich seine Meinung: »Also gut, diesmal hebst du den Stummel selbst auf und wirfst ihn in den Abfallkorb. Aber merk dir's für die Zukunft!«

Brav hebt Lü Zhimin seine Kippe auf, winkt Li Ruilin, wirft Wu Guodong einen provozierenden Blick zu, steigt aufs Fahrrad, schmeißt sich in die Brust und entschwindet.

Wu Guodong wendet sich an Li Ruilin: »Lao Li, warum hast du –?«

»Laß gut sein, warum soll ich auf ihn losgehen? Nicht mit mir. Zuerst muß ich die da oben am Wickel nehmen. Die haben schließlich diese Vorschriften erlassen, oder?«

Wu Guodong sagt weder ja noch nein. Er ist der Meinung, daß man jeden am Wickel nehmen muß. Irgendwann, er kann selbst den Moment nicht bestimmen, hat sich bei ihm das Gefühl eingenistet, daß alles bergabgeht. Wie ein unsichtbarer Wurm, der sich in sein Herz gebohrt hat und dort herumwühlt, ihn plagt wie ein böser Geist. Tag für Tag, von früh bis spät verfolgt ihn das Gefühl, daß das Leben unsicher geworden ist, daß alles eines Tages zusammenstürzt.

Ge Xinfa und Wu Bin sind mit Yang Xiaodong verabredet, um ›etwas zu besprechen‹. Zur angegebenen Zeit jedoch läßt sich Yang Xiaodong nicht blicken. Ist er noch beim Essen? Ge Xinfa und Wu Bin kehren zur Kantine zurück. Tatsächlich steht Yang Xiaodong mit verschränkten Armen am Kantineneingang, neben ihm mit unbehaglichem Gesicht Lü Zhimin. Die Gläser seiner ›Krötenbrille‹ ziehen sich wie die Augen einer Libelle nach unten und geben seinem verlegenen Gesicht ein noch hilfloseres Aussehen. Voller Stolz dagegen zucken Yang Xiaodongs kräftige Augenbrauen ab und zu nach oben. Ist es ihm ernst oder macht er sich einen Jux? Wu Bin ist ein heller Kopf, er sieht auf den ersten Blick, daß die beiden nicht ohne Grund an der Kantinentür stehen. Er läßt sich jedoch nichts anmerken: »Ihr habt wohl nichts Besseres zu tun, als hier Wache zu schieben?«

Yang Xiaodong, wie üblich immer geradeheraus: »Mittags kommen hier die meisten Leute zusammen. Ich hab ihn hergeschleppt, damit er sieht, wie viele hier Krötenbrillen tragen.« Und zu Lü Zhimin: »Hast du's gesehen? Insgesamt zwei, und was das für Typen sind, brauch ich dir nicht zu erzählen.« Dann wird er ernst: »Ich sag dir klipp und klar, in unserer Gruppe gibt's so was nicht, du gehörst nicht zu denen, du mußt nicht jeden Modefurz mitmachen!«

»Hör auf damit, nimm sie runter, ist doch witzlos. Was markierst du den Auslandschinesen!« Wu Bin runzelt die Stirn und nimmt ihm mit einem Griff die Brille von der Nase.

Ge Xinfa schaut mit zusammengekniffenen Augen zum Himmel. Schon seit dem Morgen versteckt sich die Sonne hinter einem düsteren, grauen Schleier aus Dunst, Wolken und Smog. »Wenn du sie schon aufsetzen mußt, dann nicht mitten im Winter.«

»Ich hab euch von Anfang an klar und deutlich gesagt, wenn ihr mich zum Teamchef macht, seid ihr dreizehn Vizechefs; egal was passiert, ihr müßt euch an meine Stelle versetzen und überlegen, wie ihr die Sache in Ordnung bringt. Ihr habt alle genickt, hast du das vergessen?«

»Nein«, gibt Lü Zhimin zu.

Was immer Yang Xiaodong sagt, Lü Zhimin legt sich mit ihm nie an. Wenn es darauf ankommt, halten die Jungs zusammen wie Pech und Schwefel. Wegen Lü Zhimins Trompetenhosen hat Yang Xiaodong Krach mit Werkhallenleiter Wu Guodong gehabt: »Leute in Trompetenhosen sind genauso wenig alle Rowdies, wie alle, die in öligen Klamotten rumlaufen, ausschließlich anständige Leute sind.«

Wer schuld daran ist, daß Lü Zhimin mit seinem Vater nicht auskommt, ist nicht auszumachen. Der Alte kapiert nichts, mischt sich aber überall ein, ewig schwärzt er Lü Zhimin bei Yang Xiaodong an, der Junge würde dauernd Streit vom Zaun brechen; morgens käme er nicht aus den Federn, leere sein Waschwasser nicht aus, so daß man über die Waschschüssel stolpere und das ganze Zimmer unter Wasser stehe, und abends treibe er sich bis Mitternacht herum und behaupte, er hätte im Werk zu tun gehabt, ob sie denn wirklich Versammlung gehabt hätten? Dann erzählt er, daß sich Lü Zhimin einen Dreikantdolch unter die Matratze gesteckt hätte, und fragt, ob das gegen ihn gerichtet sei.

Yang Xiaodong schenkt dem bornierten Gerede des alten Lü zwar keinen Glauben, aber er hält Lü Zhimin zugleich vor, absichtlich Streit mit seinem Vater zu suchen. Trotzdem hält er zu ihm und kümmert sich nicht um das Geschwätz der Leute, die immer was zum Stänkern suchen und denen es das größte Vergnügen macht, wenn in einer Familie die Fetzen fliegen. Wenn es sein muß, ist er stur, aber er erklärt auch, was zu erklären ist. In dieser Hinsicht fühlt sich Lü Zhimin von Yang Xiaodong besser behandelt als von seinem Vater. So einen

Vorgesetzten – auch wenn er nur ein kleiner Teamchef ist – trifft man selten.

»Also gut, wenn ich sie noch mal aufsetze, könnt ihr sie kassieren.« Lü Zhimin ringt sich zu einem Zugeständnis durch.

»Wenn ich dich noch mal damit sehe, reiß ich sie dir vom Gesicht und zerschmeiße sie.« Yang Xiaodong läßt keinen Zweifel aufkommen.

Wu Bin stopft die Brille in Lü Zhimins Jackentasche, dann fragt er Yang Xiaodong: »Was gibt's?«

Yang Xiaodong zieht ein Bündel Papierstreifen hervor. Wu Bin sieht sofort, daß es sich um die Umfrage handelt, die sie gestern in der Gruppe durchgeführt haben. Es ging um die Frage, was mit den fünfzig Yuan geschehen soll, die sie als ›fortgeschrittene Gruppe‹ für Betriebssicherheit, Wartung und Pflege der Anlagen bekommen haben.

Wu Bin zählt nach, vierzehn Streifen, auf dreizehn steht ›Xinfeng-Restaurant‹, das in der Nähe des Werks liegt, und auf einem steht ›Moskau‹.

Alle haben die gleiche Idee gehabt, obwohl sie sich beim Ausfüllen der Zettel nicht abgesprochen haben. Soviel Einmütigkeit bei vierzehn Leuten ist schon fast unwahrscheinlich.

Yang Xiaodong sagt: »Heute ist Silvester. Am Nachmittag wird nicht gearbeitet, bloß sauber gemacht, du verdrückst dich mit Ge Xinfa. Das ›Moskau‹ ist zu weit weg, und dann war auch nur einer dafür, also bestellen wir das Essen im ›Xinfeng‹. Ihr stellt das Menü zusammen und organisiert den Tisch, da seid ihr ja Experten. Fünfzig Kröten, seht zu, was ihr dafür kriegt. Wir sind um drei fertig, sobald die Halle geschlossen wird, zieht die Gruppe los.«

»Oha, das hast du dir also gemerkt!« sagt Ge Xinfa.

»Ich merk mir, was ich mir merken muß, alles andere vergeß ich. Wie's aussieht, kann man jede Erfahrung mal brauchen, hängt nur davon ab, wann und wo. Jetzt haben eure ewigen Freßgelage jedenfalls mal ihr Gutes.«

Die vier lachen.

Ge Xinfa spielt auf die Affäre mit der letzten Vierteljahresprämie an. Noch bevor die Prämien ausgezahlt wurden, hat Yang Xiaodong sie gewarnt: »Heute gibt's Prämien, daß mir keiner während der Arbeitszeit ins Restaurant abhaut!«

Das war natürlich nicht nur so dahergeredet. Ge Xinfa und Wu Bin sind in der Gruppe als ausgemachte Schlemmer bekannt. Sie verfressen ihre Prämien regelmäßig in den Restaurants. Yang Xiaodong hat ihnen schon x-mal zugeredet: »Wieder ins Restaurant? Warum legt ihr's nicht auf die hohe Kante, denkt ihr nicht mal ans Heiraten?«

Wenn die Rede aufs Heiraten kommt, wackelt Ge Xinfa bedenklich mit dem Kopf: »'ne Frau? Schön blöd wär ich. Die macht dir bloß Vorschriften! Sag selber, wieviel Freiheit hast du denn noch?«

Yang Xiaodong überlegt einen Augenblick mit zusammengekniffenen Augen: »Na, so frei bin ich nicht mehr. Aber ich sag dir, diese Unfreiheit hat einen Geschmack, daß dir das Wasser im Munde zusammenläuft. Jemand, der keine Frau hat, kriegt so was nie zu kosten.«

Wu Bin läßt sich nicht überzeugen: »Heute ist heute, und morgen ist morgen. Außerdem gehn wir ja höchstens ein-, zweimal im Monat essen.«

Ge Xinfa meldet weiterhin Zweifel an der Ehe an: »Schön und gut, selbst wenn du das Geld hast, ohne Wohnung ist eh nichts zu machen. Schau dir Song an, fehlt nur noch, daß er sich wegen einer Wohnung vor Wu Guodong hinkniet und einen Kotau macht.«

»Wenn du mich fragst, verdammte Scheiße, ich würde mich mit meiner Alten auf seinen Bürotisch schlafen legen. Der Saukerl, der ist schließlich verheiratet und hat zweimal geworfen!« Wenn von Songs Wohnungsnöten die Rede ist, packt Wu Bin die Wut.

Yang Xiaodong lenkt ein: »So kannst du nicht über ihn reden. Er leistet gute Arbeit, geht nicht durch die Hintertür und nützt seine Position nicht aus. Als er gehört hat, daß die Äpfel und Birnen, die das Werk auf dem Land besorgt hat, nicht aus Staatsläden stammen, hat er nichts gekauft, aus Angst, gegen die politischen Prinzipien zu verstoßen. Solche Kader sind schon in Ordnung. Was hat denn so einer schon zu melden, ist doch nur 'ne kleine Nummer!«

»Wieso muß er uns immer runtermachen? Als Song wegen seiner Wohnungsgeschichte zu ihm gekommen ist, hat er ihn nicht mal richtig angeguckt, sondern in der Zeitung rumgeblättert und die Reklame studiert. Läßt Song 'ne Ewigkeit dumm rumstehen, bis er schließlich das Maul aufmacht: ›Heiraten? Wie alt bist du?‹ ›Siebenundzwanzig. Sie haben mich vor ein paar Tagen schon mal gefragt.‹ Vergißt sogar, wie alt Song ist. Ich hab mal einen Roman gelesen, über ein Regiment im Krieg, mehr als tausend Mann, weiß Gott, 'ne Menge. Weißt du, was der Politkommissar von dem Regiment gemacht hat? Nach drei Tagen konnte der einen neuen Soldaten im Regiment beim Namen rufen und nach einer Woche hat er gewußt, wie's bei dem zu Haus aussieht. Bei uns sind's schließlich nur dreihundert!«

Ge Xinfa unterbricht ihn: »Im Roman!«

»Quatsch mir nicht dazwischen, hör lieber zu! Weißt du, was Wu Guodong dann gesagt hat? ›Du bist noch jung, ahem, in der Werkhalle gibt's welche, die sind über dreißig und noch nicht verheiratet, ahem, wart noch ein paar Jahre. Unsere Partei, ahem, unser Vaterland propagiert die Spätheirat, als Mitglieder der Arbeiterklasse müssen wir, ahem, bei allen persönlichen Problemen stets, ahem, die Bedürfnisse der Partei und des Vaterlands im Auge behalten, nicht wahr?‹

An Songs Stelle hätt ich ihn gefragt: ›Mit wieviel Jahren hast du denn geheiratet? Spar dir deine faulen Sprüche!‹

Aber Song ist zu gutmütig und murmelt nur: ›Aber ich muß doch dringend heiraten.‹ Ihr glaubt nicht, wie weit es Wu Guodong noch getrieben hat. So einen falschen Hund gibt's nicht zweimal! Fragt er ihn doch glatt: ›Was ist denn passiert?‹

So ein Scheißdreck! Als ob er nicht genau wüßte, was Song tolles gemacht hat! Und so einer soll uns ideologisch schulen? Und ist Parteisekretär! Wann hat er sich denn mal um uns gekümmert, wann hat er uns mal als Menschen behandelt, sich mit uns zusammengesetzt? Er weiß ganz genau, daß wir das Recht haben zu heiraten, daß wir unsere Meinung sagen und ins Restaurant gehen dürfen, daß wir Wohnungen brauchen. Der geht mit uns um, als wären wir politische Verbrecher unter spezieller Aufsicht. Ein Mensch ist ein Mensch und kein Vieh, er braucht ein bißchen Wärme und Mitgefühl. Das gibt dir Kraft, und die kriegst du nicht mit Geld her und auch nicht mit Druck und Befehlen.«

Wu Bin und Ge Xinfa sind tatsächlich zweimal vor Arbeitsschluß ins Restaurant abgehauen. Nach dem ersten Mal hat Yang Xiaodong sie gewarnt, er würde sie kein weiteres Mal decken. Als sie nach dem zweiten Essen zurückkamen, fuhr Yang sie an: »Erstens seid ihr abgehauen, obwohl ich es verboten habe, und zweitens seid ihr während der Arbeitszeit essen gegangen, das ist ein Verstoß gegen die Arbeitsdisziplin. Ihr geht jetzt freiwillig zu Wu Guodong und beichtet, erspart es mir, euch anzuzeigen.«

Die beiden sperrten sich, keiner wollte sich vom Fleck rühren. Yangs Hände packten sie am Arm, wie zwei Schraubstöcke: »Ihr wollt nicht? Ich bring euch in Handschellen hin, und dann üben wir gemeinsam Selbstkritik, ich werde zugeben, daß ich als Teamchef nichts tauge, sonst wärt ihr nicht während der Arbeitszeit ins Restaurant gegangen.«

Sie erhielten von Wu Guodong eine ordentliche Abreibung, er strich ihnen den Lohn für die Arbeitsstunden. Yang Xiaodong tragen sie nichts nach. Er sagt offen und klar, was los ist, verbreitet keine Lügenmärchen, verpetzt niemanden, trampelt auf niemandem rum, um selbst nach oben zu kommen, und ist nicht nachtragend.

Um drei bemerkt Wu Guodong, wie sich die Burschen aus Yang Xiaodongs Gruppe hastig umziehen, sich unterm Wasserhahn die Hände waschen und mit lautem Geschnatter gegenseitig zur Eile antreiben. Er registriert, daß Wu Bin und Ge Xinfa fehlen. Er geht zu Wu Bins Werkbank hinüber und fährt mit den Fingerkuppen über die Gleitschiene. Keine Eisenspäne, nur Maschinenöl. Dann inspiziert er den Platz um die Werkbank, sauber gefegt, die fertigen Achsendeckel ordentlich ins Regal geschichtet, kein Werkstück an den Ecken angeschlagen. Die Werkzeugkästen sind verschlossen, nichts liegt mehr herum, es gibt tatsächlich nichts zu beanstanden. Doch meint er, als Parteisekretär seinen Verpflichtungen peinlichst genau nachkommen zu müssen, daher fragt er Yang Xiaodong: »Was habt ihr vor, daß ihr euch so zusammenrottet?«

»Ins ›Xinfeng‹, essen.«

»Wer lädt euch denn ein?«

»Wir uns selbst. Sie haben doch erklärt, daß die Gruppen über die Verwendung der Prämien frei entscheiden können, die Werkhalle würde sich nicht einmischen!«

»Wir gehn morden und brandstiften!« bemerkt Lü Zhimin. Wu Guodong spürt, daß das gegen ihn gerichtet ist. Kein Anstand! Er ist schließlich Parteisekretär!

Er sieht ihnen nach, wie sie die Fahrräder aus dem Schuppen holen, an jedem ist der Sattel so hoch wie nur möglich gestellt. Über den Lenker gebeugt, den Hintern steil in die Luft gereckt, schießen sie unter lautem Geklingel davon, wie ein Schwarm Heuschrecken.

Heuschrecken. Genau das sind sie: Heuschrecken. In seinen Augen sind sie ein Schwarm Heuschrecken! Großartig! Gehen mit ihrer Prämie rotzfrech und großspurig ins Restaurant. Wo gibt's denn sowas? Auf Wu Guodongs Schädel zittert jedes Haar einzeln vor Empörung.

Plötzlich steigt ein Gedanke in ihm hoch: Wie kam es, daß sich diese Rüpel wie von Geisterhand geführt zu einer Gruppe zusammengefunden haben? Noch mehr zu schaffen macht ihm, daß sie wie Pech und Schwefel zusammenhalten. Bei der Arbeit, beim Vergnügen, sie verabreden sich, und dann ruck-zuck. Er hat nie erlebt, daß sie sich in die Haare kriegen. Selbst bei einer so heiklen Sache wie der Lohneinstufung ist nie einer zu ihm gerannt, um sich zu beklagen und über ungerechte Behandlung zu jammern. Nicht wie in den anderen Gruppen, wo es Geheul und Tränen setzt, die Leute aufeinander losgehen oder die Arbeit hinwerfen. Und wer ist schuld dran? Keiner. Nichts zu machen. Die Armut! Würde er mit seiner Alten streiten, ohne die ewigen Geldprobleme, die Armut?

Wenn einer in der Gruppe krank wird und Gefahr läuft, die Prämie zu verlieren, weil er zwei Tage Urlaub nehmen muß, springen die anderen ein. Als Lü Zhimin trotz einer Erkältung nicht krankgeschrieben wurde, weil er nur 37 Grad Temperatur hatte, hat ihn Yang Xiaodong pausieren lassen und währenddessen zwei Werkbänke bedient.

Und die Arbeit. Vor 78 hat die Halle nie das Soll erfüllt. Alle haben auf die Gruppe an den Drehbänken geschimpft, sie gäbe sich keine Mühe und würde der Gehäusemontage wie ein Klotz am Bein hängen. Wu Guodong hat sie immer wieder wegen ihrer schlampigen Arbeit kritisiert. Doch die Dreher wollten das nicht zugeben. Sie erklärten, der Brigadechef der Gehäusemontage verstünde zuwenig von seinem Fach, wieso der überhaupt Brigadeleiter geworden sei, wo er doch erst seit 68 im Werk wäre? Er habe keine Ahnung von der Technik, keine Erfahrung, keine Autorität und wisse sich nicht zu helfen. Er sei Fräser, vom Drehen verstehe er nichts, bringe nur alles durcheinander. Deswegen habe niemand ein Recht, ihnen wegen des nicht erfüllten Plansolls Vorwürfe zu machen. Sie verlangten, den gesamten Produktionsablauf zu reorganisieren, Drehen, Schlossern, Fräsen und Montage sollten getrennt werden, Pferde und Maulesel gehörten nun mal nicht zusammen. Man würde dann schon sehen, wer an der Malaise schuld sei.

Also reorganisierte Wu Guodong die Produktion in der Werkhalle.

Die Drehergruppe hielt eine Gründungsversammlung ab. Alle waren sich einig: »Jetzt haben wir eine eigene Gruppe und müssen uns ranhalten. Wir müssen zeigen, daß wir mehr können als motzen!«

Nach der Versammlung schlugen sie in der Halle eine Gründungsproklamation an, in der sie bekanntgaben, daß sich die Gruppe am 5. Januar 1978 konstituiert habe und entschlossen sei, gute Arbeit zu leisten. Der letzte Satz lautete allerdings: »Am Jahresende wird abgerechnet!«, er kam Wu Guodong völlig übergeschnappt vor. Wer verfaßte denn solche Ankündigungen? »Am Jahresende wird abgerechnet!« Auf wen hatten sie es abgesehen? Es sah so aus, als setzten sie ihren ganzen Ehrgeiz darein, die Werkhalle und ihren Leiter zu provozieren.

Ehrgeiz hatten sie. Zwei Jahre lang erfüllten sie Monat um Monat das Soll. 78 wurden sie als ›fortgeschrittene Gruppe‹ der Werkhalle eingestuft, von zweiundzwanzig Teams schafften das nur acht. Dieses Jahr wurden sie als ›fortgeschrittene Gruppe‹ der Fabrik und für besonders zuverlässige Einhaltung der Qualitätsnormen ausgezeichnet.

Politisches Bewußtsein? Keine Rede davon, in der Gruppe gibt es nur zwei bis drei Partei- und drei Jugendverbandsmitglieder. Die Führung? Hat Yang Xiaodong wirklich so viel los? Über ihn weiß Wu Guodong Bescheid. Sein Vater ist bei der Guomindang gewesen, er selbst kein Parteimitglied. 1967 ist er wegen privater Benutzung von Firmenautos kritisiert worden.

Das war nichts Besonderes, nur ist er dabei wirklich raffiniert vorgegangen: Er feilte sich einen Haufen Zündschlüssel zurecht, bevor er losfuhr, montierte er jedesmal den Kilometerzähler ab, und wenn er zurückkam, schloß er ihn wieder an. Beim Verlassen des Fabrikgeländes schob er den Wagen und ließ ihn erst in einiger Entfernung an, wenn er zurückkam, stellte er ihn in einiger Entfernung von der Fabrik ab und schlüpfte durchs Nebentor auf das Gelände. Erst wenn das Haupttor geöffnet wurde, schob er den Wagen wieder hinein, nach dem Ende der Nachtschicht. Lange Zeit wurde er weder von der Leitung noch von den Pförtnern erwischt. Das beweist, daß er nicht auf den Kopf gefallen ist, selbst wenn man in Rechnung stellt, daß sich damals keiner für irgendwas verantwortlich fühlte. – Wie hat er es bloß geschafft, diesen Haufen zusammenzuschweißen. Vielleicht ist es wie bei diesen Sekten, wo derjenige als Guru verehrt wird, der die meisten Tricks auf Lager hat.

Ist es das kollektive Prestige? Lachhaft, anzunehmen, daß diese Bande einen Gedanken ans Kollektiv oder an kollektives Prestige verschwendet! Ganz ausgeschlossen, die schleppen ihr individuelles und ihr kollektives Prestige in die Kneipe.

Woran liegt es also? Für Wu Guodong bleibt es ein Rätsel. Auch wenn sie in allem vorneweg sind, ist er immer beunruhigt, geht er ihnen nach Möglichkeit aus dem Weg. Selbst bei den ordentlich verarbeiteten Achsendeckeln hat er das Gefühl, der Erdgott habe darübergeblasen, um den Leuten etwas vorzugaukeln, und sobald die Wirkung des Zaubers verflogen ist, verwandelt sich alles in einen Haufen von Erdklumpen zurück.

Aber Wu Guodong macht sich nichts vor. Er begreift, daß eine Fabrik auf technische Fähigkeiten angewiesen ist, ein Teamchef muß etwas auf dem Kasten haben. Wenn's da fehlt, kann er ihn nicht brauchen, auch wenn man sich noch so gut versteht. Auch wenn er Yang Xiaodong persönlich nicht ausstehen kann, muß er zugeben, daß er was von Technik versteht, daß er nicht schummelt und sich nicht drückt, an seiner Arbeit gibt's nichts auszusetzen. Wu Guodong muß die Werkhalle voranbringen, dazu braucht er Leute wie Yang Xiaodong. Und er hat entdeckt, daß Chen Yongming einen Narren an den Burschen gefressen hat. Er sieht ihn oft mit Yang Xiaodongs Haufen zusammenstecken. Worüber die alles schwätzen: ökologisches Gleichgewicht, die ständigen Auslandsreisen der Politiker, daß Khomeini früher oder später scheitern muß. Manchmal gurgeln sie ein paar Brocken Englisch oder Japanisch hervor. Was bringt das? Geschwätz! Haben zuviel im Kopf, deshalb wird man so schlecht mit ihnen fertig.

7. Kapitel

Das Gesicht des Malers beginnt faltig und schlaff zu werden, doch die Augen überraschen, es sind die Augen eines Kindes, auf den ersten Blick geben sie den ganzen Menschen preis. Ganz im Gegensatz zu seinen Bildern, deren Tiefe und Vielschichtigkeit sich erst bei mehrfachem Betrachten richtig erschließen. Bei Zheng Ziyun rufen diese Augen Bewunderung und Hoffnungslosigkeit hervor, als betrachte er ein dem lebenden Menschen unzugängliches, nur der Seele erreichbares wunderbares Bild. Doch selbst wenn man ihm Zutritt zu dieser Welt gewährte, wüßte er nicht, ob er sie überhaupt betreten wollte. Als ob es darum ginge! Er hat diese Lebenschance vertan. Anthropologie, Geschichte, Literatur wollte er früher einmal studieren, doch das Schicksal hat ihn zum Bürokraten bestimmt.

Er mag solche Augen. Er muß sie unverwandt anschauen. Schön wäre es, denkt er, wenn die Augen aller Menschen in diesem Alter noch so strahlten. Das Strahlen aber haben nur wenige, diejenigen, die sich restlos einer Sache hingeben und sich bis an ihr Lebensende das Herz eines Kindes bewahren. Wer die Gabe dazu besitzt, kann sich aus den tausendfältigen Qualen des Lebens in die Seligkeit freischwimmen, aus der Hölle sich in den Himmel schwingen.

Der Maler ist ein Freund Wang Fangliangs. Wang Fangliang dilettiert auf allen Gebieten und er hat die verschiedenartigsten Freunde: Vizepremierminister und Adepten der modernen Xun-Schule, Experten für Bronze-Inschriften und den berühmten Koch irgendeines Restaurants.

Zheng Ziyun hatte bei der Besichtigung einer Ausstellung ein Bild gelobt: »Wirklich, nicht übel!«

Wang Fangliang war in schallendes Gelächter ausgebrochen: »Unerhört!« Unklar, ob er seinem Lob beipflichtete oder sich über ihn lustig machte. Jedenfalls fuhr er abrupt fort: »So ein Maler hat's nicht einfach!«

»Warum denn?«

»Weil bei uns ein Akt gleichbedeutend mit einem Beischlaf ist. Natürlich nicht mit der eigenen Frau.« Wang Fangliang brach wieder in Gelächter aus.

Beischlaf?!

Auf dem Bild streckten einige nackte weibliche Wesen, halb Mensch, halb Geist, erschöpft und zart ihre langen Glieder aus. Die Leinwand war nicht groß, doch schien sie eine Geheimsprache zu sprechen, die nur von Eingeweihten entschlüsselt werden konnte, sie offenbarte das Rätsel der jahrmillionenalten Quellen des Lebens.

Es handelte sich nicht um bestimmbare, konkrete Frauen, sondern um das Weibliche schlechthin. Die zerbrechlichen Körper appellierten nicht nur an das männliche Verantwortungsgefühl, sie versinnbildlichten zugleich jene gewaltigen Kräfte, die beim Menschen die Gefühle von Geborgenheit und Zugehörigkeit hervorrufen, die Kräfte der menschlichen Fortpflanzung, die Geschichte machen und das Genie gebären.

»Frag ihn doch mal, ob er bereit ist, mir das Bild zu verkaufen.«

Unerwarteterweise hatte ihm der Maler das Bild geschenkt. Zheng Ziyun bereute, daß er sich hatte hinreißen lassen. Was sollte er mit dem Bild machen? Aufhängen? Was würden die Kollegen im Ministerium denken, wenn sie den Akt an der Wand sähen. Bei einem kleinen Angestellten käme es nicht so darauf an, doch bei einem Kader seines Ranges wurde der Fall zugleich einfacher und komplizierter. Nicht aufhängen? Wozu hatte der Maler dann sein Herzblut vergossen?

Davon abgesehen: ohne Gegenleistung konnte er das Bild nicht annehmen. Geld? Wang Fangliang riet ihm dringend ab: »Auf keinen Fall, Geld hat in seinen Augen keinerlei Bedeutung. Im Gegenteil, du würdest ihn verletzen!«

Das liegt nun einige Zeit zurück, aber es läßt ihm keine Ruhe.

Heute nachmittag ist ihm eingefallen, daß es das beste wäre, den Maler abzuholen, mit ihm essen zu gehen, gemütlich zusammenzusitzen und sich zu unterhalten. Im übrigen bedrückt ihn schon den ganzen Tag ein unbestimmtes Gefühl der Verdrossenheit. In dieser Stimmung hat er nicht die geringste Lust, nach Hause zu gehen. Nicht, daß etwas Besonderes vorgefallen wäre, jedoch ist nichts, was in den höheren Verwaltungsorganen vorgeht, so harmlos, wie es aussieht. Hinter jedem Satz einer scheinbar unverbindlichen Konversation verbergen sich Inhalte, von denen ein normaler Mensch außerhalb des Amtes keine Ahnung hat.

Ein paar Tage zuvor hat ein leitender Genosse des Nationalen Wirtschaftskomitees nachdrücklich darum gebeten, daß das Schwerindustrieministerium auf einer Konferenz über Erfahrungen bei der Betriebsreform in der Schwerindustrie berichten möge. Der zuständige Minister, Tian Shoucheng, hat sofort eingewilligt und ihm diese ungeliebte Arbeit aufgehalst. In seinem Auftrag hat er ein Manuskript verfaßt und der Leitung des Wirtschaftskomitees zur Durchsicht geschickt. Am Vormittag ist es zurückgekommen. Durch Ji Hengquan, den Sekretär Zheng Ziyuns, ließ ihm Minister Tian Shoucheng die Einwände der Komiteeleitung übermitteln: Man solle die Bedeutung des ›Daqing-Modells‹ für die Betriebsreorganisation stärker hervorheben. Auch Tian Shoucheng sei der Auffassung, dem ›Daqing-Modell‹ werde nicht genügend Aufmerksamkeit geschenkt. Zheng Ziyun lachte kalt, zerriß ruck-zuck das Manuskript und erklärte seinem Sekretär: »Rufen Sie beim Wirtschaftskomitee an und teilen Sie mit, daß ich nicht sprechen werde.«

Wang Fangliang rief Ji Hengquan schleunigst zurück: »Immer mit der Ruhe!« Dann sagte er zu Zheng Ziyun: »Hör mal, schick ihnen nur ein Konzept, die Rede selbst improvisierst du auf der Konferenz. Es ist besser, wenn du sprichst.«

Ohne auch nur aufzusehen, lehnte Zheng Ziyun ab: »Nicht mehr notwendig!«

»Wie du meinst.« Wang Fangliang wandte sich an Ji Hengquan: »Ji, sagen Sie am Telefon, Vizeminister Zheng sei der Ansicht, daß unsere Arbeit noch nicht soweit gediehen sei, daß es sich lohne, darüber zu berichten.«

Zheng Ziyun lächelte bitter.

Wang Fangliang breitete die Arme aus. »Was soll's? Das ist die Sache nicht wert.«

Nüchtern betrachtet ist das richtig: ein winziger Pfeil, der ein Stückchen Haut geritzt hat, das Gift hat noch keine tödliche Wirkung.

Ji Hengquan ist Zheng Ziyun nach seiner Wiedereinsetzung vom Personalbüro für Kader als Sekretär zugeteilt worden. Weder hat Zheng Ziyun persönliche Wünsche für die Besetzung des Sekretärpostens geäußert, noch betrachtet er seinen Sekretär als Gegenstand, den man nach Belieben mit sich führen kann wie einen Füller oder ein Notizbuch. Eine solche Haltung zeugt für ihn von mangelndem Respekt, mehr noch, sie ist Ausdruck einer feudalistisch geprägten Denkweise. Im übrigen verläßt er sich bei der Aktendurchsicht, bei Redeentwürfen und Untersuchungen seit jeher nur auf sich selbst, auch für seine Privatangelegenheiten benötigt er keinen Sekretär. Er ist nicht der Meinung, daß er ein Leben lang an seinem Posten kleben müsse. Da man ihn nun mal zum ersten Vizeminister im Schwerindustrieministerium berufen hat, tut er, was er kann. Wenn man ihn abserviert, auch gut, dann hat er mehr Zeit zum Lesen, es gibt so viele ungelesene Bücher. Er hat es weder nötig, seinen Vorgesetzten in den Hintern zu kriechen, noch sich bei seinen Untergebenen eine Schar getreuer Anhänger zu schaffen. Er verwendet sein Gehirnschmalz nicht dazu, insgeheim seine Privatinteressen zu befördern.

Ji Hengquan hat schon mehreren Ministern als Sekretär gedient, er hat Erfahrung, in dieser Hinsicht ist er sehr brauchbar. Nie unterläuft ihm ein Fehler, entschlüpft ihm eine Nachlässigkeit, aber er hält Zheng Ziyun im Vergleich zu andern für töricht, er ist zu unkonventionell und hält sich nicht an die Spielregeln. Zu sperrig, zu individualistisch, ein schwieriger Charakter. Für Ji Hengquan ist es ausgemacht, daß Zheng Ziyun schon aus diesem Grund keine weitere Sprosse auf der Karriereleiter erklimmen wird. Unbegreiflich, welchem glücklichen Zusammentreffen von Umständen es zu verdanken ist, daß er es überhaupt so weit gebracht hat. Eine Vorahnung sagt ihm, daß derart eigenwillige Leute von Natur aus nicht in der Lage sind, über ihr eigenes Schicksal zu verfügen. Welchem Zufall Zheng Ziyun seinen Aufstieg auch verdanken mag, früher oder später wird er grausam stolpern. Ji Hengquan verfolgt Zheng Ziyun mit dem Interesse eines Biologen, der im Laboratorium die Wirkung eines Medikaments auf weiße Mäuse beobachtet. Er registriert Zheng Ziyuns Schriftverkehr, seine Telefonate, den Inhalt seiner Gespräche und beobachtet die Leute, mit denen er verkehrt. Wer weiß, vielleicht ist es ihm irgendwann von Nutzen. Beim Applaudieren oder beim Verdammen.

Man darf ihn dafür wohl nicht zu harsch tadeln, er ist, wie die meisten, nur ein Nebenprodukt der für diese Gesellschaft spezifischen politischen Kultur. Ein fähiger Sekretär, der den Bedürfnissen aller nur denkbaren Führungskader gerecht würde. Als Mensch und Sekretär Zheng Ziyuns jedoch ist er allzu anpassungsfähig; ihm fehlt, bei all seinen Vorzügen, das normale menschliche Gefühl für Recht und Unrecht.

Daß ein Vizeminister die Wünsche der leitenden Genossen des Wirtschaftskomitees derart ignoriert, zeugt in Ji Hengquans Augen von einer Sturheit, die schon Mitleid verdient. Zheng Ziyun begreift nicht, daß jemand in seiner Position jedes Wort, jede Aktion mit größter Sorgfalt abzuwägen hat. Sieg und Niederlage können sich im Handumdrehen ins Gegenteil verkehren. Ji Hengquan beschließt, sich an Wang Fangliangs Sprachregelung zu halten. Auch wenn Zheng Ziyun erfährt, daß sein Sekretär seinen Anweisungen zuwidergehandelt hat, wird er ihm keinen Vorwurf machen, er wird begreifen, daß es zu seinem Schutz geschehen ist. Vor Wang Fangliang hat Ji Hengquan einen Heidenrespekt. Obwohl er den ganzen Tag lacht und auf nichts so recht achtzugeben scheint, ist er gefährlich. Leute seines Schlages ergreifen die Initiative, wenn es darauf ankommt. Selbst Minister Tian hat ein wenig Angst vor ihm.

Am Telefon bohrt Xia Zhujun unerbittlich.

»Warum kommst du nicht zum Essen?« – »Mit wem gehst du zum Essen?« – »Wer? Wieso kenne ich den Menschen nicht?«

Das Bild hängt mindestens seit einem Monat im Empfangszimmer, seit dreißig Tagen hat sie es täglich vor Augen und noch keinen Blick auf die Signatur geworfen. Und überhaupt, warum muß sie jedermann kennen?

Schließlich explodiert sie: »Nicht mal Silvester kannst du nach Haus kommen! Dir liegt einfach nichts an deiner Familie« – und damit hofft sie ihn weich zu kriegen – »Fangfang, Peiwen und dein Enkel kommen zum Essen, und du mußt natürlich mit so einem Maler ins Restaurant gehen!« Sie spuckt das Wort Maler aus, als handle es sich um angebranntes Rindfleisch oder ein Stück Stoff, das ihr nicht zusagt.

»Ich habe doch wohl noch die Freiheit, zu essen, wo ich will!« antwortet Zheng Ziyun lahm. Ohne darauf zu achten, daß aus der Hörmuschel noch immer heiße Lava und Granaten schießen, legt er den Hörer auf.

Die Nachricht, daß sein Schwiegersohn zu Besuch kommt, raubt ihm die letzte Lust, nach Hause zu gehen, er haßt diese wohlarrangierten ›passenden‹ Familiengründungen. Xia Zhujun hat diesen Schwiegersohn an Land gezogen, er riecht vom Scheitel bis zur Sohle nach Senkrechtstarter. Zheng Ziyun muß an die Zeit des Befreiungskrieges denken, als sie die Städte noch nicht erobert hatten, damals hat er häufig mit reichen Bauern und Krämern zu tun gehabt, die diesen Geruch von Sesamöl an sich hatten.

Soll sich diese ölig duftende Bagage selbst amüsieren, er empfindet nur Mitleid mit Yuanyuan. Er bedauert, daß er sie nicht aufgefordert hat, ihn zu begleiten, doch er kann sich nicht überwinden, den Hörer wieder aufzunehmen und die Eruptionen ein weiteres Mal über sich ergehen zu lassen. Yuanyuan ist die einzige Person, die ihn an sein ungeliebtes Heim bindet. Vater und Tochter verstehen sich ohne viele Worte, trotz eines Altersunterschiedes von vierzig Jahren. Seltsam.

In der schmalen Sackgasse hat selbst der kleine Toyota nicht genug Platz zum Wenden, Lao Yang, der Chauffeur, fährt rückwärts hinein.

Die winzige Hofanlage war ursprünglich wohl nur von einer Familie bewohnt, im Innenhof wachsen Pflanzen, wie sie die Pekinger lieben, Dattelbäume, Persimonen, Jasmin und Monatsrosen. Früher war es hier sicher beschaulich und still, aber irgendwann ist ein Haufen Leute eingezogen. Wie Pilze nach dem Regen sind die kleinen Küchen aus dem Boden geschossen, wie auf die Flußmitte zulaufende Fundamente eines Dammes ragen sie in den Hof. Die Luft ist voller Gerüche, in Essig gebratener Chinakohl, Lauchpfannkuchen, gebratene Bandfische. Und voller Geräusche: ein heftiger Ehestreit, das Plärren eines Säuglings, ein auf höchste Lautstärke gedrehtes Radio, eine Hebei-Oper, voller Leidenschaft. Die Lautstärke des Radios läßt darauf schließen, daß es sich bei seinem Besitzer um eine jener schwerhörigen Omas handelt, die mit Sicherheit gerade die Fleischfüllung für Jiaozi schaben. Vom ersten Hahnenschrei an, kaum haben sie die Augen geöffnet, drehen sie das Radio auf; egal, ob es sich um ›Schwanensee‹, eine Populärfassung des ›Kapitals‹ oder um die ›Legende des Generals Yue Fei‹ handelt, sie hören sowieso nicht zu.

Das Atelier des Malers befindet sich noch immer in einem der 1976 als Erdbebenschutzraum gebauten Unterstände. Eng, dunkel und kühl, im Sommer wahrscheinlich unerträglich stickig und heiß, mit Wänden, die so feucht sind, daß sich die aufgeklebten Zeitungen mit Nässe vollsaugen. Der hochgewachsene Maler kann nur gebückt stehen. Doch es genügt ein Blick auf die halbfertigen Bilder auf dem Tisch und die fertigen an den Wänden, um den winzigen Raum, den Gestank und das Durcheinander auf dem Hof vergessen zu machen. Gute Ware zu Schleuderpreisen, schießt es Zheng Ziyun unwillkürlich durch den Kopf. Die chinesischen Intellektuellen gehören offenbar zur Kategorie ›gute Ware zu Schleuderpreisen‹! Er steht betreten da, ihm fallen die Techniker im Ministerium ein, die Arbeiter in den Fabriken, nein, die ganze chinesische Bevölkerung fällt unter die Kategorie ›gute Ware zu Schleuderpreisen‹.

Im Wagen stößt der Maler unvermittelt hervor: »In den ganzen dreißig Jahren hat noch kein Minister –.«

»Vizeminister«, unterbricht ihn Zheng Ziyun.

»Auch kein Vizeminister hat je meine Wohnung betreten. Nun glauben Sie bloß nicht, daß ich zu den Spießern gehöre, die so eine Ehre umwirft; Ihr Funktionärsrang bedeutet mir nichts, für mich zählt nur Ihr Verständnis für meine Arbeit und Ihre Haltung gegenüber der Umwelt.« Er spricht schnell und umklammert angespannt den Türgriff, als sei er drauf und dran, aus dem Wagen zu springen, falls ihn Zheng Ziyun mißverstehen sollte.

Wie empfindlich er darauf bedacht ist, seine Selbstachtung zu wahren! denkt Zheng Ziyun. Wortlos tätschelt er den Handrücken des Malers, der zwischen ihnen auf dem Rücksitz liegt.

Er seufzt innerlich. Wie leicht ist manchmal die Kluft zwischen zwei vollkommen fremden Menschen zu überbrücken, und wie fremd können sich Menschen sein, die von morgens bis abends aufeinandersitzen. Eine Frage der Verreinbarkeit von Temperamenten vermutlich. Er denkt wieder an Yuanyuan, an

Xia Zhujun, Tian Shoucheng, und plötzlich hat er das unglaublich häßliche Gesicht Ye Zhiqius vor Augen.

Im Lärm des Gläserklirrens, der lauten Tischgespräche und der Fingerspiele wirken die beiden zu still und kultiviert. Schlückchen um Schlückchen trinken sie ihren Maotai, bedächtig kauen sie ihr Essen. Die Zähne sind nicht mehr das, was sie einmal waren, der Appetit auch nicht. Aber sie qualmen eine Zigarette nach der andern und reden unaufhörlich.

Am Nebentisch sitzen ein paar junge Burschen mit alkoholgeröteten Köpfen und schreien aus Leibeskräften:

»Sieben Geschicklichkeiten!«

»Sechs mal sechs nach Wunsch!«

»Fünf stramme Kerle!«

»Acht Pferde!«

»Das Ganze!«

»Der Schatz!«

Ohne jede Rücksicht machen sie einen derartigen Radau, daß man sein eigenes Wort nicht mehr versteht. Der Kellner muß schließlich einschreiten.

Der Maler runzelt die Stirn: »Wenn Chinesen essen, geht's immer laut zu!«

Zheng Ziyun sieht sich um: »Außer uns beiden nur junge Leute hier. Kein Wunder, Essen und Trinken sind ihr einziges Freizeitvergnügen. Was sollen sie auch sonst machen? In ihrem Alter hat man überschüssige Kräfte. Tanzen? Nicht gestattet! Wirklich zum Lachen, in den Fünfzigern, als das Tanzen groß in Mode war, hatten wir weniger Rowdies als heute. Das Kulturangebot ist genauso armselig. Reisen? Können sie sich nicht leisten. Sie tun mir leid, ich würde ihnen gern helfen, aber was kann ich machen! Es käme darauf an, die richtigen Bahnen zu finden, in denen sie ihre geistigen Energien entfalten könnten.«

»Stimmt!« Der Maler seufzt.

»Warum sperren wir uns gegen die Sehnsüchte und Forderungen der Jungen? Halten sie für aufsässig, weil sie anders denken als wir. Denken und handeln wir denn nicht anders, als die Generation unserer Väter? Wir akzeptieren nur, was uns unsere Vorfahren überliefert haben, plus die paar Dinge aus dem Westen, an die sich unsere und die folgende Generation gewöhnt haben: klassische Musik zum Beispiel, die internationalen Tänze vom Anfang dieses Jahrhunderts, die literarischen Anschauungen und Techniken des 19. Jahrhunderts, und das auch nur, weil wir als junge Leute ein bißchen was davon mitgekriegt haben. Gegen alles, was darüber hinausgeht, leisten wir erbitterten Widerstand und werden, ohne es zu merken, zu verknöcherten Moralaposteln. Der Rhythmus des Lebens hat sich nun mal unwiderruflich beschleunigt, warum gestehen wir der Jugend nicht eine Musik mit schnellerem Rhythmus zu, schnellere Tänze, eine künstlerische Produktion mit schnellerem Pulsschlag. Daß sie etwas Neues wollen, ist ganz natürlich, ein Naturgesetz. Da verwenden ein paar Schriftsteller die Technik des ›stream of consciousness‹, und schon gibt's Aufruhr. Niemand ist gezwungen, das zu lesen, aber alles muß sich weiterentwickeln. Dinge, denen wir Ewigkeitswert beimessen, werden von der Bildfläche verschwinden; auch das, was jetzt der neueste Schrei ist, wird in ein paar Jahrzehnten der Vergangenheit angehören –.« Zheng Ziyuns Mundwinkel verziehen sich zu einem spitzbübischen Lächeln: »In der klassischen Musik hielt man Terzen, Quarten, Quinten, Sexten und Oktaven für harmonisch, Sekunden und Septimen für unharmonisch, eine erweiterte Quart geradezu für Teufelswerk. Heute gilt alles als harmonisch, alles darf man mit allem kombinieren, nichts gilt als außergewöhnlich. Man darf weder verlangen noch hoffen, daß die Gefühle und Vorstellungen der Jungen mit den unseren restlos übereinstimmen. Ebensowenig darf man erwarten, daß junge Parteimitglieder das gleiche Verhältnis zur Partei haben, wie wir damals. Wir haben auf Leben und Tod mit der alten Gesellschaft gekämpft, sie verlangen heute mehr Freiheit des Denkens, sie haben mehr Lebenserfahrung als wir damals, sie haben mehr historische Veränderungen miterlebt. Die Fakten haben sie gelehrt, genauer nachzudenken und zu urteilen. Wir dürfen die Welt nicht mit den Augen von Frau Neunpfund betrachten, Parteimitglieder dürfen nicht müde werden, vorwärtszugehen. Wenn du nicht mehr weiterkannst, darfst du dich ausruhen, aber dabei nicht den andern im Weg stehen.«

Er hat sich in Erregung geredet, aber er ist keineswegs angetrunken, der Alkohol hat ihn nur beflügelt.

Yang Xiaodong betrachtet die dreizehn Gesichter am runden Tisch, eines nach dem anderen. Dreizehn Münder sind unaufhörlich in Bewegung. Mit dem eigentlichen Anlaß der Tafelei hat das, worüber sie sprechen, nicht das geringste zu tun. Aber Yang Xiaodong weiß, was in den Herzen seiner Leute vorgeht: Anlässe zum Feiern wie dieser sind für sie allzu ungewohnt. Obwohl man ständig auf ihnen herumhackt und ihnen das Vertrauen verweigert, kämpfen sie mit aller Kraft gegen den Zustand innerer Verwahrlosung und Vernachlässigung an. Dieser Kampf gibt ihnen Selbstvertrauen, er ist zweifellos ein Hoffnungsschimmer, der ihnen eine Richtung weist. Ein Hoffnungsschimmer, der sich nicht aus der Gnade anderer speist, sondern aus ihrem unbeugsamen Widerstand gegen die seelischen Verwüstungen, die ihnen die Unvernunft der Gesellschaft aufgezwungen hat.

Keinem von ihnen liegt es, bei jeder passenden Gelegenheit sein Innerstes nach außen zu kehren, seinen Enthusiasmus überschäumen zu lassen. Sie sind kräftige, rauhe Burschen, die ihre Gefühlsäußerungen nicht übertreiben.

Nur das Bier, das die Farbe von Weizenkeimlingen hat und weiß schäumend aus dem Flaschenhals quillt, beflügelt sie, ihre Gläser um die Wette zu füllen.

Yang Xiaodong gießt reihum nach, dann erhebt er sein Glas: »Daß wir hier zusammensitzen, verdanken wir unserer gemeinsamen Anstrengung. Los, ich trinke auf das Wohl von allen!« Eigentlich möchte er weitersprechen, aber er spürt, wie sich sein Herzschlag beschleunigt, ein Schwanken in seiner Stimme, er geniert sich und verstummt. Alle stehen auf und erheben das Glas. Vierzehn Gläser stoßen klingend aneinander, das Bier schwappt über die Ränder, ein Abbild der überschwappenden Begeisterung, sie würden am liebsten lachen, lauthals und dröhnend lachen.

Yang Xiaodong faßt seine innerlich einstudierte Rede gerade noch rechtzeitig zu einem anfeuernden Satz zusammen: »Ich hoffe, daß wir uns nächstes Jahr wieder hier treffen!«

Auf Zheng Ziyun üben die jungen Leute am Nebentisch eine merkwürdige Anziehungskraft aus. Er achtet kaum mehr auf das, was der Maler sagt und blickt immer wieder zu der Gruppe hinüber.

Wu Bin schlägt mit seinen Stäbchen auf einem kleinen Teller einen Trommelwirbel und bringt alle zum Verstummen. Er hebt sein Glas und steht auf, seine üblicherweise nachlässige Haltung strafft sich: »Trinken wir auf das Wohl Yang Xiaodongs, daß unsere Gruppe aus einem schief angesehenen Haufen zu einer ›fortgeschrittenen Gruppe‹ geworden ist, geht auf das Konto des Teamchefs. Los, Prost!«

Yang Xiaodong will nicht aufstehen, er winkt ab.

Wu Bins Worte steigern das Interesse Zheng Ziyuns. Er sagt nichts, aber er sieht den Maler voller Stolz an. Wie der selbstbewußte Besitzer eines alteingesessenen, renommierten Ladens, der es verschmäht, seine Ware lauthals anzupreisen, weil er weiß, daß man Waren dieser Qualität nur bei ihm findet.

Wu Bin drängt: »Also schau mal, alle sind aufgestanden, um anzustoßen, wir warten nur auf dich. Wenn du nicht mittrinkst, heißt das, daß du auf uns runterschaust, dann bleiben wir eben stehn bis in alle Ewigkeit.«

Widerwillig steht Yang Xiaodong auf und stößt mit den anderen an: »Was soll das Gequatsche, keiner kann die Welt allein erobern.«

Zheng Ziyun fragt Wu Bin: »In welcher Fabrik arbeitet ihr?«

»Shuguang-Automobilwerke!«

Interessant, die Fabrik Chen Yongmings. Er beschließt, genau hinzuhören. »Ihr seid doch eine ›fortgeschrittene Gruppe‹, warum werdet ihr dann von manchen schief angeschaut?«

»Wer eine ›fortgeschrittene Gruppe‹ ist, wird von der Belegschaft durch Diskussion festgelegt«, antwortet Lü Zhimin. »Wenn's nach unserem Werkhallenleiter ginge, wären wir alle Rowdies und Flegel. ›Fortgeschritten? Daß ich nicht lache! Da fehlt noch viel!‹ Immer versucht er uns am Zeug zu flicken.«

Wu Bin unterbricht ihn: »Laß ihn doch, wir haben's jedenfalls nicht auf die krumme Tour gemacht, wir haben's uns ehrlich erschuftet. Wenn's für ihn persönlich wäre, würde ich keinen Finger krumm machen, aber die Fabrik gehört ja nicht ihm!«

Mit gutmütiger Ironie bemerkt der Maler zu Zheng Ziyun: »Sieht so aus, als wären die Funktionäre nicht sehr populär, und hier geht es nur um einen ganz kleinen. Wie ist das wohl bei Ihnen?«

Zheng Ziyun denkt einen Moment nach, er lächelt: »Vermutlich wird auch hinter meinem Rücken auf mich geschimpft.« Er hebt das Glas und trinkt ein Schlückchen. »Daß auf einen geschimpft wird, ist unvermeidlich, auch auf die alten Kaiser hat man geschimpft. Kommt darauf an, wer schimpft.« Er dreht sich halb um und wendet sich an Lü Zhimin, der ihm am nächsten sitzt: »Was habt ihr denn gegen euren Werkhallenchef?«

»Wir können schuften, soviel wir wollen, vor andern erzählt er immer, daß in unserer Gruppe keiner was taugt. Aber zum Beispiel Song –«, er deutet mit dem Kinn auf einen Burschen, der trübsinnig und zusammengesunken dasitzt, »der hat was ganz Tolles gemacht. Er hat seinem Bruder ein Mädchen vorgestellt, am Anfang lief alles glatt, aber dann hat er entdeckt, daß sein Bruder ein falscher Hund ist. Die Eltern von dem Mädchen haben ihn für den 1. Oktober zum Essen eingeladen, von elf bis drei haben sie auf ihn gewartet, er ist nicht aufgekreuzt. Dreimal ist das Mädchen gekommen, um nach ihm zu fragen, er war nie daheim, er hat sich versteckt und die Sache ewig so hingezogen. Song hat sich den Mund fusslig geredet: ›Wenn du nichts für sie übrig hast, dann sag's frei raus; wenn schon, bring die Sache endlich in Ordnung. Wenn du Geld brauchst, kannst du von mir zwei- oder dreihundert Kuai haben.‹ Aber er sagt nicht hü und nicht hott, läßt sie hängen. Zuletzt hat sie von sich aus vorschlagen müssen, die Sache zu begraben. Song hat sich schuldig gefühlt und ihr vorgeschlagen, daß er sie heiratet. Das Mädchen ist große Klasse, sie hat gemeint, daß das nicht passend wär, weil sie vier Jahre älter ist als er. Wir haben das auch gemeint. Aber er war wild entschlossen und schließlich hat er sie rumgekriegt. Vor ein paar Tagen ist er zu Xiaodong gegangen – das ist der da drüben, mit dem Bürstenschnitt, unser Teamchef –, und der hat zu ihm gesagt: ›Willst du wirklich meine Meinung hören oder mir nur mitteilen, was du beschlossen hast? Wenn du dich entschieden hast, unterstütze ich dich. Wenn du meine Meinung hören willst: Ich bin hundertfünfzig Prozent dagegen!‹

›Am Anfang‹, hat Song geantwortet, ›hab ich gemeint, ich müßte mich opfern, aber ich weiß, daß ich das nicht lang durchhalten würde, für unser zukünftiges Leben bringt das nichts. Aber jetzt fühlen wir wirklich was füreinander, Mutter mag sie auch gut leiden – mit meinem Bruder hab ich Schluß gemacht.‹

Xiaodong fand's sofort o.k. Er ist zu uns gekommen, hat die

Sache lang und breit erklärt und uns eingeschärft, für Song einzustehen, wenn außerhalb der Gruppe dummes Zeug gequatscht wird – von wegen, daß er seinem Bruder das Mädchen ausgespannt hat oder ob er nun 'ne Frau oder 'ne Mutter heiratet. Jetzt sagen nicht nur wir in der Gruppe, sondern auch viele in der Werkhalle, daß das Spitze von ihm ist und daß er Anstand hat. Finden Sie nicht auch?«

»Schon, aber warum ist er so trübsinnig?«

»Keine Wohnung!« Lü Zhimin ruft zu Yang Xiaodong hinüber: »Xiaodong, die Sache mit Songs Wohnung, da müssen wir noch was unternehmen!«

Yang Xiaodong sieht in die Runde, er glaubt irgend etwas sagen zu müssen. Neben ihm macht sich Wu Bin lautstark über Xiao Xu lustig: »Hast du mal so'n Stück von Shakespeare gesehen? Da gibt's einen allmächtigen König, aber als er 'nen Heiratsantrag macht, muß er niederknien. Du mußt eben mal'n bißchen mehr Aktivität zeigen!«

Der Angesprochene stottert hastig: »Wie soll ich das denn machen, ich weiß doch gar nicht, was ich sagen soll.«

»Heiliger Strohsack«, murrt Yang Xiaodong, »hab ich dir's nicht schon x-mal erklärt? Du mußt sie, wenn's soweit ist, nach Hause begleiten, und bevor ihr auseinandergeht, fragst du sie nach ihrer Telefonnummer und Adresse. Du mußt ihr von dir aus vorschlagen, euch wiederzutreffen. Du vereinbarst Zeit, Ort und einen Vorwand – der Vorwand ist das wichtigste, den mußt du dir vorher gut überlegen.«

Xiao Xu scheint tatsächlich Schwierigkeiten zu haben, er wird knallrot, ohne daß ein weibliches Wesen in der Nähe ist.

»Wenn du mal gerade nichts zu tun hast«, fährt Yang Xiaodong fort, »trainierst du ein bißchen in der Werkhalle, redest ein bißchen mehr mit den Genossinnen, wenn du dich dann mit deiner Freundin unterhältst, bist du nicht mehr aufgeregt.«

Wu Bin erklärt: »Schau dir die Natur an, die Blumen haben schöne Blüten, die Hirsche ihr prächtiges Geweih, du mußt dir auch irgendwelche Tricks ausdenken.«

Zheng Ziyun ist betroffen und ein wenig melancholisch, er spürt den gutmütigen Neid eines tattrigen Großvaters, der seinen Enkeln zuschaut, wie sie mit ihren gelenkigen, nimmermüden Beinen den ganzen Tag in der Gegend herumspringen.

Weiß Gott, die Zeiten haben sich geändert. Für die Jungen ist es selbstverständlich, sich zu verlieben; ohne sich zu genieren, sprechen sie über Tricks und Kniffe der Liebe. Ihre Gefühle sind alles andere als literarisch, auch wenn zu ihrer Beschreibung Shakespeare bemüht wird. Er, ach du meine Güte, er hat so was nie durchgemacht. Er erinnert sich, daß er seinen Heiratsantrag an Xia Zhujun wie eine Versammlungseröffnung betrieben hat:

»Bist du einverstanden, daß wir heiraten?«

»Wenn dir das ein Bedürfnis ist, spricht von meiner Seite nichts dagegen!«

Bedürfnis? Was für ein Bedürfnis? Ein physisches oder ein geistiges? Nachträglich betrachtet, keines von beiden.

Wie denkt Xia Zhujun darüber? Nach Abschluß ihres Ehekontraktes haben sie dieses Thema nie wieder berührt. Na ja, sie gehören einer untypischen Generation an. Zu ihrer Zeit war alles in ständigem Aufruhr, nichts konnte sich setzen, und keine Möglichkeit, sich in Ruhe näher zu betrachten. Wohin treiben bloß seine Gedanken?

Er sagt zum Maler: »Sehen Sie, hier werden sogar Liebestricks weitergegeben.«

»Das haben wir doch auch gemacht, als wir jung waren.«

Zheng Ziyun sagt nichts. Er hat vergessen, daß er es mit einem Künstler zu tun hat. Als wäre das Gefühlsleben Privileg von Künstlern. Entweder schafft die Gesellschaft diese Trennungslinie ab oder es ist sein persönlicher Fehler. Manche Menschen haben ein erfülltes Gefühlsleben, andere werden Funktionäre und intrigieren gegeneinander.

Inzwischen erklärt Yang Xiaodong den anderen, was er sich als provisorische Lösung für Songs Wohnungsproblem ausgedacht hat: Das etwas größere Zimmer der Songschen Familienwohnung ließe sich durch eine Zwischenwand teilen; immerhin eine Notlösung, bis die Wohngebäude der Fabrik fertig sind. Am ersten Tag nach den Feiertagen sollten zwei aus jeder Schicht Ziegelsteine zusammenklauben, ihre Arbeit wird währenddessen von den anderen mitgemacht.

Alle am Tisch applaudieren. Song fällt ein Stein vom Herzen. Er strahlt. Nicht nur, weil Yang Xiaodong auf diesen Notbehelf gekommen ist, sondern vor allem, weil Song das Gefühl hat, von seinen Gefährten Verständnis und Unterstützung zu erhalten. Anders als von Wu Guodong, der ihm sofort eine Gemeinheit unterstellt hat:

›Was ist denn passiert?‹

Song wäre nicht im Traum auf so etwas gekommen. Wann wird man aufhören, die Gefühle anderer in den Dreck zu ziehen?

Wer hat schon die Kraft, sich gegen Schläge zu wehren, die Leute wie Wu Guodong tagtäglich austeilen? Er ist kein schlechter Mensch, nein, er ist ganz in Ordnung, nichts Besonderes, vermutlich ist er sich gar nicht bewußt, daß er andere verletzt. Aber er repräsentiert eine Strömung mit großem gesellschaftlichem Rückhalt, gegen die einem ein naives Herz winzig, machtlos und isoliert erscheint. Wie ein durch die Luft wirbelndes Blatt, das jeden Moment verschlungen werden kann.

Zheng Ziyun wendet sich wieder an die jungen Leute: »Dieser Werkhallenchef, bringt er denn die Produktion voran?«

»Ist doch unbequem, wenn Sie sich immer den Hals verrenken. Wenn Sie Lust haben, kommen Sie doch einfach rüber und essen mit!« meint Lü Zhimin.

»Wie wär's?« fragt Zheng Ziyun den Maler. Er fügt leise hinzu: »Sie sind Arbeiter aus einem Automobilwerk, das dem Ministerium untersteht, interessante Burschen, wollen wir uns mit ihnen unterhalten?«

Der Maler sieht ihn an und lacht: »In Ordnung, lassen wir uns einladen.«

»Worüber lachen Sie?« Zheng Ziyun ist irritiert.

»Erkläre ich Ihnen nachher, leisten wir erst der Einladung Folge.«

Wu Bin mischt sich ein: »Also von der Produktion versteht er was, der Werkhallenleiter, kann man nichts gegen sagen.«

»Solange er die Produktion voranbringt, ist er doch in Ordnung!« Zheng Ziyun möchte sie provozieren.

Wu Bin betrachtet ihn aufmerksam. Er hält ihn für einen dieser typischen Stubengelehrten, die ihre Hände zu rein gar nichts gebrauchen können. Keinen blassen Schimmer, wie es in einer Fabrik zugeht, man muß ihm wohl ein bißchen unter die Arme greifen: »Nur die Produktion voranbringen, und damit hat sich's? Man muß sich auch drum kümmern, wie's den Leuten geht. Wir sind kein Vieh und keine Maschinen. Vieh muß man wenigstens füttern und Maschinen ölen!«

»Völlig richtig, junger Mann!« Der Maler wird von gerechter Empörung ergriffen. Vielleicht ist es auch der Alkohol. Wie ein kleines Kind wippt er auf seinem Stuhl hin und her.

»Genau!« Ge Xinfa will nicht zurückstehen.

»Ihr seid ein gutes Team!« Die jungen Burschen gefallen Zheng Ziyun, vor allem dieser Yang Xiaodong mit dem Bürstenhaarschnitt. Ein heller Kopf, mehr als nur eine überdurchschnittliche Intelligenz, aber nicht diese Gerissenheit, die einen sofort mißtrauisch macht. Sicher würde auch er keinen Finger krumm machen, wenn man von ihm verlangte, seine Gefühle und Kräfte und die seiner Freunde sinnlos zu verpulvern. Abweisend, kühl, clever, realistisch und fähig – er hat sichtbar die Spuren im Gesicht, die der gewundene Lebensweg seiner Generation hinterlassen hat.

Yang Xiaodong reagiert auf Zheng Ziyuns Lob: »Nichts Besonderes, wir halten eben zusammen.«

»Yang Xiaodong weiß, wie man mit Leuten umgeht. Er kümmert sich um uns, wir kümmern uns um ihn.«

Der Maler fragt: »Wie alt ist er denn?«

»Einunddreißig.«

»Alle Achtung!«

»Also mal ehrlich«, erklärt Wu Bin, »denken Sie bloß nicht, er ist ja man nur so'n kleiner Gruppenleiter. In 'ner Fabrik, da muß man wirklich was bringen. Nich wie so'n Minister oder Abteilungsleiter, der seine Kringel auf die Akten malt und damit hat sich's. Das kann jeder, da braucht man nur einen x-beliebigen hinzustellen.«

Der Maler ist erfreut, er tritt Zheng Ziyun gegen das Schienbein: »Gehört?«

Zheng Ziyun bleibt ungerührt: »Richtig, meine Tochter ist der gleichen Ansicht.«

Lü Zhimin übernimmt in aller Ruhe das Wort: »Ist mir egal, ob Sie mich auslachen, Meister«, er wendet sich an Zheng Ziyun und den Maler, »wir sehn uns ja zum ersten Mal. Ehrlich gesagt, in unserer Gruppe bin ich bei allem hintendran. Und sie sind nicht schlecht über mich hergezogen, haben mich fertiggemacht, trotzdem möchte ich unbedingt in der Gruppe bleiben, weil man sich da gut fühlt. Ganz egal, was einem draußen Mieses begegnet.«

Ge Xinfa fällt ihm ins Wort: »Weiß Gott, zum Beispiel die Drängelei im Bus, das bringt einen zur Weißglut. Heute morgen mußte der Bus notbremsen, ich krieg von hinten einen rein, mich wirft's nach vorn und ich latsch einer Frau genau auf die Hacken, die dreht sich um und keift mich an: ›Unverschämtheit!‹ Dann glotzt sie mich so giftig an, als ob sie mich mit ihren Augendeckeln in der Mitte durchsäbeln will. Ich kümmer mich nicht um sie, 'n richtiger Mann streitet sich nicht mit 'ner Frau. Aber fragen Sie mich nicht, wie ich gekocht hab, die meint wohl, weiß Gott wie toll sie ist, daß ihr jeder auf den Fuß steigen möchte!«

Lü Zhimin fährt fort: »Von uns wär jeder scharf auf ein Auto, daß man sich nicht so rumquälen muß, und wenn schon kein Auto, dann wenigstens ein Motorrad. Aber wie denn? Mit dem bißchen Lohn, den wir kriegen? Und selbst wenn wir das Geld hätten, würden denn genug gebaut? Wonach müssen wir uns denn nicht anstellen? Sogar nach Chinakohl müssen wir uns anstellen! Und dann das Elend mit der Wohnung, wir wohnen zu sechst, Großeltern, Eltern, Kinder auf zehn Quadratmetern, seit zwanzig Jahren –.«

Plötzlich fällt ihm ein, daß er an diesem Tisch, in einer Stimmung wie heute, nicht herumschimpfen sollte. Er hat das Gefühl, zu entweihen, was an Schönem gerade aufgekommen ist. Er wechselt das Thema: »Über so'n Stuß könnt ich stundenlang reden, Schluß damit, was ich sagen will: In diesem Haufen Scheiß gibt's was, wo man sich wohl fühlt, und das ist unsere Gruppe.« Lü Zhimins glänzende Augen verraten eine Rührung, die zu seiner rüden Art, beim Sprechen auf den Tisch zu dreschen und den Hocker zu malträtieren, in eklatantem Widerspruch steht. »Klar, die Probleme mit der Wohnung, dem Verkehr und dem Lohn kann die Gruppe natürlich nicht lösen. Dazu hat sie nicht die Macht. Aber sie kümmert sich um uns und führt nicht nur schöne Worte im Mund, sie tut, was sie kann, mit vollem Einsatz. Der Mensch ist so, er möchte sich wohl fühlen. Wenn er zufrieden ist, schreckt er vor keiner Arbeit zurück. Auch wenn ich keine Wohnung habe, mein Lohn nicht erhöht wird, wenn sich Ge Xinfa morgens im Bus halb totquetschen muß und sich furchtbar aufregt – sobald man die Werkhalle betritt und die dreizehn Gesichter um sich sieht, ist der ganze Mist vergessen.«

Das Durcheinander am Tisch verstummt für einen Moment, jeder scheint mit sich selbst beschäftigt.

Rasch unterbricht Yang Xiaodong das Schweigen: »Wir sind zum Essen hier, wenn ihr eine Belobigungsfeier draus macht, wird's langweilig.« Dann, mit Verschwörermiene und gedämpfter Stimme: »Wir richten uns nicht nach unserem Minister Tian, wenn's nach dem ginge, sollten wir ein revolutionäres Frühlingsfest, einen revolutionären Nationalfeiertag und ein revolutionäres Neujahr feiern. Wir sind mehr an was Handfestem interessiert. Eure Sache, wenn ihr nicht eßt, ich jedenfalls möchte essen.« Er wendet sich an Zheng Ziyun: »Wie wär's?« Er reißt mit den Stäbchen ein großes Stück aus dem in Soja geschmorten Fisch und legt es in die Schale vor Zheng Ziyun. »Essen Sie, essen Sie, nur keine Umstände!« Dann kommandiert er: »Jeder hat weiterzuessen, ein bißchen fix, das Essen wird kalt.«

Ge Xinfa ist nicht einverstanden: »Sag das nicht, wenn wir wieder ein revolutionäres Frühjahrsfest haben, gibt's Überstundengeld, und wenn wir zusammenlegen, reicht's wieder für ein Essen.«

»Das ist nicht das gleiche. Stunden absitzen? Witzlos!« Wu Bin gluckert ein weiteres Bier hinunter. Er knallt das Glas auf den Tisch und sagt verächtlich: »Habt ihr's vergessen? 76 ist er doch ins Werk gekommen, um mit uns ein revolutionäres Frühlingsfest zu feiern. Wu Guodong hat uns angebettelt: ›Alle Kollegen müssen helfen, Beifall klatschen, kommt um Himmels willen, ich verspreche, es dauert nicht lang. Der Minister möchte an der Arbeit teilnehmen, macht um Gottes willen der Leitung keine Schwierigkeiten.‹ Am ersten Feiertag hat er uns in aller Frühe in der Werkhalle gepiesackt. Na schön, wir warten bis zehn, der Minister kommt und bringt noch so'n Weib mit – Herrschaft, was sollte denn das Weib dabei?«

»Die Bürochefin des Ministeriums«, erklärt Yang Xiaodong.

»Was für 'ne Chefin?!« fährt Wu Bin fort. »Eine, die um ihn rumscharwenzelt! Die zwei labern uns unisono eine Stunde lang mit diesem ›Abwehr gegen den Wind von rechts‹ voll, und dann, knall peng, weg waren sie, daß ihnen der Rauch aus dem Hintern kam. Der macht sich 'nen schönen Tag und geht nach Haus, wo das Dienstmädchen alles fix und fertig hergerichtet hat. Und wir spitzen darauf, ein paar Tage auszuruhen, die Frauen wollen an den Feiertagen mal waschen, nähen und flicken. Wenn man Hin- und Rückweg dazurechnet, haben wir einen ganzen Tag in den Wind geschossen! Der rauscht mal eben für 'ne Stunde an und veranstaltet ein revolutionäres Frühlingsfest. Dann bringen sie's groß aufgemacht in der Zeitung und er schöpft den ganzen Rahm ab. Solche Schaumschläger werden auf dem 11. Parteitag zu Kandidaten des Politbüros gewählt. Total verdreht, Scheißdreck! Was haben wir für 'ne Zukunft, wenn solche Kerle Stück um Stück hochkommen? Ich denk, die ›Viererbande‹ ist gestürzt, und dann läuft's immer noch so!«

Ge Xinfa gießt ihm das Glas voll. »Trink! Was regst du dich auf, er macht seinen Job oben, du deinen unten, mit dir hat das nichts zu tun, solange sie dir nichts vom Lohn abzwacken!«

»Das hat was mit Anstand zu tun!« Wu Bin ist nicht zu besänftigen. »Solange solche Typen an der Macht sind, was gehen mich da die ›vier Modernisierungen‹ an! Kümmert der sich vielleicht um die kleinen Leute? Gut, der Lohn wird nicht niedriger, aber steigen tut er auch nicht! Wenn die da oben alle von diesem Schlag sind, können wir uns begraben lassen.«

Der Maler gibt Zheng Ziyun einen weiteren Tritt gegen das Schienbein.

Zheng Ziyuns Gesicht wirkt plötzlich erschöpft, grau und abweisend. Er greift nach der noch nicht ganz geleerten Maotai-Flasche, gießt jedem am Tisch ein Glas voll und sagt, um die Sache zu beenden: »Liebe junge Genossen, ich trinke auf euer Wohl, einverstanden?«

Lü Zhimin hält das Schnapsglas fest: »Erst eine Ansprache!«

»Was soll ich denn sagen?« Zheng Ziyun wendet sich an den Maler. Der blickt ihn wie immer mit seinem strahlenden Kinderlächeln an. Wie sehr wünscht sich Zheng Ziyun, den ganzen Tag wie ein Kind lachen zu können! »Na gut, ich freue mich von ganzem Herzen, daß ich heute mit euch ein Glas leeren kann, ich hoffe, daß jeder auf seinem Posten erfolgreich arbeitet. Wir werden uns sicher wiedersehen! Prost!«

Alle leeren das Glas in einem Zug.

»Guter Stoff!« Wu Bin schnalzt mit den Lippen.

Als sich Lü Zhimin von Zheng Ziyun mit einem Händeschütteln verabschiedet, fragt er: »Nun sagen Sie mal ehrlich, was sind Sie denn für welche?«

Zheng Ziyun knöpft sich seinen grünen, wattierten Armeemantel zu, während er antwortet: »Er ist Maler. Ich, äh, bin in der Verwaltung tätig.«

»Weiß schon, in der Verwaltung für Fressen, Saufen, Scheißen, Pissen und Pofen!«

Zheng Ziyun lacht: »So ungefähr! Euer Essen war sein Geld wert.«

»Der Werkhallenleiter wird sich die Nase krummärgern.«

»Soll er sich noch ein bißchen weiterärgern, vielleicht wird sie dann wieder gerade.«

Als sie aus dem Restaurant treten, schlägt ihnen der kalte Wind entgegen. Wie ein Sprung kopfüber ins Meer frischt die Kälte ihre Stimmung wieder auf, die sich im Lokal verdüstert hat.

»Warum haben Sie vorhin so gelacht? Sie haben versprochen, es mir zu sagen.«

»Ich hab's vergessen. Ich lache doch dauernd.«

Zheng Ziyun begleitet den Maler langsam zur Bushaltestelle. Im Widerschein der Straßenlaternen glänzen seine Augen, als blitzten unzählige, dahinziehende Gedanken in ihnen auf. Er unterbricht das Schweigen: »Das Essen war wirklich ergiebig. Dieser Yang Xiaodong hat mir bei der Lösung eines wichtigen Problems geholfen. Wie motiviert man Menschen? Das geht nicht mit ›Die Industrie lernt von Daqing‹ und auch nicht mit hohlen Lehrsätzen oder mit Sprüchen wie: ›Erst die Arbeit, dann der Alltag.‹ Man muß sich um die Leute kümmern, das ist die richtige Psychologie. Wissen Sie, wie es kam, daß ich zur Revolution gestoßen bin? Nicht weil ich das ›Kommunistische Manifest‹ oder das ›Kapital‹ studiert habe, sondern weil ich ›Il cuore‹ des italienischen Schriftstellers de Amicis gelesen habe. Das ließ mich an das Wahre, Schöne und Gute glauben und mich darum bemühen. Yang Xiaodong ist ein exzellenter Psychologe, finden Sie nicht? Ich muß mich bei Ihnen entschuldigen, ich habe Sie zum Essen eingeladen, und dann mußten Sie sich den ganzen Abend lang dieses uninteressante Zeug anhören . . .«

»Warum uninteressant? Was die Burschen gesagt haben, ist

genau das, was jedermann denkt. Ganz abgesehen davon, habe ich auch profitiert.«

»Oh?« Zheng Ziyun bleibt stehen und blickt den Maler verblüfft an.

»Ich habe Sie die ganze Zeit beobachtet und über Sie nachgedacht. Ich habe vor, Ihr Porträt zu malen. Es ist allerdings nicht einfach, Sie einzufangen. Ihre Stimmungen, Ihr Ausdruck ändern sich ungewöhnlich rasch, jede dieser Veränderungen zeigt einen anderen Zug von Ihnen, es wäre ein Jammer, einen davon unter den Tisch fallenzulassen. Aber ich werde wohl nicht darum herumkommen, zu vereinfachen. Zu schwierig, alles festzuhalten.«

»Ein Porträt, nein, das ist ganz ausgeschlossen!« Zheng Ziyun wird sehr ernst.

Auch die kindlich gehorsamen Augen des Malers werden ernst. Mit der gleichen Entschlossenheit beharrt er: »Sie werden Ihre Gründe haben, aber wenn ich Sie richtig verstehe, zeugen sie von einer begrenzten Sicht. Jeder ehrlich und hingebungsvoll arbeitende Mensch gehört nicht ausschließlich sich selbst, weder er noch seine Arbeit.«

8. Kapitel

Punkt 7 Uhr 45 betritt Tian Shoucheng mit großen, gelassenen Schritten sein Büro. Wie jeden Tag. Anders als seine Ministerkollegen, deren Limousinen gewöhnlich erst nach acht in den Hof ihrer Behörden einfahren. Darein setzt er seinen Stolz. Selbst wenn er auf dem Weg durch die Korridore mit einem untergeordneten Beamten zusammentrifft und ein paar gutgelaunte Scherze macht, bleibt er nicht stehen. Doch hat nie jemand Anzeichen von Nervosität oder Erschöpfung an ihm entdeckt.

Gewohnheitsgemäß wirft er einen Blick auf seinen Schreibtisch, der groß genug ist, um sich darauf auszustrecken. Stapel von Akten, Berichten, Papieren, die auf ihn warten. Damit muß er jeden Morgen sein Tagwerk beginnen.

Er zieht den Mantel aus, will ihn an den Garderobenständer hängen, nein, unmöglich, der Haken hat sich gelockert, er muß einen anderen nehmen. Er dreht sich um, fährt sich mit den Händen durch das keineswegs ungeordnete Haar, gießt sich eine Tasse Jasmintee auf, setzt sich an den Schreibtisch und beginnt den Stapel durchzublättern: kodierte Telegramme, Weisungen des Zentralkomitees, das Protokoll des Telefonbereitschaftsdienstes, Berichte aller Abteilungen, die darauf warten, von ihm unterzeichnet zu werden, Briefe aus der Bevölkerung; alles wohlgeordnet nach der Rangordnung der Absender und der Dringlichkeit des Problems.

Xiao Yi, sein Sekretär, ist von ihm zunächst mit großem Zögern ausgewählt worden, aber ebenso groß war später sein Stolz über diese Entscheidung. Er ist ein fähiger Arbeiter, auch das, ausschlaggebend für seine Wahl war jedoch, daß er während der ›Kulturrevolution‹ einer der Anführer der Rebellenfraktion war. Gegen Tian Shoucheng selbst hat er natürlich nie etwas unternommen, in dieser Hinsicht vergißt Minister Tian nichts.

Er ist sich im klaren darüber, daß Xiao Yi die hinter dieser Entscheidung liegenden Beweggründe durchschaut, aber die

Gefühle und Gedanken von Leuten wie Xiao Yi interessieren ihn nicht im geringsten, für ihn hat nur gezählt, welchen Eindruck seine Entscheidung bei der Rebellenfraktion, die ihn bekämpft, und den Konservativen, die ihn unterstützen, hervorrief. Es lohnt nicht, sich mit kleinen Leuten abzugeben, er spart seine geistigen Kräfte für Auseinandersetzungen mit gleichrangigen Gegnern auf. Im übrigen mag Xiao Yi empfinden, was er will, er wird nichts nach außen dringen lassen. Für Angelegenheiten von weiterreichender Bedeutung hat er schließlich noch seinen Sekretär Lin Shaotong.

Wie ein Schiff auf ungehemmter Fahrt flußabwärts eilt Tian Shoucheng durch die Akten, malt Kringel, zeichnet ab, genehmigt.

Bei der Anfrage des Verwaltungsbüros, ob die Bediensteten des zum Ministerium gehörenden Gästehauses eine Prämie erhalten sollen, stößt sein Schiff offenbar auf ein Hindernis und stoppt.

Prämie? Die Bediensteten des Gästehauses? Die Pressekommentare der letzten beiden Tage haben wieder den Aspekt der politischen Erziehung und ideologischen Stimulierung hervorgehoben. Überall in den Fabriken werden die Ausgaben für Prämien gedrückt, erst recht im Dienstleistungsgewerbe. Tian Shoucheng hat nicht vor, sich an dieser Frage die Finger zu verbrennen. Geht man von den Berichten aus, die in letzter Zeit über Zeitung und Radio veröffentlicht wurden, könnte die Tendenz in Richtung auf einen Stopp der Prämien gehen. Daher vermerkt er auf dem Bericht: »Im Sinne der Anweisungen von oben erledigen.«

Auf diesen Vermerk ist er sehr stolz. Oben? Wo oben? Wer oben? Das sollen die zuständigen Leute herausfinden. Gerade das Vage daran ist gut. Im übrigen gibt es, soweit er sich erinnern kann, keine konkreten Anweisungen von oben bezüglich der Ausgabe von Prämien an Bedienstete der Gästehäuser von Ministerien.

Die darunterliegende Akte bringt sein Blut in Wallung. Hat der Verfasser keine Ahnung von den ungeschriebenen Gesetzen der Verwaltung? Je höher die Stelle, an die ein Bericht geht, desto größer haben die Schriftzeichen und desto geringer ihre Anzahl zu sein.

Er runzelt ungeduldig die Stirn und blättert flüchtig durch die

Akte. Aha, ein Beschwerdebrief aus der Bevölkerung, der von oben ans Ministerium weitergeleitet wurde.

Was denkt sich Xiao Yi dabei, ihn mit solchem Zeug zu behelligen. Er ist drauf und dran, ihn herbeizuzitieren, doch dann ändert er seine Absicht. In solchen Dingen macht Xiao Yi keine Fehler, wenn er ihm einen Brief vorlegt, muß er ihn wohl persönlich erledigen.

Worum geht es denn? Er überfliegt die ersten Zeilen, eine Kritik am vom Politbüro verabschiedeten Plan, bis zum Jahr 2000 soundsoviele Stahlkombinate und Erdölfelder nach dem Muster Daqings aus dem Boden zu stampfen: das sei linker Opportunismus im Wirtschaftsbereich, genau wie der ›Große Sprung nach vorn‹, verletze objektive ökonomische Gesetze; und weiter: das ›Daqing-Modell‹ sei die theoretische Grundlage der Linksextremisten in Fragen des wirtschaftlichen Aufbaus. Der Brief zählt eine Reihe von Investbauprojekten auf, die in den für 1979 erstellten Plan aufgenommen worden seien, ohne daß eine ausreichende Infrastruktur vorhanden sei; man verzettele sich in zu vielen Projekten und verschwende Unsummen der knappen Mittel für den Investbau – –. Tian Shouchengs Augenlider beginnen zu flattern. Er zwingt sich zur Ruhe, hebt die Teetasse und trinkt einen Schluck.

Wenn die Sache hierher weitergeleitet wird, kommt sie natürlich aus dem Ministerium. Von wem? Er blättert sich zur letzten Seite durch. Ah, He Jiabin. Auch einer dieser Superrebellen aus der ›Kulturrevolution‹. Während der ›Zwischenfälle am Tiananmen-Platz‹ hat er ebenfalls Radau gemacht, Kränze geschickt und Gedichte verfaßt, um ein Haar hätten sie ihn eingelocht, wenn nicht Abteilungsleiter Fang Wenxuan Einspruch erhoben und ihn unter seine Fittiche genommen hätte. Zum Glück, vom heutigen Standpunkt aus gesehen. Hätte man ihn wirklich eingesperrt, hätte man Tian Shoucheng später die Rechnung präsentiert. Unwillkürlich muß er lachen. He Jiabin hat wohl den Hals immer noch nicht voll und noch immer nicht begriffen, was die Stunde geschlagen hat.

Soll er den Brief einfach an He Jiabins Abteilung weiterleiten? Nein, die Angelegenheit ist zu kitzlig. Kritik an den Beschlüssen des Politbüros, das muß oben registriert worden sein. Wenn er den Brief kommentarlos weiterleitet, was soll er dann antworten, wenn sich irgendeiner daran erinnert und nachfragt?

Er betrachtet noch einmal die Notiz auf der Vorderseite des Briefes. Eine Tendenz läßt sich daraus nicht ablesen. Da steht lediglich: »Zur Weiterleitung, ein Brief aus der Bevölkerung«.

Wie regeln? Er rollt den Bleistift in seiner Hand hin und her, als habe dieser sich durch die Berührung eines Heiligen in einen Zauberstab verwandelt, der Böses in Gutes verwandeln kann.

Schließlich notiert er auf die Vorderseite: »An Vizeminister Zheng Ziyun mit der Bitte um Bearbeitung«. Das kann angehen. Zheng Ziyun verbrennt sich gerade den Mund mit irgendwelchen Systemreformen und Veränderungen der Betriebsverwaltung, spuckt große Töne über die ›Verwissenschaftlichung der politisch-ideologischen Arbeit‹. Was sich dahinter versteckt, ist Opposition gegen das ›Daqing-Modell‹. Oder vielleicht nicht? Hat er nicht vor ein paar Tagen in den Shuguang-Werken sogar eine Meinungsumfrage gestartet? Lächerlich! ›Was mögen Sie?‹ Was die wohl mögen: krumme Touren! ›Wofür interessieren Sie sich?‹ Wofür wohl? Für sich selbst! ›Was hassen Sie?‹ Was wohl? Die Finger krumm zu machen! ›Was brauchen Sie?‹ Geld brauchen sie, darauf sind sie scharf. ›Was machen Sie in Ihrer Freizeit?‹ Fressen, saufen, sich amüsieren, man braucht nur in die Kneipen zu schauen! ›Haben die ‚Vier Modernisierungen‘ Ihrer Meinung nach Aussicht auf Erfolg?‹ Was haben die dazu zu melden? ›Was ist das größte Hindernis bei der Realisierung der ‚Vier Modernisierungen‘?‹ Daß heutzutage jeder macht, was ihm in den Kram paßt! ›Arbeiten Sie gern in dieser Fabrik?‹ Nach Amerika wollen sie, verschaffst du ihnen die Ausreise?

Dahinter steckt doch was! Das bringt die ideologische Arbeit völlig durcheinander. Meinungsumfragen sind ein kapitalistischer Trick. Das Proletariat kennt nur eins: Sämtliche individuellen Interessen und Bedürfnisse haben sich den Erfordernissen der Partei unterzuordnen.

Vergleicht man Tian Shoucheng mit Zheng Ziyun, dann könnte man den einen als Verteidiger bezeichnen, zäh, ruhig und trickreich in der Defensive, und den anderen als Stürmer, der ohne Rücksicht auf Verluste vorprescht.

Tian Shoucheng beobachtet mit kühlem Blick, wie rücksichtslos Zheng Ziyun seine Energien verschleudert. Von Zeit zu Zeit schiebt er ihm unangenehme, schwer lösbare Aufgaben zu. Als einen wirklich ernst zu nehmenden Gegner, den in Schach zu halten viel Kraft erfordert, betrachtet er ihn allerdings nicht. Zheng Ziyun hat längst seine Feinde. Nahezu die ganze Gesellschaft.

Ein Ei, das gegen einen Stein stößt.

Wie hat er zum Beispiel darauf reagiert, daß Tian Shoucheng die Vorschriften des Staatsrates zu Wohnungsfragen übertreten und nahezu zweihunderttausend Yuan aus Staatsgeldern für den Bau seines Hauses ausgegeben hat? Er hat den Mitgliedern des Parteikomitees einen offenen Brief geschrieben, der Disziplinarkommission des Zentralkomitees Anzeige erstattet und verlangt, daß Tian vor der ganzen Belegschaft des Ministeriums Selbstkritik üben und den die Normen überschreitenden Wohnraum abtreten solle; er hat gefordert, daß die Kader des Verwaltungsbüros, die sich keinen Deut um die Schwierigkeiten der wohnungssuchenden Mitarbeiter gekümmert hatten, sondern nur vor dem Minister katzbuckelten, gemaßregelt würden. Das Resultat? Von oben hat man eine Untersuchungskommission eingesetzt, die hat ein paar Tage herumgedoktert und einen Untersuchungsbericht geschrieben, aber was kann ihm das anhaben? So etwas läßt ihn kalt, das rührt nicht an prinzipielle Fragen der politischen Linie. In China laufen die Dinge nun mal so.

Im vergangenen Jahr hat ihn Zheng Ziyun (als die Nummer zwei im Minsterium) auf der Arbeitskonferenz des Zentralkomitees vertreten, während er auf einer Inspektionsreise im Ausland war.

Damals existierte noch keine offizielle Sprachregelung hinsichtlich der sogenannten ›61 Renegaten‹, die Lushan-Konferenz war noch nicht rehabilitiert, die Frage Liu Shaoqis noch nicht auf die Tagesordnung gesetzt. Es hätte genügt, wenn Zheng Ziyun als sein Stellvertreter still zugehört hätte, aber nein, er mußte große Reden schwingen:

»Kader machen unvermeidlich Fehler, doch muß man sich später bei ihrer Beurteilung an die Tatsachen halten: wer den Fehler begangen hat und welcher Art er ist. Man darf nicht jeden, der Fehler gemacht hat, zum Renegaten und Agenten stempeln. In den Materialien zum Fall Liu Shaoqi gibt es zu keiner Frage konkrete Angaben, man hat ihn einfach zum Renegaten, Verräter und Betrüger erklärt, für mich sind das KGB-Methoden. Das gleiche gilt für Peng Dehuai und Yang Shangkun, auch da wird behauptet, sie hätten Verbindungen zum Ausland gehabt. Aber man überzeugt niemanden, indem man irgendwelche unbewiesenen Dinge herbeizerrt, wir müssen uns in derartigen Fällen in Zukunft an die Tatsachen halten.«

Auf wen zielte er damit? Tollkühn! Sicher, heute ist Genosse Liu Shaoqi rehabilitiert, und die ›61 Renegaten‹ und die Lushan-Konferenz ebenfalls. Aber alles in allem ist es ein riskantes Spiel gewesen. Und Waghalsigkeit ist immer auch Stümperei, irgendwann bricht man sich dabei das Genick. Damals, bei seiner Kritik an Deng Xiaoping, hat Tian Shoucheng nicht aufgepaßt, er, dieser übervorsichtige Mensch, hat abgewartet und abgewartet, beobachtet und noch einmal beobachtet, und ist trotzdem auf die Nase gefallen. Diese Lehre hat er für den Rest seines Lebens verstanden. Gott sei Dank hat er damals wenigstens bei der entscheidenden Frage der ›Zwei Alte‹-Fraktion einen richtigen und zeitgemäßen Standpunkt vertreten. Nur darauf kommt es an, alles andere ist dummes Gerede. Was heißt Politik? Politik heißt, richtig zu erkennen, aus welcher Richtung der Wind bläst, und rechtzeitig Stellung zu beziehen, wenn es nicht zu umgehen ist. Alles andere ist leeres Geschwätz. Leeres Geschwätz! Aber wiederholen darf sich so etwas nicht, Tian Shoucheng muß dafür sorgen, daß Zheng Ziyun keine Gelegenheit mehr erhält, an derartigen Konferenzen teilzunehmen.

Tian Shoucheng verläßt sein Büro. Er gibt Xiao Yi das Vortragsmanuskript für die Versammlung der Abteilungsleiter zurück, das ihm dieser zwei Tage zuvor übergeben hat. »Genosse Yi, ich habe es durchgelesen, konkret ist daran nichts auszusetzen, ich habe nur den Eindruck, es ist nicht gründlich genug, vielleicht sollten Sie es mit den Genossen des Verbindungsbüros noch mal durchgehen, die Struktur ein wenig überarbeiten, ein bißchen daran feilen, ein bißchen substantieller, nicht zu ernst im Ton, aber auch nicht zu übertrieben lebhaft; das Ganze von einer höheren Warte, aber auch nicht zu allgemein. Wären Sie so freundlich, sich noch einmal dranzusetzen!«

Das ist typisch für Tian Shoucheng. Er selbst rührt nie einen

Finger, er informiert auch seine Mitarbeiter nie offen und klar über seine Absichten und Standpunkte. Zu Beginn hat sich Xiao Yi wirklich herumgequält. Jede Rede mußte Zeile für Zeile umgeschrieben werden. Dagegen wäre nichts zu sagen gewesen, aber er begriff nie, warum und was er umarbeiten sollte. Jeder Vortrag des Ministers kostete ihn ein paar Pfund Gewicht. Doch allmählich kam er ihm auf die Schliche. Heute hört er mit devotem Gesicht zu und nickt unaufhörlich mit dem Kopf, während er gewissenhaft das Manuskript durchblättert. »Selbstverständlich, ich werde es in Ihrem Sinne umarbeiten.«

In Wirklichkeit denkt er darüber nach, wie er das Ganze mit Klebstoff und Schere umstellen wird, aus Seite 1 wird er Seite 3 machen, alles ein paar Tage hinziehen, nichts braucht geändert werden. Am Vorabend der Ansprache bringt er Tian das Manuskript nach Haus und erklärt: »Ich habe es in Ihrem Sinn geändert.« Damit ist die Sache erledigt. Und jedesmal verkündet Tian Shoucheng hinterher: »Sie haben diesmal gute Arbeit geleistet, viel besser als das ursprüngliche Manuskript.« Xiao Yi lächelt. Eine erfolgreiche Methode.

»Noch etwas, ich bin die Akten durchgegangen, bitte leiten Sie sie an die zuständigen Genossen weiter.«

In diesem Augenblick betritt Lin Shaotong das Zimmer. Wortlos wirft er Tian Shoucheng einen Blick zu, Tian kehrt sofort in sein Büro zurück, Lin Shaotong folgt ihm und schließt die Tür hinter sich.

Unter dem Vorwand, die Akten weiterzuleiten, verläßt Xiao Yi das Büro. Er weiß, daß sie in seiner Anwesenheit nicht sprechen werden. Er interessiert sich auch nicht im geringsten dafür, instinktiv fühlt er, daß es bei einer derart intimen Beziehung zwischen Vorgesetztem und Untergebenem nur um unsaubere Machenschaften gehen kann. Er will damit nichts zu tun haben. Er hat die Nase voll, schon lange. Gut, während der ›Kulturrevolution‹ hat er aus blindem Glauben und Hysterie – alle litten damals unter dieser Krankheit – Dummheiten begangen, die nur ein Mensch begehen kann, der seine fünf Sinne nicht beisammen hat. Dafür ist er jetzt stumpf und gleichgültig geworden, kennt weder Haß noch Zorn. Einer, der vor dem Hauptportal der Hölle eine Zeitlang geschwankt hat, noch einmal mit dem Schrecken davongekommen ist und nun, im Rückblick auf diese traumatische Erfahrung, vollkommen indifferent geworden ist.

Längst vergangen, die Periode des hysterischen Aktionismus, und dennoch: der Virus ist ihm bis ins Mark gedrungen.

Sein Posten gibt ihm Gelegenheit, einen Blick hinter die Kulissen der staatlichen Führungsorgane zu werfen. Eine Miniaturausgabe der Gesellschaft: die Kräfte des Fortschritts, erst im verborgenen, dann hervorbrechend und sich wieder auflösend, ein Schritt voran, zwei zurück, oder sind es zwei voran und einer zurück? Schwer zu sagen.

Ji Hengquan übergibt He Jiabins Beschwerdebrief Zheng Ziyun: »Von Minister Tian!«

Zheng Ziyun blättert ihn flüchtig durch, wirft dem neben ihm wartenden Ji Hengquan einen schrägen Blick zu und stopft das Papierbündel in die Schublade seines Schreibtisches: »In Ordnung, das wär's!«

Seine stehende Redewendung, wenn er zum Ausdruck bringen möchte, daß er ein Gespräch oder einen Vorgang als beendet betrachtet. Ji Hengquan hat in der Vergangenheit oft genug Vorträge, Ansprachen und Berichte für ihn ins reine geschrieben, um zu wissen, daß der im Brief vertretene Standpunkt mit Zhengs Ideen hundertprozentig übereinstimmt.

Als Ji Hengquan die Türe hinter sich geschlossen hat, zieht Zheng Ziyun das Schriftstück wieder aus der Schublade, um es noch einmal gründlich durchzulesen. Immer wieder begleitet er die Lektüre mit einem leichten Kopfnicken. Dann wirft er es auf den Tisch, als habe er sich die Hände daran verbrannt. Ein unerfreuliches Gefühl überfällt ihn.

Die Filterwirkung.

Der Filter garantiert, daß er nie einen vergleichbaren Bericht verfassen wird, einen leidenschaftlichen, kraftvollen Bericht, der den Kern der Sache trifft und die da oben klar und unmißverständlich mit der Wahrheit konfrontiert.

Natürlich besteht für ihn aufgrund seiner Position keine Notwendigkeit, so vorzugehen. Aber ist es nur das? Könnte er denn ohne rot zu werden behaupten, daß sein Glaube, seine Aufrichtigkeit, seine Menschlichkeit, die kostbaren Dinge, die den Menschen lehren, wie er zu leben und zu sterben hat, unbeschädigt wie am Anfang sind und noch nicht vom Gift des Egoismus zerfressen?

Seit sie ins Ministerium zurückgekehrt sind, hat er He Jiabin kaum mehr gesehen. Zuvor, in der Kaderschule, als sein Fall noch überprüft wurde, arbeiteten sie in derselben Gruppe. He Jiabin, der als ›Rebell‹ galt, unterschied sich in einigen Punkten von den anderen: Er übernahm oft Arbeiten, die Zheng Ziyuns Kräfte überstiegen, er diskutierte mit ihm Engels' ›Dialektik der Natur‹, er sprach darüber, warum weiße Katzen mit blauen Augen taub seien und daß man dies verifizieren müsse (leider hatte keiner von ihnen je eine weiße Katze mit blauen Augen gesehen); und er informierte ihn darüber, daß der Leiter ihrer Schulungsgruppe den Spitznamen ›Das verrückte Klavier‹ trug, der Leiter des Zuges dagegen ›Die Kurve‹ hieß. Wenn bei der Essensausgabe jemand in der Schlange stand, bei dem ›Die Kurve‹ sich lieb Kind machen wollte, begann sie drei Leute vorher, ein wenig mehr in die Schale zu füllen; das hatte seinen Höhepunkt, wenn der Betreffende erreicht war, um danach wieder auf die übliche halbe Kelle abzusinken. Man nannte den Essensausgeber deshalb auch ›Halbe Kelle Zhang‹, aber He Jiabin erklärte, dieser Spitzname bringe das Spezifische seines Charakters nicht zum Ausdruck.

In He Jiabins Gegenwart fühlte Zheng Ziyun sich wieder jung. He Jiabin hatte eine spezielle Methode, Depressionen zu verscheuchen. Mit seinem beißenden Witz schaffte er es immer wieder, den Leuten die dicken Schwielen von der Seele zu reißen, die Jahre und Zeitläufte darauf gebildet hatten.

Nachdem sie ins Minsterium zurückgekehrt waren, jeder auf seinen Posten, verlor sich die Vertrautheit zwischen den beiden bald. Einmal, auf dem Weg zu einer Filmvorführung im Ministerium, trafen sie sich im Bus. Mit einiger Ironie sagte He Jiabin: »Wer hätte gedacht, daß Sie Ihre kostbare Zeit für so etwas opfern.« Der Bus war bis zum Platzen überfüllt mit Angestellten des Ministeriums, die den Film ansehen wollten. He Jiabins Bemerkung war nicht böse gemeint, aber selbst die bestgemeinten Worte hatten bei ihm einen spöttischen Unterton.

Arbeit, Arbeit, immer im Streß. Sie verdrängt alles andere. Er sollte mit He Jiabin reden, es muß ja nicht über diesen Brief sein; meinetwegen über die ›Kurve‹ und das ›verrückte Klavier‹. Er hat Ye Zhiqius Stimme im Ohr, als sie ihm sagte, sie sei zusammen mit He Jiabin dabei, einen großen Bericht zu schreiben, um ein bißchen Propaganda für Fabrikdirektoren wie Chen Yongming zu machen. Sie machte einen etwas fahrigen Eindruck, in einem Moment wollte sie die Reform des Wirtschaftssystems untersuchen, im nächsten einen Dokumentarbericht schreiben. Diese Literaten mit ihren spontanen Einfällen! Aber vielleicht ist genau das die Inspiration.

Zheng Ziyun nimmt den Hörer ab, um He Jiabin anzurufen, er hat bereits die ersten drei Nummern gewählt, als er ihn wieder sinken läßt. Es kommt ihm unpassend vor. Sie sind nicht mehr in der Kaderschule. Nicht der Abstand der Positionen kompliziert für ihn die Beziehung, er fürchtet vielmehr die Unannehmlichkeiten, zu denen so etwas führt. Er hält im Umgang mit den Mitarbeitern im Ministerium stets die Mitte zwischen Distanz und Nähe. Intimere Beziehungen würden, so glaubt er, seine Auffassungen von Prinzipientreue falschen Interpretationen aussetzen und zu Gerede führen.

Wie soll er den Brief behandeln? Klar, daß Tian Shuocheng ihm dieses Problem aufgehalst hat. Die gegenwärtige Lage ist nach wie vor unübersichtlich, der Kampf zwischen reformfreundlichen und dogmatischen Kräften entsprechend heftig. Die Angeber, die sich ihr Brot mit Phrasendreschen verdienen, schließen sich zusammen, quer durch die Ränge. He Jiabin hat vollkommen recht!

Nach wie vor wehrt man sich gegen die Reform. Man begreift die Bedeutung des Satzes nicht, daß sich Wahrheit nur anhand der Praxis überprüfen läßt. Für viele Leute haben Realität und Wahrheit nichts miteinander zu tun. Kein Wunder, daß sich einige so krampfhaft an die Macht klammern. Darin liegt eine der Hauptschwierigkeiten für die Reform.

Die Widersprüche sind kompliziert. So schwierig. Das Problem liegt darin, daß es in diesem Kampf, anders als während des Krieges, keine klaren Fronten gibt. Selbst Leute, die ganz eindeutig auf der richtigen Seite stehen, gute Genossen, sind aufgrund von Fehlern ihrer Denkweise, erkenntnistheoretischen

Fehlern, mitschuldig am Elend von Millionen und den daraus resultierenden sozialen Problemen. Zum Beispiel an dem weitverbreiteten Pessimismus und an der Enttäuschung. Weil einer ein paar Yuan der nächsthöheren Lohnstufe kriegt und der andere nicht, werden die Beziehungen eisig. Keiner weiß, woher diese ewige Armut kommt, die einfach kein Ende nehmen will. Es gibt keine Kapitalisten mehr, keine Großgrundbesitzer, aber die Armut ist geblieben. Woran liegt es? Und was ist das Ziel des Lebens? Die menschliche Seele wird durch diesen unabsehbaren, kräftezehrenden, tagtäglichen Kampf um das liebe bißchen Brot verdorben. Der Kampf führt zu Haß, zu Depression, zum Verlust der menschlichen Achtung, zum Zweifel am Wert des eigenen Daseins. Nein, so darf es nicht weitergehen. Wir sind ein sozialistisches Land, wir haben für ein menschenwürdiges Leben zu sorgen. Zheng Ziyun schlägt mit der Faust auf den Tisch.

Er wird es mit dem Brief so machen wie damals, 1976, als man bei Fang Wenxuan gegen Wang Hongwen gerichtetes Material entdeckte. Wenn man ihn danach fragt, wird er eine große Sucherei veranstalten, die mit dem Resultat endet: »Kann's nicht finden, keine Ahnung, wo ich's hingestopft habe.« Er sperrt das Schreiben He Jiabins in die unterste Schublade seines Schreibtisches und denkt voller Wut, daß die Art der Behandlung von Beschwerdebriefen aus der Bevölkerung reformiert werden müßte. Die gegenwärtige Prozedur schützt diejenigen zuwenig, die den Finger auf offene Wunden legen, sie führt dazu, daß man sich vor seiner gesellschaftlichen Verantwortung drückt. Beschwerdebriefe einfach an die Arbeitseinheit des Absenders zurückschreiben und fertig! Genossen wie He Jiabin gibt es viel zu wenige.

»Was ist passiert?« fragt Tian Shoucheng Lin Shaotong. Natürlich ist etwas passiert, wenn Lin Shaotong ihn zu einer Unterredung aufsucht. Der übliche Kleinkram der Büroarbeit wird von Xiao Yi erledigt.

»Heute morgen habe ich Freund Ji getroffen, er hat mir erzählt, daß Vizeminister Zheng und Vizeminister Wang gestern nachmittag Professor Dai an der B.-Universität besucht haben.«

»Was?!« Tian Shoucheng macht ein verdutztes Gesicht. Das wird ja immer bunter! Wie können zwei kommunistische Minister auf die Ideee verfallen, einem bourgeoisen Professor einen Besuch abzustatten, einem im ganzen Land berüchtigten Rechten, der erst vor kurzem rehabilitiert worden ist.

»Dieee . . .« murmelt Tian Shoucheng gedehnt. Wang Fangliang und Zheng Ziyun. Kein Wunder, daß im Ministerium von der Existenz zweier Hauptquartiere gemunkelt wird. Man macht Witze darüber, wer wohl das bourgeoise und wer das proletarische Hauptquartier sei. Da ist sie wieder, die Sprache der ›Kulturrevolution‹, die einem den Magen umdreht.

»Worüber haben sie denn gesprochen?«

»Weiß ich nicht, sie sind zu zweit gegangen, ohne Sekretär. Ich nehme allerdings an, daß es mit der Konferenz über Fragen der politisch-ideologischen Arbeit zu tun hat, die sie demnächst einberufen wollen.«

»Habe ich denn auf der Versammlung des Parteikomitees nicht klar genug zu erkennen gegeben, daß ich keine Konferenz will. Man muß damit noch warten!«

Worauf gewartet werden muß, darüber ist sich auch Tian Shoucheng nicht im klaren, aber es entspricht seiner Lebensphilosophie: Probleme erledigen sich durch Abwarten.

Wie es aussieht, sind Zheng Ziyun und Wang Fangliang entschlossen, vorzupreschen.

»Die Genossen aus der Forschungs- und Untersuchungsabteilung, die an der Vorplanung der Konferenz teilnehmen, sagen, daß sie sich gerade überlegen, wie man bestimmte Untersuchungsergebnisse der Sozialwissenschaften und Psychologie zur Verwissenschaftlichung der politisch-ideologischen Arbeit heranziehen kann.«

Tian Shoucheng schweigt. Ganz schön trickreich. Die beiden reden von morgens bis abends mit irgendwelchen Professoren, Literaten, Journalisten, überall Konferenzen, Reden, Artikel. Anstatt ordentlich ihre Arbeit als Minister zu erledigen, stürzen sie sich auf prestigeträchtige Projekte. Literaten sind, betrachtet man sie nach Mendeljews Rangordnung der chemischen Elemente, von allen die unstabilsten, seit jeher vor allem dazu begabt, Unheil zu stiften. Zheng Ziyuns und Wang Fangliangs Aktionen verursachen bei Tian Shoucheng ein Gefühl der Bedrohung.

»Nach ihren Äußerungen ist die Verwissenschaftlichung der

politisch-ideologischen Arbeit ein wesentlicher Aspekt bei der Reform der Betriebsverwaltung: Unter sozialwissenschaftlichen und psychologischen Gesichtspunkten soll untersucht werden, wie man die Leute zu größerer Aktivität motiviert«, fährt Lin Shaotong in seinen Erläuterungen fort.

Psychologie? Längst als bourgeoise Wissenschaft kritisiert. Gut, heute propagiert man die fachliche Qualifikation der Kader, aber man kann nicht blind drauflosstürmen und jeder Mode hinterherrennen. Natürlich, Mobilisierung des Arbeitseifers, das ist schon ein Thema, nur auf diesem Weg kann man es nicht anpacken. Reform und Stärkung des Betriebsmanagements, das ist eine gesellschaftliche Aufgabe, man muß sie in Angriff nehmen, wenn die Zeit dafür reif ist. Im Augenblick unterhalten die Industrieministerien, die Provinzen, die Städte ihre Einheiten, in denen experimentiert wird. Es entspricht der allgemeinen Erwartung, ein paar erfolgreiche Resultate aufzugreifen. Sicher, als Nummer eins des Schwerindustrieministeriums muß er ein paar politische Entscheidungen treffen, ein paar Methoden anregen. Aber unter den Wirtschaftstheoretikern vertreten manche völlig übergeschnappte Positionen, wenn man sich mit denen einläßt, bringt man sich in Teufels Küche. Man muß abwarten, ein paar Leute beauftragen, Analysen anzufertigen, eine Kommission bilden, Flagge zeigen. Außerdem muß er dem Vorgehen Zheng Ziyuns und Wang Fangliangs einen Riegel vorschieben.

»Richtig, wir müssen uns um das Problem der Betriebsverwaltung kümmern und die Untersuchungen über organisatorische Veränderungen beschleunigen. Ich habe dazu auch eine Meinung, noch unausgereift allerdings: Sollte man nicht die Abteilung für Betriebsverwaltung und die Forschungs- und Untersuchungsabteilung zusammenlegen und ein beratendes Komitee gründen, das untersucht, in welche Richtung man die Arbeit am besten vorantreibt?«

Nichts in Tian Shouchengs Worten läßt auf eine Hinterabsicht schließen, aber Lin Shaotong begreift, daß auf diese Weise die Forschungs- und Untersuchungsabteilung der Kompetenz Wang Fangliangs entzogen werden soll, und das bedeutet, eine eigene Truppe aufzubauen, die mit Wang Fangliang konkurriert. Ein Zusammenstoß mit Wang Fangliang? Mut und Entschlußkraft, Findigkeit und Klassenherkunft machen aus ihm einen Gegner, den man nicht leichtfertig reizt. Solange es nicht um entscheidende Fragen geht, kreuzt man mit ihm besser nicht die Klinge.

»Man sollte sich die Sache noch mal durch den Kopf gehen lassen.«

Tian Shoucheng sieht Lin Shaotong ausdruckslos an. Ohne irgendeine Regung erwidert dieser seinen Blick. Sie verstehen sich stillschweigend.

»Na schön, warten wir noch ein bißchen und sehen zu.« Tian Shoucheng senkt die Augen.

Im Umgang mit Menschen und Dingen ist Tian Shoucheng im allgemeinen generös, er hält sich immer einen Ausweg offen. Er hat zum Beispiel zugestimmt, als es darum ging, Wang Fangliang die Parteimitgliedschaft abzuerkennen. Noch vor ein paar Tagen hat er zu ihm gesagt: »Es war zwar falsch, Sie damals aus der Partei auszuschließen, aber ich konnte mich schlecht dagegenstellen, unsere privaten Beziehungen sind zu eng.« Ohne den geringsten Respekt vor dem Höhergestellten antwortete ihm Wang Fangliang direkt ins Gesicht: »Dummes Zeug! Hier geht es um Prinzipien, um nichts sonst. Man sagt, was gesagt werden muß. Was heißt überhaupt ›private Beziehung‹? Ich bestreite, irgendwelche persönlichen Beziehungen mit Ihnen zu haben!« In der Spätphase der ›Kulturrevolution‹, nachdem Tian Shoucheng und Zheng Ziyun nacheinander an ihre Posten zurückgekehrt waren, versäumte es Tian Shoucheng nie, Wang Fangliang an Feiertagen zu besuchen. Wang Fangliang war damals noch nicht rehabilitiert und erst recht nicht wieder in die Partei aufgenommen, auf ihm lastete noch der Vorwurf des ›bösartigen Angriffs auf die Diktatur des Proletariats‹. Obgleich diese Besuche in aller Heimlichkeit stattfanden und Tian Shoucheng Lin Shaotong einschärfte, keinem Außenstehenden gegenüber etwas davon verlauten zu lassen, stellte er damit seine Menschlichkeit unter Beweis. Man bedenke die Schwere der Anklage und die damaligen Zeitläufte! Wie viele hätten das unter den damaligen Umständen gewagt? Tian Shoucheng war der festen Überzeugung, daß ihm Wang Fangliang das nicht vergessen würde. Zumal ihn, wie er gehört hatte, Zheng Ziyun nicht ein einziges Mal besuchte. Selbst als Wang

Fangliang hilfeflehend an seine Tür klopfte, um zu verhindern, daß seine an Milchdrüsenkrebs erkrankte Frau zu körperlicher Arbeit in die Kaderschule geschickt wurde, verkroch sich Zheng Ziyun ins Bett und ließ ihn durch Xia Zhujun mit ein paar Worten abspeisen.

Doch wenn jetzt auf Versammlungen des Parteikomitees Meinungsverschiedenheiten auftreten, steht Wang Fangliang im entscheidenden Moment immer auf seiten Zheng Ziyuns. Dabei sind ihre privaten Beziehungen keineswegs sonderlich eng. Aufgrund langjähriger Beobachtungen ist Tian Shoucheng zu dem Schluß gekommen, daß Zheng Ziyun zur Freundschaft unfähig ist, er macht eher den Eindruck eines gut programmierten Computers als den eines Menschen aus Fleisch und Blut. Seine Gefühle und Gedanken verbirgt Zheng Ziyun hinter allem Möglichen, keiner kommt dahinter, was er wirklich denkt. Nein, nein, die Beziehung der beiden beruht auf einer Interessenkoalition, nicht auf enger, unverbrüchlicher Freundschaft. Zu welchem Zweck? Es geht ihnen, soweit er es erkennen kann, nicht um seinen Posten. Sind sie Abenteurer auf der Jagd nach neuen Ufern?

Zwischenmenschliche Abgründe entstehen nicht notwendigerweise durch Haß. Unterschiede in Temperament und Charakter, unterschiedliche Wünsche und Ansprüche ans Leben können dazu führen, daß sich Menschen fremd bleiben. Solange jeder auf seinem Gleis fährt, bleibt man konstant in immer gleicher Entfernung zueinander. Was aber, wenn jeder über eine gewisse Macht verfügt und die Gleise des anderen in seinem Sinne verlegen möchte? Bei einem Zusammenprall kann einer von beiden wie ein Komet abstürzen.

Ji Hengquan benachrichtigt Zheng Ziyun: »Die Genossin Ye Zhiqiu von der Zeitung ist am Telefon.«

Zheng Ziyun runzelt die Stirn. Die Journalistin benimmt sich zu informell, achtet zuwenig auf notwendige Kleinigkeiten. Dauernd ruft sie an und nennt ihn dann am Telefon nicht einmal ›Genosse Zheng Ziyun‹ sondern einfach ›Lao Zheng‹! Wenn ein Minister einen Telefonanruf bekommt, hängt mindestens ein Dutzend Leute mit in der Leitung, nicht mitgerechnet die, die am anderen Ende mithören. Will sie denn mit diesen Anrufen renommieren? Nein, zu dieser Sorte spießiger Frauen gehört sie nicht. Und dann schreibt sie ihm hin und wieder kleine Notizen oder Briefchen, meist in einem lockeren Ton, nichts Weltbewegendes, ein paar Ansichten zu sozialen Problemen oder Erklärungen und Ergänzungen zu früheren Debatten und Gesprächen. Sie schreibt witzig und zugleich natürlich, die Lektüre ihrer Briefe ist ohne Frage ein intellektuelles Vergnügen. Aber sie sollte daran denken, in welcher Gesellschaft sie leben. In China, wo feudalistisches Gedankengut noch aus jeder Pore und Ritze dringt, ist der Kontakt zu Frauen eine kitzlige Angelegenheit und Gegenstand allgemeiner Neugierde. Die geringste Unachtsamkeit, und der Ruf ist ruiniert. Im Umgang mit Frauen ist Zheng Ziyun überkorrekt und übervorsichtig.

Sämtliche Briefe, die er erhält, selbst die mit Vermerken wie ›persönlich‹, ›Angaben zum Absender im Brief‹ oder ›nur durch seine Exzellenz persönlich zu öffnen‹ durchlaufen die vorgeschriebene bürokratische Prozedur; erst nachdem Ji Hengquan sie durchgesehen und geordnet hat, bekommt er sie auf den Schreibtisch. Das gleiche gilt für Telefonanrufe, sie werden zunächst von Ji Hengquan entgegengenommen und dann, je nach Position des Anrufers und Bedeutung der Angelegenheit, nach Rückfrage an ihn weitergeleitet oder abgewimmelt. Formlose, den dienstlichen Gepflogenheiten widersprechende Telefonate und Briefe können sehr schnell zu Ärger und Mißverständnissen führen. Es genügt ein Blick auf Ji Hengquans Gesichtsausdruck, während er ihn über den Anruf Ye Zhiqius informiert: Er tut so, als sei er genau im Bilde darüber, daß es zwischen seinem Chef und der Journalistin eine Affäre gibt, dieser jedoch selbstverständlich auf die Diskretion seines Sekretärs zählen könne. Zum Kotzen!

Vor kurzem hat er sich dieses Stück mit den Briefmarken geleistet. Von einem Brief mit Ye Zhiqius Absender war die Sondermarke abgelöst worden, Ji Hengquan öffnete ihn aus irgendeinem Grunde nicht, sondern jammerte überall herum: »Wer hat bloß die Marke abgerissen? Wie soll ich das Minister Zheng erklären?« Bis schließlich alle wußten, daß ihm Ye Zhiqiu Briefe schrieb, und es den Anschein hatte, als gebe es zwischen ihnen wirklich etwas, was das Tageslicht zu scheuen hätte und wovon selbst der Sekretär nichts wissen dürfe.

Hol's der Teufel. Durchaus möglich, daß Ji Hengquan selbst die Marke abgerissen hatte, um einen ›Reichstagsbrand‹ zu inszenieren.

Wann werden sich die Menschen so zeigen, wie sie wirklich sind? Er wird es wohl nicht mehr erleben, er ist derlei Maskeraden gewöhnt.

Soll er Ye Zhiqiu bitten, in Zukunft an seine Privatadresse zu schreiben? Nein. Dann sieht es erst recht so aus, als sei tatsächlich etwas zwischen ihnen. Ganz abgesehen davon ist ihm nicht entgangen, daß Ye Zhiqiu gegen Xia Zhujun eine instinktive Abneigung besitzt. Er hat nicht vor, ihr noch mehr Gelegenheit zu geben, diesen Eindruck zu vertiefen. Wie auch immer, sie ist schließlich seine Frau, alles was mit ihr zu tun hat, fällt direkt auf ihn zurück. Sie gelten als ›Modellehepaar‹, sein Lebenswandel muß über jeden Verdacht erhaben sein.

Er meldet sich mit übertrieben gezwungener, distanzierter Höflichkeit: »Guten Tag! Hier spricht Zheng Ziyun!«

Ye Zhiqiu nimmt von seinen Bemühungen keinerlei Notiz und platzt heraus: »Ich muß Ihnen was mitteilen, was Sie vermutlich nicht sehr freuen wird: Ihren Artikel über die Verwissenschaftlichung der politisch-ideologischen Arbeit werden Sie übermorgen nicht in der Zeitung finden.«

»Warum nicht? Der Chefredakteur hat mir persönlich zugesichert, daß er übermorgen erscheint.« In Zheng Ziyun steigt der Zorn hoch. Er ist schließlich nicht irgendein kleiner Schreiberling, zudem hat ihn die Zeitung um den Artikel gebeten.

»Man sagt, es kommt von oben, man hofft, daß Sie einige Formulierungen in Ihrem Artikel noch mal überdenken.«

»Welche denn? Können Sie nicht ein wenig konkreter werden?«

»Zum Beispiel ›Gemeinschaftsbewußtsein‹, wir sagen hier gewöhnlich ›Kollektivismus‹« – aus irgendeinem Grund kichert Ye Zhiqiu – »also wirklich, wenn Sie mich fragen, der Ausdruck ›Gemeinschaftsbewußtsein‹ ist für mehr Menschen akzeptabel, er schmeckt mehr nach Einheitsfront, das gleiche gilt für den Begriff ›Humanität‹, damit erreicht man mehr Leute als mit dem ›proletarischen Gefühl‹, es motiviert die Leute, ich meine alle Leute, und nicht nur fortschrittliche Elemente vom Schlage Lei Feng. Ich finde, es gibt nichts zu ändern, Sie sollten daran festhalten. Unsere Organe für politische Arbeit sind, was die Bedeutung der Verwissenschaftlichung der politisch-ideologischen Arbeit angeht, hinter dem Mond, sie halten angewandte Psychologie, Soziologie, Sozialpsychologie und Anthropologie immer noch für bürgerliche Wissenschaftsdisziplinen. Für mich sind das lediglich Methoden, eins und eins sind zwei, das gilt für das Proletariat ebenso wie für die Bourgeoisie. Haben Sie in den ›Internen Materialien‹ den Bericht über die Toyota-Werke gelesen? Ich meine, in der Menschenführung sind die Leute dort erfolgreicher als wir. Wenn in der Familie jemand stirbt, überweist man die Beerdigungskosten, zum Geburtstag erhält man ein Geschenk – so was nennt man Psychologie. Natürlich, den Kapitalisten geht's dabei ums Profitraffen, aber warum sollten wir diese Methoden nicht für sozialistische Ziele einsetzen?«

Man könnte glauben, sie hätte den Artikel geschrieben und versuche ihn zu ihrem Standpunkt zu bekehren. Vielleicht spürt sie seine Unentschlossenheit. Er hat keinen größeren Ehrgeiz mehr, wenn ›Ehrgeiz‹ überhaupt der passende Ausdruck ist. Er ist fünfundsechzig, die vielen Ambitionen der Jugend sind zu einer letzten zusammengeschrumpft: auf der Grundlage der Erfolge und Niederlagen einer langjährigen Praxis ein paar gangbare Lösungen für die anstehenden Probleme auf dem Gebiet des Betriebsmanagements zur Diskussion zu stellen, eine langfristige Debatte anzuregen. Und nun stößt schon das Erscheinen des ersten Artikels auf Hindernisse! Ist er überstürzt vorgegangen? Eine langfristige Debatte wäre natürlich gut, aber würde sie sich mit seiner Position vertragen?

Welche Position? Vizeminister. Aber wenn er nichts umarbeitet, wird vielleicht der ganze Artikel nicht erscheinen. Man muß immer partielle Kompromisse schließen, um nicht das Ganze aufs Spiel zu setzen. Dann bleibt nicht einmal der Teil, den die Leute begreifen und akzeptieren können.

Er antwortet nicht. Er ist sich noch unschlüssig und zieht es vor, mit ihr nicht allzu ausführlich darüber zu debattieren.

Ye Zhiqius Stimme sinkt in sich zusammen, sie ist über seine Reaktion offensichtlich enttäuscht. »Jedenfalls sollten Sie auf eines aufpassen, die Redaktionen verwenden diesen Kniff häufig: Wenn man mit dem Autor partout zu keiner Einigung kommt, sagt man ihm zu, den Artikel unverändert zu veröffentlichen, wenn er dann aber erscheint, ist was ganz anderes draus geworden. Sie reden sich dann darauf hinaus, daß der diensthabende Redakteur nicht Bescheid gewußt habe und die Sache eilig in Druck gehen mußte. Hier sollten Sie unbedingt Klarheit schaffen. Noch etwas: wenn man ihn wirklich nicht durchbringt, sollten Sie vielleicht eine Kopie ans Zentralkomitee schicken. Ich finde, der Artikel hat sehr originelle –.«

»Danke, wir sprechen uns wieder!« Er läßt den Hörer wie eine heiße Kartoffel auf die Gabel fallen. Niemand im Ministerium, unten wie oben, darf so mit ihm sprechen, das überschreitet die Grenzen.

Grenzen, nichts als Grenzen. Man sucht Hilfe bei ihnen, um den Dingen, denen man nicht direkt ins Auge sehen will, aus dem Weg zu gehen. Aus Feigheit. So kann das Gewissen ruhig schlafen.

Die Sonnenstrahlen, die schräg durchs Fenster fallen, blenden ihn. Er lehnt sich zurück. Selbst durch die geschlossenen Lider reizen das grelle Sonnenlicht und seine strahlenden Reflexe auf dem Sprossenfenster schmerzhaft seine Augen.

Kein besonders anstrengender Tag, keine dieser ergebnislosen Marathonsitzungen, er hat auch nicht allzuviel reden müssen. Aber er fühlt sich erschöpft. Eine innere Erschöpfung.

Sie überkommt ihn immer, wenn er durch irgendeine Kleinigkeit mit seiner Unentschlossenheit konfrontiert wird und sich wieder einmal mit spießigen, Vor- und Nachteile kalkulierenden Überlegungen herumschlagen muß. Letztlich fehlt ihm der Mut, alles hinter sich zu lassen, deshalb kommt er sich vor wie einer, der im Spiegel die eigene Häßlichkeit entdeckt. Er spricht mit niemandem über diese Depressionen, auch Xia Zhujun weiß nichts davon. Vielleicht ist das die Ursache seiner Einsamkeit. Also gut, er wird einen Kompromiß schließen. Er ist nicht in der Lage, die Wirklichkeit zu ändern, angesichts der gewaltigen Gesellschaftsmaschinerie schrumpft die Kraft eines einzelnen zur Winzigkeit.

Vielleicht ist auch das ein Grund, warum er so plötzlich den Hörer hat fallen lassen: Er möchte sich Ye Zhiqius Vorwürfen entziehen. Warum hält er nicht mit Zähnen und Klauen an seinen richtigen Ansichten fest? (Das würde sie natürlich nie so aussprechen.)

Wie es wohl in ihrem Innern aussieht?

Die charakterlichen Qualitäten eines Menschen halten seiner gesellschaftlichen Position nicht immer stand. Er hat ihr gegenüber stets ein diffuses Minderwertigkeitsgefühl. Diese Frau verfügt über eine eigenartige Kraft, man möchte sich ihr immer von der besten Seite zeigen.

9. Kapitel

Chen Yongming ist restlos erschöpft. Das Gedröhn der Gongs und Trommeln klingt von weit, weit her, als hätte er Wattekugeln in den Ohren.

Jede Familie, der eine Wohnung zugeteilt worden ist, hat darauf bestanden, ihn zu einer Schale Jiaozi einzuladen. Nichts zu machen! Irgendeiner ist auf die Idee gekommen: Jede Familie soll einen Jiaozi beisteuern und einen Vertreter schicken, die Jiaozi sollten in der Gulaschkanone der Baubrigade eigens für Chen Yongming gekocht werden. Nun drängen sich die Leute vor dem dampfenden Kessel. Chen Yongming hat eine instinktive Abneigung gegen solche Auftritte, aber er darf den andern die Freude nicht verderben, bloß weil ihm diese Art des Feierns nicht zusagt. Er muß dabeisein, und sei es nur, um das fröhliche Gelächter ein paar Sekunden zu verlängern. Das ist er den Leuten schuldig, auch wenn ihn diese Freude nicht mehr wärmt als ein Fünkchen Zigarettenglut.

Seit ein paar Tagen hat er die Augen kaum zugetan. Als wollte er so sein Gewicht für Lü Zhimins Kampf um Leben und Tod mit auf die Waagschale werfen.

Zum Abschluß der Bauarbeiten ist Lü Zhimin beim Streichen der Regenrinnen vom Gerüst gestürzt. Solche Unfälle ereignen sich oft im letzten Moment, unerwartet und vermeidbar und immer dann, wenn man bereits erleichtert aufatmet.

»Der Junge ist selbst schuld, hat nicht aufgepaßt!« Wer hat das gesagt?

Nein, Chen Yongming ist sein eigener unbestechlicher und unnachsichtiger Richter. An ihm hat es gelegen. Er hätte voraussehen müssen, daß die Leute dazu neigen, unachtsam zu werden, wenn sie den Erfolg greifbar vor Augen haben. Er ist schließlich kein junger Mann wie Lü Zhimin. Warum hat er nicht noch einmal auf die Einhaltung der Sicherheitsvorschriften gepocht?

Die Stunden, die er auf der Bank vor dem Operationssaal

zugebracht hat, erschienen ihm wie Jahre. Jeder, der im weißen Kittel aus dem Operationssaal kam, ließ ihn vor Schreck zusammenfahren. Er war so überreizt, daß er sich abwandte, als Yu Liwen sich neben ihn setzte. Er wollte mit seinen Schuldgefühlen allein gelassen werden, er war unfähig, an irgend etwas anderes zu denken. Mit abgewandtem Gesicht fragte er: »Wie steht es?«

»Sehr ernst, ein Leberriß –.«

»Noch Hoffnung?«

»Sie tun, was sie können.«

»Gut, geh wieder an die Arbeit!«

Erst als er erfuhr, daß die größte Gefahr vorüber war, legte er wortlos seinen Kopf an ihre Schulter.

Die Flaggen aus roter Seide knattern im Wind. Über Chen Yongmings Augen legen sich Tränenschleier. Eigentlich grundlos. Er könnte nicht genau sagen, warum. Vielleicht wegen Lü Zhimin auf seinem Krankenbett, vielleicht wegen der kleinen Genugtuung, die er angesichts der Freude und Dankbarkeit dieser ehrlichen Leute empfindet.

Wem hätte dieser Dank letztlich zu gelten? Die Ehrlichen stehen nun mal immer auf der verkehrten Seite.

Eine Zeile primitiver Wohnhäuser, aber für die Leute endlich ein Nest, in dem sie sich niederlassen können. Armselig, weiß Gott! Und davon haben sie geduldig jahrelang geträumt.

Ihm fällt ein, was Lü Zhimin halb bewußtlos auf dem Krankenbett gestammelt hat: »He, Song, wir haben's geschafft! Wenn ich eine Wohnung kriege – ich steh zu meinem Wort! Nein, hör auf zu streiten! Der Chef hat versprochen, daß weitergebaut wird, früher oder später –!«

Was empfänden wohl diejenigen, die in ihren hellen, modernen Wohnungen so selbstverständlich von ›Klassenbrüderschaft‹ schwätzen, bei Lü Zhimins Gestammel? Und was angesichts der sich fast überschlagenden Freude über diese primitiven Häuschen? Vermutlich übersteigt es ihr Vorstellungsvermögen.

Sobald die erste Schale gefüllt ist, drängt sich Li Ruilin durch die Menge, reißt sie an sich und erklärt: »Ich werde sie ihm überreichen!« Vor soviel Entschlossenheit verzichten die Leute auf einen Streit.

Li Ruilin fühlt sich im Recht, er und sonst niemand darf diese Schale an Chen Yongming weitergeben.

Es liegt noch nicht lange zurück, daß ihn Chen Yongming mit dem Ausheben eines Fischteiches beauftragte. Das Projekt gehörte zu den Maßnahmen, die die Versorgung der Belegschaft und ihrer Familienangehörigen langfristig verbessern sollten. Chen Yongming hatte ihm eingeschärft, das Fundament der Umfassungsmauer mit einer Dampfwalze zu befestigen und nach dem Aufschichten der Steine eine Lage Sand darüberzuschütten. Der grollende Li Ruilin kümmerte sich nicht um seine Anweisungen. Das Wasser wurde eingelassen, die Fischbrut eingesetzt. Als der Teich zufror, brach die Mauer, der Laich schwemmte mit dem Wasser davon. Jetzt erst begriff Li Ruilin die Tragweite des Problems: Wie stand er vor der Belegschaft da? Mit Chen Yongming würde er schon fertig, der würde ihn höchstens zusammenstauchen, aber wieviel Hoffnung hatte die Belegschaft in den Fischteich und die Hühnerfarm gesetzt? Die Preise auf dem Markt liefen davon, die Leute hofften sehr auf ein bißchen Unterstützung durch die Fabrik. Als Li Ruilin ins Direktionsbüro gerannt kam, heulte er vor Aufregung. Trotz seines Zorns schwieg Chen Yongming erst einmal eine Ewigkeit, dann sagte er : »Kein Grund zur Trauer, Li, wir gehen's noch mal von vorn an!«

»Alles meine Schuld!«

»Ich mach dir keine Vorwürfe. Deine Tränen beweisen, daß dein Verantwortungsgefühl groß genug ist, um mit dir selbst ins Gericht zu gehen. Das ist was wert!«

Wozu lebt der Mensch? Um einen zu finden, der einen versteht. Mit dem Wasser aus dem Fischteich war Li Ruilins angestauter Zorn über die Degradierung zum Pförtner mit einem Schlag weggeschwemmt. Von da an betrachtete er Chen Yongmings Vorgehen unter einem ganz neuen Blickwinkel.

Angesichts der gefüllten Schale, die ihm Li Ruilin entgegenstreckt, überfällt Chen Yongming sofort ein Gefühl von Übelkeit, er ist nahe daran, zu speien, in seinem Mund sammelt sich ein bitterer Geschmack, er bringt keinen Bissen herunter. Er müßte drei Tage durchschlafen.

Zu allem Überfluß hat Vizeminister Zheng Ziyun angerufen und erklärt, daß er den morgigen Sonntag nutzen wolle, um sich im Werk umzusehen. Um dem Chauffeur die verdiente Sonntagsruhe zu gönnen, hat er Chen Yongming gebeten, ihn abzuholen. Den Sonntag habe er gewählt, um Aufsehen zu vermeiden, unter der Woche müsse er die Sache offiziell über seinen Sekretär in die Wege leiten und den ganzen Troß von zuständigen Abteilungsleitern, Referatsleitern, Ingenieuren, Technikern und Sekretären mitschleppen. Chen Yongming zerbricht sich den Kopf über Zheng Ziyuns Absichten.

Plötzlich hat er die Empfindung, daß sich Menschen für Augenblicke in mehrere Ichs teilen können. Als ihm Li Ruilin die Schale mit den Jiaozi entgegenstreckt, spürt er, wie inmitten der Erregung um ihn herum ein neues enthusiastisches Ich das Licht der Welt erblickt. Jemand wie er, der alle Schrecken des Daseins durchlaufen hat und daher solchen Exaltationen normalerweise kein Gewicht mehr beimißt, ist sich bewußt, wie kostbar dieser Moment des Enthusiasmus ist. Und zugleich sehnt er sich danach, aus der Menge ein Wort des Grolls oder der Kritik zu hören. Lü Zhimin liegt noch im Krankenhaus. Glimmt in den Augen, die ihn so inbrünstig anblicken, nicht irgendwo ein verstecktes Flackern? Er kann nur murmeln: »Danke. Danke euch allen!« Dann greift er mit den Stäbchen nach den Jiaozi. Sie entschlüpfen ihm ein ums andere Mal, seine Hände sind fühllos geworden. Er faßt ein paarmal nach, schließlich gelingt es ihm, eines festzuhalten. Er sieht in die Menge, die ihn umringt, die Explosionen der Feuerwerkskörper, das Dröhnen der Gongs, das Geschrei verstummen, alle blicken ihn schweigend an. Er fühlt sich von etwas Festem und Mächtigem umhüllt. Er ist zu einem von der Hülle des Saatkorns umschlossenen Keim geworden, aus diesem Saatkorn wird Kraft wachsen. In der Masse der zahllosen Augenpaare entdeckt er die trüben Augen des alten Lü, darunter sein stoppeliges, zitterndes Kinn. Chen Yongming stopft den Jiaozi in den Mund des Alten. »Lü, verzeihen Sie mir!«

Die Tränen rinnen dem Alten übers Gesicht, während er den Jiaozi hinunterschluckt. »Das dürfen Sie nicht sagen, Direktor Chen!«

Schluchzen breitet sich aus.

»Trommelt!« schreit Chen Yongming hastig. »Was ist mit den Trommeln? Trommelt!«

Es muß sich herumgesprochen haben, daß Chen Yongming von Zheng Ziyun auf den Sessel eines Direktors der Shuguang-Werke befördert wurde. Hätte ihm sonst Feng Xiaoxuan diesen Brief geschrieben, ausgerechnet Feng, der selbst einmal Direktor der Shuguang-Werke gewesen ist? Sicher, das war unter der ›Viererbande‹, die Mißerfolge durfte man nicht ausschließlich auf sein Konto schreiben. Daß er jetzt allerdings bei jeder sich bietenden Gelegenheit herabsetzende Äußerungen fallenläßt oder destruktive Aktionen startet, ist weiß Gott überflüssig. Noch idiotischer ist Fengs Brief. Wieso läuft das über ihn? Wenn sich jemand in der Fabrik über etwas beschweren will, kann er das direkt beim Ministerium tun. Der Brief muß beantwortet werden, und deshalb muß sich Zheng Ziyun persönlich in der Fabrik umsehen. Was ist an Fengs Bericht dran? Er scheint sich seiner Sache sehr sicher zu sein.

Genosse Ziyun,

guten Tag. Vorgestern habe ich einen Brief von zwei Kadern der mittleren Ebene aus den Shuguang-Automobilwerken erhalten mit der Bitte, die darin angesprochenen Probleme Minister Tian zu berichten. Den beiden ist zu Ohren gekommen, daß jemand aus dem Ministerium in Zusammenarbeit mit einer Zeitung einen Artikel verfaßt hat, in dem die Leitung der Shuguang-Werke als Modell hingestellt wird. Damit sind sie nicht einverstanden. Es gebe zwar gewisse Fortschritte, aber weit mehr ungelöste Fragen. Unter den Kadern der mittleren Ebene und der Arbeiterschaft herrsche Unzufriedenheit, mit der Produktion gehe es nicht vorwärts, Kredite und zirkulierendes Kapital hätten eine unerträgliche Höhe erreicht, ebenso die Gesamtzahl der Belegschaft, zu der noch eine beträchtliche Anzahl an Arbeitskräften in den kollektiv geführten Zulieferbetrieben hinzukomme. Das Werk ködere die Leute mit Sozialleistungen, kümmere sich nur um den Lebensstandard und nicht um die Produktion, habe sich auf illegalem Wege große Mengen von Baumaterial beschafft und die Belegschaft zum Bau von Wohnhäusern eingesetzt, wobei sich ein schwerer Unfall ereignet habe. Man verstoße laufend gegen die Finanzvorschriften, indem man die dafür aufgewendeten Mittel auf die Produktionskosten aufgeschlagen habe. Es gebe beträchtliche Qualitätsprobleme, die Verwaltung habe sich prinzipielle politische Fehler zuschulden kommen lassen, zum Beispiel die Auflösung der Politischen Abteilung und des ›Daqing-Büros‹.

Unter diesen Umständen die Leitung des Werks als vorbildlich hinzustellen, könne nur den gegenteiligen Effekt haben und die Unzufriedenheit der Belegschaft provozieren. Schon einmal habe ein lobender Artikel in der Zeitung (über den Genossen XX) zu heftiger Unruhe geführt. Die Verfasser des Briefes empfehlen daher, die Angelegenheit mit aller gebotenen Sorgfalt und Vorsicht zu behandeln, um zu verhindern, daß das Unbehagen in der Belegschaft noch wächst.

Da ich mit der Sache nicht vertraut bin, kann ich mir keine konkrete Stellungnahme erlauben. Ich werde entsprechend des an mich herangetragenen Verlangens Minister Tian den Inhalt des Briefes zur Kenntnis bringen, ihm die Fakten berichten und ihn bitten, der Sache nachzugehen. Ich möchte Sie bitten, sich bei Gelegenheit mit Minister Tian diesbezüglich in Verbindung zu setzen.

Mit herzlichen Grüßen,
Feng Xiaoxuan

Feng Xiaoxuan hatte bisher auf Zheng Ziyun einen ziemlich steifen Eindruck gemacht. Einer von denen, die nichts Großartiges zustande bringen, aber auch nichts Schlimmes anstellen. Einer von den vielen Kadern, die, gestützt auf eine langjährige Parteimitgliedschaft, die Zeit totschlagen. Viele von ihnen wurden wegen fehlender fachlicher Kompetenz in die Politischen Abteilungen gesteckt, da sie dort nach allgemeiner Ansicht die reguläre Arbeit ihrer Einheiten am wenigsten behinderten. Ein Riesenfehler! Was leistet einer in der politischen Arbeit, der seine gesellschaftliche Verantwortung und seine Aufgaben unter dem Gesichtspunkt des Zeittotschlagens betrachtet? Der die Sehnsüchte eines Lebens längst aufgegeben hat und die Paragraphen des Parteistatuts nur noch anführt, wenn er Berichte und Redemanuskripte verfassen muß. Offenbar haben zuviele vergessen, was politische Arbeit bedeutet.

Der Brief zeigt, daß Zheng Ziyun Feng Xiaoxuan falsch eingeschätzt hat, zu oberflächlich. Anscheinend ein komplexerer Charakter, der gewisse Aspekte erst dann enthüllt, wenn es unbedingt erforderlich ist.

Jedenfalls hat das Parteikomitee des Ministeriums auf diesen Brief hin beschlossen, von einer Belobigung Chen Yongmings abzusehen. Lächerlich. Das geht sie einen Dreck an! Welches Recht hat das Ministerium, jemanden daran zu hindern, einen Artikel über Chen Yongming zu schreiben und ihn zu veröffentlichen? Man sollte sich lieber darum kümmern, ob der im Brief geschilderte Sachverhalt der Wahrheit entspricht. Wenn das einreißt, daß man aufgrund einer beliebigen Denunziation einen Mann fallenläßt, ohne der Sache nachzugehen, verletzt man seine Pflichten gegenüber einem Genossen aufs gröbste. Es geht schließlich um einen Menschen, und nicht um einen Hund oder eine Katze!

Schwierige Lage, man darf weder kritisieren noch loben, beide Seiten blockieren sich gegenseitig. Was könnte man alles zustande bringen, wenn man diese Energien in vernünftige Bahnen lenken würde!

Zuallererst besichtigt Zheng Ziyun die Kantine. Sie ist so etwas wie der Hinterhof des glänzenden Palastes, hier sieht man, was man in der pompösen Empfangshalle nicht zu sehen bekommt. Die Köche arbeiten peinlich genau, selbst die Kohlherzen sind mit Sojasoße und Glutamat angemacht. Die Gewissenhaftigkeit des Küchenpersonals beweist, daß es sich bei der Arbeit wohl fühlt. Anders als in den Kantinen, wo der Kohl wie Schweinefutter mitsamt den Deckblättern in großen Bottichen in Salzwasser gekocht wird.

Auch der Werkskindergarten macht einen ordentlichen Eindruck. Zheng Ziyun bemerkt, daß am Kopfende jedes Bettes das Bild eines ›vermenschlichten‹ Tieres klebt: eine Bärenmutter mit rotgestreifter Schürze beim Kuchenbacken; ein weißes Kaninchen im blauen Unterhemd mit einer Karotte in den Pfoten; ein Fuchs im roten Pelz, der gestohlene Trauben verspeist – die Tiere erinnern ihn an die längst vergessenen Märchen der Kinderzeit. Wenn es doch möglich wäre, wieder in eins der Bettchen zu kriechen, sich auf eins der Stühlchen zu setzen! Er läßt sich kichernd nieder, seine Knie ragen vor ihm in die Höhe, in seine alt gewordenen Arme und Beine kriecht sofort ein taubes Gefühl. Nein, man kann nicht wieder klein werden, weder körperlich noch seelisch. Nur die Moleküle des Wassers kann man zerlegen, wieder auf die einzelnen Elemente zurückführen. Er schüttelt den Kopf.

Sofort sieht ihn Chen Yongming mit großen, rotgeränderten Augen an, er glaubt, Zheng Ziyun sei auf etwas Ungehöriges gestoßen. Zheng Ziyun klopft ihm auf den Rücken: »Alles in Ordnung! Sie sind übermüdet und machen einen überreizten Eindruck. Sie gönnen sich wohl zuwenig Ruhe!«

Chen Yongming beißt die Zähne aufeinander, seine Backenmuskeln zucken.

Sie kehren zu den neuen Wohnhäusern zurück. Wirklich fix, die Leute, als wohnten sie schon seit hundert Jahren darin. Auf den kleinen Balkonen trocknen zerschlissene, in allen Farben leuchtende Bettücher und Kleider, stapeln sich alte, längst zum Wegwerfen reife Ofenrohre und das typische, aus der Zeit des Erdbebens zurückgebliebene Gerümpel, zerbrochene und zersplitterte Bambusstangen, Holzstücke und Bretter, zerschlagene Ziegelsteine. Wie eine Fußnote zur Armseligkeit des Lebens, die von der lebenstüchtigen chinesischen Bevölkerung nach Kräften versteckt und vertuscht wird.

Zheng Ziyun wendet sich ab. Er wirft einen flüchtigen Blick auf Chen Yongming, er fühlt ein Unbehagen in sich aufsteigen, als bestünde zwischen ihm und dem Gerümpel eine direkte Beziehung.

Er hat schon viele Betriebe besichtigt und daraus die Erkenntnis gezogen, daß man sich bei einer Fabrik wie bei einem Menschen nur auf den eigenen Augenschein verlassen darf. Beim Gang durch die Werkhallen spürt man den Pulsschlag der Fabrik. Er muß zugeben, daß Chen Yongming nie zum Notizbuch greift, wenn von Produktionswert, Profit, Planerfüllung etc. die Rede ist, weil er sogar diese sich ständig ändernden Zahlen im Kopf hat. Solche Fabrikdirektoren sind rar.

Der Rhythmus in den Werkhallen läßt einem das Herz höher schlagen, ein Glied greift ins andere. Keiner steht gelangweilt herum, keiner liest Zeitung, keiner, der herumspaziert oder hinter seiner Werkzeugkiste ein Schläfchen macht. Zheng Ziyun beobachtet einen Dreher und einen Fräser bei der Weitergabe von Werkstücken, beide beugen sich über eine Liste und überprüfen anhand des Papiers die Werkstücke. Er tritt hinzu und sieht ein hektographiertes ›Protokoll über die Weitergabe von bearbeiteten Werkstücken‹. »Werden diese Formulare korrekt ausgefüllt?« möchte er von Chen Yongming wissen.

»Es geht uns um eine ausbalancierte, geplante Produktion. Es gibt nicht nur einen Gesamtplan für das Werk, sondern auch einen für jede Werkhalle, jedes Team, jedes Individuum. Die Produktionsleistung jedes Monats, jedes Monatsdrittels, sogar jedes Tages ist geplant, und diese Zahlen sind bindend. Werden vom ersten Arbeitsgang hundert Stück übergeben, muß der zweite bei Übernahme quittieren, beide Seiten unterzeichnen. Erreichen den dritten Arbeitsgang nur neunundneunzig Stück, muß nachgeprüft werden, was wohin verschwunden ist. Auf diese Weise kann von der Anlieferung des Rohmaterials bis zur Endverarbeitung nichts verschludert werden.«

Zheng Ziyun nickt: »Wie regelt ihr die Frage der Prämien?«

»Wir sind zu der Einsicht gekommen, daß es sich hier primär um eine Frage des Managements handelt. Nachdem im Sommer 78 die Vergabe von Prämien genehmigt wurde, war der Jubel groß. Aber so nach und nach kamen neue Probleme zum Vorschein. Regelmäßig setzte es bei der Prämienvergabe Streit: ›Wieso bist du in der ersten Kategorie und ich in der zweiten? Wo bin ich denn schlechter als du? Das wollen wir doch erst mal sehen!‹ Die Teamchefs haben sich wegen der Prämien Monat für Monat das Hirn zermartert. Wir haben daher Kriterien zur Festlegung der Prämienvergabe entwickelt, am Monatsende werden die Zahlen für jede Sparte bekanntgegeben. So weiß jeder selbst, ob ihm Prämien zustehen, und der ganze Zank wird überflüssig.«

»Was macht ihr mit denen, die an Prämien nicht interessiert sind?«

»Am Anfang gab es ein paar Leute aus wohlhabenderen Familien, die nicht einsehen wollten, warum sie sich für fünf Yuan abrackern sollten. Genau deswegen haben wir die Vergabemethoden geändert. Wer das Soll nicht erfüllt, bekommt auch den Lohn nicht voll ausgezahlt. Wer ohne triftigen Grund – zum Beispiel fehlendes Material oder Krankheit – sein Soll nicht erreicht, bekommt fünf Prozent vom Lohn abgezogen, wird dabei das Team in Mitleidenschaft gezogen, zehn Prozent, geht es auf Kosten der Werkhalle, fünfzehn Prozent.«

»Gab es Widerstand?«

»Ja. Da hieß es: ›Wo ist denn die Vorschrift, nach der ihr mich bestrafen dürft?‹ Ich habe zurückgefragt: ›Wo ist denn die Vorschrift, nach der ihr das Soll nicht zu erfüllen braucht?‹«

»Wie konntet ihr von der Werksleitung derartige Maßnahmen genehmigen?« Zheng Ziyun ist über Chen Yongmings Kühnheit verblüfft. Er hätte noch unzählige Fragen, aber er sieht, wie müde, wie unendlich müde Chen Yongming ist, von seinen ausgedörrten Lippen schält sich die Haut.

Bang! kommt ein Basketball vom Sportplatz herübergeflogen und landet auf Zheng Ziyuns Ferse, fast wäre er gestolpert. Vom Basketballplatz schallt ein entschuldigendes »Oha!« herüber, das Wort ›Entschuldigung‹ fehlt im Wortschatz der jungen Leute heutzutage. Es folgt ein unterdrücktes Gelächter – das gilt natürlich der Tolpatschigkeit des alten Knackers. Zheng Ziyun dreht sich um, sein Blick trifft den Wu Bins, der angelaufen kommt, um den Ball zu holen. Mit vor Verblüffung weit geöffnetem Mund bleibt Wu Bin wie angewurzelt stehen. Er registriert sofort, was zwischen Zheng Ziyun und Chen Yongming abläuft und errät auf der Stelle, wo in etwa er Zheng Ziyun einzuordnen hat.

»Guten Tag, kennen Sie mich noch?« Zheng Ziyun streckt ihm lachend die Hand entgegen.

»Klar erkenn ich Sie.« Wu Bin schüttelt ihm mit seiner lehmverschmierten, naßgeschwitzten Pranke kräftig die Hand. Dann dreht er sich um und pfeift in Richtung Sportplatz, worauf der ganze Haufen angerannt kommt. Es handelt sich tatsächlich um die Burschen, die Zheng Ziyun im ›Xinfeng‹ kennengelernt hat.

»Sie kennen sich?« Chen Yongmin ist verdutzt.

Zheng Ziyun erklärt kurz die näheren Umstände. Dann sagt er zu Yang Xiaodong: »Das trifft sich gut, ich wollte sowieso mit Ihnen sprechen.«

»Mit mir?« Yang Xiaodong kann sich nicht vorstellen, was es zwischen ihm und Zheng Ziyun zu besprechen gibt.

»Richtig, mit Ihnen. Wir bereiten im Minsterium gerade eine Konferenz zu Fragen der politisch-ideologischen Arbeit vor, ich wollte Sie bitten, daran teilzunehmen und über Ihre Erfahrungen zu sprechen.«

Chen Yongming bricht in schallendes Gelächter aus: »Da haben Sie sich den Richtigen ausgesucht.«

Yang Xiaodong ist völlig aus der Fassung: »Machen Sie sich nicht lustig über mich! Ich bin ja nicht mal Parteimitglied, was kann ich über Politik und Ideologie sagen? Da wenden Sie sich besser an Wu Guodong, unseren Werkhallenchef!«

»Ist das der, über den ihr hinter seinem Rücken so hergezogen seid?«

Wu Bin schaltet sich ein: »Genau, das ist der richtige Typ für Konferenzen. Als die im Ministerium die erste Konferenz der fortschrittlichen ›Daqing-Einheiten‹ abgehalten haben, ist er auch dabeigewesen. Er hat sogar im Sportpalast 'ne Rede geschwungen, über Erkenntnisse beim ›Lernen von Daqing‹ und sowas. Hat sich den Bauch vollgeschlagen, im besten Hotel gewohnt, die Genossen von der ZK-Führung haben ihn auch empfangen, und die Fabrik hat mächtig mit ihm angegeben. Er hat immer die letzten Sprüche drauf, das garantiert, daß nichts schiefgeht.«

»Hören Sie gut zu, das gilt Ihnen!« meint Zheng Ziyun zu Chen Yongming.

»Nicht auch dem Ministerium?« schießt Chen Yongming zurück.

»Außerdem habe ich nichts zu sagen«, erklärt Yang Xiaodong.

»Wiederholen Sie das, was Sie neulich im Restaurant gesagt haben. Und den Genossen Wu Guodong laden wir auch ein.« Zu Chen Yongming gewandt: »Jeder hat seine Stärken, man muß sie nur nutzen.«

Spricht's und geht auf die Reihen der auf dem Abstellplatz wartenden Fahrzeuge zu. Yang Xiaodong und die Gruppe folgen ihm unaufgefordert. Er ist für sie kein Unbekannter, seit ihrer Begegnung im ›Xinfeng‹ gibt es eine wechselseitige Sympathie zwischen ihnen, die die trennenden Schranken von Position und Rangordnung überspringt.

Im Vorübergehen öffnet Zheng Ziyun die Türe des ersten Wagens und streicht mit den Fingerkuppen über den Fahrersitz, im feinen Staub zeigen sich sofort deutliche Spuren. »Die Türdichtungen könnten besser sein. Wieviel verbraucht er denn?«

»Fünfzehn bis sechzehn Liter.«

»Japanische Fabrikate brauchen nur zwölf bis dreizehn.« Zheng Ziyun hält mit seiner Meinung nicht zurück. Aber er möchte nicht herumkritteln, er weiß genau, daß das Werk allein das Problem nicht lösen kann. Hier werden die Wagen zwar montiert, aber viele Einzelteile kommen von Zulieferfirmen.

Damit berührt er Chen Yongmings empfindlichen Punkt: die Gründung eines großen Automobilkonzerns, der alle Zulieferer unter einem Dach vereinigt. Dynamisch und international konkurrenzfähig, anders als die nach dem Guerillaprinzip unabhängig dahinproduzierenden Einzelbetriebe heutzutage. Warum nicht eines Tages sogar die Japaner überholen? Darf man sich diesen Ehrgeiz nicht erlauben?

Zheng Ziyun setzt sich ans Lenkrad: »Wer keine Angst hat, dem Tod ins Auge zu sehen, dreht eine Runde mit mir.«

Chen Yongming hindert ihn nicht. Er hat gehört, daß Zheng Ziyun ein Auto fahren kann und in entlegenen Bergregionen, wo die Verkehrspolizei nicht so genau kontrolliert, mit seinem Chauffeur öfter den Platz tauscht.

Wu Bin läßt sich auf den Rücksitz fallen. Er mag Zheng Ziyun, ohne alle Hintergedanken, was der Mann sagt, hat Hand und Fuß, er ist nicht hochnäsig, und er malt wohl auch nicht nur Kringel auf die Akten. Abgesehen davon plagt Wu Bin ein leises Schuldgefühl: seine frühere Definition eines Ministers war wohl doch ein wenig zu absolut. Zugleich bewegt ihn die Sorge um den Chef: nicht auszuschließen, daß er in Schwierigkeiten kommt, und man nutzt am besten jede Gelegenheit, ihm ein bißchen zu helfen.

Er schielt auf Zheng Ziyuns braune Wollsocken in den Baumwollschuhen, die ruhig und sicher aufs Gaspedal treten. Der Wagen fährt an. Nichts dagegen zu sagen, der alte Knabe hat noch was auf dem Kasten. Er beobachtet, wie Zheng Ziyun das Lenkrad dreht, wendet, den Abstellplatz verläßt und die Pappelallee Richtung Fabrik hinauffährt.

»Wieso ist denn dieser Lü nicht da?« fragt Zheng Ziyun.

»Ist beim Hausbau runtergefallen und liegt im Krankenhaus!«

»Ach! Was sagen denn die Leute dazu?«

Wu Bin wirft ihm einen wachsamen Blick zu und schweigt. Zheng Ziyun spürt sofort die Distanz, die von ihm ausgeht, sich zwischen ihnen ausbreitet. Er lächelt. Wu Bin will um jeden Preis seinen Chef decken. Trotz des Schweigens begreift er, wie man über die Angelegenheit denkt.

»Ist verschieden.« Wu Bin bricht nach einer Weile sein Schweigen. »Manche sind schadenfroh, vor allem die in den höheren Etagen. Die normalen Leute kapieren's schon.«

»Der Wagen beschleunigt zu langsam.« Zheng Ziyun wechselt das Thema.

Erst bei Einbruch der Dunkelheit bringt Chen Yongming Zheng Ziyun in die Stadt zurück. Beide sind müde, keiner sagt ein Wort, die Luft im Wagen ist stickig. Chen Yongming drückt auf die Taste des Kassettenrecorders neben sich auf dem Beifahrersitz.

»Chopin, zweites Klavierkonzert, F-dur«, murmelt Zheng Ziyun.

Chen Yongming wendet sich nicht um, er starrt vor sich in die Dunkelheit, dann sagt er melancholisch: »In der Mittelschule habe ich Geige gespielt und konnte darüber Essen und Schlafen vergessen. Von allen Künsten bedeutet mir Musik am meisten. Na ja, ich habe auch vorgehabt, meinen Doktor in Physik zu machen –. Und was bin ich geworden? Fabrikdirektor!« Er lacht, aber sein Lachen ist bitter.

Zheng Ziyun schweigt.

In seiner Erinnerung schießt das Leben wie ein Blitzstrahl vorbei. Immer nur verloren, verloren ohne Ende. Jingwei, der das Meer auffüllen möchte.

Chen Yongming fährt an den Straßenrand, bringt das Auto zum Stehen und öffnet die Tür. In der Luft der Geruch der wiedererwachenden Erde. Es riecht nach Gewitter und Regen.

Sie verlassen den Wagen, wortlos schauen sie hinauf zum weit entfernten Himmel. Kein Mondlicht, lackschwarze Nacht.

»Im Winter«, meint Chen Yongming, »scheinen die Sterne weiter weg zu sein, im Sommer näher und strahlender. Im Mondlicht verschwinden die Sterne, wenn man sie sieht, gibt es keinen Mond.«

»Mond oder Sterne, was ist Ihnen lieber?«

»Das Mondlicht gibt selbst dem Grausamen und Bösen ein sanftes Aussehen, und es erfüllt einen mit dem geheimnisvollen

Gefühl des Halbdunkels. Unter dem Sternenhimmel fühle ich mich verlassen. Mich überkommt die seltsame Empfindung, eins zu sein mit dem grenzenlosen Firmament.«

Zheng Ziyun kommt plötzlich zu Bewußtsein, daß die Menschen weniger Angst vor Verletzungen haben, als Angst vor Verlassenheit und Kälte, die den Verletzungen folgen. Wie oft hat er selbst den eisigen und einsamen Sternenhimmel betrachtet, wie oft hat ihn dieses Gefühl übermannt: ›Hinaufreiten, auf dem Rücken des Windes, möcht ich wohl, doch schreckt mich der Jadepalast des Mondes, wer ertrüge die Kälte da droben. Der Tanz im Schatten des Mondes ist schöner doch hier auf Erden!‹

Kühle und Hartnäckigkeit liegen auf einmal in Chen Yongmings Ton: »Jetzt wollen sie meine Bücher kontrollieren, sie behaupten, ich hätte den Bogen überspannt, ich hätte mit dem Profit, den ich an den Staat hätte abführen müssen, illegal Wohnungen und eine Hühnerfarm gebaut und einen Fischteich angelegt. Könnte ich mich im Ernst ohne legale finanzielle Grundlage so weit vorwagen? Unsere Buchhaltung war bis vor kurzem in einem unvorstellbaren Zustand, keiner meiner Vorgänger hat die Bücher kontrolliert. Ich bin sie Heft für Heft durchgegangen, dabei haben sich drei verschiedene Fonds gefunden, die nie in Anspruch genommen wurden. Nicht einmal die Finanzabteilung wußte von ihrer Existenz. Davon mal abgesehen, was ist schon dabei, wenn ich für die Leute Häuser baue? Da werden Hunderte von Millionen verschleudert und ich baue für zwei Millionen Wohnungen für die Belegschaft. Na und? Das Hin und Her um die 1700 Walzstraßen hat den Staat ein paar hundert Millionen gekostet, aber dafür muß keiner gradestehen. Sollen sie mich ruhig vor Gericht zerren, ich glaube nicht, daß sie durchkommen.«

Zheng Ziyun reagiert nicht. Leute wie Chen Yongming verlangen weder Sympathie noch Mitgefühl, sondern Verständnis und Unterstützung. Sich Sorgen um ihn zu machen ist überflüssig, aber er muß ihm das Gefühl geben, daß er weiter hinter ihm steht.

Mehr zu sich selbst sprechend, fährt Chen Yongming fort: »Sie sagen, ich würde die Leute ködern und nennen mich ›Wohlfahrtsdirektor‹. Ich empfinde das als Ehre. Wer so daherredet, ist für mich ein Idiot. Wer glaubt, man könne in China die Produktion voranbringen, ohne die Lebensbedingungen der Leute zu verbessern, der träumt. Bei allem, was ich tue, geht es mir doch letzten Endes um die Produktion!«

Er schleudert die halbgerauchte Zigarette auf den Boden, die Funken der Glut spritzen in der pechschwarzen Nacht in alle Richtungen. Mit einem Mal ist sein Zorn wie weggewischt, er sagt zu Zheng Ziyun: »Sie sind sicher hungrig und müssen sich die ganze Zeit mein Gemecker anhören. Kommen Sie zu uns zum Abendessen, ich glaube, es ist noch ein bißchen Schnaps aus Luzhou da.«

»Schimpfen Sie nur. Es ist ungesund, alles in sich hineinzufressen. Aber ich möchte Ihnen sagen, daß ich Sie nach Kräften unterstütze. Meine Einflußmöglichkeiten sind zwar kaum der Rede wert, ich schlage mir selbst oft genug den Kopf blutig. Ich will Ihnen mal was verraten: Ich habe auch genügend Grund zum Meckern und muß es mal loswerden.«

Als Chen Yongming die Wohnungstür öffnet, ist das Zischen von siedendem Fett zu hören, jemand brutzelt Pfannkuchen oder Frühlingsrollen.

Zheng Ziyun folgt Chen Yongmings mächtigem Körper und tritt ein. Er hört eine weibliche Stimme herzlich und nachsichtig grollen: »Wieder so spät!« Ein Arm in einem dünnen, erbsengrünen Pulloverärmel umschlingt Chen Yongmings leicht gebeugten Nacken. Hastig tritt Zheng Ziyun in den Gang zurück. Er hört das Geräusch eines Kusses, lächelt vor sich hin. Kaum zu glauben, daß es in China noch Direktoren mit derart verwestlichten Gewohnheiten gibt. Überhaupt – sind denn die Chinesen soviel anders als die Europäer, wenn sie die Wohnungstür hinter sich geschlossen haben? Die beiden haben sich jedenfalls gern. Und anscheinend liegt Chen Yongming nicht das geringste daran, es zu verbergen. Viele können schon gar nicht mehr anders, als auf solche ganz normalen menschlichen Gefühle unwirsch zu reagieren. Insbesondere Angehörigen seiner Schicht friert das Gesicht ein, wenn die Rede auf ihre rechtmäßigen Ehefrauen kommt. Als stammten die drei bis fünf Kinder von irgend jemand anderem! Völlig unmöglich für diese Leute, einzugestehen, daß das eigene Familienleben glücklich oder unglücklich ist.

Chen Yongming tritt zur Seite, das Licht fällt auf Zheng Ziyun. »Ach Gott!« Yu Liwen hält sich geniert die mehlbestäubten Hände vors Gesicht. Sie sieht Chen Yongming mit ihren liebevollen Augen vorwurfsvoll an, weil er ihr nicht gesagt hat, daß er einen Gast im Schlepptau hat.

Um sie nicht weiter in Verlegenheit zu bringen, klopft Zheng Ziyun Chen Yongming leicht auf den Rücken und gibt ihm so zu verstehen, nichts über seine Position zu verraten. Bevor irgend jemand den Mund aufmachen kann, stellt er sich selbst vor: »Nennen Sie mich Lao Zheng!«

Zum Schnaps gibt es frittierte Erdnüsse und tausendjährige Eier; die Pfannkuchen kommen direkt aus der Pfanne auf den Tisch, heiß und duftend, die Haut kroß gebraten, wenn man hineinbeißt, strömt heißer Dampf heraus, so daß man sie kaum essen kann. Der Hirsebrei ist herrlich klebrig, Zheng Ziyun hat schon lange keinen mehr gegessen. Sein Körper glüht, vielleicht, weil die ganze Wohnung nur aus zwei Räumen besteht. Das Zimmer ist zu eng, zu vollgestopft, aber es schafft, verglichen mit seiner eisig leeren Wohnung, ein Gefühl der Heimeligkeit. Yu Liwens schmale Augenbrauen, ihre gelassenen Bewegungen scheinen all die komplizierten, quälenden Probleme zu besänftigen, zu vereinfachen.

Es ist schon nach acht, als Zheng Ziyun nach Hause kommt. Er ist restlos ausgepumpt, in der Herzgegend fühlt er einen diffusen Schmerz. Trotzdem setzt er sich an seinen Schreibtisch, um Feng Xiaoxuan eine Antwort zu schreiben.

Genosse Feng Xiaoxuan,

sehr erfreut über Ihren Brief und ebenso darüber, von den Einwänden der beiden Genossen aus den Shuguang-Werken Kenntnis erhalten zu haben.

Der Genosse Chen Yongming hat während der langen Zeit, die er im Ministerium gearbeitet hat, Hervorragendes geleistet und besonders während der Umtriebe der ›Viererbande‹ großen Mut bewiesen. Nachdem er die Leitung der Shuguang-Werke übernommen hat, hat er sich mit der gleichen Unerschrockenheit seiner neuen schwierigen Aufgabe gestellt. Überschuldung und Überbelegung, die mangelnde

Qualität der Produkte sind ein Erbe aus der Zeit der ›Viererbande‹, Chen Yongming ist nicht dafür verantwortlich zu machen.

Eine kurzfristige Lösung dieser Probleme ist unmöglich. Niemand kann zwei Mantous auf einmal hinunterschlingen.

Meine Darlegungen sind sicherlich unzureichend, ich bin für jede Korrektur dankbar. Darüber hinaus bitte ich Sie, den Inhalt dieses Briefes den beiden Genossen der Shuguang-Werke zur Kenntnis zu bringen. Sollten sie weitere Einwände haben, möchten sie sich brieflich direkt an mich wenden, wir können die Diskussion dann fortsetzen.

Mit freundlichen Grüßen,
Zheng Ziyun

Wieder dieser Schmerz, der ihm durch den Rücken schießt. Kündigt das Herz die Zusammenarbeit auf? Er braucht Kraft und Gesundheit! Er möchte in der Arena des Lebens noch ein paar Runden mithalten, um seinen Nachfolgern Zeit zu geben, sich gründlich vorzubereiten.

Aber wenn es wirklich nicht mehr will? Er hat noch so viel zu tun –.

»Tick, tack, tick, tack . . .!« Die Uhr unter seinem Kopfkissen tickt so laut, als rolle ein Zug über seinen Kopf hinweg, er zieht sie unter dem Kissen hervor und schleudert sie ans Fußende des Bettes.

10. Kapitel

Schon Frühsommerwetter. Die Mittagspause ist entsprechend verlängert worden. Mo Zheng ist davon durchaus nicht begeistert, ihm macht es nichts aus, durchzuarbeiten. Ein paar Bissen, eine kleine Pause genügen ihm. Lieber am Abend früher Schluß machen. Er sehnt sich danach, in seine Kammer zurückzukehren. In diesem einsamen Zimmerchen lebt er keineswegs einsam. Freunde warten dort auf ihn: seine Musik, seine Bücher. Er ist kein brillanter Klavierspieler, er hat ja auch nicht vor, als Virtuose aufzutreten, doch er spürt jedesmal, wenn er einen Akkord anschlägt, wie sich seine innere Verhärtung löst. In Romain Rollands ›Jean-Christophe‹ hat er gelesen: »Musik, du Trösterin meiner Seele, gibst meinem Herzen den Frieden zurück . . .« Wie wahr! Nichts, was den Schriftstellern fremd ist. Ihnen verdankt er, daß er sich in dieser Welt nicht ganz verlassen fühlt; Menschen, die am anderen Ende der Welt leben oder vor Hunderten von Jahren gelebt haben, kennen ihn durch und durch, als durchschauten sie, was ihn bewegt. Seltsam, die Personen in den Büchern, das Leben, das sie führen, sind ihm so vertraut, als handle es sich um seine nächsten Freunde, während sich die Menschen im wirklichen Leben so fremd sind! Ideal und Wirklichkeit gehorchen offensichtlich einer unterschiedlichen Logik, in der Realität denkt, begreift, schlußfolgert und beurteilt man nach gänzlich anderen Gesetzen.

Brigadeleiter Su hat seine Geldbörse verloren. Er wußte nicht einmal, wo. Trotzdem warfen die Leute in der Arbeitsbrigade Mo Zheng verstohlene Blicke zu, standen tuschelnd zusammen. Sobald er auftauchte, erstarb das Getuschel, kaum wandte er ihnen den Rücken zu, ging es wieder los. Dieses mörderische Getuschel! Damit nicht genug, manche übertrafen sich in den farbigsten Schilderungen sensationeller Raubfälle und vergaßen dabei nie, gehässig hinzuzufügen, es werde jeden dieser Kerle am Ende erwischen, wie gerissen er auch sei. Dabei starrten sie ihn drohend an, um ihm zu verstehen zu geben: Wir wissen, daß du die Geldbörse gestohlen hast, wart nur, über kurz oder lang kriegen wir dich.

Mo Zheng schluckte ihre Gemeinheiten. Hätte einer es gewagt, ihn offen zu beleidigen, er hätte ihn windelweich geprügelt. Mit Beethoven und Victor Hugo war denen nicht beizukommen.

Heute nun hat Brigadeleiter Su seine Börse zu Hause wiedergefunden. Die Leute begnügten sich mit einem schallenden Gelächter und ein paar Bemerkungen über Sus »ewige Schlamperei«. Auf die Idee, sich mit ein paar freundlichen Worten oder wenigstens einem herzlichen Blick bei Mo Zheng zu entschuldigen, kam keiner. Jetzt hofft er inbrünstig, daß ihn mal einer direkt ins Gesicht beschimpft, so sehr kribbelt es ihn in den Fäusten.

Schon wahr, er hat gestohlen. Aber sie wissen doch ganz genau, was ihn dazu getrieben hat, wie die Umstände damals waren. Im übrigen liegt es weit zurück.

Er hebt seine großen Hände und betrachtet sie eingehend. Sehr sauber, vor dem Mittagessen hat er sie gewaschen. Die Sonne hat ihnen eine gesunde Röte gegeben. Hände wie viele andere. Tragen sie ein besonderes Mal? Sprechen sie eine unhörbare Sprache, die jedermann verrät, daß sie einmal gestohlen haben? Warum teilen sie dann nicht zugleich mit, daß sie es seit langem aufgegeben haben, daß sie jetzt Hände wie jedermanns Hände sind, ganz gewöhnliche Hände, sogar sehr ehrliche Hände?

Würde in diesem Moment jemand zufällig Mo Zhengs Gesichtsausdruck beobachten, müßte er glauben, Mo sei von einem bösen Geist besessen.

Mo Zheng setzt sich ins Gras und spielt mit der großen Baumschere, er denkt daran, wieviel Schweiß und Fürsorge auf einen Baum verwendet werden: die Äste beschneiden, die sein Wachstum behindern, begießen, düngen, mit Insektiziden bestäuben; um ihn dagegen, einen lebendigen Menschen, kümmert sich keiner. In vieler Hinsicht sind Menschen leichter zerstörbar als Pflanzen. Ye Zhiqiu ist für ihn da, aber selbst wenn ihre Schultern hart wie Fels wären, könnten sie die Wucht der Vorurteile einer ganzen Gesellschaft nicht auffangen, die auf ihn herunterprasseln. Was berechtigt einen schief gewachsenen, verkrüppelten Baum wie ihn, die Fehler anderer Bäume zu korrigieren?

Auch Zheng Yuanyuan hält eine Baumschere in Händen, mit der sie ihn, Mo Zheng, zurechtstutzt. Er lächelt bitter. Der Schutz und die Hilfe zweier Frauen sind seine einzige Stütze, um dem Druck der gesamten Gesellschaft standzuhalten. Das Leben hat ihn in diese enge Welt gestoßen, auf einen Platz, wo er auf Almosen angewiesen ist. Ist er überhaupt ein Mann? Männer sind stark. Unsinn, stark ist nur die Gesellschaft, deren Menschlichkeit während der zehnjährigen Katastrophe von politischen Ratten zernagt und zerlöchert worden ist.

Mit einem Seufzer läßt er die Schere fallen, zieht seine Arbeitsjacke aus und breitet sie auf dem Rasen im Schatten des Baumes aus, dann legt er sich darauf, das Gesicht zum Himmel gewandt.

Der Baum wirft bereits einen dichten Schatten. Aus dem Lehm unter seinem Körper steigt ein feuchter, kühler und erfrischender Duft. Er dreht das Gesicht zur Seite, das junge Gras streichelt wie warme Finger sein grobes, von der Sonne verbranntes Gesicht und seine spröden Lippen.

Zärtlichkeit! Nur das Gras und die Sonnenstrahlen sind ihm gegenüber großzügig, schenken ihm ebensoviel Duft, Zärtlichkeit und Wärme wie anderen.

Der Himmel, eine weiche Bläue, weiße Wolken ziehen fern darüber hin. Ein Sperber dreht in der Höhe gelassen seine Kreise. Gelegentlich hört er auf zu schlagen und breitet seine Flügel aus, wie Badende am Strand, die ihre Glieder in die Sonne strecken.

Ein leises Lüftchen streicht vorüber, Mo Zhengs Gedanken treiben mit Wind und Wolken fort. Er hat das Gefühl, sich in den Sperber am Horizont verwandelt zu haben oder in eine in der Ferne dahintreibende Wolke. Schlaf überkommt ihn.

In letzter Zeit ist er ständig übermüdet. Jeden Abend vor dem Einschlafen muß er in seiner französischen Ausgabe der ›Elenden‹ lesen. Zheng Yuanyuan möchte von ihm etwas über Jean Valjeans späteres Leben und Cosettes Schicksal als erwachsener Frau erfahren.

Anfangs hatte ihm Ye Zhiqiu diese Arbeit aufgenötigt; unter dem Vorwand, es handle sich um einen Wunsch Yuanyuans, wollte sie ihn zwingen, sein Französisch aufzufrischen.

Er weigerte sich: »Was soll das? Ich hab nicht vor, mich für die Universität zu bewerben.«

»Mußt du deshalb den ganzen Tag trübsinnig herumhängen?«

»Was soll ich denn sonst tun?«

»Dich aus deiner Lethargie herausarbeiten! Tu was, um deinen geistigen Horizont zu erweitern, dann kommt dir alles andere nicht so drückend vor!«

Tatsächlich, wenn Ye Zhiqiu verschnaufen will, flüchtet sie aus dem wirklichen Leben, wo sie so oft gegen Wände anrennt, in die Welt der Gedanken.

In Mo Zhengs Ohren klingt das wie Kindergeschwätz. Mit dieser naiven Art von Lebenserfahrung hat er nichts mehr im Sinn. Für ihn ist das, als wolle man einen Beinbruch mit Jod behandeln.

Hätte er nicht zufällig Yuanyuans Stimme gehört, hätte er diese Aufgabe niemals übernommen.

Als er an jenem Abend nach Hause kam, drang ihm plötzlich eine fremde Stimme entgegen. Sie paßte überhaupt nicht zu seinem und Ye Zhiqius eintönigem Kasernendasein. So voller weiblichem Charme und Zartheit, daß er wie angewurzelt stehen blieb und kaum zu atmen wagte, aus Angst, durch einen vorschnellen Laut diese hinreißende Stimme zu erschrecken und zu verscheuchen. Er hörte sie sagen: ». . . wie ist es möglich, daß nicht einmal der idealistische Bischof Myriel den Zuchthäusler Jean Valjean nach seinem Strafregister beurteilt, die Hirne unserer sogenannten Materialisten und Marxisten dagegen voller Vorurteile stecken? Nein, Vorurteile ist nicht das passende Wort, es handelt sich im Grunde um Idealismus, Metaphysik. Schade, daß der Roman nicht zu Ende übersetzt ist. Ich wüßte gern, wie es weitergeht.«

Aus der Stimme sprach eine Aufrichtigkeit der Seele, die ihn tröstete. Seltsam, die Stimme einer Fremden war fähig, das mächtige, eingerostete Schloß an den Toren seines Herzens zu sprengen, das sich seit Jahren durch nichts hatte öffnen lassen.

Mo Zheng hörte Ye Zhiqiu sagen: »Vielleicht kriege ich Mo Zheng dazu, die Geschichte zu lesen und sie dir zu erzählen. Er hat eine französische Ausgabe der ›Elenden‹. Er wird dir den Inhalt allerdings nur in groben Zügen wiedergeben können. Wie oft sage ich ihm, er soll sein Französisch auffrischen, aber er ist jetzt so träge, alles rauscht an ihm vorüber. Er hat zu nichts Lust, keine Ahnung, womit er die Zeit vertrödelt, wenn er sich in seinem Zimmer verkriecht.«

Womit? Gewöhnlich liegt er auf dem Bett und zählt die porzellanfarbenen Halterungen der elektrischen Leitung an der Zimmerdecke. Eins, zwei, drei . . . Insgesamt sind es achtzehn.

»Mo Zheng? Ihr Sohn?«

»Nein, ich habe kein Kind. Mein junger Freund.« Er hörte einen bitteren Unterton in ihrer Stimme. Die beiden Frauen verstummten. Plötzlich schien Ye Zhiqiu etwas aus ihren Gedanken zu reißen: »Mir ist, als hätte ich etwas gehört. Ob er wohl zurück ist?« Er hörte sie rufen: »Mo Zheng?«

Er wurde unruhig. Auf eine Person mit so viel mitmenschlichem Verständnis war er neugierig, doch zugleich hatte er Angst, ihr gegenüberzutreten.

Nein, sie hatte kein Gesicht, dessen Schönheit einen faszinierte, es glich eher einer Quelle, deren Wasser sanft zwischen Kieselsteinen versickert. Ihn traf kein Blitzschlag, doch sobald sein Herz in Schwingung geraten war, fühlte er sich aus dem Gleichgewicht gebracht, spürte eine tiefe Trauer, die als Gefühl nicht weniger stark war als ein Blitzschlag. Die verzweifelte Trauer, die uns überkommt, nachdem uns das Schicksal brutal etwas vor Augen geführt hat, das wir ersehnen, aber nie erreichen können.

Zheng Yuanyuans Verhalten brachte jede Verlegenheit auf selbstverständliche Weise zum Verschwinden. Sie streckte ihm die Hand entgegen: »Ich heiße Zheng Yuanyuan, ein schrecklicher Name, nicht wahr, aber ich muß mich damit abfinden.«

Was für eine winzige Hand, er wagte kaum, sie zu drücken, aus Angst, sie aus Unachtsamkeit zu zerquetschen.

Zheng Yuanyuan ließ sich auf dem wackeligen Hocker nieder, der sich sofort nach hinten neigte, sie schrie erschrocken auf und wäre zu Boden gefallen, hätte Mo Zheng sie nicht mit einem schnellen Griff aufgefangen.

Ye Zhiqiu in vorwurfsvollem Ton: »Wie oft hab ich dir gesagt, du sollst das Ding wegschmeißen, aber du hörst ja nicht.«

Zheng Yuanyuan klopfte sich leicht gegen die Brust: »Du bist wohl eine Kanone im Volleyball?«

Mo Zheng hob den kaputten Hocker auf und stand töricht da. Ihm war nicht nach Konversation zumute.

»Willst du mir die Geschichte von Jean Valjean zu Ende erzählen?« Sie hob den Kopf und sah ihn mit der ihr eigenen Hartnäckigkeit an.

Nichts pflegt Männer hilfloser zu machen, als der Eigensinn eines reizenden Mädchens. Widerwillig antwortete er: »Du wirst wahrscheinlich enttäuscht von mir sein.«

»Ich komme jeden Abend um halb acht zu euch.« Zheng Yuanyuan wußte selbst nicht genau, warum sie bei jemandem, den sie zum ersten Mal sah, in diesen Befehlston verfiel. Flüchtig kam ihr zu Bewußtsein, daß sie sich wie ein verzogenes Kind benahm. Du lieber Himmel, warum bloß? Sie spielte doch sonst nicht in Gegenwart junger Männer die Kapriziöse. Bedeutete das, daß sie Mo Zheng eine gewisse Macht über sich einräumte, die sie anderen nicht zugestand? Imponierte ihr seine schüchterne und zugleich männliche Selbstachtung? Noch immer spürte sie die Kraft seiner Hände, die sie aufgefangen hatten. Verdammter Mist! Sie benahm sich leichtsinnig. Sofort wurde ihre Miene förmlich, ihre Stimme kühl, ohne Mo Zheng eines Blickes zu würdigen, wandte sie sich um: »Tante Ye, ich muß gehen.«

Sie ging. Mo Zheng war es, als nähme sie die Wärme des Raumes mit. Er trug den zerbrochenen Hocker in sein Zimmer und setzte sich ihm gegenüber. Lange starrte er ihn an, hatte wirklich dieses hinreißende Persönchen gerade noch darauf gesessen? Tatsächlich ein Persönchen, sie reichte ihm gerade bis zur Schulter.

An diesem Abend ging Mo Zheng lange in seinem Zimmer auf und ab, bis sich Ye Zhiqiu schließlich aus dem Nebenzimmer beschwerte: »Gehst du nicht schlafen? Zieh wenigstens deine Stiefel aus, deine Schritte dröhnen, als würde mir ein Panzer über den Kopf donnern!«

Wie lange liegt das zurück? Noch nie hat sich Mo Zheng so gewissenhaft einer Sache angenommen, so sorgfältig im Lexikon und in der Grammatik geblättert. Um die Aufmerksamkeit und Erwartung dieser eigensinnigen Augen auf sich zu ziehen, wünscht er sich, ein Schriftsteller oder Übersetzer zu sein.

Wenn er nun diese Bücher nicht zufällig aufgehoben hätte? Er begreift selbst nicht, warum er von den spärlichen Erbstücken, die man ihm nach der Rehabilitierung seiner Eltern zurückerstattet hat, ausgerechnet die ›Elenden‹ aufbewahrt hat. Vielleicht weil sie ihm, als die Mutter ihm vor Jahren daraus vorgelesen hat, einen unauslöschlichen Eindruck hinterlassen haben. Er empfand tiefe Zuneigung für Jean Valjeans trotz der zahllosen Narben liebevolles und überströmendes Herz. Entdeckte er in der Figur des Zuchthäuslers sein Spiegelbild?

Jedesmal, wenn er den Text Zeile für Zeile las, um ihn anschließend ebenso getreulich wiederzugeben, achtete er genau auf Zheng Yuanyuans Reaktion: Liebte sie Jean Valjean oder zeigte sie nur Mitleid? Warum lag ihm soviel daran? Wußte sie über seine Vergangenheit Bescheid? Von Ye Zhiqiu konnte sie nichts erfahren haben. Wie würde sie sich verhalten? Schließlich war Jean Valjean nur eine literarische Figur, und Literatur und Wirklichkeit waren nun mal zwei verschiedene Welten.

Er wurde eifersüchtig auf Victor Hugo. Dieser Mummelgreis, mehr als hundert Jahre tot, brachte es zuwege, ihren Augen Tränen zu entlocken, Tränen wie Perlen. Gab es keine Möglichkeit, die Tränen zu konservieren und sich wie eine Halskette über die Brust zu legen? Tatsächlich, er begann zu spinnen. Männer trugen keine Halsketten. Doch wollte es ihm scheinen, als hätten bei den Peking-Menschen auch die Männer Halsketten getragen. Plötzlich erschrak er über seine Gedanken. Er war dabei, sich in einen unsichtbaren, bodenlosen Abgrund zu stürzen. Das Scheitern dieser Liebe würde einer wie er, dem man alles genommen hatte, nicht überleben.

Den scharfen Augen Ye Zhiqius entging das nicht, sie war nie Mutter gewesen, aber die jeder Frau eigene Mütterlichkeit ließ sie um ihn fürchten. Sie bereute, die Sache in die Wege geleitet zu haben, sie war sich klar darüber, daß sie tragisch enden konnte. Familienstatus, eine auf Prestige und materiellen Nutzen bedachte Mutter, ein Vater, der zwar die abgestandenen Ansichten seiner Kreise nicht teilte, aber aufgrund von Milieu und Position immer gezwungen war, die Machtkonstellationen im Auge zu behalten – auch wenn Yuanyuan selbst sich nicht darum kümmerte, es war unmöglich. Würde sie die Kraft haben, dem, was auf sie zukam, Paroli zu bieten? Um Mo Zhengs willen mußte sie der Affäre ein Ende setzen.

Ye Zhiqiu hatte sich nie verliebt, kein Wunder, daß sie die Sache etwas zu schlicht betrachtete. Sie fragte Yuanyuan: »Weißt du, mit wem Mo Zheng Ähnlichkeit hat?«

»Mit wem?« Nicht auf den Kopf gefallen, das Mädchen, dachte Ye Zhiqiu. Keine Antwort. Eine Antwort hätte sie verraten.

»Jean Valjean. Ich meine nicht als literarische Figur.«

»Oh!« antwortete Yuanyuan. Nur dieses Wort, dem nicht anzumerken war, ob es Erstaunen, Mißbilligung oder Bedauern ausdrückte.

»Weißt du, was das bedeutet?«

»Was?« Wieder keine offene Antwort.

»Das bedeutet, daß ihm der Traum von Liebe ein Leben lang verwehrt ist.« Ihr war, als lade sie sich eine schwere Last von der Seele.

»Wirklich?« Yuanyuan hob nicht einmal den Kopf, raschelnd blätterte sie weiter in ihrer Zeitschrift, sonst wären ihr vor Scham und Ärger die Tränen aus den Augen geschossen. Es war offensichtlich, was Ye Zhiqiu sagen wollte. Als hätte sie, Yuanyuan, Mo Zheng unverfroren nachgestellt. Unerträglich, sich das anhören zu müssen. Als gäbe es nicht Männer wie Sand am Meer, die hinter ihr her waren.

Erst beim Verlassen der Wohnung fand sie ihren klaren Kopf wieder. Jean Valjean, ein unerlaubter Traum. Nicht von der Liebe träumen. Wahrscheinlich hatte er alle Träume aufgegeben. Armer Mo Zheng! Ihr Herz krampfte sich zusammen. Wieder schossen ihr die Tränen in die Augen, diesmal nicht aus Ärger und Scham.

Warum weinte sie? Ye Zhiqiu hatte ihre Gefühle beim Namen genannt. Gefühle, über die sie sich selber nicht im klaren war. Wie auf einer Leinwand hatte Ye Zhiqiu ihnen Konturen gegeben, zuerst nur ein paar verwischte Farben; der begnadete Maler fügte ein paar Pinselstriche hinzu, und auf einmal erschien die ganze Szenerie. Ihn lieben? Oder war es nur das Vergnügen, ihn herumzukommandieren, zu erleben, wie er ihr gehorchte? Das wäre nur der Wunsch zu besitzen. Vielleicht bedeutete Liebe Besitzenwollen. Was an ihm war wert, geliebt zu werden? An die französische Fakultät einer Universität würde er nie kommen, nie Geld haben, vermutlich auch nie in die Partei eintreten können, Zärtlichkeiten würde sie von ihm kaum zu hören bekommen. Andererseits, als Oma Wang oben im Haus eine Gehirnblutung erlitt, hatte er sie ins Krankenhaus begleitet und bei ihr ausgeharrt, bis ihr Sohn aus Xinjiang zurückkehrte. Ärzte und Schwestern hatten ihn für den Enkel der Alten gehalten. Und er hatte einen niedlichen Vogel, der sich in sein Zimmer verflogen hatte, freigelassen. – Was sonst? Nichts. Anderen bedeutete das vermutlich nichts, vor allem nicht die Sache mit dem Vogel. Für sie dagegen war sie sehr wichtig.

Ach, wer kann schon sagen, warum er liebt?

Sie ist eine dumme Gans.

Der Mann ihrer Schwester Fangfang ist Absolvent der ökonomischen Fakultät. Yuanyuan hat seine Aufsätze gelesen, sie strotzen von Zitaten, Marx, Engels, Lenin, Stalin, Mao Zedong. Eigene Ansichten? Verzeihung, Fehlanzeige! Man kann einen beliebigen Band der ›Gesammelten Werke von Marx und Engels‹ zur Hand nehmen, irgendeine Seite aufschlagen, irgendeinen Satz herausgreifen, Fangfangs Mann kann ihn auswendig weiterrezitieren. »Genau wie wir als Kinder die ›vier Bücher‹ und ›fünf Klassiker‹ auswendig gelernt haben«, hatte Papa dazu geäußert und offengelassen, ob das als Lob gemeint war, oder ob er sich über ihn lustig machte. Wenn sie Fangfangs Mann fragen würde, ob er schon mal darüber nachgedacht hätte, wann und wie sich in den hochentwickelten kapitalistischen Ländern die sozialistische Revolution entfalten würde, da doch Lenin gesagt habe, der Imperialismus sei das höchste, verkommenste und dem Untergang geweihte Stadium des Kapitalismus, der Vorabend der proletarischen Revolution, dann würde er ihr irgendwelches zusammenhangloses Zeug über den ›Kautskyismus‹ vorleiern. Wenn sie sieht, wie ihre Schwester jedesmal mit vor Bewunderung halbgeöffnetem Mund platt auf dem Boden liegt, wenn ihr Mann seine Phrasen wie ein Tonbandgerät herunterschnurrt, ist sie höchst amüsiert. Seine Leistungen in den Wirtschaftswissenschaften dokumentieren sich nur in der Gerissenheit, mit der er sich auf Kosten anderer kleine Vorteile herauszuschlagen und jede winzige Lücke auszunutzen versteht. Darin ist ihm nicht einmal ihre clevere Mutter gewachsen, vermutlich deshalb, weil sie sich nie mit Volkswirtschaft beschäftigt hat. Zum Totlachen! So einen zum Ehemann? Ekelhaft!

Papa und Mama sind vermögend, aber sind sie glücklich? Wann sagt Papa mal zu Mama ein liebes Wort? Wann hätten sie jemals Schulter an Schulter am Fenster gelehnt und auf die herabfallenden Blätter im Regen geschaut? Oder auf den Schnee auf den Zweigen? Wann je über ein Paar aneinandergeschmiegter, gurrender Tauben gelächelt? Selbst zu Hause sind Intrigen und Komplotte das Hauptgesprächsthema. Die menschlichen Seiten ihres Lebens scheinen irgendwohin verschwunden zu sein.

In der Frage der Parteimitgliedschaft teilt Yuanyuan nicht die Vorurteile ihrer Altersgenossen, die gewöhnlich auf die Aufforderung zum Parteieintritt geringschätzig und erstaunt mit den Achseln zucken: »Eintreten, was bringt das?«, sie ist aber der Ansicht, daß der Parteieintritt, mag er auch im allgemeinen erstrebenswert sein, nicht das einzige Kriterium für die charakterlichen Qualitäten eines Menschen ist.

Ihre Frage ist jetzt nur: Liebt sie Mo Zheng oder hat sie Mitleid mit ihm? Liebe ist keine Sache der Mildtätigkeit, sondern das Gefühl, ohne den anderen nicht weiterleben zu können. Sie muß sich klar darüber werden, ob sie ihn braucht – sie ihn, nicht er sie – oder ob sie ihn bemitleidet. Ye Zhiqiu hat recht, ihn in der Illusion einer nicht realisierbaren Liebe zu wiegen, hieße, ihn geradewegs umzubringen.

Einen Tag, fünf Tage, zehn Tage quälte sich Yuanyuan mit dieser Frage.

Ye Zhiqiu bemerkte, daß Mo Zheng abmagerte, er sprach noch weniger als sonst, las nicht mehr, ließ das Klavier unberührt. Sie war überzeugt, das Richtige getan zu haben und glaubte, sein Zustand werde sich mit der Zeit bessern. Doch von Zheng Yuanyuan war sie irgendwie enttäuscht. Wie auch gelegentlich von Yuanyuans Vater. Aus ihrem Artikel hat er all die scharfsinnigen und wissenschaftlich fundierten Ansichten herausgestrichen, die diese Bagage von phrasendreschenden ›Wirtschaftsexperten‹ in Rage versetzt hätten. Wovor fürchtete er sich?

Mo Zhengs Krankheit war bereits unheilbar.

Nach dem Abendessen verkroch er sich regelmäßig in sein

Zimmer und lauschte mit gespitzten Ohren auf die Schritte vor der Wohnungstür. Sie kamen näher, entfernten sich wieder, die Treppe hinauf. Mit weitgeöffneten Augen durchlitt er Sekunden und Minuten. Hin- und hergerissen zwischen Erwartung und Enttäuschung. Zehn Uhr, er wußte, sie würde nicht mehr kommen. Doch am nächsten Tag erwachte mit Hereinbruch der Dämmerung die Hoffnung aufs neue, Minute um Minute, Sekunde um Sekunde. Enttäuschungen waren nichts Ungewöhnliches in seinem Leben, aber diesmal und auf diese Weise waren sie kaum zu ertragen.

Er konnte sie nicht aufsuchen. Jean Valjean! Er konnte nur auf sie warten. Jedes der vielen Elemente, die die Kluft zwischen ihnen schufen, zwang ihn, abzuwarten. Wie hätte er um sie gekämpft, sein Leben in die Waagschale geworfen, an Mut fehlte es ihm nicht, er hätte sie dazu gebracht, ihn zu lieben. So wie die Dinge lagen, konnte er sich nur in Vermutungen verlieren. Hatte sie mit ihm nur herumgespielt, aus Sensationslust? Nein, das paßte nicht zu ihr, sie gehörte nicht zu den Mädchen, die Männern zum Spaß den Kopf verdrehten.

Ein paarmal hatte sie ihm gesagt: »Ich hab schon wieder geschwindelt.«

»Geschwindelt?« Er war nie in der Lage, ihren unverhofften Gedankensprüngen zu folgen. Die Gedanken junger Mädchen nahmen Wege, denen auch der intelligenteste Mann nicht folgen konnte.

»Geschwindelt!« Sie nickte ernsthaft und aufrichtig. »Mama hat mich gefragt: ›Mit welchem Gesindel treibst du dich eigentlich Abend für Abend herum?‹« Sie betonte das Wort ›Gesindel‹ und setzte eine strenge Miene auf. »Ich hab gesagt: ›Ich lerne Französisch.‹ Du mußt mir unbedingt ein paar Sätze beibringen, sonst stehe ich dumm da, wenn ich nach Hause komme.« Darauf lispelte sie unter seiner Anleitung mit schwerem Nasallaut einen Satz, der französisch klingen sollte. Mo Zheng, dessen Gesicht sich bei den trüben Assoziationen, die das Wort ›Gesindel‹ bei ihm hervorrief, verfinstert hatte, mußte laut losplatzen.

Eine schweigende Übereinkunft? Eine Übereinkunft der Liebe?

Ja, sie hatte begriffen, sie mußte alles begriffen haben! Er hatte kein Recht zu fordern, geben konnte allein sie. Nicht aus Mitleid, sondern aus Respekt und Verständnis für seine gedemütigte Selbstachtung. Vermutlich war sie sich dessen gar nicht bewußt. Gerade daraus schloß er, daß es sich um eine Äußerung des Instinkts handelte. Wie hatte ihr Herz das Richtige getroffen! Als Kind hatte er seine Mutter oft zur Heiligen Maria beten hören. Es gibt keine Heilige Maria. Es gibt nur Zheng Yuanyuan.

Aber hatte sie wirklich alles begriffen? Auch, daß er Jean Valjean war?

Verzweiflung.

Er hörte es nicht einmal klopfen.

Zheng Yuanyuans Gesicht war blaß, ein dunkler Schatten lag darüber, als fiele draußen trauriger Staub vom Himmel. Ye Zhiqiu zuckte zusammen, als sie ihr Gesicht sah. In diesem Alter darf so etwas nicht sein, dachte sie. Aber sie hatte nie geliebt, wie sollte sie begreifen, was sein durfte und was nicht. Doch sie verstand, daß sie sich in ihr Zimmer zurückzuziehen hatte, um dort, hin- und hergerissen zwischen Freude und Sorge, abzuwarten, was passieren würde.

Doch abgesehen von dem, was Yuanyuans Augen sagten, passierte gar nichts.

Zheng Yuanyuan wandte Mo Zheng zornig den Rücken zu. Das weiche, kurzgeschnittene Haar in ihrem Nacken ließ sein Herz schneller schlagen, es war ganz nah an seinen Lippen. Nein, er mußte Klarheit schaffen. »Ich muß dir etwas sagen –.«

»Nein!« Sie drehte sich um und unterbrach ihn. »Du mußt mir gar nichts sagen!« Sie fuhr ihn an: »Du bist ein Egoist, du denkst nur an dich!«

Nur diesen Satz. Es lag darin eine anbetungswürdige Rechthaberei, wie sie eine Frau nur dem Mann gegenüber an den Tag legen kann, der zu ihr gehört.

Dennoch war Zheng Yuanyuan wirklich zornig. Wieviel er ihr auch bedeuten mochte, sie war immerhin eine junge Frau, die sich erniedrigt fühlte, wenn sie vor einem Mann einen Kniefall machen mußte. Sie betrachtete ihn als ebenbürtig, und ihre Überempfindlichkeit entsprach dem gesunden Empfinden einer Frau dem Mann gegenüber, den sie liebt.

Wieso Egoist? Er begriff zwar nichts, aber wenn sie es behauptete, mußte es stimmen. Er wurde nervös. »Soll ich, soll ich –.« Er sprach nicht aus, was er sollte.

Zheng Yuanyuan setzte sich auf die Couch. Leise sagte sie: »Ich will essen, ich bin hungrig. Durst habe ich auch.« Unnötig zu sagen, daß sie seit Tagen zum ersten Mal wieder Hunger und Durst verspürte.

Verdammt, er war völlig aus dem Gleichgewicht geraten. Wo war nur die Büchse mit den Keksen? Seine Augen glitten darüber hinweg, ohne sie wahrzunehmen.

»Du bist wirklich ein Dussel!« Sie stampfte mit dem Fuß auf: »Dort, auf dem Bücherschrank!«

Als er den Kaffee aufbrühte, goß er sich das kochendheiße Wasser aus der Thermosflasche über die Hände. Sie griff sofort nach seiner linken Hand: »Tut's weh?« Oh Gott, wer hatte je mit diesen Händen Mitleid gehabt? Diese beiden Hände!

Über seine Augen legte sich ein Schleier. Dahinter wirkten die Züge ihres Gesichts noch weicher. Er spürte, wie er sich auflöste. Ein Schmelzen, das seinem Herzen kleine, schmerzende Stiche versetzte.

»Es tut weh«, antwortete er leise, während er ihr in die Augen sah. »Hier!« Er legte ihre Hand auf sein Herz.

Sie schlug die Augen nieder. »Meine Schuld«, sagte sie mit unterdrückter Bewegung.

»Nein, ich bin dir dankbar.«

Sie spürte seinen heißen Atem hastig über ihr Haar streichen. Sie wagte nicht, den Kopf zu heben und starrte auf den obersten, schwarzen Knopf seiner Jacke, der kreuz und quer mit blauem Garn angenäht war. Ihr war, als berichte der grobe, blaue Zwirn von der Einsamkeit und den Enttäuschungen seines Lebens. Langsam zog sie ihre Hand aus Mo Zhengs klobiger Pranke und fuhr mit dem Zeigefinger zart über den schwarzen Knopf, während sie in einer unerklärlichen Mischung aus Erwartung und Schrecken zu erraten suchte, ob er sie ansah. Was sollte sie sagen, was erwartete er von ihr? Was würde er tun?

Er tat nichts, griff nur wieder nach ihrer Hand, führte sie an seine Lippen, preßte flüchtig einen Kuß darauf und ließ sie wieder los. Er nahm die Tasse mit dem dampfend heißen Kaffee, rührte darin herum, blies darüber und überreichte sie ihr schließlich mit den Worten: »Vorsicht, er ist heiß.« So unbeteiligt, als wäre nichts geschehen.

Sie empfand das leise Gefühl einer Niederlage. Als sie den Kaffee entgegennahm, sah sie ihm unwillkürlich forschend in die dunklen Augen. Wo war seine allezeit lauernde Wachsamkeit, seine angespannte Bereitschaft, jede Herabsetzung, jede Hänselei mit gleicher Münze heimzuzahlen? Wo seine sich gegen alle und alles sperrende Widerborstigkeit? Sie begriff, daß ein neuer Besitzer in diese dunklen Augen eingezogen war.

Mo Zheng weiß, daß er träumt. Solche Alpträume hat er häufig. Er muß schleunigst aufwachen, die Augen aufreißen, aber er kann es nicht. Er sieht sich ausgestreckt auf der Straße liegen, Autos, Fahrräder umzingeln ihn, hupen und klingeln feindselig auf ihn ein, als wollten sie sagen: »Verschwinde, sonst zerquetschen wir dich!«

Ein Polizist herrscht ihn an: »Hoch mit dir, du Saukerl, Suffkopf, ich bringe dich zur Wache!«

Er möchte aufspringen, sich verteidigen: »Ich bin kein Saukerl, ich bin überhaupt nicht betrunken, ich weiß selbst nicht, wieso ich hier liege.« Aber er kommt nicht auf die Beine, bringt kein Wort heraus. Die Leute fangen an, ihn zu beschimpfen und zu bespucken. Ein heftiger Schmerz durchfährt ihn, und mit einem lauten Schrei fährt er hoch.

Tatsächlich dröhnt in seiner Nähe ein Moped. Er wendet das Gesicht dem Geräusch zu, an der niedrigen Kiefernhecke sieht er Yuanyuans lächelndes Gesicht, die eigensinnigen Augen hinter der braungetönten Motorradbrille strahlender und zärtlicher als je zuvor.

Ein Mädchen auf einem Moped! Doch selbst wenn sie auf einem Maultier angeritten käme, würde es ihn nicht wundern. Mit einem Satz springt er auf, an seinem Haar kleben noch Halme und Blätter, der weitgeöffnete Kragen entblößt seine braungebrannte, kräftige Brust, er blinzelt schlaftrunken gegen die Sonne. Wie im Märchen, ein plötzlich der Wiese entsprossener Jüngling, jung und frisch wie die Grasspitzen.

»Was hast du geträumt?« Sie hofft, daß sie der Gegenstand seiner Träume war.

»Hab's vergessen.« Er will nicht daran rühren.

»Du vergißt wohl alles!« Von ihr hat er offensichtlich nicht geträumt.

»Ich erinnere mich nur an dieses Mädchen auf einem roten Moped mit einer braungetönten Staubbrille.« Als spräche er von einer Person irgendwo weit weg.

»Und wie war sie?« Sie fängt seinen Ball auf.

»Ein Miststück!« Er macht ein tieftrauriges Gesicht.

»Das ist Pech, du solltest sie sausenlassen.«

»Richtig, mir bleibt wohl nichts anderes übrig.«

»Trau dich!« Mit einem Schlag verfinstert sich ihr Gesicht, sie schmollt, tritt heftig aufs Pedal und setzt sich in Bewegung.

»Yuanyuan!« Er springt über die Hecke, umklammert die Bremse.

Sie wendet sich ab, ihr kurzes Haar flattert im leichten Wind. Es bringt ihn völlig durcheinander. »Yuanyuan!« Er fleht.

»Ja?« Sie läßt sich erweichen.

»Wohin fährst du?«

»Zu Papa. Er leitet eine Konferenz über politisch-ideologische Arbeit im Ministerium.«

»Hat er nicht Erholungsurlaub?«

»Ursprünglich sollte Onkel Tian die Leitung übernehmen, aber dann hat jemand, soweit ich gehört habe, wieder irgendwelche Sprüche vom Stapel gelassen. Onkel Tian paßte die Sache nicht mehr, er hat im Ministerium verkündet, daß die Konferenz verschoben werden solle, bis die Situation dafür reif sei. Papa hat darauf bestanden, die Versammlung termingemäß zu eröffnen. Darauf hat Onkel Tian erklärt, wenn er sie auf Biegen und Brechen durchziehen wolle, würde er sich weigern, den Vorsitz zu übernehmen. Außerdem hat er sein vorbereitetes Redemanuskript zerrissen. Papa blieb nichts anderes übrig, als sich schleunigst auf die Socken zu machen, er ist sogar ohne Manuskript aus dem Haus gerannt. Ich habe Angst, daß er sich zu sehr aufregt, er hat es mit dem Herzen. Er hat mir auch zugeredet, zuzuhören, er predigt immer, daß ich einen zu engen Horizont habe und die Jahre, wo das Gedächtnis noch funktioniert, nutzen soll, um ein bißchen mehr von dieser Gesellschaft zu kapieren.«

Mo Zheng hat Zheng Ziyun zwar noch nie zu Gesicht bekommen und interessiert sich auch nicht im geringsten für dessen Angelegenheiten, aber er hat nun doch den Eindruck, daß seine bisherigen Ansichten über die Gesellschaft alles in allem zu einseitig waren. In Wirklichkeit ist sie wohl wie die Erdkugel: eine kalte Schale, aber im Kern brodelnde Lava. Yuanyuans Erzählungen sind ein Beweis dafür, daß es in allen Gesellschaftsschichten Menschen gibt, die ehrlich und mit Hingabe arbeiten. Es ist nicht fair, immer nur darauf herumzureiten, daß Angehörige einer bestimmten sozialen Schicht auf der faulen Haut liegen und der Entwicklung der Gesellschaft im Weg stehen. Unter den Kadern der höchsten wie der mittleren Ebene gibt es Leute, die sich totschuften, und Leute, die auf der faulen Haut liegen und aus dem großen Topf fressen. Wie bei den einfachen Leuten auch.

Yuanyuan hat ihm erzählt, daß sie ihren Vater am liebsten habe in der Familie. Er denkt an seinen Vater, einen weichen, schreckhaften, von Ängsten gebeutelten Stubengelehrten. Selbst ein Kopfschütteln, einen Seufzer wagte er nur versteckt hinter einer Bücherwand, nur dort ließ er sich gehen. Aber nur ein ganz klein wenig.

11. Kapitel

Solange Literatur nur Literatur ist, wird sie vermutlich von manchen Leuten als Klopapier verwendet, andere nehmen ein Leben lang überhaupt kein Stück Literatur in die Hand.

Wird sie jedoch von der Politik als Sündenbock der Menge zum Fraß vorgeworfen, wird sie zum Nahrungsmittel für alt und jung, alle reißen sich darum, einen Happen davon abzubekommen. Raub und Hurerei, Inflation, Goldspekulation, Verkehrsverstopfung, Wohnungsnot, zu niedrige Löhne, in die Betten pinkelnde Kleinkinder, verspätete Züge – nichts, was nicht der Literatur angelastet würde. Was für eine Absurdität in einem Land mit einer so alten Kultur.

Nachdem der von Ye Zhiqiu geschriebene und von He Jiabin durchgesehene Dokumentarbericht über Chen Yongming, den Direktor der Shuguang-Automobilwerke, nach langem Hin und Her erschienen ist, haben nicht nur die beiden die glorreichen Reihen der lebenden Zielscheiben vermehrt, auch Zheng Ziyun ist in die Schußlinie geraten. Wegen seiner Antwort auf Feng Xiaoxuans Beschwerdebrief; wegen seiner Mißachtung des Parteikomiteebeschlusses, Chen Yongming nicht zu belobigen; und weil er zur Frage der Veröffentlichung des Artikels mit den Worten Stellung bezogen hat: »Nur zu! Wenn's Ärger gibt, stehe ich dafür gerade.«

Alle, die gegen den Artikel opponieren, sind sich vollkommen darüber im klaren, daß es sich hier letztlich um eine Bagatelle handelt. Worum es eigentlich geht, ist, daß Zheng Ziyun bei nahezu allen auftretenden Problemen auf eine ihnen unbegreifliche Weise aus der Reihe tanzt. Nun verstößt dies zwar nicht gegen die Verfassung und verletzt keine Gesetze (auch unter den ›12 Disziplinarregeln für Parteimitglieder‹ findet sich keine, die darauf anwendbar wäre), doch gibt es im ungeschriebenen Verhaltenskodex zahlreiche Regeln, gegen die zu verstoßen zwar nicht zu einer juristischen Verurteilung führt, wohl aber, wie beim Ballspiel, zu einem ›Platzverweis‹. Auch diese

Arena, in der trotz der qualvollen Enge jeder mitspielen will, hat ihre eigenen Wettkampfregeln. Fünf Fouls führen zum Platzverweis. Zheng Ziyun hat erst drei oder vier begangen. Es kommt also darauf an, ihm Gelegenheit zu einem weiteren Regelverstoß zu geben. Das gehört zu den stillschweigend akzeptierten Kampftaktiken auf dem Spielfeld.

So gesehen ist es verständlich, daß Tian Shoucheng über Zheng Ziyuns Unterstützung des Artikels keineswegs erbost ist, obwohl sie seinen tatsächlichen Intentionen zuwiderläuft. Er ist sogar in gewisser Weise stolz: Zheng Ziyun hat wieder mal die donnernd heranstürmenden Zorneswogen auf sich gezogen.

Er mogelt sich daher um eine klare Antwort herum, als Feng Xiaoxuan und ein weiterer ehemaliger Direktor der Shuguang-Werke, Abteilungsleiter Song Ke, bei ihm vorstellig werden, um in Erfahrung zu bringen, ob die Veröffentlichung des Artikels als Kritik an ihrer Person zu verstehen sei. »Ich weiß nicht, was hinter der Sache steckt, das Parteikomitee hat der Veröffentlichung jedenfalls nicht zugestimmt.«

Was die beiden vor Wut platzen läßt, ist die Bemerkung, gewisse Direktoren der Shuguang-Werke hätten sich den zur Zeit der ›Viererbande‹ existierenden Schwierigkeiten nicht mutig entgegengestellt, sondern vor ihnen Reißaus genommen, in gewissem Sinne sei das Fahnenflucht. Einer, ein Hauptabteilungsleiter, sei, nachdem er in der Fabrik versagt habe, ins Ministerium zurückgekehrt und sogar Mitglied des Parteikomitees geworden.

Jeder, der mit den Verhältnissen im Ministerium vertraut ist, weiß sofort, daß Song Ke gemeint ist.

Dämliches Geschwätz von Stubengelehrten, denkt Tian Shoucheng, seit wann sind Armmuskeln stärker als Beinmuskeln? Nicht einmal das Politbüro hat sich damals gegen die Machenschaften der ›Viererbande‹ durchsetzen können, und da soll ein kleiner Abteilungsleiter die ganze Menschheit erlösen? Und wenn man schon meint, Chen Yongming herausstreichen zu müssen, hätte man das tun können, ohne diese Dinge aufs Tapet zu bringen. He Jiabin bezieht sein Gehalt vom Schwerindustrieministerium, verdient sein täglich Brot unter Feng Xiaoxuans Obhut, verschwendet aber nicht einen Gedanken an die Auswirkungen seiner Schreiberei! Unfaßbar, so viel Naivität! Ein normaler Mensch wird diese verrückten Intellektuellen nie begreifen. Gott sei Dank sind literarische Produkte keine Dokumente des Zentralkomitees, man kann von ihnen nicht erwarten, daß sie in jeder Hinsicht durchdacht sind. Nicht einmal in den Dokumenten des Zentralkomitees ist jedes Wort, jeder Satz exakt wie eine mathematische Formel. Ihn persönlich läßt die Angelegenheit kalt, auch die anderen werden sie vermutlich ziemlich gelassen nehmen, Feng Xiaoxuan und Song Ke allerdings dürften sich kaum damit zufriedengeben, daß man sie einfach herunterspielte. Klar, Kritik und Selbstkritik sind kostbare Parteitraditionen, aber so lange ist es nicht her, daß bestimmte Ärsche aufgrund ihres unaufhaltsamen Aufstiegs unantastbar wurden, unantastbarer als der Hintern eines Tigers.

Lin Shaotong hat zu dem Fall etwas mitzuteilen: »Ich habe gehört, daß Abteilungsleiter Song jemanden beauftragt hat, He Jiabins Personalakte zu überprüfen.« Er betont das Wort ›jemanden‹ und ruft Tian Shoucheng damit ins Gedächtnis, daß Song Kes Frau Referatsleiterin in der Personalabteilung für Kader ist.

Tian Shoucheng äußert sein Mißfallen: »So direkt kann man das nicht machen, wenn das bekannt wird, gibt es wieder Scherereien. Heutzutage reagieren die Leute auf die Überprüfung von Personalakten sehr empfindlich. Ganz abgesehen davon ist He Jiabin nur ein kleiner Sachbearbeiter.«

Lin Shaotong hat noch etwas: »Es heißt, daß man Vizeminister Zheng mit dieser Journalistin in der Nähe des Jingshan-Parks gesehen hat.«

Tian Shoucheng schlägt sofort die Augen nieder, als widere ihn dieses Getratsche an: »Na und? Man hat sie schließlich nicht zusammen im Bett gefunden.« Das wäre zu schön, um wahr zu sein, aber aufgrund seiner langjährigen Erfahrung mit Zheng Ziyun weiß er ganz genau, daß der dazu nie fähig wäre. Nichts wäre besser geeignet, um jemanden zu vernichten. In dieser Hinsicht, so empfindet es Tian, übertrifft niemand in der chinesischen Geschichte den alten Konfuzius. Seinen Chromosomen ist es zu verdanken, daß feudales Gedankengut über zweitausend Jahre von Generation zu Generation weitergegeben wurde und noch heute das Denken der Chinesen in beträchtlichem Maße beherrscht.

Tian Shoucheng denkt praktisch und verschwendet keine Gedanken an Dinge, die nicht passiert sind. Zu Lin Shaotong sagt er: »Wenn der Genosse Feng Xiaoxuan und die andern tatsächlich derartige Einwände haben, spricht nichts dagegen, daß Sie sich im Ministerium umhören, um Meinungen und Reaktionen auf den Artikel zu sammeln. Zu gegebener Zeit kann man das auf der Sitzung des Parteikomitees zur Sprache bringen.« Kein Wort darüber, welche Art von Reaktionen Lin Shaotong sammeln soll, aber Lin Shaotong begreift natürlich, was gemeint ist. Wie ein Butler, der automatisch weiß, wie viele Vorspeisen und Hauptgerichte dem Rang der Gäste entsprechend zu servieren sind.

Die Konferenz über politisch-ideologische Arbeit im Ministerium hat auf Tian Shoucheng den Effekt eines Teilchenbombardements gehabt, das eine emotionale Kernspaltung hervorrief und die Energie freisetzte, um sich auf eine Auseinandersetzung mit Zheng Ziyun einzulassen.

Ein führender Genosse des Staatsrates hatte vor kurzem auf der von Tian Shoucheng eingereichten Namensliste eigenhändig den Namen Zheng Ziyuns hinzugefügt, als bei der Vorbereitung für eine Konferenz auch um die Teilnahme von Genossen des Schwerindustrieministeriums gebeten wurde. Das Computerprogramm in Tian Shouchengs Hirn rechnete blitzschnell aus, daß er einen Punkt verloren hatte. Es mußte so aussehen, als habe er Zheng Ziyun draußen halten wollen.

Als er sich auf dem nach ehrwürdiger Tradition einem Minister zustehenden Platz in der ersten Reihe niederließ, rief der führende Genosse des Staatsrates laut in den Saal: »Zheng Ziyun – ist Zheng Ziyun nicht da?« In seiner Stimme lag etwas, das Tian Shoucheng aufhorchen ließ. Sympathie? Stolz? Hochachtung? Wozu hätte er sonst so laut gerufen. Da nur wenige Personen im Raum waren, hätte er Zheng Ziyun auf den ersten Blick sehen müssen, zumal die beiden sich kannten.

Zheng Ziyun antwortete schlicht: »Hier!« Die Selbstsicherheit in seiner Stimme war unüberhörbar. Seit dem Sturz der ›Viererbande‹ lief für ihn anscheinend alles nach Wunsch. Klar, unter der ›Viererbande‹ war er schließlich nicht der Chef gewesen, und niemand hatte von ihm verlangt, Farbe zu bekennen.

Dieser Zwang, Stellung zu beziehen! Immer wieder reitet man sich in die Scheiße! Während der Kampagne gegen Deng Xiaoping war Zheng Ziyun im Krankenhaus, wer weiß, ob er wirklich krank war oder nur so tat. Jedenfalls eine günstige Konstellation, genau zur rechten Zeit.

Der führende Genosse des Staatsrates hatte damals verschmitzt lächelnd gefragt: »Genosse Shoucheng, alle liegen im Krankenhaus darnieder, und nur Sie sind wohlauf?« Sein Lächeln hatte einen eigentümlichen Ausdruck.

Neben dem Groll plagen Tian Shoucheng vor allem Reuegefühle, doch darüber kann er mit niemandem sprechen. Als Jiang Qing eine Ausstellung des Schwerindustrieministeriums besichtigte, hatte er eine Fabrik beauftragt, für sie eine WC-Schüssel aus rostfreiem Stahl herzustellen. Egal, ob sie nun hineinkackte oder nicht, man mußte seine gute Gesinnung unter Beweis stellen. Und als das ZK im Juli 1976 eine Konferenz über Planungsfragen einberief, hetzte er jemanden auf, das vorbereitende Komitee des Staatsrates anzugreifen. Welcher Teufel hatte ihn nur geritten! Wie er es jetzt auch anstellt, diese Fehler sind nicht mehr aus der Welt zu schaffen. Sie werden zwar von niemandem mehr erwähnt, aber auch von niemandem vergessen. Verglichen mit dem, was andere verbrochen haben, sind das zwar nur Kleinigkeiten, aber er hat sich selbst ein Bein gestellt, vor allem mit der WC-Schüssel. Oh je, oh je!

Der führende Genosse des Staatsrates rief Zheng Ziyun zu sich: »Kommen Sie, kommen Sie, setzen Sie sich ganz nach vorn!« Und mit offenkundiger Zufriedenheit: »Die Arbeit des Schwerindustrieministeriums hat in letzter Zeit einen großen Aufschwung genommen!«

Das hatte natürlich etwas zu bedeuten. Tian Shoucheng war mit den Gepflogenheiten der höheren Politik aufs engste vertraut. Jedes Wort, jede Geste enthielt ein Signal. Dieses Signal konnte bedeuten, daß Zheng Ziyun möglicherweise auf dem Sprung in eine höhere Position war. Daß man ihn, Tian Shoucheng, abservieren und Zheng Ziyun an seine Stelle setzen würde, war nicht zu erwarten. Er wußte ganz genau, daß er nicht fallen würde, solange die Leute, die ihn schätzten, nicht fielen. Im übrigen wäre Zheng Ziyun mit Sicherheit nicht damit einverstanden gewesen. Anders als im Westen, wo man heute

Minister und morgen vielleicht Tellerwäscher war, gab es in China solche plötzlichen Abstürze nicht. Das war keineswegs eine besondere Gnade der Gesellschaft gegenüber Minister Tian, sondern Selbstschutz, das ganze Kadersystem drohte einzustürzen, der Nutzen sämtlicher Nutznießer wäre in Gefahr. Solange Tian Shoucheng keinen ernsthaften politischen Fehler beging – aller Voraussicht nach war die Gefahr gering, da er seine Vorsichtsmaßnahmen bereits verdoppelt hatte –, würde er Minister bleiben bis ans Ende seiner Tage.

Zheng Ziyun allerdings könnte einen höheren Posten bekommen, im industriellen Sektor, und damit eine latente Bedrohung für ihn darstellen. Nicht, daß er aus persönlichen Motiven etwas gegen ihn unternehmen würde, es gab zwischen ihnen keine private Fehde auszutragen, aber er wußte zuviel über die Interna des Schwerindustrieministeriums, und wer weiß, ob Zheng Ziyun nicht eines Tages auf die verrückte Idee kommen würde, dieses Wissen gegen ihn zu verwenden. Und dann diese Reformspinnereien, man konnte nie wissen, ob sie nicht irgendwo in den oberen Rängen auf Wohlgefallen stießen. Wenn das passierte, würde alles drunter und drüber gehen.

Tian Shoucheng war sich im klaren darüber, daß der Aufruhr, den der Artikel im Ministerium verursacht hatte, keineswegs der Anfang einer Entscheidungsschlacht war. Für ihn deuteten alle Zeichen darauf hin, daß die Zeit dafür noch nicht reif war, er mußte kühlen Kopf bewahren. Er glaubte, die politische Situation des Landes weit besser zu durchschauen als Zheng Ziyun, zu den gegenwärtigen Liberalisierungstendenzen würde früher oder später jemand sein Machtwort sprechen. Es war unnötig, unter Einsatz aller Kräfte offen gegen Zheng Ziyun loszuschlagen; er mußte wie ein Angler auf seine Gelegenheit warten, um den Fisch im richtigen Moment aus dem Wasser zu ziehen.

Nein, er war nicht umsonst jahrzehntelang gläubiger Parteigänger der ›Dialektik‹ und des ›Materialismus‹ gewesen.

Die Sitzung des Parteikomitees neigt sich dem Ende zu. Tian Shoucheng wirft einen Blick auf die Uhr, halb zwölf.

Er könnte ein paar Worte zu dem Streit sagen, den He Jiabins Artikel entfacht hat, die noch verbleibende Zeit ist dafür genau richtig, nicht zu kurz, nicht zu lang. Zuviel sollte darüber nicht geredet werden, es genügt, die Sache anzutippen.

»Wir haben noch ein wenig Zeit, es gibt noch etwas, worüber wir sprechen müssen.« Tian Shoucheng bemerkt die allgemeine Unaufmerksamkeit, macht eine Pause und wartet, bis es ruhig geworden ist. Die Aufmerksamkeit, die durch Privatunterhaltungen gelitten hat, stellt sich wieder ein. Die bunten Partikel der Einzelgespräche verlaufen zu einem trüben Grau, in dem Rot, Gelb, Blau, Weiß und Schwarz zusammenfließen: Dieser graue Farbton beherrscht nahezu alle Konferenzen. Nur Wang Fangliang läßt noch immer sein von einer Auslandsreise mitgebrachtes Feuerzeug auf- und zuschnappen, klick, klack.

Tian Shoucheng fährt fort: »Seit zwei Jahren geht es in der Literaturszene sehr lebhaft zu, viele Autoren fordern, die Literatur solle ins reale Leben eingreifen. Auch bei uns im Ministerium gibt es einen Schriftsteller. Er hat einen Dokumentarbericht über den Genossen Chen Yongming von den Shuguang-Werken verfaßt, und das ist ja wohl ebenfalls als Eingriff ins Leben unseres Schwerindustrieministeriums zu betrachten. Äh – es scheint, als hätten wir unter uns doch einige Talente.« Er lacht, ist sich aber zugleich bewußt, daß das Auftreten eines Romanschreibers in einer Einheit einer Katastrophe gleichkommt. Wer kann noch sicher sein, daß nicht alles, was man sagt oder tut, als Material für eine Geschichte verwendet wird? Auch wenn sich die Betroffenen selbst nicht identifizieren können, so zeigten doch die Leute, die sich auskennen, hinter dem Rücken mit dem Finger auf einen: ›Aus dieser Geschichte da, das ist er!‹ So ein Roman kann im ganzen Land in den Xinhua-Buchläden vertrieben werden, vielleicht wurde der eine oder andere sogar einem stellvertretenden Ministerpräsidenten, einem führenden Genossen der Organisationsabteilung des Zentralkomitees oder der Disziplinarkommission zur Lektüre empfohlen . . .!

Zheng Ziyun zündet sich eine Zigarette an, raucht aber nicht, beobachtet nur mit schräggelegtem Kopf und halbgeschlossenen Augen, wie sie vor sich hinglimmt.

»Ich verstehe nichts von Literatur«, fährt Tian Shoucheng fort. »Aber damals in Yenan habe ich den Lehren des Vorsitzenden Mao gelauscht. Daß die Literatur den Arbeitern, Bauern und Soldaten, der proletarischen Politik dienen müsse, jawohl –.«

Wang Fangliang unterbricht ihn: »Steht das wirklich so in der ›Ansprache‹? Haben Sie in letzter Zeit keine Zeitungen gelesen? Hahaha!« Er sieht stolz in die Runde.

Tian Shoucheng kennt Wang Fangliangs Neigung, andere zu blamieren. Gibt es unter den Mitgliedern des Parteikomitees überhaupt einen einzigen, den er respektiert? Vor kurzem hat sein Vorschlag zur Reform des Außenhandels im Bereich Maschinenbau bei einem führenden Mitglied des Zentralkomitees Gefallen gefunden. Seitdem schwillt ihm der Kamm. Was hat dieser Einwurf nun wieder zu bedeuten? Hat er etwas Falsches gesagt? Auf den Gesichtern der Anwesenden läßt sich nichts Außergewöhnliches erkennen, bei einigen aus Höflichkeit, andere haben sich seit langem in den Fähigkeiten perfektioniert, die in ›Des Kaisers neue Kleider‹ beschrieben werden. Er spürt, wie ihn Wang Fangliangs Lachen verunsichert und entschließt sich, ohne weitere Umschweife direkt auf die Sache zuzusteuern. »Der Veröffentlichung von He Jiabins Artikel hat das Parteikomitee nicht zugestimmt. Später hat der Genosse Ziyun darauf bestanden, ihn zu veröffentlichen, das Erscheinen hat bei vielen Genossen zu Meinungsverschiedenheiten geführt, der Genosse Ziyun kurierte damals gerade zu Hause seine Krankheit aus und verstand die Einwände des Komitees vielleicht nicht in ihrer ganzen Tragweite –.«

»Ich habe sie verstanden«, beeilt sich Zheng Ziyun richtigzustellen. »Aber sprechen Sie erst zu Ende.«

»Zusammengefaßt haben die Genossen folgendes einzuwenden: erstens: der Artikel mißachtet die historische Wahrheit; zweitens: Chen Yongming stellt sich auf Kosten anderer heraus; drittens: er schmückt sich mit fremden Federn; viertens: seine politische Moral ist nicht einwandfrei. Alles in allem beeinträchtigt der Artikel in seinen gesellschaftlichen Auswirkungen die Prinzipien von Solidarität und Ordnung.«

Song Ke kann sich nicht mehr zurückhalten: »Ohne den Sturz der ›Viererbande‹ hätte er auch nichts zustande gebracht, heute könnte ich das auch. Ich habe mich damals an die Prinzipien der Partei gehalten, deswegen bin ich nicht vorangekommen. Er gibt dreihundert Kuai aus, wo er nur hundert hat, daran ist doch was faul, oder?«

Das klingt plausibel, man kann für alles plausible Gründe

finden. Davon abgesehen verweist Song Ke auf Regeln, die allgemein akzeptiert werden.

In Zeiten, in denen anormale Phänomene als etwas Alltägliches gelten, gelten normale Phänomene als Anomalien und Irrtümer. Die ›Mehrheit‹ ist zuweilen stärker als die Wahrheit.

Bedrückend wie das in Menschenblut getauchte Mantou in Lu Xuns Erzählung ›Medizin‹. Als seien seither nicht Jahrzehnte vergangen, als sei das erst gestern, sogar erst heute passiert. Als sei die Zeit zum Stillstand gekommen.

Tian Shoucheng sagt kein Wort. Seine Augen, die selbst dann noch bescheiden und liebenswürdig dreinblicken, wenn er sich Unverschämtheiten anhören muß, und die einen von allen Verachteten immer noch mit Sympathie und Verständnis anschauen, zeigen nichts als von Herzen kommendes Mitgefühl und Nachsicht. Dreißig Jahre östlich und westlich des Flußes gelebt, wer weiß, wer wann sein Glück macht und wann auf die Schnauze fällt. Das Rad dreht sich immerfort im Kreis, ein Karussell.

Tian Shoucheng registriert, daß auf dem in Brand gesetzten Ödland die Flammen höher schlagen. Eine Reihe weißhaariger Schläfen wackelt in grenzenloser innerer Rührung.

Vizeminister Kong Xiang ergreift das Wort: »Also, um das mal klar zu sagen, wir haben schließlich noch immer das Prinzip der kollektiven Führung. Wenn einer Erfolge errungen hat, ist das auf das Konto des Parteikomitees zu buchen. Einzelne herauszustellen ist falsch!«

Er hat die klare und hallende Stimme eines Sichuanesen, die seinen Worten etwas Aufbrausendes, Hochfahrendes verleiht. Runde Augen, die hinter den Brillengläsern kühl und undurchschaubar blitzen. Er kocht vor Wut. Was sich da vor seinen Augen abspielt, erregt seinen tiefsten Abscheu. Die Literaten mischen sich in die Politik ein, und davon verstehen sie einen Scheißdreck! Eine neue ›Anti-Rechts-Kampagne‹ müßte her, einem wie dem andern die Mütze eines Rechtsabweichlers aufs Haupt gedrückt und ab ins Arbeitslager! Wenn sie dann immer noch nicht kuschen, zwei von ihnen exekutieren. Er glaubt an Gewehrläufe, mit vierzehn ist er in die Rote Armee eingetreten, hat am Langen Marsch teilgenommen, sich überall geschlagen; zwei Narben von Gewehrkugeln sind ihm geblieben, und nun kommt dieser Haufen von Federfuchsern und maßt sich an zu kommandieren! Lächerlich! Wie sie sich aufplusterten. Wenn ihnen die Kugeln um die Ohren pfiffen, würden sie vor Angst in die Hosen scheißen.

Seit der letzten Konferenz über politisch-ideologische Arbeit springen ihm Zheng Ziyuns kleine Eigenheiten noch unangenehmer ins Auge: seine ewig ausgebleichten steifen Kragen, daß er sich jedesmal, bevor er sich setzt, die Bügelfalten zurechtzupft, daß er Frauen den Vortritt läßt –. Außer seiner intellektuellen Herkunft gibt es nichts, womit man ihn am Wickel packen kann. Aus einer Art professioneller Gewohnheit hofft Kong Xiang bei jedem Menschen auf eine verwundbare Stelle, irgend etwas, wo man ihn packen kann. Am liebsten wäre ihm, wenn alle Leute wie Marionetten an den Fäden tanzen, die er in der Hand hält. Darin besteht für ihn die Erfüllung des Lebens.

Direkt gegen Zheng Ziyun anzugehen, kommt nicht in Betracht, weil er in der Hierarchie über ihm steht. Davon abgesehen ist er nicht in der Lage (besser gesagt, zu faul), eine halbwegs systematische Theorie zu entwickeln, mit der er Zheng Ziyun entgegentreten könnte. Nicht einmal die abgedroschenen Sprüche aus der ›Kulturrevolution‹ könnte er einigermaßen vollständig und korrekt wiedergeben, obwohl er sie jahrelang Tag für Tag hat anhören müssen, als er öffentlich ›bekämpft‹ wurde. Als ihm die Kugeln um die Ohren pfiffen, hatte Kong Xiang in der Tat nie vor Angst in die Hosen gemacht, und auch nicht, als er ›bekämpft‹ wurde, nur sein Gedächtnis hat ein bißchen gelitten.

Ausgezeichnet! Den Nagel auf den Kopf getroffen! Tian Shoucheng spürt, daß der Schuß in Richtung Zheng Ziyun zielt. Wesentlich gescheiter als das, was Song Ke gesagt hat. Sich nicht mit konkreten Fragen aufhalten und zugleich einen Einstieg schaffen, um dann die Dinge klar und unmißverständlich beim Namen zu nennen. Aber keiner macht Anstalten zu folgen. In der letzten Zeit sind die Leute übervorsichtig, im privaten Gespräch legen sie sich überhaupt keine Zügel mehr an, wenn es aber zur offenen Konfrontation kommt, gähnen sie oder unterhalten sich mit ihren Nachbarn übers Wetter, um Gottes willen nur niemanden beleidigen!

Im ganzen Konferenzsaal hört man nur das Klack-Klack der auf- und zuklappenden Fächer und das Summen des Ventilators.

Irgend jemand hat ihn auf volle Stärke gedreht, dem davorsitzenden Zheng Ziyun bläst es fast die Luft weg. Er steht auf und wandert zu einem der Sessel in der Nähe der Tür. Ihm gegenüber versperren Pappeln über die ganze Breite der Fensterfront die Sicht. Durch die Ritzen zwischen den Blättern wird der in der Sommersonne samtblaue Himmel in unregelmäßige Stücke geschnitten, jenseits des Laubschattens aber, weiß er, ist der endlose, mächtige Himmel. Wie mit leichter Hand fortgewischt, verblaßt ist die Niedergeschlagenheit, die der Staubüberzug der Sessel, die seit langem nicht mehr getünchten, vergilbten Wände, die plumpen Aschenbecher und diese entweder erschöpften oder stumpfen, ständig berechnenden oder abweisenden oder zornigen oder arrogant-aggressiven Gesichter in ihm hervorgerufen haben. Die Liebe zur Natur ist vermutlich Bestandteil des ökologischen Gleichgewichts. Er muß sich einen Sonntag freimachen für eine Wanderung. Die Jahreszeit allerdings ist nicht günstig, in die Duftenden Hügel muß man Ende Oktober gehen, in die Kirschenschlucht im Frühjahr, und im Sommerpalast ist es jetzt zu voll. Er könnte zum Tangzhe-Tempel hinausfahren, vor der ›Kulturrevolution‹ hat er Yuanyuan zum Jagen dorthin mitgenommen. Das Jagdgewehr hatte man bei einer Hausdurchsuchung konfisziert, vor kurzem ist es ihm zurückerstattet worden, voller Rostflecken. Genau wie er, gealtert, rostig geworden. Er erinnert sich an den französischen Film ›Die alte Flinte‹, kein schlechter Streifen. Alte Flinte – das klingt nach Zähigkeit und Härte, irgendwie tragisch und zugleich heroisch. ›Alt‹ muß nicht ›minderwertig‹ heißen – solange es sich um eine echte ›alte Flinte‹ handelt.

Zheng Ziyuns teilnahmsloser Gesichtsausdruck macht Song Ke wütend, nie kommt man dahinter, was der Kerl gerade denkt. Es ist brütend heiß, sein Seidenhemd unter den Achseln schweißdurchtränkt. Er knöpft das Hemd auf, sein kugelförmiger, von einem Unterhemd mit rundem Ausschnitt eng umspannter Bauch tritt deutlich hervor. Song Ke ist mit der Konferenz unzufrieden. Alles wie immer, das übliche uneindeutige Schweigen, wenn Ärger und Zank ins Haus stehen. Er muß stumm bleiben, weil er als Betroffener gilt. Andernfalls wäre ihm unweigerlich unterstellt worden, er trage persönliche Ressentiments aus. Er platzt vor Eifersucht, weil er gerade wegen

Chen Yongming von der Liste der Kandidaten für den Vizeministerposten gestrichen worden ist. Ausgerechnet jetzt muß das passieren! Woher ist Chen Yongming nur plötzlich auf der Bildfläche erschienen? Schuld ist einzig Zheng Ziyun. Song Ke hätte ihn umbringen mögen. Und wenn er nun nicht Chen Yongming aus der Versenkung geholt hätte? Und dann auch noch ausgerechnet die Shuguang-Werke. Da steckt etwas dahinter! Ihn, Song Ke, wollen sie bloßstellen!

Er hofft inbrünstig auf eine Niederlage der beiden, und sei es nur, daß sie sich beim Essen einen Zahn ausbeißen. Wo immer er kann, arbeitet er gegen sie, selbst wenn es ihm keinerlei persönliche Vorteile bringt. Erwartungsvoll mustert er die Gesichter der Anwesenden, um abzuschätzen, wer von ihnen sprechen und was er sagen würde: Song Ke kann sich bei jedem genau vorstellen, was er sagen und wie er es sagen würde. Nach einer nochmaligen eingehenden Überprüfung der Gesichter um ihn herum überkommt ihn ein Gefühl der Hoffnungslosigkeit. Zwecklos. Was kümmert es Zheng Ziyun, ob er oder das gesamte Parteikomitee Einwände erheben, was können ihm die Reaktionen im Ministerium anhaben? Leute wie er zucken nicht einmal mit der Wimper, wenn man ihnen ein Messer an den Hals setzt.

Theater, nichts als Theater! Nur deshalb kann Zheng Ziyun so gelangweilt dreinschauen. Song Ke drückt seine kaum angerauchte Zigarette in den Aschenbecher, sie glimmt weiter, achtlos kippt er einen Schwall Tee darüber, eine dunkle Brühe aus Tabakkrümeln, abgebrannten Streichhölzern und Zigarettenasche schwappt über den Rand und ergießt sich auf das hellblaue Tischtuch.

Kong Xiang ergreift wieder das Wort: »Soweit ich weiß, ist diese Journalistin, die gemeinsam mit He Jiabin den Artikel verfaßt hat, zweimal geschieden!« Er schießt hinter seinen Brillengläsern einen drohenden Blick auf Zheng Ziyun ab. Das Wort ›Scheidung‹ klingt aus seinem Mund wie ›Tripper‹ oder ›Bordell‹.

Sofort belebt sich der Saal, wie nach Einnahme einer Aufputschtablette, selbst der Luftzug scheint sich zu beschleunigen, alle Köpfe drehen sich Kong Xiang zu.

Zheng Ziyun lächelt bitter: Hätte es Ye Zhiqiu geschafft,

zweimal zu heiraten, wäre sie wenigstens einmal zu Recht als Frau auf die Welt gekommen. Warum ist eine Scheidung in den Augen von Leuten wie Kong Xiang eigentlich ein Verbrechen? Steht nicht klar und deutlich im Ehegesetz, daß sie bei ›Unverträglichkeit der Gefühle‹ gestattet ist? Kong Xiang führt sich auf, wie es ihm paßt, und anderen will er die Scheidung verbieten. In diesem Land, wo alles mit extremer Langsamkeit vonstatten geht, bedient man sich selbst beim Morden noch altertümlicher Methoden.

Wang Fangliang richtet sich im Sessel auf und erklärt vernehmlich: »Wir sind hier in einer Sitzung des Parteikomitees.« Ihm liegt auf der Zunge hinzuzufügen: »Wir sind nicht in der Kneipe, ich bitte um etwas mehr Seriosität. Was ist das für eine Art hier, so im Dreck herumzuwühlen!« Aber er hält sich zurück. Kong Xiang ist verantwortlich für die politische Arbeit, und seine Leute machen ihm, Wang, das Leben schwer. Er hat keine Angst vor ihnen, aber daß sie dauernd versuchen, ihm etwas anzuhängen, kostet ihn einige Nerven. Besser man erspart sich zusätzlichen Ärger. Vor kurzem wollte er einem alten Kriegskameraden zuliebe dessen Tochter aus der Fabrik ins Ministerium versetzen lassen, Kong Xiang jedoch blockierte nicht nur einen Monat lang die Akte, sondern informierte auch noch den Disziplinarausschuß des Ministeriums, und wegen dieser Lappalie führte das Disziplinarkomitee schließlich eine ernsthafte Unterredung mit ihm. So ein Quatsch! Sie spielen sich auf, als seien sie buddhistische Heilige! Er hat vor versammelter Mannschaft Kong Xiang den Kopf gewaschen und aufgezählt, wann Kong Xiang von der Hintertür Gebrauch gemacht und wann er seiner jüngeren Schwägerin eine Stelle verschafft hat, wann er mit dieser oder jener Frau in diesem oder jenem Restaurant –. Noch lange danach sprachen die beiden kein Wort mehr miteinander.

Solange man Wang Fangliang nicht in die Quere kommt, hat er ein lachendes Gesicht; aber wehe, wenn man ihn reizt, dann kann er jemandem auf der Stelle den Garaus machen.

Er fährt fort: »Ich habe mich beim Autor erkundigt, Chen Yongming hat vor Erscheinen des Artikels keine Zeile zu Gesicht bekommen, er wußte gar nichts von dessen Existenz. Wie kann man da unterstellen, seine politische Moral sei nicht einwandfrei? Ich habe mit ihm telefoniert und gefragt: ›Haben Sie das Ding vorher gesehen?‹ ›Nein‹, sagte er. Ich habe ihn über die heftigen Reaktionen im Ministerium informiert und gefragt: ›Was denken Sie darüber?‹

›Daß man in China nur über Tote schreiben kann.‹

Ich gebe ihm vollkommen recht. Wir haben Überbevölkerung und Personalüberschuß. Um zu entscheiden, ob ein Film aufgeführt werden darf, muß manchmal sogar das Politbüro bemüht werden; ein Artikel kann das Schwerindustrieministerium in Aufruhr versetzen, und dann müssen wir das auch noch hier im Parteikomitee diskutieren. Ist das alles, wozu wir taugen? Im Parteikomitee einer Stadt haben sie dreimal darüber diskutiert, ob sich Frauen Dauerwellen legen lassen dürfen. Kein Wunder, daß wir mit den wesentlichen Dingen nicht zu Rande kommen, wenn wir unsere Energien auf diesen idiotischen Kleinkram verschwenden.«

Tian Shoucheng fühlt sich durch Wang Fangliang noch mehr verunsichert. Es war kein sonderlich raffinierter Schachzug, bei den unmittelbar Betroffenen nachzufragen, jeder Einfaltspinsel hätte auf diese Idee kommen können. Tian Shoucheng hatte es nicht aus Gedankenlosigkeit unterlassen, sondern vielmehr bewußt ›vergessen‹.

Hastig zieht er daher das ausgelegte Netz zusammen: »Offenbar ist es nicht Chen Yongming anzulasten, daß der Artikel nicht den Tatsachen entspricht.«

Er registriert, daß sich Kong Xiangs und Song Kes Gesichter noch mehr verdüstern. Blitzschnell überschlägt er in Gedanken die Liste, auf der wie auf einem Bankauszug der Stand der Personalbeziehungen vermerkt ist, und weiß sofort, daß die beiden bei ihm hoch genug im Soll stehen, so daß er sich diesen verlorenen Punkt leisten kann.

Nummer eins zu sein war weiß Gott kein Zuckerlecken. Es mochte sein, daß jeder der acht Unsterblichen seine speziellen magischen Fähigkeiten besaß; die Kunst des Chefs jedoch, oben und unten, links und rechts im Gleichgewicht zu halten, beherrscht nur er allein.

Zheng Ziyun meldet sich zu Wort: »Können wir etwa den Autoren einen Vorwurf machen? Sollten wir nicht anders an das Problem herangehen? Gehen wir doch den Artikel durch, Absatz für Absatz, und überprüfen diese angeblich den Fakten nicht entsprechenden Stellen. Ich werde das in Auftrag geben, hinterher können wir ein Resümee ziehen. Zur Ablehnung der Veröffentlichung durch das Parteikomitee wäre ebenfalls einiges klarzustellen. Soweit ich informiert bin, waren außer mir bei dieser Sitzung des Komitees auch noch andere Genossen abwesend.« Er sieht zu Tian Shoucheng hinüber und fährt, ohne dessen Antwort abzuwarten, fort: »Das wäre das erste. Zweitens hatte bei der Diskussion über den Artikel eine ganze Reihe von Genossen noch keine Gelegenheit gehabt, ihn zu lesen. Drittens hat nur eine Minderheit der anwesenden Mitglieder ihre Einwilligung verweigert, die anderen haben gar kein Votum dazu abgegeben.« Er macht eine Pause und klopft die Asche von seiner Zigarette ab, als würde er überlegen, wie er fortfahren sollte; nach einer Weile des Schweigens lacht er und sagt: »Wie es scheint, sind wir unter die Literaturkritiker gegangen. Wenn ich augenblicklich nicht dieses Geschäft hier am Hals hätte, würde ich allen Ernstes einen Roman schreiben. Ich habe vor, einen Kommentar zu diesem Artikel zu verfassen, in dem ich meine Unterstützung zum Ausdruck bringe. Ich bin mit dem Genossen Tian Shoucheng völlig einverstanden, wenn er die Frage der gesellschaftlichen Auswirkungen anspricht. Darauf müssen wir in der Tat achten, aber zunächst sollten wir ein paar Punkte klären: Wer entscheidet über die Maßstäbe zur Beurteilung der gesellschaftlichen Auswirkungen? Die politische Führung oder die Leserschaft? Weiter: Geht es nur um die unmittelbare Wirkung oder auch um die langfristige? Manche Werke sind prägend für das geistige Leben, haben aber vielleicht gar keine direkten Auswirkungen, sondern üben ihren Einfluß auf subtilere Weise aus.

Ich halte die gesellschaftlichen Auswirkungen des Artikels für begrüßenswert. In kompositorischer, sprachlicher und technischer Hinsicht hat er zwar Mängel, auch wird er der Person Chen Yongmings nicht besonders gerecht, aber er entwirft couragiert das Porträt eines Helden unserer Tage. In dieser Hinsicht ist er zu befürworten.«

Tian Shoucheng beschließt, nicht länger auf der Sache herumzureiten. Wie beim Go-Spiel: Wenn man sieht, daß ein Gebiet nicht mehr zu halten ist, opfert man keine zusätzlichen Steine.

Außerdem fällt die Entscheidung über Sieg oder Niederlage nicht hier. Eilig verkündet er daher das Ende der Versammlung.

Immer dieses Schwächegefühl beim Aufwachen, dieser bittere Geschmack im Mund. Zheng Ziyun wälzt sich an den Bettrand und steht auf. Er brüht sich eine Tasse Tee auf, dann steht er am Fenster und sieht auf die Straße.

Draußen auf dem Fahrrad ein paar Jugendliche, die vom Schwimmen kommen; sie haben die in allen Farben leuchtenden Badehosen über die Lenker gehängt, die Badehosen flattern im Fahrtwind wie kleine Wimpel. Das Mädchen auf einem der Gepäckträger sieht aus wie Yuanyuan. Kurzes Haar, Gleichgültigkeit im Gesicht, die Arme sorglos über der Brust verschränkt, die langen, sonnnengebräunten Beine übereinandergeschlagen, ohne Furcht, vom Rad zu fallen.

Yuanyuan hat wieder einmal mit Xia Zhujun Streit gehabt. Wie klein die Familie auch ist, nie gibt es Frieden. Wie die Gesellschaft im Großen, so die Familie im Kleinen. Stabilität und Einheit! Es wäre alles um so vieles einfacher, wenn man die Sehnsüchte der Menschen wie Rüben züchten könnte. Nur anpflanzen, was man wachsen lassen will. Yuanyuan nimmt in ihren Äußerungen überhaupt keine Rücksichten mehr und ist übertrieben sarkastisch. Das hat sie wohl von ihm. Gegenüber Xia Zhujun läßt sie den nötigen Respekt vermissen: »Wollen Sie mich auf den Maultiermarkt zerren? Leiterin einer Zuchtstation hätten Sie werden sollen.« Herr im Himmel! Ein Mädchen!

Sie reagiert in letzter Zeit empfindlich, wenn die Rede aufs Heiraten kommt, ganz offensichtlich verbirgt sie etwas. »Jeder hat seine Geheimnisse, und Sie haben auch welche!«

Hat er welche? Vielleicht wäre es besser. Sein Leben besteht aus höchst einfachen geometrischen Figuren, gradlinig und eben, nichts Gekrümmtes und Gebogenes. Schade. Jeder sollte im Leben über möglichst viele Stütz-Punkte verfügen können, wenn einer ausfällt, ist ein anderer da, der einspringt und die Bewegung in Gang hält.

Bäume und Passanten lassen in der brütenden Sonne welk die Köpfe hängen. Nur das alte Eisverkäuferweiblein schreit im Schatten der Bäume auf der gegenüberliegenden Straßenseite: »Eis am Stiel, Schokoladeneis . . .!« Er sieht ihr oft zu, sie ist etwa in seinem Alter und macht einen recht rüstigen Eindruck. Kleinwüchsig, ausgemergelt, das Gesicht schwarzbraun wie eine luftgetrocknete Maske – Spuren eines Lebens voller Plackerei. Aber ihre Stimme hat etwas Federndes, eine Kraft, die es mit dem Leben aufnehmen kann. Er dagegen schwankt an der Grenze zwischen Leben und Tod. Sekretär, Haushälterin, Büro, Wagen haben ihn geschwächt. Das moderne Leben führt zur physischen Degeneration. Je entwickelter das materielle Leben, desto geringer die natürliche Anpassungsfähigkeit unserer Körper, desto empfindlicher die Antennen unseres Geistes.

Nicht zu leugnen, er ist schlecht gelaunt. Warum nur? Der Krach auf der Sitzung des Parteikomitees war nichts Besonderes, er hat schon so viel durchgemacht: 1942 die Rektifizierungskampagne, 1952 die ›Tigerjagd‹, 1957 die ›Anti-rechts-Bewegung‹, 1966 die ›Kulturrevolution‹ – Mauern, die man nicht mehr überspringen wird.

Er sehnt sich nach Gemeinsamkeit, Nachsicht und Unterstützung. »Alles Quatsch«, hat ihm Yuanyuan erklärt. »Die Zeiten haben sich geändert, Sie richten sich noch immer nach dem alten Kalender!«

Nach welchem Kalender hat man sich heutzutage zu richten? Sie hat unrecht. Vorurteile der Leute von heute.

Einsam, schrecklich einsam. Die Straße, die in der Sonnenglut flimmert, erinnert an die Sahara.

Er hofft auf einen Anruf, ein Klopfen an der Tür. Selbst ein Gespräch über Zhong Baohuas komische Dialoge wäre ihm willkommen.

Nebenan klingelt das Telefon. Er lächelt. Wie bestellt.

Es dauert eine Ewigkeit, bis Xia Zhujun abhebt. Sie spricht mit dürrer Stimme und auf eine Art, als sei jedes ihrer Worte Tausende von Dollars wert und jedes Wort zuviel ein finanzieller Verlust, Zheng Ziyun erkennt an der Stimme, daß es sich um einen Anrufer handelt, den er, nicht aber sie schätzt.

Sie ruft durch die Wand: »Zheng, für dich. Wieder diese Journalistin!« und schreit dabei so laut, daß Ye Zhiqiu jedes Wort im Hörer verstehen muß. Anscheinend hat sie bis heute nicht begriffen, daß es unhöflich ist, Anrufer, die nicht sie zu sprechen wünschen, nach ihrem Namen zu fragen.

»Ja, hier Zheng Ziyun.«

In Ye Zhiqius Stimme schwingt eine nervöse Erregung: »Ich habe über die Redaktion einen anonymen Brief erhalten.«

»Was soll das heißen?« Er bemerkt, daß Xia Zhujun aufhört, sich mit ihrem Seidenfächer Luft zuzufächeln und lange Ohren macht.

»Es heißt darin, daß die Redaktion den Artikel nicht hätte veröffentlichen dürfen, ich sei ein völlig heruntergekommenes Frauenzimmer, ich hätte mit dem Mitautor geschlafen, außerdem gäbe es noch eine Affäre zwischen mir und dem Helden der Geschichte sowie einem Vizeminister – gemeint sind Eure Exzellenz – und dergleichen mehr.«

»Was haben Sie jetzt vor?«

»Ich bin sicher, daß das aus Ihrem Ministerium kommt. Ich habe noch ein bißchen Farbe auf meiner Palette, vielleicht porträtiere ich diese Bande.«

»Es tut mir schrecklich leid!« Er fühlt Scham in sich aufsteigen, als habe er sie beleidigt.

»Überrascht Sie das? Das ist doch nichts Neues. Selbst den berühmten Liu Bingyan hat man in den Dreck gezogen, als er sich in einem Dokumentarbericht für einen zu Unrecht Verfolgten eingesetzt hat!«

»Kann ich etwas für Sie tun?«

Peng! Xia Zhujun knallt ihren Fächer auf das Tischchen. Instinktiv hält er die Hand vor die Muschel, als sei Xia Zhujun drauf und dran, das Telefon zu zerschmettern.

»Nicht notwendig. Danke. Ich habe Sie informiert, damit Sie sich vor Angriffen aus dem Hinterhalt in acht nehmen. Auf Wiedersehen.«

»Auf Wiedersehen.«

Sie übertreibt.

Er hat schon eine Menge widerlicher Dinge erlebt. Er kann sich nicht über alles aufregen, aber auch das schafft die Existenz der Widerlichkeiten nicht aus der Welt.

Jetzt trampeln sie auf einer Frau herum, die weder über Macht noch über Beziehungen verfügt, die keine Möglichkeit hat, sich zu wehren. Im Kampf gegen das Böse sind die Leute so kleinmütig und feige, gegen eine Frau aber so stark. Traurig!

Wie Feuerwerkskörper prasseln Xia Zhujuns Fragen auf ihn herunter: »Es tut dir leid? Was denn? Was willst du denn für sie tun?« Wie ein Staatsanwalt vor Gericht. Mein Gott, was sie sich wieder einbildet.

Er mustert sie prüfend.

In ihren Slippers aus perlmuttfarbenem, glänzendem Lackleder ein Paar bezaubernder Füßchen, wie sie Puschkin leidenschaftlich besungen hat. Verpackt in importierte Nylonstrümpfe. Ein weißseidener Pyjama, bestickt mit zwei dunkelroten Phönixen. Ihr krapproter, mit kleinen silbernen Blüten gesprenkelter Fächer liegt schräg auf ihren üppigen Oberschenkeln.

Exquisit, schlichte Eleganz. Die Essenz der modernen Zivilisation. Einschließlich ihr schwarz gefärbtes, mit Ammoniak gewelltes Haar.

Nur das Sofa wirkt im Verhältnis dazu allzu schäbig. Nein, es fehlt dem Ganzen an Harmonie.

In diesem zusammengewürfelten, nachlässig ausstaffierten Empfangszimmer wirkt Xia Zhujun so unwirklich wie ein Wesen von einem anderen Stern. Ihm kommen die Geschichten von den ›Sieben Feen‹ und der ›Dem Bilde entstiegenen Schönheit‹ in den Sinn.

»Du solltest dich mal untersuchen lassen!«

»Du brauchst mir nicht in diesem Ton zu kommen!« Xia Zhujun schlägt mit dem Fächer auf die Seitenlehne des Sofas.

»Ich habe den Eindruck, du leidest unter einem Eifersuchtswahn. Du achtest auf alle möglichen Frauen, nur auf dich selbst nicht. Hältst du dich selbst für so unbedeutend? Manche Frauen verstehe ich einfach nicht. Da begehen sie Jahr um Jahr den ›Internationalen Frauentag‹, führen unentwegt die Befreiung der Frau im Munde, kaum aber sind sie nach Hause gekommen, hängen sie ihren Männern am Rockzipfel wie die altmodischsten Eheweibchen. Für mich heißt ›Befreiung der Frau‹ mehr als nur ökonomische und politische Gleichberechtigung; das wichtigste ist doch wohl die Entwicklung der eigenen Fähigkeiten. Und nicht die –.« Er hält ein und betrachtet ihre Kleidung und Frisur: »Eine Frau sollte sich wünschen, daß ihr Mann sie wegen ihres Charakters, ihres Geistes, ihrer Hingabe an den Beruf anbetet und nicht wie eine Blume bewundert.«

Er will noch hinzufügen, daß es für ihn Ausdruck weiblicher Passivität, Unfähigkeit und Willenlosigkeit sei, wenn sich eine

Frau mit Hilfe ehelicher Ketten an den Hals eines Mannes hänge, aber er sagt nichts mehr, er weiß, sie würde ihn nicht verstehen, mehr noch, es würde nur kolossale Mißverständnisse geben. Sie würde glauben, er habe sich anderweitig engagiert und wolle sich scheiden lassen. Es ist im übrigen ein bißchen verrückt, wenn er mit seinen sechzig Jahren auf einmal anfinge, sich mit den Grundlagen der Liebe zu beschäftigen! Die ganze Angelegenheit hindert ihn ja nicht am Essen und Trinken oder daran, sein Ministeramt auszuüben.

Tschechow hat einmal gesagt: »Liebe ist etwas, was im Zustand der Degeneration begriffen ist, der Überrest einer ehemals großartigen Sache. Oder sie ist der Keim für das Werden einer großartigen Sache in der Zukunft; in der Gegenwart macht sie die Leute nur unzufrieden, gibt ihnen weit weniger, als sie sich davon erhoffen.«

Deshalb erhofft man sich besser nichts davon. Vielleicht sollte er sich untersuchen lassen, er hat offenbar nicht mehr alle Tassen im Schrank. Weiß der Teufel!

Alles, was er sich heute erhofft, ist, daß mehr Menschen seine Anregungen zur Verwissenschaftlichung der politisch-ideologischen Arbeit verstehen und akzeptieren. Vielleicht wird man in fünfzig Jahren zu einem kompletten, Theorie und Praxis umschließenden wissenschaftlichen System gelangen. Aber warum so pessimistisch, warum erst in fünfzig und nicht schon in zwanzig Jahren?

Was er sich erhofft, ist, daß das Leben künftig ehrlicher wird, daß es mehr Menschen wie Chen Yongming geben wird und daß niemand mehr seine Kräfte darauf vergeudet, mit schmutzigen Methoden einen inspirierenden Dokumentarbericht und seine Autoren fertigzumachen.

Er hat viele kleine, verglichen mit der Liebe aber realistischere Hoffnungen. Die Liebe ist ein Thema für die Gesellschaftswissenschaften und die Zukunft.

Xia Zhujuns Wut und Eifersucht weichen allmählich der Furcht. Was hat er vor? Er verrät ihr das Erfolgsrezept, wie man seine Attraktivität für den Ehemann bewahrt, als habe er es mit einer Fremden zu tun.

Was bedeutet es für eine Frau, wenn ihr der eigene Mann kühl mitteilt, auf welche Weise sie für ihn anziehend sein könnte?

Sie weiß, daß sie ihn längst verloren hat. Sie besitzt nur mehr eine Hülle. Nein, nicht einmal das, nur einen Schatten ihrer Wahrnehmung. Woran klammert sie sich denn noch mit aller Gewalt und in panischer Angst, ihn zu verlieren? Es sind die Verführungen der Eitelkeit, denen so viele Frauen unterliegen.

Sie fängt an, leise zu schluchzen.

Weibliche Tränen sind unschlagbare Waffen. Sie schlagen alle Gesetze der Logik und der Wahrheit, mit ihnen erzielt man den entscheidenden Sieg auch dann, wenn man im Unrecht ist.

Zheng Ziyun verstummt. Auf seiner Kopfhaut prickelt es wie von tausend Nadelstichen, zum Verrücktwerden. Er kann nicht einfach gehen, wer weint, bringt sich in die Position des Schwächeren, außerdem ist sie eine Frau, ein Mann darf eine Frau nicht so behandeln.

Es klopft. Halb vier. Um diese Zeit bringt Ji Hengquan Akten, Zeitungen und Korrespondenz vorbei. Wie erlöst geht er zur Tür. Xia Zhujun hört auf zu schluchzen und kehrt in ihr Schlafzimmer zurück. Er empfindet nun doch ein wenig Dankbarkeit, zumindest in der Öffentlichkeit zeigt sie sich einsichtsvoll und nimmt auf seine Reputation Rücksicht.

Mit dem Instinkt eines KGB-Agenten spürt Ji Hengquan, daß etwas nicht in Ordnung ist. Seine Augen gleiten flink in alle Ecken und Winkel des Zimmers. Keine Teetasse, die auf einen Besucher schließen ließe, alles befindet sich an seinem angestammten Platz. Aber irgend etwas stimmt nicht. Zheng Ziyun tut so, als überfliege er die Akten, in Wirklichkeit liest er nicht, er tut nur so, um die Zeit zu überbrücken, bis er seine Fassung wiedergewonnen hat.

Zheng Ziyun wirft die Akten beiseite. »Ist die Arbeitsgruppe für die Betriebsprüfung der Shuguang-Werke schon eingesetzt?«

»Ja.« Ji Hengquan ist Zheng Ziyun gegenüber äußerst wortkarg, er läßt ihn gern im dunkeln tappen. Wie eines jener egomanischen, seelisch verkrüppelten Kinder, die anderen beim Blindekuhspiel zusehen und das Kind mit verbundenen Augen mit keinem Wort warnen, wenn sie sehen, daß es mit dem nächsten Schritt in einen Kuhfladen tritt oder in den Teich fällt.

»Wer leitet die Gruppe?«

»Referatsleiter Zhu Yiping aus der Hauptverwaltungsabteilung.«

Nicht einmal ein Abteilungsleiter! Das ist als Dämpfer für Chen Yongming gedacht. Bei einer so großen Fabrik wurde seit jeher zumindest ein Abteilungsleiter, gelegentlich sogar ein Vizeminister geschickt. Das ist das Werk Song Kes!

»Keiner vom Managementdepartment?«

»Keiner.«

Man scheut offensichtlich die Auseinandersetzung. Sind die Wogen des Artikels noch immer nicht verebbt? Will man ein Leben lang darauf herumreiten? Eine Betriebsprüfung ohne Leute vom Managementdepartment? Das ist doch schließlich ihre Arbeit. Reorganisation von Betrieben!

Weiß Tian Shoucheng das nicht? Egal, ob er es weiß oder nicht, er wird sich blind und taub stellen.

»Haben Sie noch etwas?« Ji Hengquan wünscht keinerlei außerdienstlichen Umgang mit Zheng Ziyun. Er braucht sich auch keine Mühe zu geben, ihm schönzutun, Zheng Ziyun würde es ihm nicht abnehmen. Im Umgang mit ihm macht man es am besten so wie bei Berichten, die man nach oben schreibt: ohne schmückende Attribute, trocken, sauber eingeteilt in erstens, zweitens, drittens.

»Nein, nichts mehr. Danke.«

Wofür bedankt er sich, in dienstlichen Beziehungen gibt keiner mehr als nötig, ist niemand niemandem etwas schuldig. Dankbarkeit ist überflüssig.

Wie knauserig sind Menschen, wenn sie Almosen verteilen. In einem ersten Anfall von Zorn denkt Zheng Ziyun daran, selbst die Leitung der Betriebsprüfungskommission zu übernehmen. Aber er muß einen kühlen Kopf bewahren, allzuviel Impulsivität schadet. In einer Umgebung, in der alles Einfache um jeden Preis kompliziert werden muß, kann er auf Verteidigungsmaßnahmen nicht verzichten. Wie nennt man das? Gerissenheit? Gewiefte Taktik? Läßt sich alles, was man tut, in dieser Weise etikettieren? Das Einfache wird kompliziert, das Komplizierte vereinfacht. Für ihn sind Farben reicher als Begriffe und Worte, sie haben Übergänge von dunkel zu hell. Wie der Himmel vor dem Fenster: je entfernter, desto blasser, am Horizont ist er beinahe grau.

Chen Yongming, dieser Klotz von einem Mann, wird sich wieder mal im Stich gelassen fühlen. Wie an jenem Frühlingsabend, vor den Feldern der Vorstadt, als sie zum Sternenhimmel emporsahen, der ihnen das Gefühl der Einsamkeit gab.

Und Yang Xiaodong mit seinen Kumpanen? Zuviel Enttäuschung verträgt kein Mensch.

Was werden die Leute im Werk denken? Für sie muß es so aussehen, als würden sie wie Stiefkinder behandelt. Der Enthusiasmus von ein paar tausend Arbeitern! Sie derart achtlos vor den Kopf zu stoßen! Alles wegen eines Satzes in einem Artikel, in dem kein Name genannt, niemandem wirklich Schaden zugefügt wurde.

Zheng Ziyun, Vizeminister Zheng Ziyun, was kannst du dagegen tun? Wie Chen Yongming hat er das Gefühl, in einer erbärmlichen Welt zu leben, winzig und machtlos.

Vor dem Fenster, im Baumschatten der gegenüberliegenden Straßenseite, plärrt die alte Eisverkäuferin: »Eis am Stiel – Schokoladeneis!« Vielleicht sollte er sich eine weiße Schürze umbinden und Eis verkaufen.

Er seufzt, schüttelt den Kopf. Er setzt sich an den Tisch, greift zum Briefpapier. Eine ganze Weile starrt er ins Leere. Er kann nur ein paar Zeilen schreiben, Zeilen, die kein Problem lösen. Wenn es wenigstens die Schriftzüge Wang Xizhis wären, ließe sich Geld daraus machen, bedauerlicherweise aber sind es nur seine eigenen, man bekommt keinen roten Heller dafür.

Genosse Chen Yongming

Die Reorganisation des Betriebsmanagements der Shuguang-Werke ist außerordentlich erfolgreich gewesen, aufgrund meiner Krankheit kann ich an der Betriebsprüfung nicht teilnehmen, ich hoffe, sie verläuft nach Wunsch.

Herzlichst
Zheng Ziyun

Krank! Die Leute haben in den letzten Jahren gelernt, daß Krankheiten auch dazu dienen, unangenehmen Situationen aus dem Weg zu gehen.

12. Kapitel

Ye Zhiqius Hände zittern leicht. Erst nach mehreren Anläufen gelingt es ihr, die beiden Zwei-Fen-Stücke in den Schlitz der kleinen Blechbüchse für das Telefongeld zu schieben. Die Frau, die das Telefon beaufsichtigt, läßt sie nicht aus den Augen, als argwöhne sie, Ye Zhiqiu werde verschwinden, ohne zu bezahlen. Ist irgend etwas auffällig an ihr? Vielleicht hat die Frau ihr Gespräch mit Zheng Ziyun belauscht. Ein so großes Telegrafenamt, und es gibt nicht einmal schalldichte Kabinen. ›Öffentliches Telefon‹ im wahrsten Sinne des Wortes. Alles ist öffentlich: die Geheimnisse, die Freude, die Trauer, jeder hat das Recht, sich in alles und jedes einzumischen, warum der eine jeden Tag badet, zum Beispiel, oder warum dem anderen Süßes besser schmeckt als Saures.

»Mußtest du am Telefon soviel erzählen?« He Jiabin macht ihr Vorwürfe.

»Was soll ich denn machen? Unter diesen Umständen kann ich ihn unmöglich im Ministerium aufsuchen, das wäre nur neue Munition für die Klatschmäuler und würde ihn noch mehr in Schwierigkeiten bringen. Und zu ihm nach Hause? Madame ist mir zu hochnäsig.«

»Er hätte gar nicht davon zu erfahren brauchen.«

»Er muß es wissen. Wie soll er sich sonst vor diesen Leuten vorsehen?«

»Weiberlogik!«

Sie verlassen das Telegrafenamt. Menschen, Menschen, überall Menschen! Und alle treiben sich müßig auf der Straße herum. Wer wüßte zu sagen, wie viele Chinesen Tag für Tag arbeiten, als hätten sie Urlaub! Glückliche Chinesen!

Nur der Lärm ruht keine Sekunde.

Jedes Auto hupt ehrfurchtheischend.

Jialing-Motorräder knattern stolz vorbei, der letzte Schrei seit einigen Jahren.

»Ich will aber ein Eis –!« Ein kleines Mädchen windet sich,

stampft mit den Füßen, heult. Der Vater zerrt es wie ein Hühnchen an seinem dicken Arm und droht: »Wenn du keine Ruhe gibst, bekommst du ein paar hinter die Löffel! Acht Stück sind genug, sonst kriegst du Würmer im Bauch!«

Arbeitslose Jugendliche preisen marktschreierisch ihre Waren an: »He, kauft, kauft frische Butterbrötchen!«

»Zeitungen, die neuesten Zeitungen, das Kulturjournal, Li Guyi tritt trotz Erkrankung auf, Su Xiaoming singt in ›Die Landstraße‹!«

Aus seinem Käfig hoch über der Straßenkreuzung brüllt der Verkehrspolizist über Lautsprecher hinter einem Jeep her, der das Rotlicht überfahren hat: »He, der Wuhan-Jeep da, wieso biegst du ab? Ja, genau dich mein ich, 31-04889! Jetzt fährt der einfach weiter, sitzt du auf deinen Ohren! Anhalten!«

Wie ein schuldbewußter Esel mit hängenden Ohren hält der Fahrer zögernd an. Vermutlich genau an der falschen Stelle. Er ist offensichtlich vollkommen konfus.

Der Polizist brüllt wieder los: »Jetzt schau dir das an, wo hältst du denn jetzt!«

Aus einem Laden für Elektrogeräte dröhnt aus Boxen unterschiedlicher Größe und Bauweise Musik: ›Apoll – Gott der Musik‹. Gegen den Aufruhr der Straße behauptet er sich unbeirrbar und mit stampfenden Rhythmen, Apoll, der Gott der Musik.

Immer schnellere Rhythmen!
Immer kürzere Ärmel!
Immer größere Kragen!
Immer weitere Hosenbeine!
Immer grellere Farben!
Ringe,
Ketten,
Ohrringe,
Kühnheit,
Offenheit,
Brutalität ...

He Jiabin, fast schadenfroh: »Wir werden sterben, Zhiqiu, früher oder später. Unsere Nachfolger werden anders sein, direkter! Was uns Heutigen auf der Seele lastet, wird für sie ein Kinderspiel sein!«

»Jiabin, ich halte den Krach und das Durcheinander nicht aus. Mir sind schon zweimal die Hacken runtergetreten worden.« Sie fleht beinahe.

He Jiabins Bemerkung, das buntscheckige Gewirr der Straße – alles scheint gegen sie gerichtet, fällt rücksichtslos über sie her. Eine Art Panik überkommt sie. Alles eilt an ihr vorbei, ohne sie zu beachten, ohne eine Frage an sie zu richten, als sei sie eine im Schaufenster ausgestellte Pelzmütze mitten im Hochsommer.

Sie fühlt sich allein.

So müde.

Selbst eine verschrumpelte und eingetrocknete Frau wie sie, die nur für ihren Beruf existiert, hat Momente, wo sie ihren Kummer loswerden muß und Trost braucht. Aber ihre Umgebung ist seit langem daran gewöhnt, sie als geschlechts- und gefühllosen Roboter zu betrachten, sogar He Jiabin.

Sie schüttelt den Kopf. Es gibt gelegentlich Ausnahmen. Der anonyme Brief zum Beispiel. Anscheinend besinnt man sich erst dann auf ihre Weiblichkeit, wenn es darum geht, sie zur Zielscheibe von Gemeinheiten und Gerüchten zu machen!

Sie seufzt.

Jetzt erst bemerkt He Jiabin, daß sie anders ist als gewöhnlich.

Er versucht, hinter ihren dicken Brillengläsern in ihren Augen zu lesen.

Es heißt, die Augen seien die Fenster der Seele.

Die beiden dicken Gläser sind wie Fensterscheiben aus Milchglas, was dahinter liegt, scheint schemenhaft zu verschwimmen.

Schließlich entdeckt er einen kummervollen Schatten. Sie, die immer Ausgeglichene, wirkt verstört. Frauen haben nun mal empfindsamere Nerven als Männer. Daß böse Zungen über eine häßliche Person wie sie herfallen, ist eine besondere Infamie. Über dieses Leben, das nie blühen und Früchte tragen wird.

Er faßt ihren Arm. Sie kehren um und gehen in östlicher Richtung den Changan-Boulevard entlang.

Ein grünes Blatt fällt, für diese Sommerzeit viel zu früh, auf Ye Zhiqius Schulter, die knochig ist und wie aus Holz geschnitzt. Barmherziges grünes Blatt. Rührend wie ein Gedicht. Er fegt es nicht fort, soll es liegenbleiben, der Mensch braucht ein wenig Trost.

Eine schwangere Frau schleppt sich vor ihnen den Gehsteig entlang. Ein Rücken breit wie ein Nudelbrett. Sie trägt ein schlotterndes Männerhemd und nagt an einem Eis. Unwillkürlich beschleunigt He Jiabin seine Schritte und hastet an ihr vorüber. Ye Zhiqiu seufzt, sie fragt sich, was für ein Gefühl es sein mag, dem geliebten Mann einen Sohn zu gebären.

Sie verkneift sich die Tränen. Tränen sind ein Luxus, den sich nur hübsche, geliebte Frauen leisten dürfen.

»Bereust du, daß du dich darauf eingelassen hast?«

»Nein, ich bin nur traurig.«

»Was hat es schon zu bedeuten, wenn man's recht bedenkt. Hinter seinem Rücken zieht man auch über den Kaiser her! Betrachte es als dein bescheidenes Opfer. Für alles hat man seinen Preis zu zahlen. Andere haben ihr Leben geopfert. Du, ich, Zheng Ziyun oder Feng Xiaoxuan, wir werden alle sterben; was überdauert, ist der Geist –.«

»Ein hoher Preis für so eine Bagatelle!«

»Bedeutet dir dein guter Ruf so viel?«

»Dir nicht?«

»Schon, aber was willst du machen, wenn dich jemand partout in den Dreck ziehen will? Dir das Leben nehmen? Man darf sich nicht zum Sklaven seines Rufs machen, sonst kann man mit Gerüchten umgebracht werden. Der Ruf ist wie der materielle Besitz: etwas Äußerliches!«

»Warum bist du dann so versessen darauf, in die Partei einzutreten?« Sie lacht, sie glaubt, ihn gepackt zu haben.

»Das ist für mich keine Frage des Prestiges. Ich will in die Partei, weil ich überzeugter Marxist bin. Ich will den Marxismus studieren und praktizieren, um die Partei zu reformieren! Unsere Partei! Unsere Parteimitglieder sind zum größten Teil im kleinbäuerlichen Denken steckengeblieben und haben kaum Ahnung vom wissenschaftlichen Marxismus.«

Hastig blickt sich Ye Zhiqiu um. Ist er verrückt geworden? Würde sie ihn nicht seit ihrer Studienzeit kennen, würde sie ihn für geistesgestört halten. »Leise, leise. Um Himmels willen!«

»Was hab ich denn Schlimmes gesagt? Leise, leise! Verkünde ich etwa reaktionäre Parolen?« Wie zum Trotz steigert er seine Lautstärke. Allein die Vorstellung, man könne ihn mißinterpretieren, kommt ihm merkwürdig vor. »Den Marxismus hat man als Wissenschaft zu studieren und zu praktizieren, nicht wie eine heilige Schrift anzubeten. Aufs Ganze gesehen genügt es nicht, unbeirrbar daran festzuhalten, man muß ihn entwickeln, bereichern und vervollkommnen.«

Ye Zhiqiu schüttelt den Kopf und fuchtelt abwehrend mit den Armen, gequält fällt sie ihm ins Wort: »Du gehst zu weit. Wenn du damit hausieren gehst, geht's dir an den Kragen!« Sie wirft ihm einen schrägen Blick zu: »Ich wundere mich, daß die Parteizelle deiner Aufnahme zugestimmt hat.« Unterm Sprechen schüttelt sie heftig ihre Handtasche, als seien seine unheilbringenden Worte hineingefallen und sie müsse das bedrohliche Zeug unbedingt wieder loswerden.

Er wollte ihr über ihre Niedergeschlagenheit hinweghelfen und macht ihr jetzt statt dessen noch mehr Sorgen.

Über zwanzig Jahre liegt ihre gemeinsame Studienzeit zurück, aber noch immer finden sie Anlässe, große und kleine, zu endlosen Streitereien. Schwer zu sagen, wer von beiden in seiner Entwicklung steckengeblieben ist, vielleicht beide, vielleicht ist einfach die Gesellschaft über sie hinweggegangen.

Wie immer muß He Jiabin nachgeben. Breitbeinig stellt er sich vor sie hin: »Was an mir spricht gegen eine Parteimitgliedschaft? Habe ich etwa weniger soziales Verantwortungsgefühl als Feng Xiaoxuan oder He Ting? Schon gut, ich verstehe deine Sorgen, Zhiqiu, ich werde aufpassen!« Es klingt, als ginge es darum, ihr einen Gefallen zu tun.

Über ihr Gesicht fliegt ein ironisches Lächeln. »Wegen mir brauchst du keine Komödie zu spielen!«

»Ich bin ein hoffnungsloser Fall. Natürlich siehst du die Sache realistisch. Hätte sich Abteilungsleiter Fang Wenxuan nicht für mich eingesetzt, wäre die Entscheidung gegen mich gefallen. Wäre es nach He Ting gegangen, hätten sie mich abgelehnt. Und was für Gerüchte in Umlauf gesetzt wurden! Alle Hebel haben sie in Bewegung gesetzt. Für die ist die Partei Privatbesitz, eine Imbißstube, die man nach Belieben auf- und zusperren kann, und wenn ihnen deine Nase nicht gefällt, lassen sie dich nicht rein. Ist natürlich nicht weiter schwierig, mir was anzuhängen. Ich gebe ja oft Sachen von mir, ohne mir weiter etwas dabei zu denken.«

»Zum Beispiel?«

»Ich sei ideologisch nicht in Ordnung, würde die Auflösungstendenzen der Familie in den kapitalistischen Gesellschaften gutheißen und dergleichen. Na und? Warum soll sich die Familie nicht auflösen? Das Verschwinden des Privateigentums zerstört unvermeidlich seine Keimzelle, die Familie. Wenn wir soweit sind, wird man sein Leben nicht mehr nach Gesetzesparagraphen organisieren . . . Daraus ziehen sie den Schluß, ich propagiere freie Sexualität! Diese Ignoranz! Unfaßbar!«

Ye Zhiqiu lacht: »Was steckst du deine Nase in die Angelegenheiten künftiger Jahrhunderte? Du überforderst das geistige Vorstellungsvermögen von neunzig Prozent unserer Bevölkerung.«

»Falsch! Wir müssen uns damit befassen, sonst erreicht unsere Geisteskultur nie einen Stand, der den Namen Sozialismus verdient.«

Sofort sind sie beide wieder voller Streitlust. Um zu verhindern, daß sich auf Ye Zhiqius Stirn, die sich gerade geglättet hat, wieder Falten bilden, fährt er schnell fort: »Außerdem ziehen sie meinen ›Klassenstandpunkt‹ in Zweifel. Ich habe zu He Ting gesagt: ›Konkreter bitte, keine aus der Luft gegriffenen Anschuldigungen.‹

Daraufhin behauptete sie, ich hätte gesagt, selbst eine generelle Lohnerhöhung um fünf Stufen sei nur gerecht, der Staat stehe beim Volk in der Kreide. ›Auf wessen Seite stehst du eigentlich mit solchen Äußerungen? Der Staat befindet sich momentan in Schwierigkeiten, schon mal was davon gehört?‹

›Es geht mir ja nicht darum‹, habe ich ihr geantwortet, ›den Staat zu einer allgemeinen Lohnerhöhung zu zwingen, ich wollte damit nur sagen, daß diese Schwierigkeiten vermeidbar gewesen wären. Wir sollten die Ursachen analysieren, statt auf einer Objektivität herumzureiten, die alles rechtfertigt. Ich meine, dir geht es gar nicht wirklich um die Schwierigkeiten des Staates.‹

›Mir?‹ Sie wollte mir eine ›Mütze‹ verpassen; daß ich zurückschlagen würde, hat sie nicht erwartet. Sie hat gar nicht begriffen, worauf ich abzielte, hat nur die Augenbrauen hochgezogen. ›Und was sollte ich, bitteschön, nach deiner Meinung tun? Ich bin schließlich nicht der Ministerpräsident.‹

›Sehr einfach. Du könntest dich in der Frage der Lohnerhöhung vernünftiger verhalten. Gemäß den Bestimmungen steht Luo Haitao keine Erhöhung zu, und ebenso eindeutig wurde er nicht von der Basis dafür vorgeschlagen. Xiao Wen dagegen hat ein Anrecht darauf, und alle waren damit einverstanden. Trotzdem hast du ihn gestrichen und Luo Haitao mit Gewalt auf die Liste geboxt. Als die Leute sich beschwerten, hast du sogar von einem Komplott gesprochen. Die Genossen werden ihren Mißmut und Ärger gegen dich auf den ganzen Komplex ›Lohnerhöhung‹ übertragen. Schaffst du dem Staat auf diese Weise etwa nicht einen Haufen zusätzlicher Schwierigkeiten an den Hals?‹

Sie kam ins Flattern. Schlug mit der Faust auf den Tisch und erklärte: ›Wir müssen deine Qualifikation zum Parteimitglied überdenken!‹

Darauf ich: ›Versuch nicht, mich einzuschüchtern. Das wird zu Protokoll gegeben, es ist nicht korrekt, daß du hier auf dem Tisch herumdonnerst und dich aufführst. Was gibt dir das Recht dazu? Ich bin staatlicher Verwaltungskader und nicht dein Laufbursche.‹

Sie ist wieder zu Feng Xiaoxuan gerannt. Er hat mich kritisiert: ›Es geht nicht an, daß Sie Ihre Vorgesetzte anschwärzen. Sie sollten sich mit ihr nicht streiten. Sie ist immer noch Ihre Vorgesetzte, auch wenn sie im Unrecht ist. Sie verstoßen damit gegen die Organisationsdisziplin.‹

Wie du siehst, kommt zum ›Klassenstandpunkt‹ noch die ›Organisationsdisziplin‹. Wann endlich wird man bei uns soweit sein, Stellung und Person eines Vorgesetzten auseinanderzuhalten?

Zum Schluß kamen sie noch damit, daß mit meinem Lebenswandel etwas nicht in Ordnung sei. Und warum? Weil ich mich um Wan Qun kümmere. Sollen wir sie denn alle im Stich lassen, soll sie ihr ganzes zukünftiges Leben allein dahinvegetieren, als Witwe mit Kind?«

»Soll sie doch heiraten.« Andere zu verheiraten ist in Ye Zhiqius Augen eine höchst einfache Angelegenheit.

»Heiraten? Wen denn? Den, den sie liebt, kriegt sie nicht.«

»Du meinst Fang Wenxuan?«

He Jiabin achtet Fang Wenxuan, hält ihn aber gleichzeitig für einen Waschlappen. Jeder hat seine Probleme, wo allerdings die von Fang Wenxuan liegen, bleibt ihm schleierhaft. In der ›Kulturrevolution‹ stand Fang Wenxuan abseits. Als man ihn aus der Partei warf, verlangte seine Frau die Scheidung. Um zu dokumentieren, daß sie restlos mit ihm gebrochen hatte, lieferte sie seine Tagebücher aus. Ohne diese Tagebücher wäre Fang Wenxuan vermutlich nicht so lange und brutal schikaniert worden; man hätte ihm auch keine Rippe gebrochen. Seine Frau packte alle Wertsachen zusammen und verschwand spurlos für Jahre.

Erst 1970, in der Kaderschule, wurde der Parteiausschluß aufgehoben. Als Wan Quns Mann Selbstmord beging, war Fang Wenxuan ihr Kompaniechef. He Jiabin wird diesem eigensüchtigen Ehemann nie verzeihen, daß er seine Frau mit einem wenige Tage alten Baby allein auf der Welt zurückließ, um sich selbst aller Schwierigkeiten zu entledigen.

Was für ein Druck!

Zufall oder Absicht, die Kaderschule befand sich in einem ehemaligen Zwangsarbeitslager. Niemand wußte, wohin man die Sträflinge geschafft hatte. Auch ein ›stinkender Intellektueller‹ galt in jenen Jahren nicht mehr als ein Sträfling. Selbst die Tatsache, daß es nur alle zehn Tage einen Ruhetag gab, entsprach den Gepflogenheiten eines Arbeitslagers. Ein geheiligtes Prinzip, unanfechtbar.

Die Hütte, die Wan Qun als Unterkunft zugewiesen wurde, hatte zuvor den Angestellten des Lagers als Küche gedient. Weil Südchinesen im allgemeinen kleinwüchsiger sind als Nordchinesen, waren die Häuser niedriger als im Norden. Jemand von der Größe He Jiabins brauchte nur aufrecht zu stehen, um mit dem Kopf gegen die Dachsparren zu stoßen. Im Inneren war es dunkel und feucht. In den Ecken, unterm Bett, überall, wo man nicht hintrat, war der Boden mit Schimmel überzogen. Ein idealer Ort zur Herstellung von Sojabohnenkäse. Die Winter waren kalt und düster; Holzkohle zum Heizen wurde von ›7.-Mai-Soldaten‹ in weit entfernten Bergtälern gebrannt, jeder mußte sie auf dem eigenen Buckel herbeischleppen. Seit dem Einbruch des Winters hatte es ununterbrochen geregnet, sieben Wochen lang. Die Bergpfade waren steil und glitschig und die Männer, mit oder ohne Holzkohlenlast auf den Schultern, sahen aus wie Lehmaffen, wenn sie zurückkehrten.

An jenem Tag war es noch dunkel, als die Trillerpfeife zum

Sammeln geblasen wurde. Stimmengewirr und Ermahnungen, alles Notwendige mitzunehmen. Wan Qun lag auf dem Bett, als habe das alles nichts mit ihr zu tun. Die Geräusche draußen gingen sie nichts an, als gehöre sie nicht zu dieser Welt. Sie hörte, wie sich die Lagerinsassen in Richtung der Berge entfernten, dann wurde es wieder still.

Sie wußte, sie hätte mitgehen und Holzkohle holen müssen. Aber sie hatte keine Kraft mehr. Sie wollte sich zum Aufstehen zwingen, doch ihr Körper verweigerte sich. Nur ihre Gedanken waren noch in der Lage, sich frei zu bewegen.

Sie richtete sich auf und tastete nach der Wärmflasche an der Seite des Kleinen. Sie war längst kalt geworden und mußte neu gefüllt werden. Die Windeln waren so naß, als wären sie eben aufgehängt worden. Sie betete darum, daß der Kleine nicht wieder pinkelte, sie hatte keine trockenen Windeln mehr. Und schließlich ihr Heißhunger auf eine Schale dampfender Nudeln. Dabei hatte sie als Kind Nudeln gehaßt.

Sie brauchte ein Holzkohlenfeuer, um die Windeln zu trocknen, um Wasser heiß zu machen und Nudeln zu kochen. Aber woher nehmen? Sie brachte es nicht über sich, andere um Hilfe zu bitten, jetzt weniger denn je. Sie, die ›Angehörige eines Konterrevolutionärs‹! Das einzige, was ihr Mann dem Kind und ihr hinterlassen hatte. Weinen? Sie weinte nicht, jetzt erst recht nicht. Kein Grund für Tränen. Nicht jeder, der auf nächtlicher Straße von Banditen überfallen und ausgeplündert wurde, weinte. Die Fähigkeit des Menschen, sich in Katastrophen zu fügen, übersteigt alle Vorstellungskraft. Zumal wenn das, was man aufgeladen bekommt – den Titel einer ›Angehörigen eines Konterrevolutionärs‹ –, nicht schwerer wiegt als das, was man verloren hat: einen Ehemann ohne jedes Verantwortungsgefühl.

Grübeln und Reue führten zu nichts. Schwach, wie sie war, mußte sie jetzt wie eine Wölfin kämpfen, um ihren Sohn durchzubringen.

Warum hatte sie ihn in die Welt gesetzt? Er war keine Frucht der Liebe, sondern das Nebenprodukt der Langeweile von Leuten, die die ›Kulturrevolution‹ zum Müßiggang verurteilt hatte. Deshalb hatte der Kleine von Geburt an dieses von Runzeln zerfurchte Gesicht.

Sie spürte in sich eher Verantwortungsgefühl als Mutterliebe.

Vielleicht war sie anormal. Viele Leute glaubten, die Liebe einer Frau sei wie das Wasser eines Stausees, das sprudelnd hervorschoß, wann immer man die Schleusen öffnete.

Die Charakterlosigkeit ihres Mannes – ›außen gleißendes Gold, innen zerschlissene Baumwolle‹ –, die verlogene Harmonie nach der Hochzeit, die abschätzigen Blicke der Leute, die feuchtkalte und düstere Kammer, ihre Schmerzen als Wöchnerin, mit denen sie allein fertig werden mußte, waren für sie der Preis für die Leichtgläubigkeit, mit der sie dem Leben gegenübergetreten war. Sie hatte nur noch einen einzigen Wunsch: daß die Zeit bis zu dem Zeitpunkt, wo sich die Qualen der Gegenwart in Erinnerung verwandelten, rascher verrann.

Als in den düsteren und ausgekühlten Hütten aus den nassen Holzkohlen prasselnd Funken stoben, die Leute wie zu Silvester um die roten Lehmöfchen saßen, sich mit Schnaps den Frost aus den Knochen trieben und einander lachend erzählten, wie einer auf allen vieren den Berg hochgekrochen sei, als sei er in den Urzustand der Affen zurückgekehrt, und ein anderer wie auf der Kinderrutsche im Pekinger Beihai-Park bergabwärts geschlittert sei, öffnete sich die niedrige, von allen vergessene Tür zu Wan Quns Hütte. Fang Wenxuan und He Jiabin, triefend vor Nässe, als hätte man sie gerade aus dem Wasser gezogen, jeder einen Sack Holzkohle auf dem Rücken. Sie waren fürchterlich anzusehen. Unmöglich auseinanderzuhalten, wer ehemals Abteilungsleiter und wer der hochbegabte Absolvent einer berühmten Hochschule gewesen war. Zu sehen waren nur zwei Männer, durchgefroren, hungrig, durstig, zu Tode erschöpft und voller Mitgefühl mit einer verlassenen, hilflosen Frau. Wie ähnlich sich Menschen wurden, wenn ihnen nichts blieb als das, was ihnen die Natur mitgegeben hatte.

Fang Wenxuans schütteres, graues Haar klebte am Schädel und ließ die eckigen Schläfen hervortreten, die wulstigen Lippen waren blaugefroren, um die Augenwinkel glänzten Tropfen, Schweiß oder Regenwasser. Der rechte Gummistiefel war vom Bambusgestrüpp der Berghänge aufgeschlitzt, die abgewetzte wattierte Jacke zu klein. Der ganze Körper atmete Unbehagen, Verlegenheit und Erschöpfung.

Die beiden Männer, die Situation und ihr eigener seelischer Zustand riefen in Wan Qun seltsamerweise den Gedanken an

Weihnachten und den Weihnachtsmann hervor. Die Studentenzeit stieg in ihr hoch, die Erinnerung an Kostümbälle zu Silvester, die kleinen Geschenke der Kommilitonen auf der Fensterbank am Morgen des ›Internationalen Frauentags‹.

Wie zum Gruß fragte Fang Wenxuan: »Wo ist denn der Ofen?« Sein Gesichtsausdruck erweckte den Eindruck, als hätten sie vor einer Minute in einer gemütlichen Pekinger Wohnung beim Tee geplaudert oder sich zufällig auf der Wangfujin getroffen. Keine Kaderschule, kein Selbstmord, kein Regen, keine steilen Bergpfade, keine Holzkohle – –.

He Jiabin kramte den Ofen zwischen allerlei Gerümpel unter dem Bett hervor.

»Ist Holz da?«

He Jiabin grub weiter unter dem Bett herum. »Nein!«

Fang Wenxuan ging hinaus und kehrte wenig später mit einem Stück Zedernholz und einem Hackmesser zurück. He Jiabin spaltete Holz und brachte das Feuer in Gang.

Fang Wenxuan sah sich in der Hütte um. Rußgeschwärzte Decke, Regenwasser, das unter der Tür hereinsickerte, in der Ecke ein leerer Wassereimer, auf einer Holzkiste schmutziges Geschirr und leere Flaschen, nein, in einer befand sich etwas Salz.

Nichts zu machen, ein armseliger Flecken Erde, wo es an allem fehlte, eine Gebirgsschlucht ohne Wasserleitung, Regenzeit, und Wan Qun hatte sich alles selbst zuzuschreiben. Alles ganz normal. Aber das Gewissen eines Kommunisten antwortete: Inhuman! Er fühlte sich schuldig, eine Ecke seines Herzens scheute das Tageslicht: Warum hat er sie nicht wie He Jiabin gleich an dem Tag besucht, an dem sie ihren Mann verlor, als sie am dringendsten Hilfe benötigte? Aus Angst! Aus Angst, die gerade wiedergewonnene Freiheit erneut aufs Spiel zu setzen. Aber Freiheit konnte nicht bedeuten, als wandelnder Leichnam herumzulaufen. Was für einen Sinn hatte das Wort dann noch? Einst hatte es eine ruhmreiche Fahne geschmückt, und zu welch schäbiger Sache hatte er es heute erniedrigt, auch er!

Als er ging, sagte er: »Sagen Sie mir Bescheid, wenn Sie Schwierigkeiten haben. Das hat nichts mit Bettelei zu tun, es ist Ihr gutes Recht, auf das jeder Anspruch haben sollte. Im Interesse der Aufgaben, die noch auf Sie warten.«

Wie schön, ein Feuer zu haben! Die Hütte verwandelte sich auf einen Schlag. Wie ein Patient, der aus einem Schockzustand erwacht.

He Jiabin holte Wasser, spülte das Geschirr, räumte die Flaschen und Dosen von der Holzkiste.

Ab und zu warf er einen Blick auf Wan Qun, die regungslos auf dem Bett vor sich hin brütete. Er bemühte sich, leise zu sein. Er leerte den Reis, den er aus der Kantine mitgebracht hatte, in einen Topf, füllte ihn mit Wasser, gab Salz dazu, setzte ihn aufs Feuer, und als das Wasser zu brodeln begann, warf er eine Handvoll Gänsekresse hinein. Erklärungen lieferte er lediglich zu einem Töpfchen Schweineschmalz: »Zuteilung der Kantine auf Fangs Befehl!«

Erst jetzt kam ihr zu Bewußtsein, daß sie ungerührt, ohne sich auch nur zu bedanken, zugeschaut hatte, wie die beiden für sie schufteten. Bei He Jiabin spielte das keine Rolle, aber wie war es mit Fang Wenxuan?

Sie nahm die Schale mit dem dampfenden Reis entgegen, die ihr He Jiabin reichte und wollte sich gerade den ersten Löffel in den Mund schieben, als He Jiabin sagte: »Mir geht nichts über Reis mit Gänsekresse.« Der Löffel blieb auf halbem Wege stehen: Wie ängstlich sie sich bemühten, nicht an ihre Wunde zu rühren. Tränen schossen ihr in die Augen. Ach, so leicht war das! So leicht war das im Grunde.

An diesem Regentag war die Tür zu ihrer kleinen Hütte aufgestoßen worden.

Wenn in der Kantine ein Schwein geschlachtet wurde, gab es für sie die Füße und ein Stück Leber; wenn der Fahrer in die Provinzhauptstadt fuhr, brachte er ihr Milchpulver mit; es klopfte nun häufiger an ihre Tür.

He Jiabin fiel auf, daß sie es vermied, die Holzkohle aus Fang Wenxuans Sack zu verbrauchen. Daß sie, als es nicht mehr zu umgehen war, jedes Kohlesplitterchen sorgsam auflas, als sei es ein Stückchen zerbrechliches Leben. Wenn das Feuer loderte, rührte sie sich nicht vom Ofen, als fürchtete sie, durch einen Moment der Abwesenheit seine (seine?) Wärme zu verlieren.

Fang Wenxuans Mitleid und Verantwortungsgefühl hatten ohne sein Zutun ihr Herz entflammt. Sie war, verflucht noch mal, noch immer nicht erwachsen.

Sein Instinkt sagte He Jiabin, daß dieses Gefühl zum Scheitern verurteilt war. Sie war töricht. Sie begriff nicht, in welchem Milieu Fang Wenxuan seit Jahrzehnten lebte. Wille und Gefühl dieses Milieus waren sein Wille, sein Gefühl. Auch wenn er sie liebte, gegen das Milieu hatte sie keine Chance. Letztlich würde er den Regeln seines Milieus folgen, nicht ihr, und sie würde einmal mehr Schiffbruch erleiden. Er konnte sie nicht daran hindern. Entreißt man einer Ertrinkenden den Strohhalm, an den sie sich klammert? Wer kann einem Menschen, der nicht klar bei Sinnen ist, begreiflich machen, daß das, was er für Wirklichkeit hält, Illusion ist?

Und doch, was für ein rührender Anblick, die beiden zusammen! Nicht zu übersehen, daß Fang Wenxuans Blick, der sonst wie von einer Sonnenbrille verdunkelt schien, offen wurde und leuchtete. Und Wan Qun wurde wieder zur gurrenden Taube, auch wenn die Jahre ihre Spuren hinterlassen hatten.

He Jiabin begann zu schwanken, vielleicht waren seine Befürchtungen grundlos? Er vergaß sogar, daß sie mit dem Makel der ›Familienangehörigen eines Konterrevolutionärs‹ behaftet war, er hielt eine Heirat für vorstellbar. Wan Qun war Witwe, Fang Wenxuans Scheidung zwar noch nicht formell vollzogen, aber das würde sich leicht nachholen lassen.

Der Traum war von kurzer Dauer. Das Blühen einer ›Königin der Nacht‹ in Wan Quns Leben. Nach seiner Rückkehr aus der Kaderschule übernahm Fang Wenxuan wieder seinen alten Posten, seine Frau kehrte zu ihm zurück, als sei nichts gewesen.

Den Schmerz einer verlorenen Liebe können wir mit Schweigen übergehen. Fang Wenxuan hätte sich auf dieses Gefühl gar nicht einlassen dürfen. Als bei der Erschaffung des Menschen das Modell für die zahllosen Leute seines Schlages konzipiert wurde, war dieses Gefühl ausgespart worden. Er litt zu Recht, weil er die ihm aufgelegten Grenzen überschritten hatte.

Gewissensbisse plagten ihn, er hatte das Gefühl, Wan Qun im Stich gelassen zu haben. Tag und Nacht peinigte ihn eine innere Stimme: »Du bist ihr etwas schuldig geblieben . . .!«

Weder konnte er sich der Anklage seines Gewissens entziehen noch die Fesseln seines ›Urmodells‹ abstreifen. Er fühlte nur mit Bestimmtheit, daß sein Leben unwiederbringlich verpfuscht war, ohne daß er hätte sagen können, wo der Fehler lag. Er wurde noch finsterer, verschlossener, unnahbarer, geradezu unberechenbar. Diejenigen, die von seinen inneren Qualen nichts wußten, vertraten die Meinung, er sei in die Rolle des Abteilungsleiters zurückgeschlüpft, seit er wieder auf dem Rücksitz eines ›Wolga‹ Platz genommen habe.

Ihm war klar, daß alle Angehörigen des Ministeriums über seine zeitweilige Beziehung zu Wan Qun Bescheid wußten, eine Beziehung, die damals legitim war, heute aber gegen Gesetz und Sitte verstieß. Er brauchte ihr nur auf dem Korridor zu begegnen, sofort wurde hinter seinem Rücken getuschelt. Bei den meisten handelte es sich um Bedauern, Mitleid oder Neugier, sie warteten darauf, wie sich die Angelegenheit entwickelte. Es gehörte zum chinesischen Volkscharakter. Jemand spuckte kurz auf den Boden, setzte sich davor und betrachtete die Spucke; im Nu versammelte sich ein Haufen von Schaulustigen, der auf dieselbe Stelle starrte. Und erst bei einer Liebesaffäre!

Es brauchte nur eine Meinungsverschiedenheit bei der Arbeit zu geben, und schon rannten Leute wie Feng Xiaoxuan zu Vizeminister Kong Xiang, um zu stänkern, als hätten sie nun endgültig einen Schmutzfleck auf Fang Wenxuans weißer Weste entdeckt. Auf das Thema sprach ihn natürlich niemand an, im übrigen gab es zwischen ihm und Wan Qun nichts, was das Tageslicht hätte scheuen müssen. Wie heißt es im Sprichwort: »Einen Dieb muß man mit der Beute schnappen, einen Ehebrecher auf frischer Tat ertappen.« Mit solchen Geschichten würde man erst auffahren, wenn er politisch erledigt war. Wenn es soweit kam, hatte er ohnehin kein Recht auf Verteidigung, auch wenn es nicht die Spur eines Schuldbeweises gab. Gelegentlich fühlte er sich zu Unrecht verdächtigt, wie die Zofe Qingwen im ›Traum der roten Kammer‹, er stand im Geruch eines Schürzenjägers. Angesichts des Geredes überkam ihn manchmal die Lust, tatsächlich alle Rücksichten fallenzulassen, um wenigstens ein einziges Mal die geliebte Frau zu küssen. Noch häufiger wünschte er sich wegzugehen, weit weg. Aussichtslos. Er konnte nicht nach Belieben gehen, wohin es ihm paßte. Er war in einen Stahlblock eingegossen, konnte weder schreien noch sich bewegen.

Als He Jiabin und Ye Zhiqiu die Nanchizi-Straße erreichen, sieht er auf die Uhr. Schon vier vorbei.

»Ich bringe dich nach Hause.«

»Nicht nötig, ich muß noch in die Redaktion. In C. ist ein Justizskandal aufgeflogen, Verurteilung eines Unschuldigen. Man hat vor, mich mit ein paar Kollegen hinzuschicken, um zu recherchieren. Wir müssen noch besprechen, wie wir die Sache anpacken.«

Ihr Ärger ist offenbar verflogen. Sie ist wieder ganz die Berufsmaschine. In seiner Phantasie hört er das leichte rhythmische Ticken ihres Räderwerks, das anzeigt, daß sie sich voll in Funktion befindet. Die Vorzüge einer solchen Maschine bestehen in geringem Energieverbrauch bei hoher Leistung.

»Wieder so was, wo du dich unbeliebt machen wirst.«

»Mal gewinnt man, mal verliert man!« Na gut, er ist beruhigt. Sie ist wieder in ihrem alten Geleise.

»Hör mal, wenn du sämtliche Provinzen abgeklappert hast, kannst du dich nirgends mehr sehen lassen!« Bei der Vorstellung, daß ein liebenswerter Mensch wie Ye Zhiqiu eines Tages überall unwillkommen sein wird, ihr überall Haß entgegenschlägt, möchte er zugleich lachen und weinen.

»Dann machen eben andere weiter«, sagt sie ungerührt, was sein Unbehagen noch verstärkt. Als er stumm bleibt, fragt sie: »Was ist, bist du anderer Meinung?«

»Nein, du hast schon recht. Aufs Ganze gesehen schreitet die Menschheit voran.«

Er bedient sich gern solcher Sätze. Aus seinem Munde klingen sie lebendig. Seine Gabe, das Schöne wie das Häßliche, Banale und Dürre mit Farbe und Gefühl zu sagen, sichert ihm die Aufmerksamkeit der unterschiedlichsten Leute.

»Und du, gehst du ins Büro zurück?«

»Kommt nicht in Frage! Seitdem die Investbauprogramme dieses Jahres überprüft sind, gibt's nicht mehr viel zu tun. Ich spaziere lieber in der Gegend herum, als die Zeit im Büro mit Geschwätz zu vertrödeln.«

Ye Zhiqiu bleibt abrupt stehen: »Kannst du dir nicht selbst eine Beschäftigung suchen?«

»Was denn? Ich hab mir schon einmal eine gesucht, zum Beispiel einen Artikel über Chen Yongming zu schreiben, nichts als Ärger hat es mir eingebracht.«

»Ärger? Davon hast du mir nie erzählt!«

»Was soll's. Schlimmstenfalls verweigert Feng Xiaoxuan seine Zustimmung zu meinem Parteieintritt. In der Parteizelle gibt's sowieso schon Meinungsverschiedenheiten darüber.«

»Ein Jammer.«

»Sollen sie doch machen, was sie wollen. Nur eine Frage des Unterschieds zwischen Form und Inhalt.«

»AQ.«

»Keine Spur. Auf Wiedersehen.«

Bang! Die Omnibustür schnappt zu. Ye Zhiqiu winkt ihm zu, er nickt nur zurück. Durch das Rückfenster des Busses sieht sie seine hagere Gestalt mit schlaksigen Schritten in der Abendsonne verschwinden. Wohin geht er? Ist er, wie sie auch, immer nur für andere unterwegs? Ihre Kräfte gehen, wie die sinkende Sonne, zur Neige, aber den Aufwand an Zeit und Energie bereuen sie beide nicht, worin sonst läge der Sinn ihrer Existenz? Ob es nun um ein Fläschchen Medizin geht, das man eigentlich problemlos bekommen sollte, oder um einen zu Unrecht Beschuldigten oder irgendeine Bestätigung – mein Gott, wieviel Zeit vergeudet man mit diesen ewigen Formularen für alles und jedes. Solange die Sache ihre Berechtigung hat, läßt sich schwer abschätzen, ob sich der Einsatz nicht doch lohnt. Der Wert einer Sache ist immer relativ.

He Jiabin betritt ein Lebensmittelgeschäft und bittet die Verkäuferin um Rat: »Was könnte man einem Ruhrkranken kaufen?«

Wan Quns Sohn leidet an Amöbenruhr, er hat das kritische Stadium überstanden und wurde gerade aus der Klinik entlassen.

Die Verkäuferin hat nachgezogene Augenbrauen und Puder im Gesicht, zwischen Kinn und Hals kommt die dunkle Haut zum Vorschein. Ohne mit der Wimper zu zucken, antwortet sie: »Furazolidon.«

»Danke!« sagt He Jiabin, höflich wie ein Gentleman, der es mit einer hysterischen jungen Dame zu tun hat.

Dann kauft er eine Sahnetorte mit prachtvollen Verzierungen, eine Flasche Orangensaft und eine Packung Multivitamintraubenzucker und verläßt erhobenen Hauptes den Laden.

Schon vor Arbeitsschluß sind die Busse brechend voll.

Die unförmige Frau vor He Jiabin sieht aus wie eine fliegende Händlerin. Zwei vollgestopfte Reisetaschen hängen ihr vorn und hinten über die Schulter, in der Linken ein Einkaufsnetz mit Thermosflasche, Keksdosen und Schuhschachteln, die Rechte umklammert einen großen Karton.

Keine Frau, ein lebender LKW.

Die Schaffnerin, ungeduldig: »Einsteigen, los, schneller, schneller!« Sie drückt auf den Knopf der Türautomatik, die Tür beginnt sich zischend zu schließen. »Gehen Sie vom Trittbrett runter, warten Sie auf den nächsten!«

Die Frau wird immer aufgeregter. Verzweifelt versucht sie, in den Bus zu klettern. He Jiabin greift ihr unter die Arme, um sie in den Bus zu wuchten – du meine Güte, schon das Eigengewicht dieses LKWs ist kaum zu bewegen. Mit He Jiabins Hilfe drücken sie sich gemeinsam in den Bus.

Beim Absetzen der Reisetaschen schlägt sie ihm die Flasche Orangensaft aus der Hand. Gott sei Dank, sie bleibt heil.

Sie wendet ihm ihr schweißtriefendes Gesicht zu, das rot ist wie das eines Kantonesen, und verzieht stumpfsinnig die wulstigen Lippen. Ist sie stumm?

Der Fahrer tritt aufs Gas, der Wagen brummt unwillig und setzt sich schließlich in Bewegung.

Ein junger Kerl brüllt sie plötzlich an: »Verdammt, kannst du nicht still stehen! Dauernd rempelt sie mich an!«

»Du hast gegen meine Thermosflasche getreten!« Sie kann also reden, mit einem breiten Nordostakzent.

»Dann mach deinen Mund auf, anstatt mit deinem Hintern hier rumzufuhrwerken!«

»Kannst du nicht 'n bißchen rücken?«

»Ich steh hier gut! Schaut euch dieses aufdringliche Weibsbild an, was die für 'ne Figur hat!«

»Und was hast du für eine?«

»Frag deine Mutter! Willst du noch mehr hören? Paß auf, sonst kannst du heut nacht nicht schlafen!«

Vereinzelt beifälliges Gelächter.

»Rowdy!«

»Wer ist hier der Rowdy? Du! Reibt ihren Hintern schamlos an anderen Leuten!«

He Jiabin spürt, wie die Wut in ihm hochschießt: »Benimm dich gefälligst, und pöbel nicht die Auswärtigen an!«

Ein verlebtes Gesicht mit langen Koteletten streckt sich ihm drohend entgegen: »Halt dich da raus, Alter! Das geht dich nichts an!«

»Schäm dich, du willst ja wohl ein Mann sein, und benimmst dich so gegenüber einer Frau!«

Der Bursche beginnt sich die Ärmel hochzukrempeln. »Was soll das heißen?« Er deutet mit dem Daumen nach draußen. »Steig aus, wenn du Mumm hast!«

»Zuviel Ehre für dich!«

Einige Fahrgäste beschweren sich.

»Unverschämtheit!«

»Schämen muß man sich für den als Pekinger!«

Der Bursche duckt sich und wirft sich in Boxerpositur. Seine gefletschten Zähne erinnern an einen Seehund. »Ist was? Euch juckt's wohl in den Knochen!«

Selbst ein schwächlicher Stubengelehrter wie He Jiabin wäre in der Lage, ihm das Genick umzudrehen. Der Bursche wirkt wie ein Embryo, als seien seine Energien restlos unter der Opiumlampe aufgezehrt worden.

Jemand vermittelt: »Schon gut, schon gut, haltet mal alle die Luft an!« Er zerrt den Burschen in sichere Entfernung, und der ist nicht so dumm, sich die Gelegenheit entgehen zu lassen, den Kopf aus der Schlinge zu ziehen.

Jetzt legt die Frau los: »Da schaut sie euch an, das sind die Pekinger, und die wollen was Besonderes sein!« Sie begleitet jedes Wort mit einem Händeklatschen.

Die Leute zischeln unwillig.

He Jiabin merkt, daß seine Intervention überflüssig war. Die Leute stecken voller Aggression, wahrscheinlich tut man ihnen einen Gefallen, wenn man sie sich angiften läßt.

Fast die gleiche Szene. Im Zimmer riecht es säuerlich nach Erbrochenem. Auf dem Boden verstreut Waschschüssel, Nachttopf, ein Schuh links in der Ecke, ein anderer in der rechten, Kochtöpfe liegen herum. Auf dem Tisch, dem man ansieht, daß er seit längerem nicht mehr abgewischt wurde, Tüten und Medizinflaschen in buntem Durcheinander, Gläser in verschiedenen Größen, Mustern und Formen. Ein Abbild von Wan Quns Leben, in dem nichts zusammenpaßt. Fang Wenxuan erkennt in dem geblümten Vorhang einen Rock, den sie in jungen Jahren getragen hat. Der Stoff ist verblichen, wie sie selbst, die da vor ihm steht: erschöpft, ausgezehrt, noch immer ein erbärmliches Leben. Sie bräuchte einen, der sie gern hat, der für sie sorgt. Aber sie hat nicht wieder geheiratet. Denkt sie insgeheim noch immer an ihn? Ein Funke glüht in ihm auf: Wenn es so wäre –. Nein, dazu darf es nicht kommen. Er möchte alles vergessen, restlos. Ist er ein Egoist?

Das Kind starrt apathisch auf das Stückchen blauen Himmel vor dem Fenster. Ihre Augen. Zu schön für einen Jungen. Er muß wirklich ernsthaft krank sein, teilnahmslos wie ein alter Mönch liegt er auf seinem Bett, von ihrem Gespräch scheint er nicht das geringste mitzubekommen. Fang Wenxuan hat ihn im Arm gehalten, als er noch ein zwei Fuß langes, in Stoff gewickeltes Bündel war; noch heute erinnert er sich daran, an etwas Leichtes, Warmes, wie ein Kätzchen oder ein kleiner Hund. Wan Qun hat er nie im Arm gehalten.

Sie sitzt neben dem Bett auf einem Holzstuhl, der bei jeder Bewegung quietscht. Ihre Hände liegen kraftlos auf den Knien, sie sind noch magerer als damals in der Kaderschule, die Handrücken von blauen Adern durchzogen. Ihr ausdrucksloses Gesicht verrät nicht, was sie über sein Erscheinen denkt, es spiegelt nichts als Erschöpfung.

Warum besucht er sie? Das Kind ist krank, sie steckt in Schwierigkeiten. Natürlich. Sind das nicht Ausreden? Was ist ihm eben durch den Kopf geschossen? Hat er es nun so gewollt oder nicht?

»Warum hast du mich nicht angerufen, als du ihn von der Klinik abgeholt hast? Ich hätte ein Auto zur Verfügung gehabt.«

Nein, die Innigkeit und Achtung, die sie damals in der düsteren, feuchten Küche für ihn empfunden hat, sind verflogen. Statt dessen Mitleid und Gleichgültigkeit. Der Fang Wenxuan vor ihr besitzt keine Kraft mehr, im Gegenteil, er ist schwächer als sie. Hätte er sich hergetraut, wenn sie ihn gerufen hätte? Hätte er nicht Angst gehabt, der Fahrer würde es herumtratschen? Doch warum spürt sie noch immer diesen unstillbaren Haß? Sich selbst zu betrügen ist nicht so einfach. Kein Haß ohne Liebe. Nichts ist undurchschaubarer als Gefühle. Aus Unwissenheit in eine Falle zu tappen, ist Pech; mit offenen Augen in die Falle zu rennen, Unglück. Sie darf keine Gefühle zeigen, aber wird sie sich beherrschen können? Unter ihrer eisigen und harten Kruste muß er fast körperlich den lodernden Haß spüren. Auch wenn sie von etwas ganz anderem spricht.

»Nicht notwendig, ich habe ein Taxi genommen.«

»Aber er ist zu schwer für dich!« So viel herzliche Anteilnahme ist aus seinem Mund selten zu hören.

»Der Taxifahrer war sehr nett, er hat mir geholfen.«

Menschen soll man nie nach ihrem Äußeren beurteilen. Sie denkt an den kleinen Taxifahrer. Als sie mit dem Kind auf dem Rücken, einer Thermosflasche in der Hand und einer Segeltuchtasche voller Kleinkram über der Schulter aus der Klinik kam, saß er im Wagen, pulte sich mit einem Taschenmesser den Dreck unter den Fingernägeln hervor und summte in aller Ruhe einen Schlager von Deng Lijun:

»Dein Brief läßt mich erröten, mein Herz schlägt wild,
Deine Leidenschaft macht mich erbeben,
Deine Zärtlichkeit mich wie eine Wolke umhüllt,
Tag und Nacht erfüllst du mein Leben . . .«

Zufällig hob er den Kopf, sah sie herankommen und sprang aus dem Wagen, um ihr die Sachen abzunehmen. Die Tolle über seiner Stirn wippte auf und ab. »Also, Meisterin, hätten doch 'nen Ton sagen können, daß Sie keinen haben, der Ihnen hilft.«

Waschechter Pekinger Slang. Als hätte er keine Zunge im Mund, sondern eine rotierende Kugel. Noch die ernstest gemeinten Äußerungen bekamen dadurch einen Stich ins Unseriöse.

Es war heiß, doch der Fahrer war aufmerksam genug, die Fenster hochzukurbeln. Der Volksglaube verlangte, daß man sich bei Krankheiten aller Art vor Zug schützen mußte.

Das Kind im Arm, saß Wan Qun auf dem Rücksitz. Verglichen mit der Ausstaffierung des Fahrers wirkten ihre Sachen schäbig. Die an den Nähten aufgeplatzte Tasche war an den Ecken abgestoßen, die Thermosflasche, noch in der Kaderschule gekauft, teilweise durchgerostet; sie selbst hatte zerrauftes Haar und verbreitete nicht wie andere Frauen heutzutage Parfümduft, sondern Schweißgeruch. Dem knochigen Körper des Jungen in seinem gestreiften Matrosenhemd sah man an, daß er unterernährt und unterentwickelt war. Seit er diese Welt betreten hatte, saß er zum zweiten Mal in einem Auto. Das erste

Mal hatte er nichts mitbekommen, er lag im Koma. Jetzt sah er mit ungläubig aufgerissenen Augen nach draußen, spielte mit den Griffen und Hebeln an der Wagentür und klappte die Aschenbecher an den Armlehnen auf und zu. Mit seinem schwachen Stimmchen summte er Bruchstücke eines Kinderliedes: »Kleines Auto, tin, tin, tin – Sitzt der Vorsitzende Mao drin . . .«

»Tin, tin!« hupte es tatsächlich zweimal. Ohne sich umzudrehen, sagte der Fahrer: »Ich fahr 'nen Umweg, kost Sie nix. In Ordnung?«

Für einen Moment verstand sie nicht, worauf er hinauswollte, dann sagte sie: »Na schön, aber ich zahle den vollen Preis.«

Der Fahrer schnaubte überheblich durch die Nase und dachte: Dummkopf!

»Warum ist das Auto so niedrig?« fragte der Junge.

»Weil du so'n schwerer Brocken bist und die Räder in den Wagen reindrückst.«

Der Junge dachte nach: »Stimmt nicht, Sie lügen.«

»Stimmt genau. Du darfst nicht alles glauben, was die Leute so daherreden.«

Auf Wan Qun hatte die Unterhaltung eine beruhigende Wirkung.

Vor dem Haus angelangt, deutete der Fahrer mit dem Daumen auf seine Brust: »Jetzt schau'n Sie mal zu, Meisterin, das geht bei mir ruck-zuck!« Und er trug das Kind ohne abzusetzen in den zweiten Stock.

Als Wan Qun den Jungen zur Ruhe gebettet hatte und mit dem Geld herunterkam, fläzte der Taxifahrer schon wieder im Wagen und trällerte:

»Dein Brief läßt mich erröten, mein Herz schlägt wild,
Deine Leidenschaft macht mich erbeben,
Deine Zärtlichkeit mich wie eine Wolke umhüllt,
Tag und Nacht erfüllst du mein Leben . . .«

Sie war gerührt. »Danke, Genosse Chauffeur!«

Er setzte sich unwirsch auf. »Dummes Zeug! Wenn Sie wieder 'nen Wagen brauchen, fragen Sie nach mir, Gao Zhanhe heiße ich!«

Sie blieb am Eingang stehen, bis er gewendet hatte. Da hatte er sie wohl schon vergessen und war wie der Blitz verschwunden.

Vermutlich darf man einen kleinen Taxichauffeur nicht mit Fang Wenxuan in einen Topf werfen. Der Chauffeur ist ein einfacher Mensch, der Freude und Zorn, Trauer und Glück, seine Wünsche und Begierden, seine strahlenden und vulgären Seiten offen zur Schau trägt. Er steht ihr näher.

Fang Wenxuan bemerkt, daß ihre zitternden Schultern herabsinken, aus ihrem Mund dringt ein tonloser Seufzer, die halbgeschlossenen Augen öffnen sich. Sie fragt den Jungen: »Was willst du essen? Mammi kocht dir heute abend, was du willst.«

Das Kind wendet ihr die Augen zu und starrt sie an. Sie weiß, daß der Junge seine Arme um sie schlingen und ihr einen Kuß geben würde, wenn Fang Wenxuan nicht da wäre. In dem Alter, in dem kleine Jungen anfangen, über die Welt nachzudenken, glauben sie immer, sie müßten gewaltige Helden sein. Ein Held küßt seine Mutter nicht vor Fremden. So sagt er leise: »Eingelegte Gurken!«

In Wan Qun krampft sich etwas zusammen. Zwischen eingelegten Gurken und Sahnetorte klaffen unüberbrückbare Welten. Die eingelegten Gurken repräsentieren die Leere einer Kindheit, die sie ihm niemals mehr wird füllen können.

»Wünsch dir noch was dazu!« Sie bettelt fast.

Er soll sich etwas wünschen, was ein Vermögen kostet, sie kann nicht mehr unterscheiden, ob es um seine oder ihre Bedürfnisse geht.

Fang Wenxuan tritt hinzu, endlich bietet sich ihm eine Gelegenheit, etwas für sie zu tun. »Ich kauf dir, was du willst!«

In seiner Sehnsucht, Opfer zu bringen, unterscheidet sich ein grauhaariger Alter in nichts von einem kleinen Jungen mit rotem Halstuch, der seinen Kompaniechef mit der roten Binde am Arm um einen schwierigen Auftrag bittet.

Ein Opfer zu bringen ist allerdings nicht das gleiche wie alles zu opfern.

Wäre damals, als sie den Steg aus einem Balken betreten hat, die Last auf zwei Schultern verteilt gewesen, hätte sich beim Balancieren ein anderes Gleichgewicht eingestellt. Jetzt, nachdem sie die Hälfte des Weges hinter sich hat, auf der Mitte des Stegs, schwindelerregend hoch über der reißenden Strömung, ruft ihr einer vom Ufer aus zu: »Soll ich dir helfen?«

Warum ist sie so bitter?

Fast ärgerlich antwortet der Junge: »Nur Reisbrei und eingelegte Gurken!« Er hat seine Selbstachtung noch nicht aufgegeben.

Kinder haben oft einen animalischen Instinkt, intuitiv unterscheiden sie zwischen Sicherheit und Gefahr, zwischen Freunden und Fremden, zwischen echt und falsch.

Der Junge spürt vage, daß seine Mutter unruhiger, aggressiver ist als sonst. Sie verwandelt sich in ein Mädchen in seinem Alter, das seinen Schutz braucht. Warum geht der Mann nicht? Er macht Mammi traurig. »Mammi, koch mir den Reisbrei, ich bin hungrig.«

»Gut!« Wan Qun zieht eilig den Reissack hinter der Tür hervor, hebt den Aluminiumtopf vom Fußboden auf, hebt den Deckel, im Topf Reste von Nudeln, ungenießbar, farblos, anscheinend hat sie nicht einmal Sojasoße daruntergemischt. Die Zeiten, wo es nichts zu kaufen gab, sind doch vorbei! Würde er mit ihr zusammenleben, könnte er alles für sie arrangieren. Einen Moment erstarrt er bei diesem Gedanken, sie beide zusammen –. Er braucht einen Menschen, aber nicht jemanden wie die andere, die ihn verraten hat und ihn von morgens bis abends überwacht. Aber hat er die Kraft, sich gegen die moralischen Gepflogenheiten der Gesellschaft aufzulehnen? Die Leute würden sich wundern. Scheidung? Eine Frau reicht doch, eigentlich gibt es doch keinen Unterschied zwischen dieser oder jener. Unter dem Vorwand, vermitteln zu wollen, würde man ihm zureden, ihm mit Parteidisziplin, Parteistatut und Gesetz drohen, ihn mit der Möglichkeit des Verlustes von Ruf und Position einschüchtern. Man würde ihn vor die Alternative stellen: ›Was geht vor, Politik oder Liebe?‹, und das heißt: Stellung oder Liebe. Als vertrügen sich Liebe und proletarische Revolution wie Feuer und Wasser, als sei die Liebe ein bourgeoises oder trotzkistisches Programm, zumindest aber ein mit der Position eines Führungskaders absolut unvereinbares Laster. Wie Opiumrauchen. Zu guter Letzt würden alle Genossen und Freunde von ihm abrücken.

Der Marxismus hat sich so glänzend entwickelt, daß er sich mit dem schützt, was er vernichten möchte.

Aber Fang Wenxuan begreift das nicht. Von Zeit zu Zeit versinkt er in Depressionen, aus denen er keinen Ausweg findet.

Dann beneidet er diejenigen, die sich mit ein paar Gläsern Schnaps in einen benebelten Schlaf trinken können, beim Kartenspielen vor Übermut unter den Tisch kriechen oder ihre Mitspieler an der Nase zupfen. Einmal nur einfach ein Mensch sein können!

Wan Qun riecht an den Nudeln und runzelt die Stirn: »Verdorben!« Sie schlurft ins Klo, um sie runterzuspülen.

Als wäre er gar nicht im Raum. Ist er schon so überflüssig geworden? Als Strafe hätte er es gern akzeptiert. Um sich vor der Hölle zu retten, stiftete Xiang Lings Frau die Türschwelle – für eine Tempelpforte, die von abertausenden von Füßen getreten wurde. Fang Wenxuan möchte sich das blutende Herz aus dem Leib reißen, um für seine Sünden zu büßen.

Er folgt ihr in die Küche.

Er sieht ihr zu, wie sie den Hahn aufdreht, scheppernd den Topf schrubbt, den Reis wäscht. Geräusche und Bewegungen scheinen ihm übertrieben heftig.

»Wan Qun, verzeih mir!«

»Verzeihen was?« Ihre Hände halten kurz ein, dann rühren sie weiter im Wasser herum. »Wir haben uns keine heiligen Schwüre geleistet, du hast nie etwas versprochen.«

Sie hat sich nicht einmal umgedreht. Er sieht ihre hervorstehenden Schulterblätter unter dem dünnen Stoff der Bluse.

»Dann – versteh mich!«

Oh ja, sie versteht. Schwächlinge versteht man immer.

Plötzlich spürt sie, wie etwas aus ihrem Herzen fortfliegt. Davonfliegt wie ein Vogel. Sie schaut zu. Wie Menschen, die nicht fliegen können, den fliegenden Vögeln zuschauen.

»Geh!« sagt sie wie zu einem fortfliegenden Vogel.

Fang Wenxuan fingert in seinen Taschen herum. Nach langem Zögern sagt er mühsam: »Ich denke, ich sollte etwas Geld dalassen, du wirst es vielleicht brauchen.«

»Du weißt, daß ich es nicht nehme.«

Natürlich.

Fang Wenxuans Hände verharren verlegen an seinen Jackentaschen.

»Geh!«

Er geht.

Seine Hände streichen über die abgeblätterte braune Ölfarbe

des Türrahmens. Er spürt, daß es sein letzter Besuch ist. Der Türrahmen, das unordentliche Zimmer, die Menschen darin werden zu einer anderen Welt gehören, das Geschehene wird sich auf einem anderen Planeten abgespielt haben.

Durchs Fenster sieht sie ihm nach, wie er zur Busstation geht. Er ist nicht mit dem Wagen gekommen. Auch diese letzte Silhouette fügt dem Bild keinen neuen Farbtupfer hinzu.

Als sie ins Zimmer zurückkehrt, fragt der Junge: »Mammi, hast du geweint?«

»Nein!« Sie räumt das Durcheinander vom Tisch und wischt mit einem Lappen den Staub fort.

Der Junge reckt seine magere kleine Faust. »Wenn ich groß bin, verprügle ich alle, die bös zu dir sind!«

Dank dir für deine gute Absicht, denkt sie bedrückt, wenn du groß bist, wirst du einsehen, daß der Gebrauch der Fäuste nicht für alles entschädigen und nicht alles wiedergutmachen kann.

Sie hebt den Kopf, schließt die Augen, ihr Mund öffnet sich, als wollte er einen langgezogenen, tonlosen Schrei hervorpressen.

Schweißüberströmt betritt He Jiabin das Zimmer und beschwert sich: »Ich habe geklopft, warum macht denn keiner auf? Entschuldige, daß ich einfach reinplatze.« Er legt die Sachen ab. »Wie geht's ihm, ist er schon gesund?«

Als er sie mit geschlossenen Augen dastehen sieht, senkt er sofort die Stimme und fragt leise: »Was ist los mit dir?«

Sie hebt kraftlos die Hände wie ein zu Unrecht beschuldigtes Kind, stürzt sich in seine Arme, lehnt ihren Kopf an seine Brust und schluchzt: »Ach, Jiabin, warum ist alles so verdreht!«

Er klopft ihr auf den Rücken: »Weil wir in einer verdrehten Epoche leben, die weder kapitalistisch noch kommunistisch ist. Weder Fisch noch Fleisch, weder Ochs noch Esel, nicht warm und nicht kalt, alles ist verkehrt, oben ist nicht oben, unten nicht unten, das Richtige ist falsch, das Falsche richtig, so ist es und auch wieder anders, so kann man's auffassen oder auch anders – und so weiter und so fort, alles im Schwebezustand, unklar, verworren.«

Er hebt ihren Kopf und wischt ihr die Tränen von den

Wangen. »Es ist nicht die Schuld eines einzelnen oder von ein paar wenigen, es sind die Schmerzen der Zikade, die sich häutet.«

»Mammi!« Der Junge ist erschrocken.

Sie wischt sich mit dem Handrücken die letzten Tränen fort. Auf ihrem Gesicht erscheint ein beschämtes Lächeln: »Schau mal, wie viele Leckereien dir Onkel Jiabin mitgebracht hat!«

Der Junge schiebt den Karton mit der Sahnetorte beiseite. Groß werden, so schnell es geht, groß wie Onkel Jiabin. Groß und stark wie ein Torwart der Spitzenklasse.

13. Kapitel

Als Expertin für Operational Research könnte Liu Yuying jederzeit den Doktorgrad erwerben.

Radio einschalten (der erste Handgriff nach dem Aufstehen), in den zehn bis fünfzehn Sekunden, die es zum Warmglühen braucht, das Bett machen, Radio Peking einstellen, die Sechs-Uhr-Nachrichten hören. Auf dem Weg zur Küche die schmutzige Wäsche von gestern in die große Waschschüssel im Gang werfen, den Besen holen. Gasherd entzünden, Mantou dämpfen, zurück ins Zimmer, den Boden kehren, Tisch abwischen, inzwischen sind die Mantou fertig. Sojabohnenbrei anrühren, waschen, Zähne putzen, der Brei ist gekocht.

Bis der kleine Zhuang mit Hilfe seines Bruders gewaschen und angezogen ist, zeigt die Uhr Punkt halb sieben – jedenfalls am Montag, wo es hektischer zugeht als gewöhnlich, weil Zhuang in den Kindergarten gebracht werden muß. Unter der Woche, wenn nur Qiang zu Hause ist, brauchen sie erst um fünf vor halb sieben aufzustehen.

Viel besser als früher.

Als Chen Yongming erfuhr, daß Liu Yuying die ganze Last des Haushalts und der zwei Kinder allein zu tragen hat, seit Wu Guodong wieder in der Klinik liegt, beauftragte er die Personalabteilung beim städtischen Dienstleistungsamt, ihre Versetzung in einen näher gelegenen Friseursalon zu betreiben; jetzt hat sie nur noch zwanzig Minuten Fußweg und spart das Geld für die Monatskarte; auch für den kleinen Zhuang hat sich ein Kindergarten in der Nähe gefunden.

Liu Yuying ist eine schlichte Haut. Außer einem »Danke!« brachte sie nichts heraus.

Worauf Chen Yongming entgegnete: »Wofür? Ihnen kann man's aber leicht rechtmachen, beschweren sollten Sie sich über uns, daß wir die Angelegenheit so lange verschleppt haben!«

Wenn man davon absieht, daß sich Wu Guodongs Hepatitis zu einer Leberzirrhose zu verschlimmern droht, läuft alles nach

Wunsch. Liu Yuying hat oft das Gefühl, daß das Leben einfacher wird, wenn er nicht da ist. Ihr fließen neue Kräfte zu, ähnlich wie in ihrer Schulzeit, wo ihr die Stunden des Selbststudiums ohne Lehrer die liebsten waren, Stunden, in denen sich ihre Intelligenz mit Leichtigkeit der Rechenaufgaben bemächtigte, und in denen die Texte beim Memorieren nicht holprig, stotternd und quälend für den Zuhörer abgeleiert wurden, sondern voller Wohlklang dahinflossen, wie ein vom Eis befreiter Bach im Frühling.

Yang Xiaodong und Wu Bin haben gestern die Gasflasche ausgewechselt, als sie Wu Guodongs Lohn vorbeibrachten. Ein kräftiger Kerl, dieser Yang Xiaodong, wie er mühelos und ohne abzusetzen die Gasflasche vier Stockwerke hinaufgetragen hat.

Auch ihre Reis-, Maismehl- und Weizenmehlration haben ihr die beiden aus dem Getreideladen besorgt.

»Sagen Sie uns Bescheid, wenn Sie was brauchen«, hat Yang Xiaodong zu ihr gesagt. »Wir haben keine feine Bildung, da denkt man an manches nicht, seien Sie mal nur nicht zu höflich. Sehn Sie nur«, er klopfte mit der Faust gegen Wu Bins Brust; trotz des kühlen Oktoberwetters trug Wu Bin noch immer ein dünnes Nylonhemd, darunter wölbte sich ein mächtiger Brustkasten, »es gibt genug Leute, die überschüssige Kräfte haben!«

»Trommel nich so drauf rum, ist schließlich 'ne Brust und keine Schlosserbank!« protestierte Wu Bin.

Liu Yuying erinnerte sich an Wu Guodongs ständiges Gemurre: »Diese Schlawiner in der Werkhalle, nichts machen sie ordentlich und immer 'ne freche Klappe!«

Was gab es an diesen beiden lebensstrotzenden jungen Burschen auszusetzen?

Wu Bin zauberte den beiden Jungen was vor, machte Kopfstand, wobei er beinahe mit einem Fuß die Glühbirne zerdepperte. Er packte Zhuang mit beiden Händen am Kopf und ließ ihn wie einen Sack im Kreis herumwirbeln. Yang Xiaodong bemerkte ihren ängstlichen Blick, aber sie war zu schüchtern, um Einwände zu erheben. Während sie sich mit ihm unterhielt, schielte sie immer wieder beunruhigt auf Wu Bin.

Die beiden Kinder lachten wie närrisch, noch nie hatten sie so gelacht.

In Wu Guodongs Gegenwart hatte man immer das Gefühl,

nicht frei herauslachen, nicht einfach drauflosreden zu dürfen. Wenn er zu Haus war, verloren die Kinder ihre Munterkeit beim Spielen und richteten von Zeit zu Zeit vorsichtige Blicke auf ihn. Wenn sie sahen, daß er schlecht gelaunt war, verzogen sie sich frühzeitig in die Betten. Trotz der vielen Ehejahre fühlt sich Lin Yuying in seiner Gegenwart noch immer gehemmt. Während ihrer Verlobungszeit zog Wu Guodong einmal auf einer Bank im Beihai-Park ein Exemplar des Parteistatuts hervor und studierte es mit ihr zwei Stunden lang. Kein Jugendlicher würde das heute mehr begreifen. Doch damals lebte man so. Wenn sie sich trafen, unterhielten sie sich zunächst über ihre ideologischen, fachlichen und politischen Fortschritte, über Fehler, an denen sie arbeiten mußten, übten wechselseitig Kritik. Dann erst gingen sie spazieren, sahen den Goldfischen zu, ruderten. Anders als die Jungen heutzutage, die engumschlungen auf der Straße herumlaufen und sich küssen, ohne sich darum zu kümmern, ob jemand zusieht.

Wu Guodong rauchte nicht, trank nicht, lieferte jeden Monat sein Gehalt bis auf den letzten Heller bei ihr ab. Er spielte nicht wie andere Männer zu Hause den Pascha, der sich nach dem Essen aufs Bett flegelte, sich eine Zigarette anzündete, weder Schaufel noch Besen zur Hand nahm und zusah, wie sich die Frau im Haushalt abschuftete. Er gehörte auch nicht zu denen, die trotz des leeren Geldbeutels zu jedem Essen zwei Liang Schnaps und einen Teller Rührei auf dem Tisch sehen wollten, um beides genüßlich schmatzend hinunterzuschlürfen, während Frau und Kinder bei Maisbrot und Salzgemüse zusehen durften. Wie viele Männer wie Wu Guodong findet man heutzutage? Sie hatte allen Grund, zufrieden zu sein. Aber warum kam ihr das Leben mit ihm so mühsam vor? Es war, als trüge sie eine volle Schale heißer Nudelsuppe vor sich her, eigentlich ganz ruhig und sicher, wenn Wu Guodong nicht ständig auf sie einreden würde: »Paß auf, stolper nicht über den Hocker!«, oder »Schön ruhig, nur nichts verschütten!« Bis sie schließlich wirklich stolperte.

Sie krempelte die Ärmel hoch und machte sich ans Teigkneten, sie wollte die beiden zu Jiaozi einladen. Die Burschen lehnten kichernd ab: »Wir haben schon von Wu gehört, daß Ihre Jiaozi unschlagbar sind«, Yang Xiaodong streckte den Daumen in die Höhe, »aber heute haben wir was Dringendes zu erledigen.«

»Es geht schnell, in einer halben Stunde ist das Essen fertig, ihr kommt noch rechtzeitig.«

Wu Bin setzte eine gewichtige Miene auf: »Geht nicht, wir dürfen keine Minute zu spät kommen.«

Es schien keine Ausrede zu sein. »Was gibt's denn?«

Mit Verschwörerstimme flüsterte ihr Yang Xiaodong ins Ohr: »Wir stellen ihm eine Freundin vor!«

Damit machten sie sich eilig aus dem Staub.

Es dauerte eine Weile, bis ihr dämmerte, daß die beiden ihr lediglich Ausgaben ersparen wollten.

Lange blieb sie in Gedanken versunken stehen. Sie begriff wirklich nicht, was Wu Guodong an diesen prächtigen Burschen auszusetzen hatte. War er im Unrecht oder die andern? Eine schwer zu greifende Niedergeschlagenheit überkam sie, in ihr meldete sich ein unbestimmtes Mißtrauen gegen ihren Mann. Als hielte sie das Ende eines Garnknäuels in der Hand, an dem sie so lange zog, bis sie schließlich etwas entdeckte, was besser verborgen geblieben wäre. Irgend etwas war mit Wu Guodong nicht in Ordnung. Bei diesem Gedanken erschrak sie, sie fühlte sich schuldig. Er war krank, wie konnte sie in einem solchen Moment schlecht von ihm denken!

Mit dem Bettzeug des Kleinen im Arm marschiert Liu Yuying voraus. Herbstanfang, es ist kühler geworden, der Junge im Kindergarten braucht wärmere Sachen. Sie sieht auf die Uhr, wenn sie sich nicht beeilt, wird sie zu spät kommen. Sie ruft, ohne zurückzublicken: »Zhuang, schnell!«

Keine Reaktion, sie dreht sich um, der Junge, tief gebückt, ist damit beschäftigt, seine Schnürsenkel zu binden.

»Los, mach zu, paß auf, daß du nicht hinfällst!«

Sie hört ihn, patsch, patsch, nachkommen. Herrje, die Schuhbänder sind noch immer offen. Er wird auf die Nase fallen.

»Mach doch endlich die Schuhe zu!«

Zhuang beugt sich gehorsam wieder über seine Schuhe, wurstelt emsig an den Bändern herum, aber er bringt keine Schleife zustande. Seufzend kehrt sie um, legt ihr Bündel auf den Gehsteig und bindet ihm die Schuhe. Sie ist auf dem besten Wege, grantig zu werden. Nur, gegen wen? Der Junge ist noch klein, in aller Herrgottsfrühe hat sie ihn aus dem Schlaf gerissen, er hat keine Umstände gemacht, nicht geheult, was kann sie mehr verlangen?

Mo Zheng radelt vorbei, fährt seine langen Beine aus und kommt breitbeinig zum Stehen. »Tante Liu, geben Sie mir das Bündel, ich bring's zum Kindergarten, nehmen Sie den Bus!«

Sie ist überrascht und ein wenig beschämt. Wenn Wu Guodong da ist, gehen sie sich aus dem Weg. Sie hat immer den Eindruck, daß Wu vor ihm auf der Hut ist, als hätten sie in ihrer Wohnung Goldbarren versteckt, auf die es Mo Zheng abgesehen haben könnte. »Ein Latrinenbalken, stinkend und hart«, das ist Wu Guodongs Urteil über Mo Zheng. Auch Ye Zhiqiu traut er nicht über den Weg. Eine alte Jungfer, die einen Dieb adoptiert hat. Wo soll das enden?

Und nun kommt ihr ausgerechnet der ›harte, stinkende Latrinenbalken‹ zu Hilfe.

»Kommst du nicht zu spät zur Arbeit?«

»Ich radle eben schneller!«

»Paß auf die Autos auf!«

»Keine Angst!« Mo Zheng klemmt das Bündel auf den Gepäckträger und schießt davon.

Mit einem Schrei fährt Wu Guodong aus seinem Traum hoch. Die Mitpatienten werden aus ihrem Mittagsschlaf gerissen.

»Was ist denn, Lao Wu?« Einige richten sich teilnahmsvoll auf.

»Nichts.« Es ist ihm peinlich.

Einer brummelt: »Mich so zu erschrecken!«, dreht sich auf die andere Seite und schläft weiter.

Nur der Bursche im Nachbarbett gibt keine Ruhe und fragt neugierig: »Was haben Sie denn geträumt, Meister?«

Ausgerechnet dem seinen Traum erzählen?

Regenschirme repariert der Kerl, aber anstatt an seine Arbeit zu denken, hat er den ganzen Tag nur seine Schreiberei im Kopf. Sein Monatslohn reicht vermutlich nicht mal fürs Papier. Und wieviel der verbraucht! In dem einen Monat hat er einen ganzen Stapel vollgekritzelt, einen Papierstoß dick wie ein Ziegelstein. Den ganzen Tag ist er mit seinem Notizbuch zu Gange, alles schreibt er sich auf, Witze, Geschichten aus den Arbeitseinheiten der Leute, besonders gern notiert er, wenn geschimpft wird.

Als er mal auf dem Klo war, hat Wu Guodong die Bücher auf seinem Nachttisch durchstöbert. Plechanows ›Theorie der Kunst‹. Plechanow? Aus seiner Zeit in der Parteischule weiß er, daß Plechanow gegen Lenin war, ein Revisionist. Warum liest der Kerl solche Bücher und nicht die Werke des Vorsitzenden Mao? Das große rote Banner der Mao Zedong-Ideen muß auf ewig hochgehalten werden.

Dann war da noch ein Buch, ›Kunst der Plastik‹. Voller nackter Frauen und Männer. Wu Guodong bekam einen feuerroten Kopf, seine Wangen brannten. Hastig warf er das Buch zurück und musterte verstohlen seine Zimmergenossen. Gott sei Dank war jeder mit sich selbst beschäftigt, niemand hatte ihn beobachtet.

Und dieser Bürstenhaarschnitt, wie bei Yang Xiaodong, genauso eckig. Bestimmt der gleiche Rüpel am Arbeitsplatz.

Wu Guodong zerrt das Handtuch von der Stange am Nachtkästchen und wischt sich den Schweiß vom Gesicht. Dann dreht er sich um, er hat nicht die geringste Lust, weiterhin das spöttische Lächeln in den ewig beobachtenden Augen des Jungen sehen zu müssen. Sie allein schon geben einem das Gefühl, ›ertappt‹ worden zu sein. Ein Flegel!

Kühle Luft dringt vom Boden her unter seine Bettdecke. Der Schweiß trocknet, aber auf seiner Brust lastet ein Zentnergewicht, er kann nicht frei atmen.

Ein absurder Traum.

Zuerst träumte er, daß Yang Xiaodong mit seiner gesamten Bande vom Brückenkran herunterpinkelte; dann träumte er, die Werkhalle sei eine Eislaufarena, Yang Xiaodong fuhr mit seinen Leuten Schlittschuh, bediente aber gleichzeitig die Werkbänke. Weder die Drehbänke noch die Werkstücke sahen aus wie gewohnt. Vor allem den fertigen Ersatzteilen schienen Beine zu wachsen, wie frischgeborene Lämmer sprangen sie von den Werkbänken, hüpften und kletterten überall herum. Die ganze Halle geriet in Bewegung, alles drehte sich, es flimmerte ihm vor den Augen, ihm wurde schwindlig. Irgend jemand hatte das Werksradio eingeschaltet, die Stimme des Ansagers verkündete:

»Sie hören jetzt Tierstimmenimitationen, vorgetragen vom Genossen Wan Xinfa.«

Hundegebell ertönte aus dem Lautsprecher.

Dann eine Katze: »Miao, miao, miao!«

Dann gerieten sich Hund und Katze in die Haare: »Wau ... fffch ... wau ... miiiaoo!«

»Wuff ... jauul ... waahu ...!«

Wu Guodong war es, als sähe er sie ineinander verknäult vor sich, mit eingezogenem Kopf und gefletschten Zähnen der Hund, die Katze mit gesträubtem Haar und gekrümmtem Buckel.

Er schrie: »Anhalten, stoppt die Maschinen!«

Niemand hörte auf ihn. Im Gegenteil, sie machten sich über ihn lustig, streckten ihm die Zunge heraus, schnitten Fratzen.

Lü Zhimin stieß sich ab und glitt auf ihn zu. »Sie haben ausgespielt! Jetzt haben wir das Sagen!«

Als Wu Guodong eigenhändig die Maschinen abstellen wollte, fand er die Schalter nicht.

Wu Bin deutete mit dem Daumen auf die eigene Brust: »Wir tragen jetzt die Schalter am Körper. Neueste Technik, da müssen Sie sich erst mal 'n paar Tage hinterklemmen!«

Außer sich vor Wut stampfte Wu Guodong mit dem Fuß auf, rutschte aus und knallte rücklings auf den Boden. Er schrie, dann wachte er auf.

Und das soll er jemandem erzählen?

Er seufzt. Sein Blick fällt auf den weißlackierten Stuhl am Fenster. Yang Xiaodong hat darauf gesessen, als er ihn am Vormittag besuchen kam.

Er ist jetzt Werkhallenleiter. Ein schneller Aufstieg, aber sieht so ein Werkhallenleiter aus? Wie er dagesessen hat! Die Beine gespreizt, auf den Stuhl gelümmelt, die Lehne schräg gegen die Wand gestützt.

Während der Unterhaltung mußte Wu Guodong ständig auf den Stuhl starren, er hatte Angst, die Hinterbeine würden abbrechen. Schließlich hielt er es nicht mehr aus: »Xiaodong, setz dich bitte richtig hin, so ein Stuhl geht leicht kaputt.«

Yang Xiaodong packte ohne Widerrede den Stuhl, drehte ihn um, so daß die Rückenlehne nach vorn zeigte, und ließ sich rittlings darauf nieder. Himmel, das ist ein Stuhl und kein

Esel! dachte Wu Guodong wütend. So was will Werkhallenleiter sein!

Seit Yang Xiaodongs Beförderung ist kein neuer Parteisekretär in der Werkhalle ernannt worden. Und die ideologische Arbeit? Chen Yongming soll allen Ernstes erklärt haben: »Das wird Yang Xiaodong vorläufig mit übernehmen.«

Ein Nicht-Parteimitglied! Kümmert sich um die ideologische Erziehung! Und wer kümmert sich um die seine?

»Was gibt's Neues im Werk?«

Nicht Liu Yuying und die Kinder beschäftigen seine Gedanken, seit er hier liegt, Familienangelegenheiten sind Frauensache. Im übrigen ist Liu Yuying eine vorzügliche Ehefrau und Mutter und im Beruf so fleißig wie er selbst. Solange die Kinder gesund sind, weder hungern noch frieren, ist alles in bester Ordnung.

Ihn beschäftigt vor allem die Werkhalle. All die Leute mit ihren Mucken, überall muß man höllisch aufpassen.

»Am ersten Oktober gab's einen Ball in der Fabrik!« Es schien, als würde Yang Xiaodong mit Absicht nur solche Themen ansprechen, von denen er wußte, daß sie Wu Guodong in Rage brachten.

»Einen Ball? Wer hat das organisiert?« Wu Guodongs Kopf schnellte vom Kissen hoch.

»Das Komitee des Jugendverbandes.« Yang Xiaodong schabte sich mit dem Daumen übers Kinn und warf ihm einen herausfordernden Blick zu, der zu sagen schien: »Was soll das Geschrei!«

»Und das Parteikomitee war einverstanden?«

»Persönlicher Vorschlag von Direktor Chen.«

Das geht zu weit, wohin soll das noch führen! Sonnenbrillen, Trompetenhosen, Kassettenrecorder, und jetzt noch Tanzen, nichts fehlt mehr. Es will nicht in seinen Kopf, hat sich denn niemand dagegengestellt?

»Wie haben die Leute reagiert?«

»Was heißt reagiert, es ging hoch her, sogar der Direktor hat getanzt. Diese Techniker verstehen sich aufs Tanzen, besser als wir, wir können ja nur so herumhopsen. Bei denen sieht's nach was aus, elegant, mit Schwung. Vor allem der Direktor mit seiner Frau, die sind richtig übers Parkett geflogen. Der Direktor hat noch angeordnet, daß man sich feinmacht, die Frauen mit Parfüm und so, die Jungs mußten sich beim Auffordern verbeugen und ›Bitte‹ sagen. Er hat uns gesagt, es wär eine gute Gelegenheit, eine Freundin zu finden, gleich nachfassen, wenn uns eine gefällt. Ich finde das auch viel natürlicher, als einen Vermittler vorzuschicken.«

Das Thema behagte ihm offensichtlich, seine buschigen Augenbrauen hüpften auf und ab.

Die Bettnachbarn hörten gespannt zu. Ringsum hörte man Glucksen und Zungenschnalzen.

Einer der Patienten, Hochschuldozent, merkte an: »Tanzen ist im Grunde eine Form des zivilisierten gesellschaftlichen Verkehrs, unverständlicherweise halten es heute viele für einen Nährboden des Rowdytums. In Wirklichkeit ist das ein Vorurteil. Rowdytum entsteht durch Unwissenheit und einem Mangel an höherer geistiger Bildung –.«

Was der Hochschuldozent sagte, zählte nicht, Intellektuelle berauschen sich natürlich an solchen bourgeoisen Gefühlsduseleien. Man brauchte sich nur anzuhören, was für Radiosendungen er einschaltete: ›Die Liebe von gestern, für ewig entschwunden . . .‹ und derlei Zeug. Und dann die Geschichte von der Frau, die sich von einer anderen ein Diadem leiht, um sich für einen Ball feinzumachen, wie es Chen Yongming nennt. Na, und was passiert? Sie verliert es. Den Rest ihres Lebens muß sie rackern, um die Schulden zurückzuzahlen. Alles wegen der Tanzerei! Ein Unheil ist das!

Der Junge aus der Regenschirmwerkstatt mußte natürlich auch seinen Senf dazugeben: »Stimmt haargenau!«

Der Fleischverkäufer im Bett gegenüber erklärte: »Ich glaub an keine geistige Bildung nich, ich glaub nur an eins: Wenn der Mensch drei Tage kein Fleisch zwischen die Zähne kriegt, geht's ihm dreckig.« Er lachte und die wabbelnden Massen seines Körpers ließen das eiserne Bettgestell ächzen.

Wu Guodong dachte an die zur ›internen Zuteilung‹ bestimmten Mengen hochwertigen Fleisches, die er vermutlich jeden Tag verbilligt einkaufte. Ob sich der Arzt nicht geirrt hatte? Litt er nicht womöglich unter Leberverfettung?

Der kleine Alte, Schreiber in einem Büro, meldete sich ebenfalls zu Wort. Obwohl er nicht kurzsichtig war, klebte er mit der

Nase so dicht an allem, was er ansah, als wollte er es erschnüffeln, gleichgültig, ob es die Zeitung war oder die Medizin, die ihm die Schwester brachte. Selbst zuzuhören schien er mit der Nase, und schnüffelnd erklärte er: »Ganz schön mutig, euer Direktor. Habt ihr die Zeitung gelesen? Die Zeiten haben sich geändert seit letztem Jahr, erst kürzlich haben sie in der Leserbriefspalte Kritik an der Tanzerei abgedruckt. Einige Einheiten sollen ihre Bälle schon heimlich veranstalten, gibt euch das nicht zu denken? Da braut sich was zusammen.«

Er hatte zwar recht, aber man schmeckte zu deutlich heraus, daß er sein Mäntelchen in den Wind hängen wollte.

Wu Guodong kannte diese Typen, ein Wink in der Zeitung, und sie überschlugen sich vor Begeisterung für etwas, was sie noch gestern in Grund und Boden verdammt hatten. Auch der Alte war einer, den man nach der Befreiung im Amt belassen hatte. Aalglatt.

Wu Guodong machte sich um Chen Yongming Sorgen, wenn er so weitermachte, würde er womöglich eines Tages über eine Winzigkeit stolpern. Es wäre schade um ihn. Bei aller Kritik imponierte er Wu Guodong in einem Punkt: Er ging restlos in seiner Arbeit auf. Nein, Wu Guodong leugnete nicht seine guten Seiten, nur weil ihm ein paar von Chens Maßnahmen gegen den Strich gingen.

Mein Gott, ein einziges Durcheinander, wohin man sah. »Und wie sieht's in der Werkhalle aus?«

»Nichts Besonderes, wir haben Wei und Qin von den Fräsern erlaubt, sich neue Partner zu suchen, mit denen sie sich besser verstehen.«

»Warum? Die beiden haben ungefähr das gleiche technische Niveau! Wieso können die nicht an einer Maschine arbeiten?« Wu Guodong regte sich schon wieder auf.

»Die haben sich schon zu Ihrer Zeit nicht vertragen. Wei hat sich darüber beschwert, daß Qin pfuscht, und Qin, daß Wei zu langsam arbeitet. Nichts lief zusammen. Mit den neuen Partnern geht's viel besser!« Yang Xiaodong bemerkte Wu Guodongs Mißgestimmtheit, er hatte Mitleid mit ihm. Kein Wunder, daß so einer eine Leberentzündung bekam. Es ging ihm doch nicht schlecht, warum mußte er an allem herummeckern und sich das Leben schwermachen. Und die andern hatten darunter zu leiden.

Kein Zweifel, die Theorie der »freien Wahl seiner Mitarbeiter« hatte Yang Xiaodong bei Chen Yongming abgeguckt.

Der Bursche aus der Regenschirmreparaturwerkstatt sprang aus dem Bett. »Vollkommen richtig! Wieso wird manch einer ein ganz neuer Mensch, sobald er den Arbeitsplatz gewechselt hat? Die Führungskader sollten nicht dauernd über die Aufsässigkeit der Belegschaft jammern, sondern die Ursachen bei sich selber suchen, sich mal fragen, warum sie unfähig sind, die Leute zu mobilisieren. Wir Chinesen stellen keine hohen Ansprüche an unser materielles Wohlergehen; wo's nicht reicht, reicht's eben nicht. Aber im Herzen dürfen die Menschen keinen Schaden nehmen. Das ist das kostbarste auf der Welt, von da kommen unser Glauben, unsere Hoffnung, unsere Ideale. Ich möchte es mal so sagen: Das Herz ist die Mutter alles Guten, deshalb muß man gut damit umgehen, materiell und geistig. Wer das verstanden hat, hat die Leute hinter sich, so einer braucht sich vor nichts zu fürchten!«

Was der daherredete!

»Sei du erst mal Werkhallenleiter!« Der Fleischverkäufer blieb skeptisch.

»Glaubst du, ich könnte das nicht?«

Wu Guodong sah ihn an und dachte: Schon wahr, früher oder später werden sie unsere Arbeit übernehmen, ob es uns paßt oder nicht, überleben können wir sie nicht.

Aber daß diese Mode der ›freien Wahl von Mitarbeitern‹ jetzt schon auf die Werkhalle übergegriffen hatte! Eine Milliarde Menschen, wenn jeder nur an seine Freiheit dachte, dorthin ging, wohin es ihm paßte, tat, was ihm gefiel – mal sehen, wie Deng Xiaoping damit fertig wurde!

Was nützte die ganze Aufregung? Jetzt regierte Yang Xiaodong die Werkhalle. Wu Guodong mußte erst einmal wieder gesund werden. Gab man ihm dann seinen alten Posten zurück, würde er schon dafür sorgen, daß die alte Ordnung wieder einkehrte. Momentan mußte er gute Miene zum bösen Spiel machen: »Wenn du meinst. Aber hast du schon mal drüber nachgedacht, was werden soll, wenn jeder nach Amerika rennt, um sich seine Mitarbeiter auszusuchen?«

»Warum übertreiben Sie so maßlos? Warum soll jemand nach Amerika rennen, wenn's ihm hier gutgeht?«

Der Bursche aus der Regenschirmwerkstatt prustete los: »Wenn Sie die Leute wirklich dran hindern wollen, müssen Sie sie in einen Safe sperren und ihre Gedanken dazu!«

»Junger Freund, dir ist es wohl noch nie dreckig gegangen, sonst würdest du die Vorteile eines Safes begreifen.« Der kleine Alte sprach mit der Emphase eines Menschen, der alle Wechselfälle des Lebens durchlebt hatte.

Wu Guodong brummte der Schädel. Er war erschöpft, erschöpfter als nach einem Arbeitstag in der Werkhalle. Er konnte die Augen kaum noch offenhalten. Als Yang Xiaodong gegangen war, aß er zu Mittag und schlief anschließend auf der Stelle ein. Und dann dieser verrückte Traum. Schuld daran war einzig Yang Xiaodong. Was hatte er hier zu suchen? Noch mehr Unruhe stiften!

Noch nachdem sie den Hörer aufgelegt hat, fragt sich Yu Liwen, ob sie Liu Yuying mit ihrem Anruf geholfen oder ihr zusätzliche Probleme aufgeladen hat. Bei ihrer Visite am Vormittag hat sie bemerkt, daß Wu Guodong zuwenig ißt. Spontan hat sie Liu Yuying angerufen, um sie zu bitten, bei ihrem nächsten Besuch eine Kleinigkeit mitzubringen, irgendwas, das ihm besonders gut schmeckt.

Sie weiß, daß Liu Yuying genug am Hals hat. Sie hätte ihr die Aufgabe gern abgenommen, aber sie kennt Wu Guodongs Geschmack nicht.

Am Telefon hat sie gesagt: »Ich hab ihn gefragt, was er gern ißt, aber er wollte mir's nicht verraten. Ich kann ihm natürlich irgendwas kochen, aber von Ihrer Hand zubereitet wird es ihm ganz anders schmecken.«

Ironie ist Yu Liwen fremd. Sie meint das ganz wörtlich. Kranke brauchen vor allem Pflege und Fürsorge ihrer Lieben.

Liu Yuying bedankt sich überschwenglich. Sie wird am Abend etwas vorbeibringen.

Das Telefon klingelt.

»Bitte?«

»Liwen, bist du's? Warte heute abend auf mich, ich hol dich ab!« Chen Yongming brüllt in den Hörer, er spricht offenbar von einem öffentlichen Telefon aus, im Hintergrund hört sie das Geplärr eines Radios, Autohupen, Kindergeschrei.

»Mich abholen?« Sie ist verblüfft. Derart romantische Anwandlungen hat er seit ihrer Hochzeit nicht mehr gezeigt. Was ist los mit ihm? »Wo bist du überhaupt?«

»In der Stadt.«

»Und was treibst du da?« Sie klingt ein wenig vorwurfsvoll, er ist erst gestern von einer Inspektionsreise in die Südprovinzen zurückgekehrt. Warum kann er nicht mal zwei Tage zu Hause bleiben?

»Es ging nicht anders. Ich erzähl dir's später, von hier geht es nicht. Warte nach Dienstschluß auf mich, o.k.?«

Warum fragt er? Es geht doch sowieso immer nach seinem Kopf.

Yu Liwen stopft hastig ein paar medizinische Fachzeitschriften in ihre Tasche, betrachtet sich im Spiegel des Türglases, fährt sich durchs Haar und wirft sich ihre Windjacke über. Im Hinuntergehen schlüpft sie in die Ärmel. Innerlich macht sie sich über sich selbst lustig, noch immer das kleine Mädchen, das zu einem Rendezvous verabredet ist. So lange sind sie nun verheiratet, und noch immer können sie nicht genug voneinander kriegen.

Nein, unten wartet noch nicht Chen Yongmings grüner Jeep. Sie läßt sich auf einer Holzbank gegenüber der Klinikeinfahrt nieder. In wenigen Minuten wird das energische Gesicht ihres Mannes vor ihr auftauchen. Das Gesicht, an dem sie sich nie satt sehen kann.

Die Leute vom Reinigungsdienst kehren die Spuren eines Arbeitstages zusammen.

Sie liebt ihr Krankenhaus.

Das cremefarbene Gebäude wirkt alt, an den Ecken und Dachrändern hat das verdreckte Regen- und Schmelzwasser schwärzliche Spuren hinterlassen. Von weitem sieht es aus wie eine helle, zum Überlaufen gefüllte Schüssel, von deren Rand ständig eine dunkle Brühe herunterrinnt.

Für sie ist das Gebäude eine Art Heimat geworden. Als wäre sie hier aufgewachsen, hätte hier ihre ersten Schritte gemacht. Hier hat sie Chen Yongming kennengelernt, hier hat sie ihre beiden Söhne zur Welt gebracht.

Das Krankenhaus hat etwas von einer kleinen Station an einer entlegenen Bahnlinie, wo selbst die gewöhnlichen Eilzüge nicht halten, von Expreßzügen ganz zu schweigen. Keiner der Passagiere, die hier aussteigen, wird von einem Wagen abgeholt, keiner trägt einen hellgrauen, gefütterten Wollmantel, keiner kommt mit einem Sekretär im Schlepptau und keiner mit spitzen Lederschuhen und einem eleganten Koffer auf Rollen. Wer hier ein- oder aussteigt, trägt bestenfalls einen Korb an der Tragestange oder eine Kiepe auf dem Rücken, seine Hosen schlottern und werden von einer blauen Schärpe aus selbstgewebtem und selbstgefärbtem Stoff zusammengehalten, und er raucht selbstgezogenen Tabak, der die Kehle beizt und Tränen in die Augen treibt. Das Bahnhofspersonal besteht vermutlich nur aus einem Vorsteher, einem Fahrkartenverkäufer, der zugleich Kontrolleur ist, einem Melder, der auch das Amt des Weichenstellers versieht, sowie einem Signalwärter. Alle verrichten ihre Arbeit mit Fleiß, Loyalität und Gründlichkeit, und keiner schämt sich, daß die Weichen noch mit Hand gestellt werden müssen.

Ganz gewöhnliche Menschen.

Sie gehört zu ihnen. Sie hat keine überragenden Talente, weder wird ihr Name in die Medizingeschichte eingehen, noch wird man sie je zu einem Vortrag auf ein wissenschaftliches Symposion einladen. Aber wenn sie ihren Patienten den Puls fühlt, zählt sie gewissenhaft eine volle Minute und multipliziert nicht eine halbe mit zwei; sie unterhält sich nicht, während sie jemanden abhorcht; sie schläft nicht während des Nachtdienstes; sie speist nicht verzweifelte Patienten mit unverständlichen Fachausdrücken ab. Vor seiner Aufgabe hat ein Arzt zu bestehen, nicht vor der Medizingeschichte. Genies gibt es immer nur verschwindend wenige. Jeder Hund, egal ob groß oder klein, bellt mit der Stimme, die ihm die Natur verliehen hat.

Unbewußt hat sich Yu Liwen die Gewohnheiten ihrer Studentinnentage bewahrt: Abends läßt sie den Tag an sich vorbeiziehen, um Gewissenserforschung zu betreiben.

Während sie auf ihren Mann wartet, genießt sie in der prachtvollen Dämmerung ihre Unbeschwertheit und innere Ruhe. Die Erschöpfung eines angespannten Tages schafft sich eine eigene, selbstgenügsame Freude. Zu deren Vollkommenheit fehlt lediglich die Ankunft ihres Mannes.

Viertel nach sieben. Wo bleibt er nur? Chen Yongming ist die

Pünktlichkeit in Person. Ein Pedant, was Zeit angeht. Bei fabrikinternen Sitzungen darf niemand länger als zehn Minuten sprechen. »Begrenzte Redezeiten haben ihre Vorteile«, erklärte er, »sie erziehen zur Klarheit und Beschränkung auf das Wesentliche. Zehn Minuten sind eine Menge. Bei zehn Rednern bedeutet das eine Stunde und vierzig Minuten, plus die Zeit, die wir zur Beschlußfassung brauchen.« Er legt daher zu Beginn jeder Konferenz die Uhr vor sich auf den Tisch und unterbricht gnadenlos jeden, der die Redezeit überzieht. Viele hatten Schwierigkeiten, sich daran zu gewöhnen. Nach den Sitzungen jagt Chen Yongming sofort zum nächsten Termin, daher blieb vielen nichts anderes übrig, als ihre ungelösten Probleme auf die nächste Sitzung zu vertagen. Die Folgen waren Störungen in Produktion und Verwaltung, wofür die Betreffenden Kritik einstecken mußten. Das zwang die notorischen Schwafler rasch zu einem effizienteren Redestil.

Ihre Unruhe wächst, hat er einen Unfall gehabt? Er fährt zu schnell. Selbst in der Innenstadt fährt er manchmal vierzig bis fünfzig. Auf Landstraßen über sechzig. Wären die Straßen nicht in einem so miserablen Zustand, daß er befürchten müßte, der Wagen würde auseinanderfallen, er würde noch mehr rasen.

Wieder und wieder geht sie zur Einfahrt, um Ausschau zu halten, jeder vorbeifahrende Jeep läßt Hoffnung in ihr hochschießen, die jedesmal wieder enttäuscht in sich zusammensinkt.

Warum muß ausgerechnet sie einen Mann haben, der selbst fährt!

Ihr ist zum Heulen.

Es wird dunkel. Eine ›Rote Fahne‹-Limousine biegt in den Hof ein. Sie schenkt ihr keinen Blick, fragt sich nicht einmal, seit wann in diesem Krankenhaus Patienten in einer ›Roten Fahne‹ vorgefahren werden.

Bis plötzlich Chen Yongming vor ihr steht und fragt: »Nervös?«

Sie reagiert nicht sofort, bis sie begreift, daß dies der Mann ist, auf den sie so ängstlich gewartet hat. Wieso kommt er mit diesem Wagen? Und so spät?

Als habe sie zugleich etwas verloren und wiedergefunden, mischen sich in ihr Freude und Ärger. Sie schmollt: »Ich dachte, dir wäre etwas passiert!«

Chen Yongmings Augen leuchten: Sie liebt ihn, hat Angst um ihn, vergöttert ihn. »Mit mir ist alles in Ordnung!«

»Wieso kommst du in diesem Wagen? Ich schaue mir die Augen nach deinem Jeep aus!«

Seine gute Laune verfliegt auf der Stelle. Sein Blick ist ein Spiegel komplexer Gefühle: Wut, Selbstverachtung, kalte, überlegte Gründlichkeit.

Er beugt sich zum Chauffeur: »Ich danke Ihnen, warten Sie nicht auf mich, ich habe noch zu tun.«

Schwer läßt er sich neben ihr nieder, zieht seine Zigaretten hervor, das Feuerzeug flammt auf und erhellt seine zornigen Augen. »Minister Tians Wagen –.«

Sie wartet ab. Fast unmerklich rückt sie näher an ihn heran. Er legt seinen Arm um sie, sie lehnt sich an seine Schulter. Der Zigarettenrauch beißt ihr in die Augen, Chen Yongmin wendet sich ab und bläst den Rauch in eine andere Richtung. Dann zieht er heftig Zug um Zug an seiner Zigarette, zieht den Rauch tief in die Lungen und stößt ihn ebenso heftig wieder aus. Er spricht kein Wort. Sie kennt das, ein Zeichen von Erbitterung.

Schließlich wirft er den Stummel in hohem Bogen auf die Erde und steht auf, als sei er entschlossen, jeden Anflug von Mißgestimmtheit zu verjagen. »Besuchen wir Wu Guodong.«

»Ach so, deshalb bist du gekommen!«

»Auch!« Er ist wieder der alte, übermütig zwinkert er ihr zu.

Sie folgt ihm in die Krankenabteilung.

Auf der Treppe sagt er: »Was ist nur in Tian gefahren? Heute morgen ruft er mich an, ich soll der Leitung der Organisationsabteilung über meine Inspektionsreise berichten. Am Nachmittag erscheint er persönlich in der Fabrik, um mich abzuholen. Noch auf der Direktorenkonferenz hat er kein Wort mit mir gewechselt, nicht einen Blick hat er für mich übrig gehabt. Er ist von Zimmer zu Zimmer gegangen und hat jeden begrüßt, nur zu mir ist er nicht gekommen. Reine Nachlässigkeit, ohne Bedeutung? Bei Leuten wie ihm ist jedes Kopfnicken haargenau bedacht und kalkuliert.«

»Und was hat sein jetziges Verhalten zu bedeuten?«

»Ha!« Chen Yongming lacht ohne Wärme, »im Augenblick redet man davon, daß ich zum Vizeminister befördert werden soll. Er will die Leute glauben machen, daß der Vorschlag auf seine Initiative zurückgeht. Hintenherum verbreitet er jedoch, ich käme um vor Ehrgeiz, Minister zu werden; der Artikel hätte einzig und allein den Zweck gehabt, mich auf Kosten anderer in Szene zu setzen.«

»Ich will nicht, daß du Minister wirst!«

»Warum nicht?« Er bleibt stehen und dreht sich nach ihr um. So entschieden hat er sie selten gehört.

Sie schaut an ihm vorbei, um seinem herausfordernden, prüfenden Blick zu entgehen, und murmelt: »Dann hast du noch weniger Zeit für mich.«

Er bricht in schallendes Gelächter aus. Sie hat Angst, daß er in seiner neuen Position noch mehr Ärger und Haß auf sich zieht. Schon jetzt ist seine persönliche und politische Lage schwierig genug.

Er beugt sich abrupt zu ihr herunter, nimmt ihr Gesicht zwischen beide Hände und beginnt, sie wild abzuküssen. Er packt sie unter den Achseln und hebt sie zu sich hinauf. Lachend versucht sie sich freizustrampeln: »Mach keinen Unsinn, wenn uns jemand sieht!«

»Na und, es ist doch kein Verbrechen, die eigene Frau zu küssen!«

Sie streicht sich das zerwühlte Haar glatt: »Wirst du's machen?«

»Quatsch! Ich pfeife auf den Ministerposten!« Träumerisch fährt er fort: »Ich will die Fabrik auf Vordermann bringen, ich will einen Autokonzern gründen, der auf dem Weltmarkt mit den Japanern und Amerikanern konkurrieren kann.« In diesem Moment wirkt er nicht wie ein Fabrikdirektor, sondern wie ein leidenschaftlicher, von Phantasien erfüllter Poet. »Bei der Besprechung heute habe ich mich völlig danebenbenommen. Ich habe den Mund ganz schön vollgenommen und erklärt, daß die sogenannte ›Dritte Front‹ unter industriellen Gesichtspunkten blanker Unsinn ist. Strategische Notwendigkeit? Lächerlich! Die Kriege der Zukunft sind dreidimensional, da gibt es keine Front und kein Hinterland mehr, keine erste oder dritte Auffanglinie. Dieser sowjetische Kram, längst veraltet! Beschränktes, kleinbürgerliches Denken!«

Sein zerzaustes weißes Haar zittert. Bei jedem Satz durchschneidet seine Rechte kräftig die Luft, als wolle er ein imaginäres Grasbüschel abmähen. Sein dunkles Gesicht rötet sich. Gibt es einen liebenswerteren Mann? Glücklich seufzt sie.

Kaum einer im Raum verbirgt sein Erstaunen, nichts läßt einen vermuten, daß Liu Yuying und Wu Guodong miteinander verheiratet sind. Wäre sie nicht schon öfter gekommen, niemand würde es glauben.

Sie zieht aus einer schmutziggrauen Kunstledertasche ein Einmachglas hervor, gefüllt mit einem Gemisch aus gerösteten Erdnüssen, Sojabohnenkäse, Peperoni, magerem Fleisch und Sojapaste. Die Form der Tasche verrät, daß sie vor wenigstens fünfzehn Jahren gekauft wurde.

»Geht's besser?«

»Ja.« Schwer zu beurteilen, ob er sie beruhigen oder auf Distanz halten will. Wie ein meditierender Mönch sitzt er im Schneidersitz mit ausdruckslosem Gesicht auf dem Bett.

»Qiang und Zhuang geht es gut?«

»Es geht.«

Ihre Dialoge zeichnen sich durch ein extrem einfaches Vokabular und einen ebenso indifferenten Tonfall aus, als ginge es darum, die eigenen Lebenskräfte zu schonen, oder als schämten sie sich der Tatsache, ein Ehepaar zu sein. Dann fällt ihnen nichts mehr ein. Liu Yuying sitzt steif auf ihrem Stuhl, offenbar ist sie sich unschlüssig, ob sie gehen oder bleiben soll, sie hat die Fußspitzen einwärts gekehrt, wie eine brave Schülerin.

Das ist aber mal 'n verdrehtes Frauenzimmer! denkt der Fleischverkäufer. Besucht ihren Alten im Krankenhaus und tut ihm nicht mal 'n paar nette, persönliche Sachen ins Ohr flüstern. Fröhlich dreinschauen tut sie auch nicht gerade, keine Farbe im Gesicht, ißt wahrscheinlich nicht genug Fleisch.

Chen Yongmings und Yu Liwens Ankunft hellt die trübselige Atmosphäre auf, als kämen zwei Schwäne ins Zimmer geflogen.

Liu Yuying springt auf und rückt den Stuhl zurecht: »Bitte setzen Sie sich, Direktor Chen!«

Chen Yongming winkt ab. Er sieht sich im Raum um, holt sich vom Kopfende der Betten des Regenschirmreparateurs und des Hochschuldozenten zwei Stühle, reicht einen Yu Liwen und setzt sich. »Ich war auf Dienstreise. Lange nicht gesehen. Wie steht's? Schwierigkeiten?«

Auf Wu Guodongs eingefrorenem Gesicht erscheint nun doch ein dienstliches Lächeln, wie man es in offiziellen Empfangszimmern häufig zu sehen bekommt. Schnell und entschieden kommt die Antwort: »Nein, nein, alles in Ordnung.« Als fürchte er, eine Sekunde des Zögerns eröffne seinem Gegenüber die Chance, ihn zu einer Schädigung der Staatsfinanzen zu verleiten.

»Na gut, wenn's Probleme gibt, rühren Sie sich, nur keine falsche Scheu.«

Währenddessen bemerkt Liu Yuying zu Yu Liwen: »Wir sind ja so dankbar, wie sehr sich Direktor Chen um uns gekümmert hat, er hat mir eine näher gelegene Arbeitsstelle besorgt und für Zhuang einen Platz im Kindergarten. Ich weiß gar nicht, wie ich's sonst geschafft hätte.«

Der Junge aus der Regenschirmwerkstatt zieht auf der Stelle Notizbuch und Füller unter dem Kopfkissen hervor.

Wu Guodong schnalzt mißbilligend mit der Zunge: »Stimmt es, daß das Dienstleistungsamt bei der Gelegenheit einen Lastwagen herausgeschunden hat?«

»Ja, wir haben ihnen einen verkauft.« Chen Yongming verzieht keine Miene.

»Das verstößt doch gegen die politischen Prinzipien! Sie gehören nicht zum staatlichen Investbauprogramm, und einen Zuteilungsbescheid haben sie auch nicht.« Er spielt keine Komödie, er ist wirklich entrüstet.

»Na und? Die Investitionen für den Investbau sind dieses Jahr gekürzt und so viele Projekte eingestellt oder gestreckt worden, daß die Aufträge mit einem Schlag gewaltig runtergegangen sind. Wo soll ich die Löhne herkriegen, wenn ich die Autos nicht loskriege? Soll ich ständig nach staatlichen Krediten schreien? Der Staat steckt selbst in Schwierigkeiten, sollen wir ihm auch noch auf der Tasche liegen? Heute verkaufe ich an jeden, der Geld hat.« Er mustert jeden im Saal, als hoffe er, einen potentiellen Kunden darunter zu finden. »Wir werden noch in diesem Jahr neue Produkte auf den Markt bringen, Motorräder, die sind momentan sehr gefragt.«

Liu Yuying ärgert sich über ihren Mann. Wie kann er so unvernünftig und taktlos sein. Da kommt man schon mal in den Genuß einer Gefälligkeit, und er muß daran herummäkeln.

Ohne Rücksicht darauf, daß sie Chen Yongming ins Wort fällt, fährt sie ihn an: »Guodong, wie kannst du so reden, es ist schließlich für uns gewesen!«

Chen Yongming lacht: »Genossin Liu Yuying, in dem Punkt ist er Ihnen voraus, er gibt seine Prinzipien nicht auf, weil er sein Schäfchen ins trockene gebracht hat. Im übrigen handelt es sich um eine selbstverständliche Pflicht des Werks, von einem Gefallen kann gar keine Rede sein.«

Wu Guodong nickt. Wenigstens in diesem Punkt fühlt er sich mit Chen Yongming einig. Seine Worte tun ihm wohl.

Liu Yuying ist noch immer aufgebracht. Yu Liwen flüstert ihr zu: »Kümmern Sie sich nicht um die beiden, das sollen die unter sich ausmachen.«

»Was sagt denn das Ministerium dazu, daß wir Rohmaterial für Plan-Produkte außerplanmäßig verwenden?«

»Ich habe mit Minister Zheng darüber gesprochen.«

»Und was hat er dazu gemeint?«

»Er hat gemeint, daß alle Maschinenbaubetriebe mit niedrigen Erträgen zu kämpfen hätten und nicht einmal ihre Lohngelder verdienen würden. Zum Teil liegt das an den Plananpassungen: weniger Investitionen, und damit weniger Bedarf an Maschinen. Zum anderen Teil an den riesigen Einfuhren. Natürlich hat unsere Maschinenbauindustrie ihre Unzulänglichkeiten, aber es steckt auch eine Mißachtung der eigenen Möglichkeiten dahinter. Wir könnten eine ganze Reihe von Maschinen und elektrischen Anlagen selbst herstellen, es fehlt nur an Selbstvertrauen. Außerdem genügt es ja nicht, gerade so über die Runden zu kommen, wir müssen mit den Ausländern konkurrieren. Die alten Managementmethoden sind jetzt jedenfalls passé. Klar, daß sich gewisse Leute dagegen sperren werden, aber die Entwicklung ist nicht aufzuhalten. Die Leute müssen schließlich was zu beißen haben, auch wenn die Aufträge weniger werden. Wenn man den Hund in die Ecke treibt, springt er über die Mauer.

Ich finde, Minister Zheng hat sich klar ausgedrückt. Was wir in der Praxis daraus machen, ist unser Problem. Wir müssen selbst sehen, wie wir über die Runden kommen.«

Die Furchen auf Wu Guodongs Stirn vertiefen sich, sie gleichen liegenden Fragezeichen, Symbole seiner Skepsis.

Die alten Methoden sind passé? Was gibt's denn daran auszusetzen? Ist der Plan nicht jedes Jahr erfüllt worden? In Changchun bauen sie den LKW ›Befreiung‹ noch immer mit der Technologie der fünfziger Jahre, und noch nie hat sich jemand darüber beschwert, im Gegenteil, sie können seit Jahren die Nachfrage nicht befriedigen. Blinde Reformsucht! Kein Mensch weiß, ob das neue Zeug was taugt. Wenn's danebengeht, hat man gar nichts mehr in der Hand.

Selbst sehen, wie man über die Runden kommt? Ist das noch Planwirtschaft? In der Parteischule hat Wu Guodong gelernt, daß die Planwirtschaft ein Merkmal der Überlegenheit des Sozialismus ist. Wo liegt jetzt noch die Überlegenheit des Sozialismus?

Aber er muß schweigen. Der Minister hat gesprochen, der Direktor hat gesprochen, was hat einer wie er da noch zu melden?

Nur die Konkurrenz mit den Ausländern klingt ihm angenehm in den Ohren. Allein schon, daß sie soviel behaarter sind als die Chinesen. In der Parteischule hat er gelernt, daß der Mensch vom Affen abstammt, was bedeutet, daß die Ausländer den Affen noch viel näherstehen als die Chinesen. Da wird man sie doch auch beim Konkurrieren kleinkriegen. Man muß nur in die Hände spucken und mit diesem Durcheinander von Ansichten und Meinungen Schluß machen. China braucht wieder den Enthusiasmus des ›Großen Sprungs nach vorn‹ – wie damals, 1958: ein Tag so viel wie zwanzig Jahre, in fünfzehn Jahren England überholen. Wie hieß es in dem Lied: ». . . vorwärts über Hindernisse, Berge stürzen, Meere leeren, wir erobern Englands Thron . . .« Das war eine Zeit. Jeder Tag wie ein Marsch hinter der Fahne in vorderster Reihe, schmetternde Trompeten, eine Begeisterung wie bei den Paraden am ersten Mai oder am Nationalfeiertag: Brust gereckt, klirrender Tritt, die Arme schwingen im Rhythmus des Gleichschritts – wie ein Mann folgen alle den Kommandos. Wie hat sich das später abgekühlt! Wer ist schuld daran? Diejenigen, die die revolutionäre Linie des Vorsitzenden Mao unterminiert haben! Man sieht doch, wie es heute überall drunter und drüber geht! Und diese neue Mode, das Geschrei nach mehr ›Demokratie‹. Wem fehlt's denn hier an Demokratie? Großgrundbesitzern, Großbauern, Konterrevolutionären, schlechten Elementen und Rechtsabweichlern, sonst keinem! Ach ja, Rechtsabweichler gibt's ja heutzutage nicht mehr, die haben sich in Luft aufgelöst. Dafür schießen die freien Märkte wieder aus dem Boden, Leute von daheim haben erzählt, daß die Wahrsager wieder aufgetaucht sind. Kuhteufel und Schlangengeister kriechen aus ihren Löchern! Das Militär müßte die Sache in die Hand nehmen, Ordnung schaffen. Die Leute mit ihrem Demokratie-Geschrei gehören samt und sonders hinter Gitter.

Er wirft einen schnellen Blick auf Chen Yongming, als sei dieser bereits Chef des Militärkomitees und habe zu entscheiden, wer ins Gefängnis wandert und wer nicht. Der mit dieser ehrenvollen Aufgabe Bedachte studiert indessen mit seinem Kinderblick den Inhalt des Einmachglases, das Liu Yuying mitgebracht hat.

Alle im Raum sind vom Inhalt seiner kleinen Ansprache hingerissen. Der Bursche aus der Regenschirmwerkstatt, der alte Büroschreiber, der Hochschuldozent und der Fleischverkäufer.

»Ein bemerkenswert klarer Kopf, Ihr Herr Minister«, bemerkt der Hochschullehrer.

Der Fleischverkäufer hat seine eigene Art, Hochachtung auszudrücken. Wer den Herrn liebt, liebt auch seinen Hund, daher sagt er zu Yu Liwen: »Frau Doktor, wenn Sie Fleisch brauchen, kaufen Sie nur bei mir. Durchwachsener Speck, Filet, Haxe, Schweinsleber, Schweinefüße, Sie brauchen's nur zu sagen.«

Yu Liwen kichert hinter vorgehaltener Hand.

Beim Abschied wendet sich Chen Yongming an Wu Guodong: »Kann ich noch was für Sie erledigen?«

Rasch antwortet Wu Guodong: »Nein, nichts. Sie haben so viel um die Ohren, sie sollten nicht herkommen.« Er steht auf, um ihn zur Tür zu geleiten.

Auch die anderen stehen auf, als wäre Chen ihr gemeinsamer Gast.

Auf dem Weg zur Tür sagt der Bursche aus der Regenschirmwerkstatt: »Kommen Sie doch öfter mal vorbei, wenn Sie gerade nichts Besseres zu tun haben.«

»Ach je, das ist eine unsichere Sache. Weiß der Himmel, was morgen früh über mich hereinbricht. Das kann sich dann wieder eine Ewigkeit hinziehen, so daß ich zu gar nichts anderem komme. Machen Sie keine Umstände, Sie brauchen mich nicht zu begleiten! Wiedersehen, Wiedersehen!«

Nur zu wahr! Wer weiß, was ihn morgen an Überraschendem und Unvorhersehbarem erwartet. Widrigkeiten außerhalb der eingefahrenen Geleise des Plans, Widrigkeiten außerhalb aller denkbaren Geleise.

14. Kapitel

Immer drauflos! Der Feind weicht in hellen Scharen. Es ist He Tings achtes Telefonat. Sie hat sämtliche Beziehungen spielen lassen, es fehlt nur noch die Genehmigung von Vizeminister Kong Xiang, und ihre Zweitälteste hat eine Stelle in Peking.

Sie schaut auf das Telefon auf ihrem Schreibtisch und lächelt siegesgewiß. Auch diese Stellung wird im Sturm genommen.

Zu schade, daß Frauen in der Armee keine Führungsaufgaben übertragen werden, aus ihr hätte eine erfolgreiche Generalin werden können, die ihren männlichen Kollegen in nichts nachsteht.

Es stimmt, daß Frauen in ihrem Wunsch zu erobern, zu unterwerfen, in Besitz zu nehmen härter und zäher sein müssen als Männer.

In den Augen der anderen ist He Ting ziemlich erfolgreich gewesen. Noch immer, mit fünfundfünfzig Jahren, besitzt das ehemalige Radiosternchen aus Manchuguo eine einschmeichelnde Stimme, zarter als die eines achtzehnjährigen Mädchens. 1945 hat sie sich der Revolution angeschlossen und ist bald Parteimitglied geworden. Eine ehrgeizige junge Frau mit wachem Köpfchen. Schon früh hat sie auf die Fleischtöpfe der Politik geschielt, sie hatte nicht vor, in ihrer Kulturgruppe zu versauern. So kletterte sie die Karriereleiter der Politischen Abteilungen nach oben: Schreibkraft, Sachbearbeiterin, Bürovorsteherin, Sektionsmitarbeiterin, Sektionschefin, bis Vizeminister Kong Xiang sie 1962 zur Unterabteilungsleiterin beförderte. Ohne die ›Kulturrevolution‹ wäre sie heute Abteilungsleiterin. Wenn sie in den Fernsehnachrichten Frau Marcos oder Frau Thatcher auf internationalen Konferenzen sieht, spielt um ihre Mundwinkel ein verächtliches Lächeln. Hätte es das Schicksal besser mit ihr gemeint, hätte sie es vielleicht auch so weit gebracht. Verbittert schleicht sie sich dann vom Fernseher fort, um voller Selbstmitleid in ihrem Zimmer trüben Gedanken nachzuhängen. Sie, die durch nichts zu entmutigen ist, fühlt sich in solchen Momenten erschöpft und ausgepumpt. Sie spürt, daß ihre goldene Zeit vorüber ist. Alles geht ihr dann gegen den Strich: Der Filmstar auf dem Kalenderblatt lächelt zu süßlich, und wie die meisten Frauen entdeckt sie besonders bereitwillig Fehler an anderen Frauen; Mutters geschmortes Fleisch ist nicht gar; das Gitarrengeklimper ihres Sohnes geht ihr auf die Nerven; der Alte, der wegen seines Schlaganfalls seit Jahren nicht mehr arbeitet und daher auch nicht mehr befördert werden kann, ist kaum zu verstehen, wenn er den Mund aufmacht, nörgelt aber ständig an ihr herum und drangsaliert sie mit ausgefallenen Essenswünschen. Sein Zustand hat seine Ansprüche nicht verringert. Obwohl er sich nur mühsam schleppend fortbewegen kann, humpelt er bei jeder Gelegenheit ins Ministerium, um sich darüber zu beschweren, daß sie ihn mißhandle.

Warum ist sie mit diesem Mann geschlagen? Wenn er ißt, sabbert er die zerkauten Brocken wieder aus den Mundwinkeln hervor, es würgt sie im Hals, wenn sie ihm zusieht, sie könnte speien. Wann immer es ihn überkommt, macht er in die Hosen, der Gestank schlägt einem schon von weitem entgegen. Trotzdem, mag er sabbern, pissen und kacken, sie wünscht ihm ein langes Leben. Er existiert längst nicht mehr als Ehemann und Vater ihrer Kinder, sondern als 200 Yuan Gehalt im Monat.

Mißhandeln? Sollen andere mal versuchen, dieses Strohwitwendasein Jahr um Jahr zu ertragen! Diesen Mann mit seinen vollgepinkelten, vollgeschissenen Hosen bedienen! Sie war knapp über vierzig, als ihn der Schlaganfall lähmte. Wegen ihrer zarten Haut hätte man ihr damals höchstens fünfunddreißig gegeben. Was hat sie sich von ihm erhofft! Reichtum und Prestige? Eheliche Geborgenheit? Zusammenhalt im Lebenskampf? Und nun muß sie sich selbst durchboxen, ihre Fäden knüpfen. Frauen wie sie haben gewöhnlich Männer, die ihnen ein sorgenfreies Leben bieten. Wie Xia Zhujun, ihre Klassenkameradin.

Und wenn der Alte nun nicht krank geworden wäre? Mit Sicherheit wäre auch er heute Vizeminister. Wer hätte ahnen können, daß es so kommen würde. Als sie heirateten, war er Kader auf Referatsebene, gerade dreißig Jahre alt, ein stattlicher Bursche von einem Meter achtzig, talentiert, gutaussehend; nach Position, Aussehen und Begabung eine glänzende Partie. Ach Gott, heiraten ist ein Roulettspiel.

Doch außerhalb ihrer vier Wände ist sie fähig, ihre ganze Energie auf ein Ziel zu konzentrieren, wie ein Löwin auf Nahrungssuche.

In diesem Augenblick schleicht sie tatsächlich wie ein Löwin auf ihr Beutetier zu, bereit, sich mit einem Satz darauf zu stürzen.

Es klopft. Ärgerlich ruft sie: »Herein!«

Zaghaft öffnet sich die Tür einen Spalt. Wieder dieser Techniker von irgendeiner Generatorenstation mit seinem Antrag auf Zuteilung einer zwei Meter fünfzig langen Drehbank. Er bleibt ängstlich auf der Schwelle stehen, seine Miene lädt geradezu ein, ihn übers Ohr zu hauen. Wie kann man so einen losschicken, um Ausrüstung zu organisieren!

Letztes Mal hat sie ihn wie nebenbei gefragt: »Gibt's da in euren Bergen nicht Morcheln?« Seit einiger Zeit interessiert sie sich besonders für Morcheln, weil sie gehört hat, daß sie die Neigung zu Arterienverkalkung und Thrombose mindern, überhaupt lebensverlängernd wirken.

»Morcheln?« Als hätte er das Wort zum ersten Mal im Leben gehört.

Also wirklich, so etwas von Begriffsstutzigkeit ist ihr noch nie über den Weg gelaufen. Typisch für einen Hochschulabsolventen der fünfziger Jahre, die sind fast alle so. Nicht einmal die einfachsten Selbstverständlichkeiten im zwischenmenschlichen Umgang haben diese Leute begriffen! Als die Abteilung neulich der Generatorenstation im Heimatkreis des Abteilungsleiters Feng mit etwas Zubehör aushalf, wußten die Leute sofort, was sich gehört, und haben ein paar lokale Delikatessen aufgetrieben. Natürlich hat man dafür bezahlt. Und ohne Abteilungsleiter Fengs Vermittlung hätte sie natürlich abgelehnt. Moralisch waren sie in jedem Fall berechtigt, die Delikatessen entgegenzunehmen, es handelte sich um ein längst abgeschlossenes Projekt, für das man schließlich nicht ewig verantwortlich war.

Der Kerl meldet sich zu Wort: »Unterabteilungsleiterin He, ich habe Ihnen doch den Zuteilungsantrag übergeben, wir sollten noch die Grenzwerte der Bauteile, die Berechnungen für den Arbeitsaufwand und die Konstruktionszeichnungen hinzufügen. Sind Sie mit den Unterlagen zufrieden?«

Verdammt! Total vergessen. Sie kann sich nicht einmal erinnern, wohin sie die Formulare geschmissen hat, sie hätte sie längst an den zuständigen Sachbearbeiter weiterleiten müssen. In letzter Zeit wird sie von der Stellensuche für ihre Zweitälteste restlos in Anspruch genommen.

Ihr Gedächtnis läßt nach, sie wird alt. Früher hatte sie das Programm des ganzen Tages im Kopf, Punkt für Punkt, sie brauchte keinen Terminkalender.

Sie überlegt einen Moment. »Könnten Sie zwei zusätzliche Kopien anfertigen? Wir müssen die Angelegenheit noch mit der Materialabteilung und der Unterabteilung für Anlagen abklären. Kopien würden die Sache beschleunigen.«

Der Kerl nickt eifrig: »Wunderbar, wunderbar, ich schicke Ihnen morgen die Kopien.« Keine Idee, daß an der Sache etwas faul sein könnte.

»Bitte, nehmen Sie doch Platz!« Sie zieht einen Polstersessel heran.

»Nein, nein, vielen Dank, ich muß noch die Unterlagen vorbereiten.«

»Trotzdem, heraus mit der Sprache, wenn Sie irgendwo der Schuh drückt!« Sie ist doch ein wenig beunruhigt.

»Nein, alles in Ordnung, ich habe schon zuviel Ihrer kostbaren Zeit beansprucht!« Der Kerl krümmt den Rücken und überschlägt sich vor Dankesbezeugungen.

Gegen ihre Gewohnheit geleitet sie ihn aus dem Büro. Ein Beweis professioneller Intuition.

»Bitte, bemühen Sie sich nicht, machen Sie keine Umstände, ich finde selbst hinaus!«

Vor der Tür stößt sie mit He Jiabin zusammen. Sie benutzt die Gelegenheit, die Frage des Bezugsscheins für den Sony-Fernseher anzusprechen. Sie möchte ihn Luo Haitao zukommen lassen. Da es sich um keine Lohnfrage handelt, ist großes Geschrei darüber nicht zu erwarten. Aber vielleicht würde He Jiabin wieder ein paar spitze Bemerkungen fallenlassen, besser man fühlt ihm mal auf den Zahn.

»Wie gut, daß ich Sie treffe, die Unterabteilung hat einen Bezugsschein für den Kauf eines Sony-Fernsehers erhalten, wollen Sie ihn?« ihre Stimme schmilzt vor Kollegialität, als seien sie alte Kriegskameraden, seit dem ersten Tag ihrer Bekanntschaft ein Herz und eine Seele.

»Mein gutes Geld für einen Fernseher rausschmeißen? Bei diesem trostlosen Programm?«

Genau das wollte sie hören. Dieser Idiot bemüht sich nicht einmal um eine wohlklingende Begründung.

»Was halten Sie davon, ihn Luo Haitao zu geben?« Sie tut so ehrerbietig, als sei er der Vizesekretär des Parteikomitees, dessen Meinung man in wichtigen Angelegenheiten respektvoll einzuholen pflegt.

»Wieso dem? Weil er Parteimitglied ist und im Komitee sitzt, wie? Wie wär's denn mit Ingenieur Qin, der geht bald in Rente, dann hat er keine Chance mehr, an einen Schein zu kommen.«

Das hat man nun von seiner Freundlichkeit.

»Sollten wir das nicht miteinander besprechen?«

Qin? Was kann ihr der nützen? Ein alter Stubengelehrter, kurz vor der Pensionierung. Ausgeschlossen. Sie muß sich etwas einfallen lassen.

Es lohnt nicht, sich zu ärgern. Am Nachmittag diskutiert das Komitee die Aufnahme He Jiabins. Warte nur!

Bei diesem Gedanken beruhigt sie sich, kehrt ins Büro zurück, nimmt den Hörer ab, wählt.

»Hallo?«

»Ach, Sie sind's, Sekretär Zhao, hier spricht He Ting.« Sie läßt ein kleines Lachen erklingen, ein bescheidenes, ein herzliches Lachen. Sie steht mit allen Ministersekretären auf vertrautem Fuß. Sekretäre sind Schlüsselfiguren. Auch wenn sie rangmäßig unter ihr stehen und, wenn es hoch kommt, Referatsleiter sind, am Telefon könnte man glauben, die Positionen hätten sich verkehrt. Will man einen festen Stand im Ministerium haben und wissen, was oben läuft, sind die Sekretäre nicht zu umgehen. Man kann gar nicht genug Mühe auf sie verwenden.

»Oh, Unterabteilungsleiterin He, worum geht es denn?«

Ein geradezu familiärer Tonfall.

»Ich hätte gern Vizeminister Kong gesprochen. Meinen Sie, ich dürfte ihn mal stören?« Als sei Zhao befugt, über die Entgegennahme von Telefonaten zu befinden.

»Einen Moment bitte, ich sehe mal nach.« Sekretär Zhao ist sich seiner Bedeutung voll bewußt.

»Tausend Dank.«

»Keine Förmlichkeiten. Sie gehören doch zum Haus.«

Sie hört das Umschalten auf einen anderen Apparat.

»Ja bitte?« Kong Xiangs gedehnter sichuanesischer Tonfall.

»Ach je, Regimentskommandeur, Sie erkennen die Stimme Ihrer ehemaligen Soldaten nicht mehr! Sie sind zum Bürokraten geworden. Ich bin He Ting.«

Diese Art sich zu beklagen kitzelt die Eitelkeit.

»Aha, haha, die kleine He. Immer noch ein scharfes Mundwerk. Sie haben mich schon lange nicht mehr besucht.«

»Ach du meine Güte, was heißt ›die kleine He‹! Ich habe längst graue Haare. Wann habe ich Sie denn nicht besucht, als ich in Ihrer Abteilung war?« Sie sagt die Wahrheit, diesem Buddha seine Referenz zu versagen, ist unmöglich. »Sie sind ein vielbeschäftigter Mann, entweder sind Sie gerade auf einer Sitzung oder auf Dienstreise. Nun, ich, äh, ich rufe hauptsächlich an, um Selbstkritik zu leisten. Sie können das nicht wissen, aber dieser He Jiabin, der diesen Dokumentarbericht verfaßt hat, gehört zu meiner Unterabteilung. Ein schönes Schlamassel! Alles meine Schuld, ich habe die politische Arbeit schleifen lassen, von der Existenz dieses Artikels habe ich überhaupt erst im nachhinein erfahren. Minister Kong, stauchen Sie mich nur tüchtig zusammen!«

Oh diese Reuequalen! Kong Xiang muß sich verpflichtet fühlen, sie zu trösten, wenn er nicht eine schwere Beeinträchtigung ihres Appetits und ihres Schlafes in Kauf nehmen will.

»Zerbrechen Sie sich nicht unnötig den Kopf! Der Fall ist längst erledigt. Im übrigen kennen Sie die Hintergründe nicht, wie sollten Sie auch! Gewisse Leute haben die Sache benutzt, um sich in den Vordergrund zu spielen. Sie sind völlig unschuldig. Allerdings sollten Sie der ideologischen Verfassung dieses Menschen mehr Aufmerksamkeit schenken.«

»Ach Gott, ach Gott, auch das noch! Nie hätte ich gedacht, daß hinter einem Artikel so viel steckt!«

Natürlich hatte man ihr längst zugetragen, was Tian Shoucheng damals auf der Sitzung des Parteikomitees über die Hintergründe des Falles ans Tageslicht gezerrt hat. Und sie ist vollkommen im Bilde darüber, wie die jeweiligen Minister dazu stehen.

»Man darf nie die Worte des Vorsitzenden aus dem Gedächtnis verlieren: ›Stets den Klassen- und Linienkampf im Auge behalten!‹ Gewisse Leute rütteln gegenwärtig unter der Flagge der 3. Plenartagung des ZK an den ›Vier unumstößlichen Prinzipien‹. Das ist bourgeoiser Liberalismus, ein Angriff auf die Führungsrolle und die politische Linie der Partei! Widerwärtige, zersetzende Angriffe auf den Vorsitzenden Mao! Bei solchen Leuten muß die Diktatur des Proletariats eingreifen!«

Beim Wort ›Diktatur‹ schwillt seine Stimme an, sie bekommt vorübergehend Schmelz, als habe er Ginsengsaft getrunken, die Worte strömen. Sein Selbstgefühl hebt sich, sein Rücken strafft sich. Das neuste Modell eines Panzers mit zehn Geschützrohren, tak, tak, tak, mit oder ohne Ziel, erst mal drauflosballern, das Geräusch versetzt ihn in Euphorie, seine Stimme zittert vor verhaltenem Jubel, er möchte losschreien. Ach, seit der Gründung des Staates ist dieses Geräusch so selten geworden, und das gibt ihm das Gefühl, auf schwankendem Boden zu stehen. Er, der Minister, der zuständig ist für die politische Arbeit, ist ein hohles Gefäß ohne wirkliche Macht.

Für ihn steht fest, daß jemand mit seinen Qualifikationen Minister für Öffentliche Sicherheit sein sollte. Ganz zu schweigen davon, daß er mit vierzehn als kleiner roter Teufel am Langen Marsch teilgenommen hat. Seit drei, nein seit sechs Generationen besteht seine Familie aus armen Bauern, alle seine Kinder sind Parteimitglieder oder im Jugendverband. Onkel und Tanten stammen sämtlich aus einem alten befreiten Gebiet. Und in welcher politischen Kampagne hat er nicht zu den Linken gehört? Nur in der ›Kulturrevolution‹ hat man ihm zum ›kapitalistischen Machthaber‹ gestempelt, aber das zählt nicht, ist auf dem 11. Parteitag für null und nichtig erklärt worden.

Als es 1952 auf die ›Tigerjagd‹ ging, hat er eigenhändig ein paar Schieber und illegale Kapitalisten exekutiert! Heute stehen Zheng Ziyun und Wang Fangliang zwar rangmäßig über ihm, aber damals hatten sie ein paar Monate Hausarrest.

1957, in der ›Anti-rechts-Bewegung‹, hätte er zwanzig Rechte zur Strecke bringen können, wo man ihm zehn zum Abschuß freigab. Heute gilt das ja nichts mehr, verflucht noch mal, alles ein Schuß in den Ofen. Jeder dieser rehabilitierten Rechten, der ihm über den Weg läuft, steigert seine Mißgestimmtheit. Eine persönliche Schlappe! Diese Leute, die von Rechts wegen seine Kriegsgefangenen sein und vor ihm im Staub kriechen müßten, stehen nun mit ihm auf gleicher Stufe. Wie soll seine Arbeit in Zukunft aussehen? Soll die Autorität der Partei mit Füßen getreten werden?

1958, beim ›Großen Sprung nach vorn‹, hat er sich darauf gestürzt, die Kader im Ministerium auf Vordermann zu bringen und nach militärischem Muster zu organisieren. Wenn diese Typen aus dem Parteikomitee endlos über Arbeit und Produktion daherschwafeln, bekommt er kein Wort heraus, aber in solchen Dingen ist er Experte.

Jetzt ist Deng Xiaoping zwar wieder am Ruder, aber Kong Xiang denkt nicht daran, klein beizugeben. Man braucht sich die gegenwärtige Politik doch nur anzuschauen, Dokument für Dokument, Erlaß für Erlaß, alles rechte Politik. Abends, nach Dienstschluß, trifft er sich oft mit seinen alten Kriegskameraden, man leert ein paar Fläschchen, knallt die Gläser auf den Tisch, daß es dröhnt und der Schnaps in den Flaschen hin- und herschwappt, und schüttet sein Herz aus: Deng, Freundchen, wir haben dich durchschaut, du kommst uns nicht davon!

Doch wenn er am nächsten Morgen sein Büro betritt, ist der Schwung dahin. Wann endlich wird Deng einen Dämpfer kriegen! Statt dessen trumpft er täglich mehr auf. In den letzten beiden Jahren ist der Alltag der Bevölkerung ruhiger geworden: keine Kritikversammlungen, keine Demonstrationen, keine Parolen, keine Jagd auf Konterrevolutionäre mehr. Was gibt es für ihn überhaupt noch zu tun? Unerträglich, so zur Untätigkeit verdammt zu sein.

Im vergangenen Jahr hat er es noch einmal geschafft, einen am Schlafittchen zu packen. Einen Techniker aus der Forschungsabteilung, der beim politischen Studium erklärt hatte: »Meiner Ansicht nach ist es mit der innerparteilichen Demokratie nicht zum besten bestellt, so mancher verdankt seinen Aufstieg nur dem Machtwort einer hochgestellten Persönlichkeit, ohne je gewählt worden zu sein. Wo liegt da der Unterschied zum kaiserlichen Ernennungssystem?«

Kong Xiang ordnete sofort an, den Vorfall in einem vertraulichen Brief nach oben zu melden. Am liebsten hätte er auf die Rückseite des Briefes drei Hühnerfedern gesteckt.

Dreimal telefonierte er höchstpersönlich mit den Sicherheitsbehörden, um zu verlangen, den Techniker als ›konterrevolutionäres Element‹ zu verhaften. Er veranstaltete einen Riesenwirbel und brachte die gesamte Politische Abteilung zum Rotieren, dem Amt für Öffentliche Sicherheit verging Hören und Sehen. Zuletzt war dort niemand mehr bereit, Anrufe aus dem Schwerindustrieministerium entgegenzunehmen. Er sparte nicht mit Anschuldigungen, drohte, sprach von Verstößen gegen die politische Linie, ja er gab sogar zu verstehen, daß er das Amt für Öffentliche Sicherheit verdächtigte, mit einem Konterrevolutionär unter einer Decke zu stecken.

Man kolportierte damals den Ausspruch eines jungen Sicherheitsbeamten: »Das ist mal ein Minister, der reinste Überpolizist, der wird uns noch die ganze Arbeit abnehmen.«

Wenn er nichts zu tun hat, denkt er gern an sein fleckenloses Leben als stets korrekter, immer treuer Linker zurück. Wie ein Poet, ein Literat kann er seine Phantasie dahinschießen lassen, er träumt sich als Minister für Öffentliche Sicherheit. Wo immer Unruhe ihr Haupt erhebt, er würde auf der Stelle nach dem Kriegsrecht durchgreifen, er träumt –.

He Ting weiß genau, was sich hinter Kong Xiangs Worten verbirgt. Um ihre Mundwinkel spielt ein ironisches Lächeln. Er kann es nicht sehen, sie haben schließlich kein Bildtelefon.

Doch sie hat keine Zeit, sich mit seinen Tagträumen zu beschäftigen.

»Minister Kong, ich habe noch ein persönliches Problem und wollte Sie bitten, sich der Sache anzunehmen!«

An und für sich bespricht man diese Dinge nicht am Telefon. Aber sie kann ihn nicht in seinem Büro aufsuchen, wo der Sekretär alles mithört. Wer garantiert, daß der ihr wohl will und nicht heimlich an ihrem Stuhl sägt? Über Sieg oder Niederlage kann ein einziger Satz entscheiden. Natürlich sind sie alle alte Knacker, ein bißchen wirr im Kopf und ohne ihre Sekretäre völlig hilflos. Sobald es aber um ihre ›Mandarinhüte‹ geht, sind sie auf dem Posten. Ein Satz, der ihnen gegen den Strich geht, nicht eindeutig klingt oder eine Anspielung enthält, die sie auch durch angestrengtestes Kopfzerbrechen nicht enträtseln können, und schon geraten sie in Unruhe wie Grashalme, durch die ein Windstoß fährt, und ziehen sich in ihr Schneckenhaus zurück. Von allen Erfahrungen der ›Kulturrevolution‹ hat sich vor allem diese in ihre Hirne eingraviert: Einmal zuwenig getan ist besser als einmal zuviel.

Davon abgesehen ist Diskretion angebracht. Noch kann man durch die Hintertür gehen, aber nicht vor aller Augen.

Auch zu Hause kann sie Kong Xiang nicht gut aufsuchen. 1962, als sie noch im Büro für Kaderangelegenheiten arbeitete, war sie ihm unmittelbar untergeordnet. Gegenseitige, ganz normale Sympathie brachte es mit sich, daß sie sich häufig besuchten. Doch während sie die Einzelheiten ihrer Beförderung besprachen, wurde die Atmosphäre zwangsläufig ein wenig intimer, beim letzten Mal hätte Kongs Frau sie beinahe hinausgeworfen. Diese peinliche Geschichte ist noch nicht vergessen. Die Ehefrau, die als Krankenschwester irgendeiner dem Ministerium unterstehenden Einheit ihr Geld bezieht, ohne jemals zur Arbeit zu erscheinen, hatte bei dieser Gelegenheit giftig bemerkt: »Sie halten sich wohl für unwiderstehlich?« Es stimmt, He Ting wollte nach oben, wenn nötig auch auf diesem Weg, sie wollte keine von denen sein, auf denen man herumtrampeln kann.

In Wahrheit hat sich zwischen ihnen nie etwas abgespielt. Eins steht allerdings für sie fest: Frauen kommen mit Männern besser zurecht als Männer untereinander. Warum soll man das nicht ausnützen, solange man nicht gegen die Normen verstößt? Sie würde sich im Gegensatz zu dieser unbedeutenden Ehefrau nie mit Hilfe eines hübschen Gesichts an Kong Xiang heranmachen, um sich an den kräftigen Oberschenkeln des Vizeministers festzuklammern (nicht gerade zartgliedrige Schenkel, in der Tat) und das Leben eines Zierpüppchens zu führen. Ihre Fähigkeiten reichen weit über das Amt eines Abteilungsleiters hinaus. Dieser tauben Nuß, dem Abteilungsleiter Feng, ist sie jedenfalls in allen Belangen haushoch überlegen! Hat sie nicht das Zeug zur Ministerin? Die gegenwärtige Vizeministerin hatte 1948 gerade die Hochschule absolviert und betrieb mit ihrem Vater eine Mehlfabrik, bevor sie zur Revolution stieß! Erst vier Jahre nach ihr ist sie Parteimitglied geworden. He Ting zählt noch zu den Kadern der Marke ›Befreiung‹. Und die andere? Marke ›Staatsgründung‹!

»Es handelt sich um meine Tochter, Niuniu, die immer ›Onkel‹ zu Ihnen gesagt hat, als sie noch klein war. Onkel! Jetzt hat sie bald die Uni hinter sich. In der Forschungsabteilung ist doch gerade eine Stelle frei, das Personalbüro hat seinen Segen schon gegeben, der Antrag ist schon ans Ministerium weitergeleitet, sie meinen, es fehlt lediglich Ihre Zustimmung und die Sache geht in Ordnung!«

»Forschungsabteilung? Ja, da war so was –.« Kong Xiang erinnert sich.

»Haben Sie den Antrag schon gelesen?« Sie hätte nicht gedacht, daß es so rasch gehen würde. Fast zu rasch.

»Nein, aber man hat mich unterrichtet, daß kürzlich ein Unterabteilungsleiter und seine Frau nacheinander gestorben sind, von den drei Kindern sind zwei noch minderjährig, Fürsorgefälle, der Älteste steht kurz vor dem Hochschulabschluß und braucht demnächst eine Stelle. Man hofft, daß er in Peking bleiben kann.«

So ist das also!

Für einen kurzen Moment hat sie das Gefühl, hereingelegt worden zu sein. Aufs Kreuz gelegt von diesem Leben, in dem man um alles und jedes kämpfen, sich um alles beißen muß.

Was im übrigen veranlaßt ihn, das alles so ausführlich vor ihr, einer Betroffenen, auszubreiten, und ihr damit jede Möglichkeit zu nehmen, weiter zu insistieren? Wie soll sie sich jetzt verhalten?

Will er ihr einen Stich versetzen? Oder ist ihm einfach egal, welche Wirkung seine Worte haben, weil er kurzen Prozeß machen möchte?

Über ihr blasses Gesicht huschen unregelmäßige rote Flecken, als habe sie ein plötzliches Nesselfieber überfallen. Sie hat größte Lust, den Hörer aufzuknallen. Der Teil ihrer Gehirnzellen, der noch normal funktioniert, warnt sie. Sie knetet die biegsame Telefonschnur und schmeißt dabei klirrend die Teetasse um, der Tee ergießt sich über Akten, vertrauliche Dokumente und die Filzunterlage unter der Glasplatte. Mit einem Handgriff zerrt sie die Papiere zu Boden.

Innerlich wütet sie. Scheinheiliger Patron!

Hat sie nicht seinem Schwiegersohn, diesem Arbeiter-Bauern-Soldaten-Studenten, der außer seinen Klassenkampf-Lektionen nichts gelernt hat, eine Stelle im Ministerium verschafft? Ein undankbares Pack, keinen Funken Anstand! Als man 1974 daran ging, die Verwaltung wieder auf den vorkulturrevolutionären Stand zu bringen, haben viele die Gelegenheit benutzt, Verwandte in Behördenpositionen zu hieven, während in den Kaderschulen Scharen von erfahrenen Genossen herumsaßen und sehnsüchtig auf ihre Rückkehr warteten. Die mußten schließlich auch eine Familie versorgen. Trotzdem wurden sie von diesen unqualifizierten Neuankömmlingen aus Amt und Würden gedrängt. Man zahlt heutzutage nur drauf, wenn man anständig ist.

In dieser Sekunde durchrasen sie zugleich Haß, das Gefühl erlittenen Unrechts und Berechnung. In ihrem Parteiaufnahmeantrag steht, daß sie an den Kommunismus glaubt, in Wahrheit glaubt sie nur an das, was sie sieht. Nachgeben kommt nicht in Frage. So leicht macht sie es ihm nicht.

Die drei Waisenkinder haben vermutlich noch ein paar Jahrzehnte vor sich, Zeit genug, um ein paar Runden zu drehen und vom End- zum Ausgangspunkt zurückzukehren. Ihre Lebenszeit hingegen ist nahezu abgelaufen. Jederzeit kann ihr eine Alterskrankheit ein Ende setzen. Würde sich dann noch jemand ihrer Probleme annehmen? Sehr fraglich. An die Stelle menschlicher Beziehungen treten mehr und mehr materielle Interessen, es geht bergab, alles geht vor die Hunde.

Was also zählt Kong Xiangs Gerede, verglichen mit dem, was sie durchgemacht hat? Und davor soll sie sich geschlagen geben?

Erst einmal dumm stellen, auf eine Gelegenheit warten, wo sie ihn möglichst geschickt daraufstoßen kann: Vergiß nicht, was du mir schuldest.

»Sie haben vollkommen recht! Man muß für die drei sorgen. Heute sind junge Leute ja leichter unterzubringen als vor zwei Jahren. Es gibt ja eine ganze Reihe neugeschaffener Forschungseinrichtungen, für Leute mit Fähigkeiten findet sich da immer eine Stelle. Ich hätte nie ein Wort über die Sache verloren, wenn ich nicht diese familiären Probleme hätte, ich bin ja in all den Jahren hier nie dazu gekommen, mich um meine persönlichen Angelegenheiten zu kümmern. Für andere scheue ich kein Risiko, aber wenn es um Privatangelegenheiten geht, bin ich völlig hilflos. Sie kennen ja meine Situation, zu Hause ein schwerkranker Mann, jedesmal, wenn man ihn zur Untersuchung in die Klinik bringt, muß man ihn die Treppen rauf- und runtertragen. Von anderen Sorgen gar nicht zu reden. ›Alles für die vier Modernisierungen‹ heißt es heute, ich bin Unterabteilungsleiterin, es macht einen schlechten Eindruck, wenn ich nur einen Fußbreit hinter den anderen zurückbleibe. Aber die Arbeit leidet natürlich, wenn man so viel auf dem Buckel hat. Ich weiß mir keinen Rat, von Hintertüren verstehe ich nichts, ich kann nur auf meine alten Vorgesetzten bauen, daß sie meine Nöte auch ohne viele Worte verstehen. Was meinen Sie, wenn Sie schon im Moment keine Möglichkeit sehen, würde es mich doch sehr erleichtern, wenn Sie bei nächster Gelegenheit ein wenig an Ihre kleine Niuniu dächten!«

Der Tonfall am anderen Ende der Leitung ändert sich schlagartig, ihm muß eingefallen sein, daß er sich für ihre Gefälligkeit noch nicht revanchiert hat: »Die kleine Niuniu hat ihren Onkel wohl ganz vergessen, sie soll mich mal besuchen!«

Puh!

Es hat geklappt. Ihre Erregung klingt ab.

Während sie den Hörer auflegt, stößt sie einen gedehnten Seufzer aus. Gebückt macht sie sich daran, die Papiere aufzusammeln, die sie im Zorn zu Boden gefegt hat. Mit einem Lappen wischt sie die Glasplatte ihres Schreibtisches ab. Die drei Kinder auf dem Foto darunter lachen sie von der höchsten Erhebung Badalings an. Hochgewachsen, eins wie das andere, gesund, hübsch wie ihr Papa in jungen Jahren. Kann sie ihnen das Martyrium ihrer Mutter ersparen, wenn sie einmal flügge geworden sind?

Beim Anstehen in der Kantine ergibt es sich zufällig, daß sie hinter Shi Quanqing steht. Mit Verschwörermiene flüstert sie ihm zu: »Kommen Sie nach dem Essen mal in mein Büro.«

Shi Quanqing wird nervös. Hastig schaufelt er seine vier Liang Reis in sich hinein, fast bleiben sie ihm im Hals stecken.

Hat He Jiabin wieder einen Anlaß gefunden, sich über ihn zu beschweren? Oder paßt es jemandem nicht, daß er auf seinem Sonderzulagen-Antrag seinen längst arbeitenden Sohn als zu unterstützendes Familienmitglied aufgeführt hat? Will man ihm die bereits gezahlte Zulage wieder abknöpfen? Oder hat sie erfahren, daß er beim alten Qian in besoffenem Zustand darüber gewettert hat, daß He Ting nur Luo Haitao eine Lohnerhöhung zugeschanzt hat und er leer ausgegangen ist? Hat Qian getratscht?

He Ting ist unberechenbar. »Wechseljahre!« He Jiabin hat den Nagel auf den Kopf getroffen.

Die Ungewißheit ist kaum zu ertragen. Sobald er annehmen kann, daß sie vom Essen zurück ist, klopft er an ihre Tür.

Beim Eintreten sieht er sie mit der Waage in der Hand beim Abwiegen von weißen Morcheln. Ihm fällt ein Stein vom Herzen. Die Morcheln hat er über den Einkäufer eines Kraftwerks beschafft, heute morgen hat er sie übergeben.

He Ting hat den Blick unverwandt auf die Waage gerichtet und schiebt das Metallgewicht hin und her, es rutscht höher und höher. »Ohne das Zeitungspapier fehlt zu jedem Pfund ein Liang. Zwei Liang zuwenig!«

Beinahe wäre ihm herausgerutscht: »Wenn Sie das Gewicht nicht so hoch schieben, stimmt's schon!«

Zwei Liang zuwenig! Selbst wenn es vier wären, hätte sie noch ein gutes Geschäft gemacht! Achteinhalb Yuan das Pfund. Und wo gibt es so was schon zu kaufen? Ein ›interner Preis‹, hat es geheißen. Vermutlich haben die Kraftwerksleute absichtlich etwas draufgezahlt, als sie erfuhren, daß es für He Ting ist.

Hat sie ihn wegen der zwei Liang herbeizitiert? Diese Weiber kommen doch immer auf krumme Gedanken, womöglich glaubt sie, er habe die zwei Liang für sich abgezweigt. Er hätte die Finger von der Sache lassen sollen.

Sie nimmt aus ihrer Handtasche eine Plastiktüte, er beeilt sich, ihr behilflich zu sein und hält geduldig die Tüte auf, bis sie die zwei Pfund Morcheln hineingepackt hat.

Sie klopft sich Hände und Kleidung ab, schließt die Tür und sagt mit gedämpfter Stimme: »Luo ist seit gestern auf Dienstreise. Wissen Sie, wohin?«

»Keine Ahnung.«

»Nach Qingdao. Es geht um Ihren Fall.«

Beim Wort ›Qingdao‹ fühlt sich Shi Quanqing einer Ohnmacht nahe. Vor der Befreiung hat die gesamte väterliche Sippe in Peking einen Stoffhandel betrieben, der Anteil seines Vaters war der größte. Kurz vor 1949 hatte sein Vater sich auszahlen lassen und in Qingdao unter Shi Quanqings Namen eine Baumwollfabrik eröffnet.

Kommentar überflüssig, jeder weiß, was das bedeutet. Kapitalist! Das läßt sich nicht abwaschen. Als der Staat den Betrieb übernahm, hat Shi Quanqing seine Zinsen erhalten.

Im Amt hat er nie etwas davon verlauten lassen. Erst kurz vor der ›Kulturrevolution‹ wurde die Sache entdeckt, als er einen Antrag auf Parteimitgliedschaft stellte. Seitdem hängt der Fall in der Schwebe, zehn Jahre schon.

He Ting hat einige Male auf der Sitzung der Parteizelle zu seinen Gunsten interveniert: »Niemand sollte aufgrund seiner Herkunft diskriminiert werden!«

Doch Guo Hongcai war zu keinem Kompromiß bereit. Ein richtiger Arbeiter- und Bauernkader, engstirnig zum Aus-der-Haut-Fahren. »Es geht nicht um seine Herkunft. Es geht darum, daß er uns seine Vergangenheit verschwiegen hat, für die Entscheidung über eine Parteimitgliedschaft ist das von prinzipieller Bedeutung. Ich halte ihn deshalb für nicht hinreichend geeignet.«

Die Mehrheit der Zelle schloß sich seiner Meinung an und entschied: »Qualifikation noch nicht ausreichend, Aufnahme vorläufig zurückgestellt.«

Als sich Guo Hongcai auf Dienstreise befand, änderte He Ting den Beschluß hinter dem Rücken der Parteizelle in: »Im Prinzip geeignet.« Als Guo Hongcai davon Wind bekam, begab er sich schnurstracks zu He Ting: »Wieso plötzlich ›im Prinzip geeignet‹? Ist denn die Sache während meiner Abwesenheit in der Zelle noch mal diskutiert worden?«

Keine Möglichkeit, sich herauszureden. »Nein.«

»Was gibt Ihnen dann das Recht zu dieser Änderung?« Guo Hongcai rannte auf der Stelle zum Parteikomitee des Ministeriums und machte einen Riesenwirbel. He Ting fiel auf die Nase.

Keine Frage, daß sie hinter Luo Haitaos Dienstreise steckt. Die Frage ist jetzt, wie man sich aus der Sache herauswindet.

»Sie sollten sich genau überlegen, wie Sie sich in dieser Qingdao-Angelegenheit verhalten wollen. Warum besuchen Sie nicht mal Ihren Onkel und ziehen ein paar Erkundigungen ein?«

Erkundigungen einziehen? Bei seinem Onkel? Er versteht nur allzugenau, was sie damit meint: Er soll wieder krumme Touren machen.

»Ach je, der Onkel ist krank und geistig nicht mehr voll auf der Höhe.«

»Und Ihre Mutter?« Geduldig versucht sie ihm auf die Sprünge zu helfen.

»Die erinnert sich an nichts mehr.«

»Dann helfen Sie ihr, sich zu erinnern.«

Also doch. Wieso ist er nicht gleich draufgekommen, er ist doch sonst nicht auf den Kopf gefallen. War er verwirrt, weil es um seine eigenen Angelegenheiten geht? Nein, er hätte nur nie gewagt, an so etwas zu denken. Für einen Moment ist er über ihr skrupelloses Ansinnen erschrocken. Nicht zu glauben! In dieser Hinsicht zumindest glaubt er ein größeres moralisches Anrecht auf Parteimitgliedschaft zu haben als sie.

Was sie ihm da vorschlägt, wiegt die Demütigung auf, die er gerade wegen der Morcheln hat schlucken müssen. Auf seinem Gesicht breitet sich ein devotes Lächeln aus. Innerlich knirscht er mit den Zähnen: Weibstück, ich weiß genau, was hier gespielt wird, dir geht's doch nicht um mich. Du möchtest einen zusätzlichen Lakaien. Jetzt heißt's runterschlucken und sich ducken. Aber wenn ich erst in der Partei bin und den ganzen Mist hinter mir habe, wirst du's mir auf Heller und Pfennig zurückzahlen! Warte nur!

Drei Stunden zieht sich die Sitzung nun schon hin. Fang Wenxuan registriert, daß die Alten erschöpft sind und die Nase voll haben. Sie hängen quer in den Sesseln, als seien sie daheim im Bett. Ständig werden es mehr, die aufs Klo gehen oder Telefonate entgegennehmen müssen.

Unverhüllt tendenziös referiert He Ting die Protokolle der Sitzungen der Parteizelle, auf denen über die Frage von He Jiabins Parteimitgliedschaft diskutiert wurde. Es sieht so aus, als wolle sie den Beschluß der Zelle durch einen Beschluß des Parteikomitees der Abteilung zu Fall bringen.

He Ting beherrscht im Machtspiel alle Tricks, Fang Wenxuan hat über ihre unsauberen Machenschaften einiges läuten hören, aber noch nie erlebt, daß sie es wagt, in seiner Anwesenheit die Dinge derart skrupellos zu verdrehen. Obwohl sie während der ganzen Sitzung nicht einen Blick mit Feng Xiaoxuan gewechselt hat, ist die stillschweigende Übereinkunft der beiden mit Händen zu greifen.

Feng sitzt ihm direkt gegenüber. Zweimal schon hat er die Teeblätter gewechselt, der aufputschende Tee scheint ihn mit Energie aufzuladen, er erweckt den Eindruck, als wolle er wie ein Panzer alles niederwalzen, was sich ihm in den Weg stellt.

Jeder im Saal begreift, daß er abwartet. Doch alle tun, als wüßten sie von nichts, während sie seinen ellenlangen Diskussionsbeiträgen zum Fall He Jiabin lauschen.

›Weichbrühen‹ ist seine größte Begabung. Daß er im Verlauf der Sitzung schon zweimal die Teeblätter gewechselt hat, gehört zu den Taktiken dieser Zermürbungsstrategie.

Man hat ihm längst zugetragen, was Song Ke auf der Sitzung des Parteikomitees gesagt hat. Ein taktischer Fehler, sich so ohne jede Deckung hervorzuwagen. Diese Rechnung kann man nicht in aller Öffentlichkeit begleichen. Wozu die Hast? Eine Gelegenheit ergibt sich immer. Jetzt zum Beispiel, oder?

He Tings Einwände kommen ihm zustatten. Sie zerstreuen den Verdacht, er könne wegen des Dokumentarberichts Rachegelüste hegen. Man kann sich ihren Argumenten nicht verschließen, wie immer man darüber denkt. Fang Wenxuan wird es schwer haben, für He Jiabin die Kastanien aus dem Feuer zu holen.

Man kritisiert ganz allgemein He Jiabins Lebenswandel: Er unterhält seit Jahren verdächtige Beziehungen mit Wan Qun. Das genügt, den Rest kann man fallenlassen. In allen anderen Punkten können die Alten irgendwelche Einwände erheben, aber hier werden sie sich blind und taub stellen. Man wird sehen, wie Fang Wenxuan seinen Part spielt.

Wan Qun.

Sie hat ihn nicht einmal gegrüßt, an der Pforte des Ministeriums, ihm nur einen harten Blick zugeworfen. Er wußte, daß sie kam, um ihre Versetzungsformalitäten zu erledigen.

Kann man ihn dafür verantwortlich machen? Während er auf Dienstreise war, hat Feng Xiaoxuan sie eigenmächtig in eine Fabrik in der Vorstadt versetzt. ›Versetzung entsprechend Qualifikation‹. Das Ganze ist blitzschnell durchgezogen worden, offenbar von langer Hand vorbereitet. Aber hätte er, selbst wenn er dagewesen wäre, den Mut gehabt, gegen eine Entscheidung des für Personalfragen zuständigen Feng Xiaoxuan zu opponieren? Er wagt nicht, sich die Frage zu beantworten. Wenn Wan Qun selbst protestiert hätte – aber sie würde um keinen Preis seine Hilfe erbitten. Er hat sie ins Unglück gestürzt.

Was He Ting im Augenblick vorbringt, ist ohne Frage eine weitere Attacke Fengs gegen ihn.

Das geht zu weit! Wie lange wollen sie ihn noch damit in die Mangel nehmen? Was hat er denn verbrochen? Hat er mit ihr geschlafen? Sie auch nur geküßt?

Am liebsten würde er aufspringen, auf den Tisch donnern, all die Zweifel und Schuldgefühle, alles, was sich in den letzten zehn Jahren angestaut hat, Schmerzhaftes, Selbstsüchtiges, aus sich herausschreien, damit jeder begreift: Nicht das hier ist ihm vorzuwerfen, sondern sein Mangel an materialistischem Denken, sein fehlender Mut, mit dem Alten, Überkommenen zu brechen. Und alle, wie sie hier sitzen, verdienen den gleichen Vorwurf.

Er ist kreidebleich, zittert am ganzen Körper, aber er zwingt sich, ruhig zu bleiben. Er ist nicht He Jiabin. Gemütsaufwallungen sind in der Politik ein Zeichen von Schwäche.

»Man kritisiert He Jiabins Lebenswandel. Wer ist ›man‹? Eine Diskussion über die Parteimitgliedschaft ist eine ernste Sache, überzeugen können Sie mich nur mit gesicherten Beweisen. Erklären Sie sich bitte konkreter, Genossin He Ting!«

Er registriert, daß Feng Xiaoxuan heftig an seiner Zigarette zieht. Er beschließt, nicht lockerzulassen. Sofort fühlt er sich ruhiger. Vielleicht ist es das letzte, was er für Wan Qun tun kann. Sie von dieser infamen Verdächtigung reinzuwaschen. Das letzte? Wird er sie wiedersehen? Es darf nicht sein. Wer keine Macht hat zu geben, hat auch kein Recht zu empfangen.

Für He Ting kommt seine Intervention offenbar überraschend. Daß er keine Anstalten macht, das Thema zu umgehen, paßt nicht zu seinem üblichen Verhalten. Ihr ist nicht ganz wohl, als sie antwortet: »Guo Hongcai hat darüber gesprochen.«

»Wer sonst noch?«

»Genosse Shi Quanqing.«

Ohne Zögern geht Fang Wenxuan zum Telefon. Er nimmt den Hörer ab: »Unterabteilung für Kraftwerksbau? Die Genossen Guo Hongcai und Shi Quanqing möchten bitte mal in den Konferenzsaal kommen.«

Schlagartig erwachen die Lebensgeister der Alten, einer nach dem andern richten sie sich in ihren Sesseln auf.

Eine gespannte Atmosphäre. Der Sekundenzeiger der elektrischen Wanduhr rückt eilig weiter, tick, tick, tick, als wolle er die zögernde Zeit vorantreiben. Jemand nimmt einen Schluck aus der Teetasse, der Deckel klappert, alles schrickt zusammen, als habe es gedonnert.

Als Guo Hongcai den Raum betritt, verzieht sich sein Mund kaum merklich zu einem schlauen Grinsen, wie man es nur in den ausdruckslosen Gesichtern von Bauern sieht.

Shi Quanqing dagegen weiß nicht, wohin er schauen soll, gesenkten Hauptes steht er da, wie ein Verbrecher vor Gericht.

Fang Wenxuan läßt He Ting eine Chance. Trotz allem ist sie immerhin eine Genossin. Soll sie den Beweis antreten.

Aber sie gibt keinen Ton von sich.

Er muß den Anfang machen: »Genosse Guo, Genosse Shi, Sie haben der Genossin He Ting berichtet, daß der Lebenswandel des Genossen He Jiabin nicht einwandfrei sei, daß er mit der Genossin Wan Qun verdächtige Beziehungen unterhalte, ich möchte Sie nun bitten, sich konkreter dazu zu äußern.«

»Das stimmt nicht«, erklärt Guo Hongcai sofort, »so was habe ich nie behauptet. Ich habe lediglich gesagt, daß ich es vom Genossen He Jiabin sehr anständig finde, daß er der Genossin Wan Qun beisteht. Es gibt heutzutage nicht mehr viele, die anderen in der Not zur Seite stehen.«

Fang Wenxuan dreht sich nicht um, um Feng Xiaoxuan und He Ting anzusehen.

In den Sesseln erhebt sich erregtes Gewisper.

Aus irgendeinem Grund muß Fang Wenxuan an das Glucksen des Wassers denken, das den Magen eines Ertrinkenden füllt.

Er richtet seinen Blick auf Shi Quanqing.

Der versucht mit verzweifelter Anstrengung diesem Blick standzuhalten, unmöglich, er starrt über Fang Wenxuan hinweg auf die Schlieren an der Wand, dann auf die Vitrine mit dem Teeservice in der Ecke, schließlich auf das rote Telefon: »Ich habe gesehen, einmal habe ich gesehen, daß der Genosse He Jiabin spätabends die Wohnung der Genossin Wan Qun verlassen hat.«

»Wie spät?«

»Öh, nach zehn.«

»Haben Sie genau gesehen, daß es die Wohnung der Genossin Wan Qun war?«

»Er ist aus dem Haus gekommen, wo sie wohnt.«

»Woraus schließen Sie, das er bei Wan Qun war? In diesem

Haus wohnt eine Reihe von Angehörigen des Ministeriums. Ich weiß das, weil ich selbst dort gewesen bin.« Er wendet sich zu Feng Xiaoxuan und sieht ihm voll ins Gesicht: »Genosse Feng, haben Sie noch etwas zu klären? Das könnten wir bei dieser Gelegenheit gleich mit erledigen.«

»Vielleicht hat Genossin He Ting noch Einwände?«

Feng Xiaoxuan fängt den Ball nicht auf. Soll sie die Suppe auslöffeln, die sie sich eingebrockt hat. Wie käme er dazu, sich für sie die Finger zu verbrennen. Aber unerwartet kommt diese Wendung der Dinge schon. Zu bedauerlich!

He Ting hat sich inzwischen gewappnet. Sie gesteht weder ein, im Unrecht gewesen zu sein, noch gibt sie den anderen recht, sie erklärt lediglich: »Es gibt ein paar Dinge, die wir besser nicht hier erörtern, ich werde mich bei späterer Gelegenheit mit den Genossen Guo Hongcai und Shi Quanqing darüber unterhalten!«

Manche Leute werden auch dann nicht rot, wenn man sie beim Lügen ertappt. Daß es sich hier um eine Genossin handelt, verursacht allerdings eine Gänsehaut.

Fang Wenxuan sieht sich im Kreis um: »Können wir diese Frage als geklärt betrachten?« Aus dem Rhythmus der nickenden Köpfe läßt sich zumindest Schadenfreude, wenn nicht Begeisterung ablesen.

»Also schön, verzeihen Sie die Störung, vielen Dank für Ihre Hilfe.«

Guo Hongcai zögert. Er brennt auf weitere Fragen, er will He Ting die Maske vom Gesicht reißen, bevor sie noch mehr Unheil stiftet.

Shi Quanqing dagegen kneift den Hintern zusammen, als hinge ein Schwanz dran, den er einzuklemmen fürchtet, wenn er durch die Tür geht.

»Ich glaube, wir können jetzt zur Beschlußfassung kommen.« Auf Fang Wenxuans Gesicht zeigt sich nun doch ein wenig Farbe. Er zündet sich bedächtig eine Zigarette an und zieht den Rauch langsam und tief ein. Die Zigarette hat er sich verdient.

»Wir sollten den Fall noch etwas genauer untersuchen!« Feng Xiaoxuans gedehnte Stimme klingt unversöhnlich.

»Was gibt's denn noch zu untersuchen!« Einer der Alten wird ärgerlich.

»Wir sind noch zu keiner einhelligen Meinung gekommen!« Feng Xiaoxuan beginnt wieder, weichzubrühen.

»Es gibt schließlich das Prinzip von Mehrheit und Minderheit!« Keiner ist mehr willens, sich weichbrühen zu lassen.

Jetzt erst läßt Fang Wenxuan seinen Gefühlen freien Lauf: »Wir sind hier nicht im Kindergarten. Erinnern Sie sich, wie wir uns gefühlt haben, als wir in die Partei aufgenommen wurden? Es geht um die politische Existenz eines Menschen. Müssen wir mit der Abstimmung warten, bis alle einer Meinung sind, bloß weil ein, zwei Leute Einwände haben, die sie nicht offen auf den Tisch legen? Und wenn wir uns nie einigen? Die Sache noch und noch hinziehen, und einen guten Genossen aus der Partei aussperren? Über gewisse Dinge werden wir uns auf lange Sicht nicht einigen, es geht schließlich nicht um den Kauf einer Waschschüssel: Du willst eine gemusterte, ich eine weiße, man schließt einen Kompromiß und einigt sich. Hier gibt es keinen Kompromiß. Ich schlage vor, darüber abzustimmen.« Er hebt entschlossen die rechte Hand.

Angenommen.

In diesem Moment klingelt das Telefon. Fang Wenxuan nimmt ab, mit einem Schlag verliert sein Gesicht alle Farbe: »Anruf aus dem Krankenhaus, Genossin Wan Qun hat einen Unfall gehabt, wahrscheinlich kommt jede Hilfe zu spät!«

Feng Xiaoxuan wird Fang Wenxuans Blick sein Lebtag nicht vergessen. Zwei Handschellen, mit denen man einen Verbrecher abführt. Ein Mörder. Wieso sieht er ihn so an?

Das Schicksal ist unberechenbar.

Ihn hält es nicht mehr auf seinem Sessel. Er richtet sich auf, erhebt sich, der Zigarettenrauch bleibt ihm in der Kehle stecken. Weggewischt sind alle Überlegungen, wie er seinen Hals am besten aus Fang Wenxuans Schlinge zieht. Vielleicht hat er tatsächlich einen Fehler gemacht. Aber welchen? Es kommt ihm vor, als habe er einen zu zehnjähriger Haft Verurteilten mit einem Todeskandidaten zusammengesperrt und nach der Exekution entdeckt, daß man den Falschen erschossen hat. Eine schlimme Sache.

An den Unfug von Hölle oder Vergeltung glaubt er nicht, aber ihm ist, als klebe Wan Quns Schatten unverrückbar an seiner Netzhaut. Ihr Bild verfolgt ihn. Er sieht sie vor sich, wie sie ihn aufgesucht hat, um die Nachricht ihrer Versetzung entgegenzunehmen: Sie saß ihm gegenüber, die Arme verschränkt, dürr wie ein Skelett, die Gesichtshaut spannte eng über dem Schädel, die Augen tief in den Höhlen, halbgeschlossen, lächelnd, als betrachte sie einen Jahrmarktsgaukler. Er erinnert sich, daß er dachte: Lach nur, bald wirst du weinen.

Sie weinte nicht, nur das Lächeln verschwand. Hartnäckig fuhr sie fort, ihn anzusehen, ein Auge zugekniffen, als betrachte sie ein Präparat unter dem Mikroskop. Nicht einen Jahrmarktsgaukler, sondern einen gefährlichen Virus.

Sprang man so mit einem Vertreter der Parteiführung um? Vielleicht wären gewisse ›Erziehungsmaßnahmen‹ angebracht, hatte er damals gedacht. Wenn sie so weiter machte, würde es schlimm enden. Man würde es nicht bei einer Versetzung bewenden lassen.

Unter welch eigenartigen Umständen sie zwischen die Mühlsteine geraten war, hatte er vergessen. Mit ihrer Person hatte das Ganze herzlich wenig zu tun gehabt.

Wie auch immer, ein Gedanke läßt ihn nicht los: Ohne diese Versetzung hätte sie jetzt in ihrem Büro gesessen, anstatt auf dem Fahrrad mit ihren Siebensachen umzuziehen oder die Verlegung ihres Kindes in eine andere Schule zu organisieren, von einer Behörde zur anderen . . . Feng Xiaoxuan überkommt ein flaues Gefühl, als habe ihm jemand einen Schwinger auf den Solarplexus verpaßt.

Fang Wenxuan sitzt im Auto. Er begreift nicht, wohin es ihn fährt, noch, was er vorhat. Der Wagen schießt dahin. Erwartet ihn denn jemand am Ende dieser rasenden Fahrt? Niemand, ihn braucht längst niemand mehr, und er hofft auf nichts mehr.

Früher einmal wurde er erwartet. In der niedrigen feuchten Hütte in der Kaderschule. »Ein geeigneter Ort, um Champignons zu züchten.« Wer hat das gesagt? Ach ja, He Jiabin. War es mit ihren Gefühlen nicht ähnlich? Auch sie vertrugen kein Tageslicht, konnten nur im Dunklen, Feuchten gedeihen.

Gebäude, Passanten, Fahrzeuge, die am Fenster vorbeihuschen, scheinen auf den Wagen zuzustürzen, sich unter die Räder zu bohren. Er klopft seinem Chauffeur auf die Schulter: »Yan, langsamer!«

Der Chauffeur verringert das Tempo. Der alte Herr bekommt es mit der Angst, sobald er von einem Verkehrsunfall hört.

Weit fort ist der Mensch, an den zu denken Fang Wenxuan soviel Qual bereitet. Vor ein paar Stunden noch hat er gedacht, sie würden sich nicht mehr sehen. Richtig, kein Wiedersehen, ein Abschied, ein letzter Blick. Was hat sie wohl in dem Moment gedacht, als sie eine andere Welt betrat? Ihn gehaßt, ihm verziehen? Man glaubt, der Weg vom Leben zum Tod sei endlos. Dauert er bei ihm nicht schon Jahrzehnte? In Wahrheit liegen Leben und Tod unendlich nah beieinander. Kaum eine Sekunde trennt die Welten, doch es dringt kein Ruf über die Grenze. Warum hat er nicht, als sie noch lebte – –.

»Wir haben den Fahrer verhaftet«, hat ihm der Mann in der Polizeiuniform am Klinikeingang gesagt. Was noch? Ach ja, wie und wo es passiert ist. Alles sinnlos, sie ist fort. Wo soll er sie suchen? Vielleicht gibt ihm das Neonlicht Auskunft, die Decke, die Wand. Aber sie wahren ihr Geheimnis in tiefem Schweigen, mit strafender Entschlossenheit. Werden Berge und Flüsse, Sonne und Mond, Regen, Blitz und Donner jemals wieder eine Frau ihrer Art schaffen? Würde er sie wiedererkennen, wenn sie einander begegneten?

Der Arzt berichtet von den Rettungsversuchen – tatsächlich ist sie schon auf dem Weg zur Klinik gestorben –, aber wer rettet ihn? Hört der Arzt sein Stöhnen nicht? Keiner hat ein tröstendes Wort für ihn, keiner ahnt, daß er alles verloren hat, was je in seinem Leben Wert besaß. Die Situation hat ihre Komik, jemand wie er darf nicht einfach losheulen, nicht einmal deprimiert erscheinen. Nicht zum ersten Mal spielt er diese Komödie, es wird auch nicht das letzte Mal sein. Am besten wäre ein plötzlicher Herzinfarkt, er bräuchte nicht hier zu stehen, nicht zu nicken, nichts zu sagen. Mein Gott, diese vielen Leute! Was haben die alle hier zu suchen? Als würde hier eine Fortsetzung der »famous detective stories« gezeigt.

Seine Schritte hallen auf der Kellertreppe, klar, kalt, gefühllos. Der Arzt führt ihn in die Totenhalle. ›Zimmer des ewigen Friedens‹, woher kommt wohl dieser komische Name? Richtig, wer hier liegt, wird in seinem Frieden nicht mehr gestört. Aber die Überlebenden? Er ist nicht der erste, dem das widerfährt. Wie sind die anderen damit fertig geworden?

He Jiabin bleibt verständnisvoll vor der Tür zurück.

Noch besser, wenn auch der Arzt draußen bliebe.

Kalt hier! Soll sie hier Winterschlaf halten?

Längliche weiße Tücher. Unter jedem eine beendete Geschichte. 25832. Bereits zu einer Nummer geworden. Die letzte Bezahlung. Nicht wenig. Wird die Nummer mit ihr verbrannt? Nein, im Krematorium wird sie eine andere Nummer erhalten. Er würde sich gerne in diese letzte Zahl verwandeln.

Schlampig gewaschen. Ein Brei von Fleisch und Blut. Das Haar auf dem flachgedrückten Kopf von geronnenem Blut verklebt, eine Strähne zeigt hierhin, die andere dorthin, wie die Reissetzlinge in der Kaderschule, die gebündelt darauf warten, umgepflanzt zu werden. Hat dieses Haar wirklich einmal im Frühlingswind geflattert? Er hat es gesehen, dahinfliegend wie Vogelschwingen. Und dieses blutig verschmierte Gehirn enthält mehr kummervolle als freudige Erinnerungen. Er würde gerne nachforschen, in welchem Teil er selbst gespeichert war. Ist es der Spritzer da auf dem Ohrläppchen? Warum kann er nicht sprechen? Kaum vorstellbar, daß diese zusammengebackene, gerade in Verwesung übergehende Masse Gedanken und Gefühle produziert, Seele und Körper dirigiert hat. Na ja, letztlich sind alle Menschen gleich, aber das hier ist doch etwas anderes, das ist sie.

Das Gesicht wie aus Plastellin, das ein ungeduldiges Kind verformt hat, um es beiseite zu werfen, noch ehe es eine wirkliche Form angenommen hat. Er findet die regelmäßigen Linien der Brauen nicht mehr. Ihre Lippen, die so voller Ausdruck waren, schmollen wie die eines trotzigen Kindes, nicht einmal ihr letzter Schmerz bildet sich auf ihnen ab.

Warum gibt es hier drinnen nicht wenigstens eine Bank? Er hat das Gefühl, gleich umzufallen.

Vermutlich hat nie jemand an ihrem Krankenbett gesessen und ihr flüsternd Gesellschaft geleistet. Ein einsames Leben! Das schmale weiße Laken, der Körper darunter wie eingeschrumpft, der blutig verschmierte Kopf, die verzerrten Züge erheben Anklage gegen das ihr vom Schicksal angetane Unrecht, stellvertretend für sie, die nie ein Wort der Klage laut werden ließ. Sie hinterläßt ihm einen wortlosen Vorwurf.

Warum, Doktor, sprechen Sie den Vorwurf nicht aus, voller

Verachtung, sondern stehen respektvoll wartend da? Sehen Sie wie üblich nur die Kleidung, nicht das Schreckliche, das sie verdeckt? Es gibt nichts Grauenvolleres, glauben Sie, Doktor, ich wünschte, Sie würden diese absurde Geschichte nie vergessen.

Er bückt sich und drückt einen Kuß auf die aufgeschwollenen, blutbespritzten Lippen. Den ersten und letzten. Haben die Lippen haßerfüllt gezuckt? Unsinn, es sind die herabrinnenden Tränen, die alles um ihn her verwischen.

15. Kapitel

Wie auf einer Wahlkampfshow Reagans:

Was soll diese Versammlung, dieses verlogene Gerede, sollen sich doch andere hinters Licht führen lassen, er, Wang Fangliang, jedenfalls nicht.

Die erste Schlacht ist geschlagen, 887 zu 406 Stimmen für Zheng Ziyun als Vertreter des Schwerindustrieministeriums auf dem 12. Parteitag.

Es kotzt ihn an, Tian Shouchengs Gerede anhören zu müssen. Lieber würde er ins Büro zurückgehen, Akten aufarbeiten oder im ›Jin Pingmei‹ weiterlesen. Er hat kürzlich jemanden beauftragt, ihm einen ungekürzten Nachdruck zu verschaffen.

Aber Tian Shoucheng hat gerade erst mit seiner Rede begonnen, er kann sich nicht jetzt schon davonmachen.

Um zu verhindern, daß er auf dem Podium den unschicklichen Anblick seines von Gähnen weit aufgerissenen Mundes bietet, beginnt er, die Gesichter im Auditorium zu studieren. Die fette Genossin dort in der Ecke hat schon angefangen zu gähnen, es heißt, daß Gähnen ansteckt. Tatsächlich, die Leute in ihrer Nähe gähnen ebenfalls. Er spürt, daß er der Versuchung kaum mehr widerstehen kann, er hält sich die Hand vor den Mund, bloß nicht mehr hinschauen, er sucht sich andere Gesichter.

Der großmäulige Leiter des Referats für Gebäudeverwaltung sitzt natürlich mitten in der ersten Reihe, kritzelt in sein Notizbuch und nickt von Zeit zu Zeit mit andachtsvollem Gesicht, als lausche er kaiserlichen Weisungen. Fehlt nur noch, daß er sich hinkniet. Diese Komödie kennt Wang Fangliang nur allzugut. Er selbst hat bei den Konferenzen während des ›Großen Sprungs nach vorn‹, wenn er das obligatorische Salbadern nicht mehr ertrug, eifrig mit dem Kopf genickt und so getan, als machte er sich Notizen. In Wirklichkeit feilte er an seinen Gedichten. Gott sei Dank wagte damals (anders als später in der ›Kulturrevolution‹) keiner, in seinem Notizbuch herumzublättern. Andernfalls hätte er nicht bis 1967 warten müssen, um mit dem Gefängnis Bekanntschaft zu schließen. An zwei Gedichte kann er sich noch erinnern:

Wie strömendes Wasser verrinnt die Zeit
Zum Westpavillon eilen die Jahre
Auch dieses wieder
Doch das Pfeifen der Mäuse hier
Und der Insekten Gebrumm
Will nicht schweigen.

Aus dem Fensterchen blickst du weit
Hoch oben der Mond im Zenit
Voll Melancholie
Ach, es ist Melancholie
Über dir wirbelnd im Westwind
Die fallenden Blätter.

Das zweite Gedicht lautete:

Aufragend im See der Pavillon
Was ringsum liegt, ergreift der Blick
Wie blasse Tusche Wasser und Berge
Auf dem Spiegel des Sees ein kleiner Kahn.

Die Wolken zu Gast lädt die alte Pagode
An den Ketten der Berge verharren die Sterne
Abendrauch aus den Hütten ringsum
Zurück lenkt die Erinnerung den Schritt.

Wu ist vernichtet, zurückgekehrt
Bedarf Gou Jian des Rates nicht mehr
Als Xi Shi dem Fan Li folgte
Wurde Öde allüberall.

Treulos sind, seit die Erde besteht
Die an Machtgier erkrankten
Ungeschrieben muß bleiben mancher Vers
Auf, nimm den Pinsel, male die Lanze von Wü.

Originell ist diese Anbiederei schon lange nicht mehr. Aber sie macht betrunken, man schlürft sie wie alten Wein.

Damals in Yenan saß auch Jiang Qing immer in der ersten Reihe, unentwegt mit dem Kopf nickend schrieb sie in ihr Notizbuch, wenn ein führendes Mitglied des ZK eine Rede hielt. Als sie zusammen in der Parteischule studierten, kam er in den Genuß des Ruhmes, mit ihr eine Schulbank geteilt zu haben. Wenn man sie drängte, einen Schlager zum besten zu geben, ließ sie sich nicht lange bitten. Weil er sie Jahrzehnte zuvor hatte Schlager singen hören, verbrachte er während der ›Kulturrevolution‹ zehn Jahre im Gefängnis. Wie sagt man so schön? ›Schlag zu, wenn du ein Kerl bist!‹

Auch Tian Shoucheng liebt diesen Ausdruck.

Vor der ›Kulturrevolution‹ fiel die Leiterin der Abteilung für Instrumentebau deshalb einmal über ihn her: »Redet so ein Parteimitglied? Mafia-Sprache!« In Ordnung, sie fand sich prompt in der Mandschurei wieder, gleich für zehn Jahre. So bekam sie die ›Mafia‹ schneller zu spüren, als ihr lieb war.

Auch jetzt wieder: ›Schlag zu, wenn du ein Kerl bist!‹

Über Tian Shouchengs Qualifikation zum Parteitagsdelegierten ist längst durch seine Aufnahme in die Liste der Provinz G. entschieden worden. Erstaunlich, erstaunlich! Ein Witz! Wie viele Parteimitglieder der Provinz ihn wohl kennen? Er ist zwar dort geboren, hat dort gearbeitet, ist mit einem Haufen von Leuten in Kontakt gekommen, aber wieviel Prozent aller Parteimitglieder in der Provinz mögen sie ausmachen? Vermutlich wissen viele von ihnen nicht einmal, daß er Parteimitglied ist. Wer kann sich schon die Listen mit den Namen der Mitglieder und Kandidaten des Zentralkomitees merken, die bei Parteitagen veröffentlicht werden. Und speziell seinen Namen? Aber als Vertreter sämtlicher Parteimitglieder der Provinz wird er für sie sprechen. Woher weiß er, wo sie der Schuh drückt, welche Anliegen sie haben? Ob dort wohl bekannt ist, daß er einer von denen war, die zur Zeit der ›Viererbande‹ ihr Fähnchen eifrig in den Wind gehängt haben? Was hat er doch für ein geräumiges Herz, alles hat darin Platz: das Volk, die Sache der Partei, das Gedeihen des Vaterlandes, die wissenschaftliche Entwicklung des Marxismus und der Mao Zedong-Ideen. Nur von Karriere und Prestige keine Spur!

Im Moment bemüht er sich mit allen Mitteln, Zheng Ziyuns Qualifikation zum Parteitagsdelegierten in Frage zu stellen.

Kein Zweifel, dessen Nominierung wäre in seinen Augen eine Verstärkung der Reformergruppe um einen zusätzlichen Desperado.

In seiner heutigen Rede fehlt der sonst übliche näselnde Kaderton, die ähs und öhs, er scheint sogar ein wenig zu stottern. Ein beflissener Musterknabe, von Reue geschüttelt, weil er ins Kino gerannt ist, statt seinen blinden Vater zu geleiten. Auch diesen Trick hat er auf Lager, kaum zu fassen! Wer hätte gedacht, daß Shanghais vier großen Schauspielern ein Konkurrent erwachsen ist –.

». . . seit der Kulturrevolution ist die Zahl der neuen Parteimitglieder sprunghaft angestiegen. Einige entsprechen nicht den Normen. Aber auch unter den alten, ehemals guten Parteimitgliedern finden sich Leute, die den Anforderungen nicht mehr genügen. Zu ihnen gehöre auch ich!«

Im Auditorium beginnt es zu raunen. Wang Fangliang bemerkt, daß der Leiter des Referats für Gebäudeverwaltung nahezu mit den Tränen kämpft, ununterbrochen stößt er in Richtung seiner Nachbarn zur Linken und zur Rechten bewundernde Seufzer aus. Wie früher die gemieteten Claqueure im Theater.

»Ich habe schlechte Arbeit geleistet, bin ideologisch nicht auf der Höhe der Zeit, habe Privilegien in Anspruch genommen. Die Massen sind sehr unzufrieden mit mir. Ich habe der Führung des Zentralkomitees bereits berichtet, den entsprechenden Instanzen meine Selbstkritik geschickt, heute werde ich vor den versammelten Genossen Rechenschaft ablegen. Ich werde meine Fehler umgehend korrigieren und versichere Ihnen: Das sind keine leeren Worte!«

Zum Herzerweichen, seine Stimme erstickt nahezu in Tränen.

Der Leiter des Referats für Gebäudeverwaltung macht endlich den Anfang und klatscht, bald dröhnt das ganze Auditorium vom Applaus. Durchdrungen von aufrichtiger Rührung.

Ach, diese gutherzigen, nachsichtigen Leute. Wie leicht sind sie an der Nase herumzuführen.

Vor der Konferenz hatte Tian Shoucheng wutschnaubend zu Lin Shaotong gesagt: »Ausziehen soll ich? So einfach geht das nicht, dazu kriegt mich keiner, und wenn das Haus tausendmal gegen die Vorschriften verstößt! Soll ich vielleicht auf der Straße schlafen? Die sollen nur mal nach oben schauen, einer wie der andere sitzen sie in Häusern, die größer sind als meines! Und über mich fallen sie her, bei mir wollen sie das Messer ansetzen!«

Er geriet immer mehr in Wallung. Die Erfahrung langer Jahre sagte ihm, daß es nicht um das Haus ging, das war nur ein Vorwand. In China werden die Dinge seit jeher so gehandhabt. Die Vorahnung einer gewaltigen Bedrohung, die den in mühsamer, lebenslanger Arbeit aufgerichteten Pyramidenbau seines Ansehens und seiner Interessen zum Einsturz zu bringen drohte, ergriff von ihm Besitz. Er mußte an Sommerwolken denken, die vor seinen Augen allmählich die Sonne verdunkelten. Was vor einem Augenblick noch in lebensvollem Glanz erstrahlte, wurde unter diesen geräuschlosen Schatten mit einem Mal dunkel und trübe und verlor seine Lebenskraft. Schon als Kind hatten ihm diese Wolken unnennbaren Schrecken eingejagt, immer wieder versuchte er, ihnen zu entfliehen, sie wirkten so unendlich langsam, daß er hoffen konnte, sie zu überholen, doch mit einem Mal warfen sie ihre düsteren Schatten über ihn.

Diese Vorahnungen haben mit der Nervosität weiblicher Überempfindlichkeit nichts zu tun. Seit der 3. Plenarsitzung des ZK hat Tian Shoucheng das Gefühl, über seinem Kopf ziehe sich langsam, aber sicher ein Sack zusammen. Er verliert mehr und mehr an Selbstvertrauen. Die Zeiten haben sich geändert, die alten Methoden funktionieren nicht mehr so recht. Früher genügte das Vertrauen einer einzigen Person, um Himmel und Hölle zu trotzen, heute muß man sich abrackern und die gesamte Partei, die gesamte Bevölkerung hinter sich bringen. Mit Kniffen und schönen Worten ist es nicht mehr getan.

Im übrigen scheint es sich zu bewahrheiten, was man ihm prophezeit hat: »Noch ist die Zeit nicht reif, aber früher oder später muß man für alles zahlen.«

Er steht mit dem Rücken zur Wand, es riecht nach ›der Mohr hat seine Schuldigkeit getan, der Mohr kann gehen‹.

Keiner erinnert sich mehr an alte Bindungen, es zählt nur noch, was man unter der ›Viererbande‹ gemacht hat.

Als die ›Viererbande‹ gestürzt wurde, war er wirklich für einen Augenblick vollkommen fassungslos. Bei jeder Gelegenheit bat er einen seiner Genossen aus alten Tagen, einen leitenden Funktionär des Planungskomitees, der mit einem Vizepremierminister eng befreundet war: »Bitte, laß mich wissen, wie sich der Chef über das Schwerindustrieministerium äußert.«

Nachdem sich eine Weile nichts rührte, verkündete er im Namen des Parteiausschusses vor allen Angehörigen des Ministeriums: »Bei uns im Schwerindustrieministerium hat es weder sachliche noch personelle Querverbindungen zur ›Viererbande‹ gegeben!«

Doch kurz darauf fielen im ZK die Namen zweier Vizeminister des Ministeriums. Beide verdankten ihre Karriere Tian Shoucheng, beide waren aus dem Rang gewöhnlicher Sektionskader raketengleich in ihre Positionen geschnellt. Beide gehörten zum Umkreis der ›Viererbande‹. Auf diese Weise verfügte Tian über zwei Kanäle, um mit der ›Viererbande‹ engeren Kontakt aufzunehmen. Der zweite Kanal lief über seine Frau, die in den Dreißigern, als Jiang Qing ein Sternchen der Shanghaier Filmszene war, als Sportstar gefeiert wurde. Die beiden Exsternchen standen noch immer auf vertrautem Fuß.

Daß man die beiden herauspickte, bedeutete ohne Zweifel, daß man es auf ihn abgesehen hatte. Daß er selbst das Piratenschiff bestiegen hatte, konnte man ihm zwar nicht vorwerfen, aber es haftete ihm an, daß er damit geliebäugelt und seine Seele verkauft hatte. Notgedrungen mußte er sich vor die beiden stellen, weil er in viele ihrer Aktionen verwickelt war. Aber nachdem im ZK immer wieder ihre Namen fielen, war eine Kritik nicht zu umgehen, wenn er seine Haut retten wollte.

Anfangs verschaffte er sich unter dem Vorwand, das Ministerium verfüge nicht über die räumlichen Möglichkeiten, die beiden zu separieren, Gelegenheit, sich vor der Untersuchung mit ihnen abzusprechen und Informationen auszutauschen.

Die Kritikversammlungen fanden in engstem Rahmen statt und wurden eilig durchgezogen, vor allem wurden Vertreter der ehemaligen Opposition nicht zugelassen, sonst wäre der alte Hader wieder aufgebrochen und die Sache hätte nie ein Ende genommen.

Offiziell wurden mehr als fünfzig Kritikversammlungen abgehalten, in Wirklichkeit leierten ein, zwei ausgewählte Leute vorbereitete Redemanuskripte herunter. Tian Shoucheng erklärte ein ums andere Mal: »Als Minister hatten sie mit der unteren Ebene wenig Kontakt, es reicht, wenn ihre Vergehen von Referatsleiterebene aufwärts enthüllt werden. Für den Fall, daß Interna zur Sprache kommen, die mit Staatsgeheimnissen kollidieren, sollte aus Gründen des Geheimnisschutzes der Teilnehmerkreis nicht zu sehr ausgedehnt werden.«

Den beiden Kritisierten erklärte er in einer Versammlung: »Wenn ihr euch zu euren Fehlern bekennt, behaltet ihr eure Posten, Provinzparteisekretäre und ZK-Mitglieder sind schließlich auch im Amt geblieben!«

Die beiden zeigten nicht das mindeste Verständnis für seine Mühe. Kaum waren die Versammlungen beendet, legten sie sich mit den Manuskriptvorlesern an: »Alles Quatsch!«

Besonders komisch war, daß es sich bei den Mitgliedern der Säuberungskommission immer um die gleichen ›Bürohengste‹ handelte. Anfang 1976 firmierten sie unter ›Büro für Deng-Kritik‹; im Herbst des gleichen Jahres unter ›Büro für Entlarvung der Viererbande‹, jetzt nannten sie sich ›Säuberungskommission‹. Irgend jemand schickte anonym eine Holztafel mit der Aufschrift ›Büro für Deng-Kritik‹ auf der Vorderseite und ›Säuberungskomitee‹ auf der Rückseite, verbunden mit dem Vorschlag, es bei Bedarf einfach herumzudrehen.

Tian Shoucheng erklärte dazu: »Wer uns nicht vertraut, kann ja nach oben berichten.«

Aber er erklärte nach kaum fünf Monaten die ganze Angelegenheit Hals über Kopf für beendet und verkündete auf einer Belegschaftsversammlung: »Die Bewegung zur Entlarvung und Kritik der ›Viererbande‹ ist im Ministerium wie überall im Land glänzend verlaufen. Heute können wir sie im großen und ganzen als abgeschlossen betrachten, die über zwanzig Fälle, in denen es um Verbindungen zur ›Viererbande‹ ging, sind im wesentlichen überprüft und bereinigt.«

Als er vom Beschluß des ZK erfuhr, die beiden aller ihrer Ämter zu entheben, begriff er sofort, daß er das Spiel verloren hatte und es ihm früher oder später an den Kragen gehen würde.

Seither duckt er sich. Wang Fangliang, Zheng Ziyun, alle wollen sie ihn kleinkriegen. Wo immer etwas schiefgeht, versuchen sie es ihm in die Schuhe zu schieben, und zwar ganz offen. Was haben sie vor? Wollen sie seinen Posten, oder was?

Es stimmt schon: Kommt der Tiger in die Ebene, trickst ihn

der Hund aus, gerät der Drache auf eine Sandbank, ist ihm der Krebs überlegen.

Tian Shoucheng schluckt alles. Die Rache des Edlen kann zehn Jahre warten. Man wird nicht erleben, daß er die Beherrschung verliert.

Um keinen Preis kann er allerdings dulden, daß Zheng Ziyun zum Parteitagsdelegierten aufsteigt. Die erste Abstimmung hat noch nicht die erforderliche Stimmenzahl erbracht, noch ist nichts entschieden. Vielleicht ist dies sein letzter Kampf. Es geht um alles oder nichts. Chancen, Alter, Zeitpunkt sprechen gegen ihn, aber wenn er dazu verurteilt ist, unterzugehen, soll Zheng Ziyun mit daran glauben, alles andere wäre unerträglich. Ist er bei Licht besehen denn schlechter als andere? Zheng Ziyun besser? Kann man ihn einfach abservieren? Er hat schließlich was geleistet! Den Hals hinhalten und auf das Beil warten? Lächerlich, er ist doch nicht irgendwer.

Selbst ein Huhn zappelt, bevor es geschlachtet wird. Und er ist schließlich ein Mensch, im Dienst ergraut, kein Vieh, das man nach Belieben herumschubsen kann. Sie werden schon sehen!

Als Wang Fangliang das stolze Lächeln auf Tian Shouchengs Gesicht bemerkt, das Lächeln eines berühmten Schauspielers, der nach einem erfolgreichen Auftritt die Ovationen des Publikums entgegennimmt, hat er größte Lust, ihn vom Rednerpult zu jagen und zu erklären: »Geschwätz! Erstunken und erlogen von vorn bis hinten!«

Dieses Schmierentheater am hellichten Tag!

Schließlich weiß jeder, daß Tian Shoucheng und Kong Xiang die Dokumente der übergeordneten Instanzen, in denen Tian kritisiert wurde, mehr als zwei Monate unter Verschluß gehalten haben; erst als sich von oben Anfragen nach Resultaten der Säuberung häuften, hat Kong Xiang Zheng Ziyun notgedrungen Einsicht gewähren müssen. Vor den höheren Instanzen hatte er sich noch recht selbstbewußt gerechtfertigt: »Die Angelegenheit betrifft den Ersten Sekretär. Genosse Zheng Ziyun, der Vizesekretär, lag krank zu Bett, andere konnten dazu kaum Stellung nehmen, daher bestand bis vor kurzem keine Gelegenheit, die Sache zu diskutieren.« Und so weiter.

Dieser Trick sieht ganz nach Tian Shoucheng aus, Kong Xiang ist dafür nicht gerissen genug.

Kong Xiang mußte also mit den Dokumenten zu Zheng Ziyun.

Der bekam in seiner übertriebenen Aufrichtigkeit auf der Stelle einen Wutanfall: »Was gibt Ihnen das Recht, Dokumente übergeordneter Stellen unter Verschluß zu halten? Mit welchem Recht betreiben Sie ein Versteckspiel vor den Mitgliedern des Parteikomitees? Ich mache Sie darauf aufmerksam, daß Sie sich einer schweren Pflichtverletzung schuldig gemacht haben. Ich erwarte von Ihnen, daß Sie auf der nächsten Sitzung vor allen Komiteemitgliedern rückhaltlos Rechenschaft ablegen. Jetzt übermitteln Sie bitte dieses Dokument umgehend an alle Mitglieder des Parteikomitees zur Einsichtnahme, außerdem berufen Sie eine Sitzung des Parteikomitees ein, auf der wir entsprechend den Forderungen des Dokuments über Maßnahmen diskutieren, über die Ergebnisse werden wir nach oben berichten.«

Kong Xiang mußte sich an die Anweisungen halten, doch gestattete er die Lektüre nur unter der gestrengen Aufsicht Lin Shaotongs, als sei zu befürchten, die Dokumente könnten sich in Rauch auflösen; als handele es sich um Sitzungsprotokolle des Politbüros, und die zur Einsicht Berechtigten seien Räuber und Diebe, die die Papiere an ihre Sekretäre, Freunde und Geliebten weiterreichten, die wiederum nichts Eiligeres zu tun hätten, als sie an ausländische Agenten zu verscherbeln. Er hatte panische Angst, jemand könnte eine Abschrift anfertigen, die unter den Leuten zirkulieren würde. Die Geheimnistuerei hatte den Effekt, daß sie den Leuten, die Tian Shoucheng sowieso nicht leiden konnten, zusätzliche Munition lieferte.

Um die Einberufung der Sitzung zu beschleunigen, schrieb Zheng Ziyun allen Komiteemitgliedern einen offenen Brief, in dem er die Meinung vertrat, der Inhalt der Dokumente entspräche der Wahrheit, das Parteikomitee solle die Angelegenheit gründlich untersuchen und entsprechende Beschlüsse fassen. Gegenwärtig gäbe es an der Basis beträchtliche Unzufriedenheit, eine klare Haltung des Komitees würde dazu beitragen, die politische Moral und den Arbeitsstil im Ministerium zu verbessern.

Was kam dabei heraus? Tian Shoucheng verschleppte die Angelegenheit, bis sich Wang Fangliang und ein weiterer Vizeminister auf Auslandsreise befanden, das Parteikomitee tagte in Abwesenheit zahlreicher Mitglieder, die Sache wurde schwuppdiwupp unter den Teppich gekehrt.

Wang Fangliang hätte das anders angepackt. Er hätte gewartet, bis man von oben nachgefragt hätte, signalisierte man dort Entschlossenheit, hätte er alles ans Tageslicht gezerrt und gründlich aufgeräumt. Handelte es sich allerdings nur um ein Ablenkungsmanöver, einen Scheinangriff, der Not der Stunde gehorchend, hatte es auch keinen Sinn, wenn sich Zheng Ziyun als einziger aufregte. Wenn nun das Feuer gelöscht wurde, bevor es noch richtig brannte? Dann hätte Zheng Ziyun allein auf weiter Flur gestanden! Soviel Sturheit brachte nichts ein. Schließlich mußte man später wieder zusammenarbeiten. Darüber hinaus hätte es das größte Gerede gegeben.

In dieser Hinsicht ist Tian Shoucheng geschickter als Zheng Ziyun. Hätte er es sonst zur Nummer eins gebracht? Nummer eins zu werden ist leicht und schwierig zugleich. Das Geheimnis des Erfolges besteht darin, oben und unten, links und rechts im Gleichgewicht zu halten. Nur wenige besitzen diese Fähigkeit, auch Wang Fangliang kommt nicht gegen Tian Shoucheng an (obwohl er stärker ist als Zheng Ziyun).

». . . aufgrund der von der ›Viererbande‹ verursachten Vergiftung der Geister gibt es unter einigen Genossen Unklarheit über richtig und falsch, gut und schlecht, man unterscheidet nicht mehr zwischen Gestank und Wohlgeruch –. Manche stiften Unruhe, indem sie dem Dienst fernbleiben, andere dagegen werden bei der Arbeit zu Lumpen . . .«

Es ist soweit. Er kommt zum Kern der Sache.

Das zielt auf Zheng Ziyun.

Wang Fangliang steht auf, schiebt polternd den Stuhl zurück und stolziert, die Hände auf dem Rücken, quer über das Podium. Er wird endgültig ins Büro zurückgehen und im ›Jin Pingmei‹ weiterlesen.

Er kann dieses Amtsgebäude nicht ausstehen.

Die zu kleinen Fenster verleihen dem Bau etwas Schwerfälliges, sind unpassend wie zu kleine Augen in einem Riesengesicht. Plump wie ein schwerer Bomber. 1976, während des Erdbebens, hat das Gebäude nicht einmal gezittert. Der Himmel mochte wissen, wieviel Tonnen Zement damals in die Fundamente gekippt wurden.

Die kleinen Fenster lassen so wenig Tageslicht herein, daß auch am hellichten Tag das Licht brennt. Der Flur ist so lang wie der unterirdische Gang in den Ming-Gräbern.

Offensichtlich haben sich eine Menge Leute vor der Versammlung gedrückt. Er hört Schreibmaschinengeklapper, irgend jemand unterhält sich kichernd in einer Biegung des Ganges, trotz der gedämpften Stimme ist er zu verstehen: »Song Ke hat's diesmal erwischt, es heißt, daß er nicht unter den Kandidaten für den Vizeminister ist.«

»Geschieht ihm recht, er hat geglaubt, wenn er Chen Yongming rausdrückt, ist er dran! Ist Chen Yongming dabei?« Wang Fangliang bleibt stehen und hört interessiert zu.

»Sieht so aus!«

»Scheint, daß das Parteikomitee diesmal Ernst macht, Tian Shouchengs Bande –«

»So einfach ist das nicht! Wir haben in etwa ein Gleichgewicht der Kräfte, diesmal machst du einen Schritt vorwärts, ich einen zurück, beim nächsten Mal ist es umgekehrt.«

Wang Fangliang lächelt vor sich hin. Zwei ›Biertischstrategen‹.

Als er seinen Schlüssel aus der Tasche zieht, um sein Büro aufzuschließen, sieht er Tian Shouchengs zweiten Sekretär Xiao Yi mit einem Packen Papier unter dem Arm den Gang entlangkommen.

Xiao Yi nickt ihm zu, holt ebenfalls einen Schlüssel hervor und sperrt die gegenüberliegende Tür zu Tian Shouchengs Büro auf.

Seine Hosenbeine sind zu kurz, sie enthüllen gemusterte Socken und ein Paar schweinslederne Schuhe, alle seine Hosen sind zu kurz, bekommt er nicht genug Baumwollbezugsscheine? Wang Fangliang sind Hochwasserhosen zuwider, gegenüber der Hosenbeinlänge seiner Partner ist er empfindlich. Abgesehen davon erweckt Xiao Yis Duldermiene (wie Christus am Kreuz) seit jeher sein Mitgefühl.

Er weiß, daß sich Xiao Yi seit einiger Zeit zunehmend unwohl in seiner Haut fühlt.

Wieder einer dieser Balanceakte Tian Shouchengs. Xiao Yi ist in diesem Spiel nur ein Bauer. Eine Schachfigur, die sich nach Belieben auf dem Brett hin und her schieben und notfalls auch in Stücke schlagen läßt.

Man schreibt 1980, und Tian Shoucheng treibt immer noch dieses Spielchen!

Nach der Amtsenthebung der beiden Vizeminister Ende 77 war die Gruppe der ›Kulturrevolutionäre‹ im Ministerium über Tian Shoucheng aufgebracht: Wieso sitzt er immer noch so fest im Sattel, er hat genauso viel Dreck am Stecken. Ununterbrochen fielen sie über ihn her: »Glaubt wohl, er kann alle Brücken hinter sich abreißen! Er soll nur nicht vergessen, wem er seinen Aufstieg verdankt!«

Bei den übergeordneten Instanzen mehrten sich Anzeigen und enthüllendes Material.

Unbestreitbar verdankt es Tian Shoucheng der Unterstützung dieser Gruppe, daß er in der Spätphase der ›Kulturrevolution‹ in die Führung des Ministeriums aufgestiegen ist.

Das Geschimpfe der Leute läßt ihn kalt. Weder sein Beamtenhut noch sein Einkommen oder seine Wohnung sind in Gefahr. Man muß vergessen können, man kommt nicht voran, wenn man sich mit Erinnerungen an Vergangenes und unbeglichene Schulden beschwert.

Nur die Berichte der sogenannten ›Insider‹ machten ihn nervös.

Er griff zu einem neuen Trick. Er zerstörte die Autorität der führenden Köpfe der einen Fraktion, indem er über ihr Verhalten während der ›Kulturrevolution‹ eine politische Beurteilung anfertigen ließ, und ermutigte so die Gegenpartei.

Daß er selbst über Autorität verfügen könnte, ist Xiao Yi nie in den Sinn gekommen. Damals, zu Beginn, war es begeisterte Opferbereitschaft. Er sah sich als zu spät Geborener, der in den Jahren des revolutionären Kampfes nicht die Chance gehabt hatte, mit seinem Leben in die Bresche zu springen, ein nie wieder wettzumachender Mangel für ein Parteimitglied. Als sich die Chance einer ›Kulturrevolution‹ bot, konnte man dem Gegner zum Schutz der revolutionären Linie die Stirn bieten, sein Blut verspritzen ... Und jetzt, wo das alles weit zurücklag, blätterte man die alten Rechnungen wieder durch, um ihn politisch zu erledigen. Ja, er hatte Fehler begangen, war Pistolero für andere gewesen, hatte verdiente Genossen niedergemacht und einen Haufen Dummheiten begangen, die er später unendlich bereute.

Noch heute schlägt ihm das Gewissen, wenn er mit Genossen der damaligen Gegenpartei zusammentrifft. Sie haben sich zerfleischt und verleumdet, wie Irrsinnige, die sich mit der rechten Hand die linke abhacken. Warum? Damals sind sie alle verrückt gewesen. Auf der Welt gibt es alle Arten von Verrücktheiten, von Hitler heißt es, er sei verrückt auf einen Krieg gewesen.

Wang Fangliang ruft Xiao Yi zurück: »Genosse Xiao Yi, ich habe mich schon länger nicht mehr nach dem Stand Ihres Falles erkundigt, zu welchem Resultat ist man gekommen?«

Emotionslos antwortet Xiao Yi: »Ich soll während der Bewegung einen schweren politischen Fehler begangen haben, indem ich die Äußerungen eines Vizepremierministers kritisiert habe.«

In Wang Fangliang schießt der Zorn hoch. Wie lange will man diesen linksextremen Quatsch noch treiben! Wenn das so weitergeht, wird Widerstand gegen einen Minister auch noch zum schweren politischen Fehler deklariert!

»Haben Sie das unterschrieben?«

Xiao Yi lacht: »Nein. Ich habe nicht vor, das zu schlucken. Damit kommen sie nicht durch. Jetzt ist die Angelegenheit festgefahren.«

Er muß sich etwas für ihn ausdenken, Sturheit allein nützt nichts. Wang Fangliang weiß, wie man mit Tian Shoucheng umgehen muß, er durchschaut ihn. Persönlicher Vorteil und Beamtenhut, da muß man ihn packen, damit bringt man ihn dorthin, wo man ihn haben will.

Ein Vizedirektor des Planungsinstituts, der an Tian Shoucheng Kritik geübt hatte, wurde von diesem daraufhin drei Jahre bei der Stellenzuweisung übergangen. Der Vizedirektor wandte sich an Wang Fangliang, der sich schnurstracks zu Tian Shoucheng begab: »Stimmt es, daß der Vizedirektor Sie während der Kulturrevolution attackiert hat?«

Tian Shoucheng, von der Frage überrumpelt, antwortete vorsichtig: »Keineswegs!«

»Aber dann verdächtigt man Sie ja zu Unrecht! Überall heißt es, er bekäme keine Arbeit, weil Sie sich an ihm rächen wollten.« Am nächsten Tag nahm sich Tian Shoucheng der Sache an.

Wang Fangliang empfiehlt daher Xiao Yi: »Gehen Sie mit dem Wisch zu Tian Shoucheng, fragen Sie ihn, ob Kritik an einem Vizepremierminister zu den ernsthaften politischen Vergehen gehört, und wenn ja, wie dann Widerstand gegen Vizepremierminister Deng Xiaoping zu bewerten ist?«

Xiao Yi schmeißt die Akten bündelweise auf den Schreibtisch, die obersten Blätter flattern davon; er bückt sich nicht, um sie aufzuheben, sondern kickt sie in die Ecke.

Die Zeichen auf den Schriftstücken ohne Kopf und Unterschrift starren ihm aggressiv entgegen.

1. Der Minister steht als Vertreter des Schwerindustrieministeriums auf dem 12. Parteitag bereits fest. Die beiden anderen Delegierten sollten sich nicht aus Kadern im Ministerrang rekrutieren.
2. Die Delegierten sollten nicht älter als 65 Jahre sein.
3. Die beiden anderen Delegierten sollten aus den Reihen der Fachleute gewählt werden.

In der linken Ecke stehen zusätzlich »streng vertraulich« sowie die Verteilerkürzel der einzelnen Abteilungen.

Warum hat man nicht gleich daraufgeschrieben: Es ist nicht gestattet, Zheng Ziyun zu wählen.

Weiß Gott unverfroren! Und das in Peking, direkt unter den Augen des Zentralkomitees, in einem Ministerium, das direkt dem Staatsrat untersteht.

Er hat größte Lust, den Stapel anzuzünden.

Mit verschränkten Armen geht er im Büro auf und ab. Keine Frage, dahinter steckt System, Tians Rede im Konferenzsaal ist ein Teil davon. Die Absicht ist klar: die Leute zu agitieren, Zheng Ziyun ihre Stimme zu verweigern.

Sein Herz rast. Gegen seine Schläfen pocht es wie mit zwei kleinen Hämmern. Wieder und wieder sagt er sich: »Ruhig bleiben! Das geht dich nichts an, ist doch egal, wer gewählt wird!« Aber eine innere Stimme rebelliert verbissen und zornig. »Bist du Parteimitglied oder nicht? Das darf dich nicht gleichgültig lassen!«

Doch wenn er daran denkt, wie teuer ihn seine Aufrichtigkeit in der ›Kulturrevolution‹ zu stehen gekommen ist, verhärtet er sich wieder. Wozu sich für andere aufopfern?

Für andere? Für wen denn? Ist das Ansehen eines Parteitagsdelegierten Privatbesitz? Sollen Karrieristen wie Tian Shoucheng im Namen des Ministeriums das repräsentieren, was Verpflichtung und Aufgabe jedes Parteimitglieds sein sollte? Soll man ihn zum ständigen Mitglied des Zentralkomitees aufsteigen lassen, damit er seine Macht dazu verwendet, weiter Unheil zu stiften? Er greift zum Telefon.

Ach Quatsch, Schluß damit, schlimmstenfalls einer mehr –. Er läßt den Hörer sinken.

Aber vielleicht geht es gerade um diese eine Stimme, wenn es darauf ankommt?

Er trommelt sich mit der Faust gegen die Stirn. Als ihm bewußt wird, daß er einem drittklassigen Schauspieler ähnelt, der eine Person in auswegloser Situation darzustellen hat, fallen ihm die Fäuste wieder herab.

Das Telefon klingelt.

Tian Shouchengs Frau: »Tian? Ist nicht da? Sagen Sie ihm, daß er heute früher nach Hause kommen soll, Minister H. vom D. Industrieministerium kommt zum Abendessen!«

Kein »Wie geht's?«, kein »Dankeschön!«, als wäre er ein automatischer Anrufbeantworter.

Er kennt diesen Minister H., auf der Plenarsitzung des 5. Volkskongresses wollte er ›weise‹ und ›groß‹ in die Verfassung geschrieben haben.

Die Kerle hecken also wieder etwas aus. Offenbar planen sie irgendwelche Machenschaften auf dem Parteitag.

Er nimmt ein Blatt vom Stapel, faltet es und steckt es in die Tasche, die übrigen trägt er in Tian Shouchengs Büro. Dann schließt er ab, verläßt das Haus, schwingt sich aufs Fahrrad und fährt zu Zheng Ziyun, so schnell es geht. Ein bißchen wie Don Quijote auf seinem Klepper. Er selbst allerdings fühlt sich wie auf einem stolzen Streitroß, an sein Ohr dringt das Getrappel der Hufe und Feldgeschrei.

Zheng Ziyun will es einfach nicht glauben. Wieder und wieder nimmt er das inzwischen völlig zerknüllte Papier zur Hand. Erstens, zweitens, drittens, Absatz für Absatz zielsicher gegen ihn gerichtet. Er läßt den Zettel auf das Teetischchen fallen und verkriecht sich im Sofa. Durch die Dämmerung weht der Ruf einer Klarinette. In seinen Ohren klingt es wie in alten Zeiten das Horn der Wache auf der Großen Mauer.

Die Zeilen Su Shis fallen ihm ein:

Hör auf den Wind nicht
Der die Blätter durchrauscht
Besser ein Gedicht auf den Lippen
Schlendernden Schrittes.

Gestützt auf den Stock aus Bambus
An den Füßen Schuhe aus Stroh
Bist du leichtern Gemüts
Als hoch zu Pferde
Was sollte dich schrecken?

Warum nicht gehüllt
In den Schilfmantel des Fischers
Ziellos durchs Leben treiben!

Das Frösteln des Frühlingswindes
Vertreibt den Rausch
Schräg über den Berg
Fällt die Abendsonne.

Blick zurück auf den Weg
Einsam und kalt
Geh, wende zur Natur dich
Die weder Schmerz kennt noch Freude.

Er hört Xia Zhujun mit dem Enkel zurückkommen. Vermutlich hat er ein neues Spielzeug bekommen, das ganze Haus hallt wider vom Rattern eines Maschinengewehrs und dem Gebrüll des Jungen. Eilig steht er auf und schließt seine Zimmertür.

Dennoch hört er ununterbrochen Xia Zhujuns Stimme:

»Spring nicht mit den Schuhen auf dem Sofa herum!«

»Hör auf, die Katze am Schwanz zu ziehen!«

»Herrjeh, was bist du für ein böser Junge, jetzt hast du die Seife in die Thermosflasche geworfen!«

»Zerr nicht an den Blumen herum!«

Tu das nicht, laß das.

Lärm und Chaos ohne Ende. Wenn Xia Zhujun wüßte, daß er vor kurzem wieder ein Pensionierungsgesuch eingereicht hat, würde es wieder Krach geben. Ein verheirateter Mann ist verloren. Erledigt. Alles geht aus den Fugen.

»Tak! Tak!« Offensichtlich schlägt das Goldstück der Familie mit dem Maschinengewehr gegen seine Tür.

Er öffnet, tatsächlich, da steht der Kleine, fett, die Beine über Kreuz, mit einer zu großen Mütze, der Schirm ist ihm über die Augen gerutscht. Drohend richtet er sein Maschinengewehr auf Zheng Ziyuns Bauch: »Hände hoch, marsch, ergib dich, sonst lege ich dich um!«

Herr des Himmels, er soll ihn in Ruhe lassen!

Er hebt die Hände: »Ist ja gut, ich kapituliere, und jetzt troll dich!«

Der Kleine feuert eine weitere Salve ab, stampft mit seinen dicken Beinchen durchs Zimmer und sucht unter Absingen selbstverfertigter Kampfgesänge siegreich das Weite.

Kapitulieren! Zheng Ziyun lächelt, das Wort ist aus seinem Lexikon gestrichen.

Er beschließt, über die drei Abschnitte auf dem zerknitterten Papier mit Tian Shoucheng zu sprechen, von Angesicht zu Angesicht.

Tian Shoucheng ist überrascht, Zheng Ziyun in seinem Büro vorzufinden. Ihm fällt ein, mit welch ernsthafter Miene Xiao Yi an seinem Tisch im Vorzimmer sitzt.

Der Besuch paßt ihm gar nicht.

Mit ausdrucksloser Stimme fragt er: »Geht es Ihnen besser? Sollten Sie sich nicht noch ein paar Tage zu Hause erholen?«

Zheng Ziyun rollt eine Zigarette in seiner Hand. Er zündet sie nicht an, er rollt sie nur hin und her, wie ein erfahrener Soldat, der vor der Schlacht in aller Ruhe seinen Gewehrlauf reinigt.

»Setzen Sie sich!« Er nimmt vom Tischchen neben seinem Sessel das zerknitterte Papier. »Genosse Tian Shoucheng, ich erwarte einige Erklärungen von Ihnen. Was hat das zu bedeuten?«

Tian Shoucheng betrachtet das Blatt eine Ewigkeit, wie ein Ausländer, der gerade erst ein paar Zeichen gelernt hat. »Wie ist das in Ihre Hände gelangt?«

»Spielt keine Rolle. Als Vizeparteisekretär und Vizeminister habe ich ein Recht zu meiner Frage.« Ohne den Kopf zu heben, zündet er sich die Zigarette an und zieht langsam den Rauch ein.

Nur keine Hast, er hat Zeit.

Sämtliche Geräusche verstummen. Tian Shoucheng hört sein Herz schlagen wie eine Trommel beim Auftritt eines Generals in der Oper, langsam, schwer, kraftvoll. Als nagelten ihn tausende von Augenpaaren fest. Zurückweichen ist unmöglich, er muß sich dem Kampf stellen. Daher sagt er widerwillig: »Das da, das sollte nur dazu dienen, den Kreis der Delegierten etwas zu erweitern und die Wünsche der Parteimitglieder auf der Vollversammlung zur Geltung zu bringen. Auf der Delegiertenversammlung, äh, der Delegiertenversammlung.«

»Ist das in Ihrer Parteizelle so abgesprochen worden?«

Tian Shoucheng nimmt sich eine Zigarette aus der Schachtel. Das Feuerzeug will nicht funktionieren, er klappt es auf und zu, Zheng Ziyun wirft ihm seine Zündhölzer zu. Tian Shoucheng hantiert weiter mit seinem Feuerzeug, schließlich flammt es auf, und nachdem er sich die Zigarette angezündet hat, wirft er Zheng Ziyun die Streichhölzer zurück.

Er zieht einmal kräftig, dann sagt er: »Überlegungen von ein paar Leuten.«

»Dann möchte ich das Protokoll der Parteizellensitzung sehen.« Zheng Ziyun streckt seine rechte Hand aus. Tian Shouchengs speckglänzendes Gesicht legt sich in Falten. »Äh, es handelt sich – um private Überlegungen –.«

»Private Überlegungen? Von wem?« Zheng Ziyun steht auf.

»– –.« Tian Shoucheng sitzt da wie eine Kanone ohne Pulver.

»Sie geben private Überlegungen im Namen Ihrer Parteizelle an alle Abteilungen weiter? Wer gibt euch im übrigen das Recht, die Bestimmungen des Zentralkomitees über die Wahl von Parteitagsmitgliedern über den Haufen zu werfen? Kein Wunder, daß es heißt, hier im Ministerium hätten lediglich vier Leute das Sagen, das Komitee habe nichts zu melden!« Er seufzt, drückt seine kaum angerauchte Zigarette aus und wirft sie in den Aschenbecher. Eine Antwort ist überflüssig, er weiß, wen er vor sich hat.

»Wir haben das ja nicht im Namen der Parteizelle drucken lassen.« Tian Shoucheng hat längst vorgesorgt, kein Kopf und keine Unterschrift, so wird ihm keiner etwas anhängen können.

Was ›Amtsanmaßung‹ für ihn bedeuten würde, weiß er nur allzugenau.

»Warum habt ihr nicht den Mut gehabt, namentlich zu unterzeichnen? Daran wäre nichts auszusetzen gewesen. Aber so ist die Absicht doch völlig klar: Die Leute sollen glauben, daß Ihre Privatmeinung die Meinung des Parteikomitees repräsentiert. Ein übler Trick, um die Wähler unter Druck zu setzen. Ich verlange, daß das Parteikomitee einberufen wird, um die Angelegenheit allen Parteimitgliedern im Ministerium bekanntzumachen. Ein derart disziplinwidriges Vorgehen ist unerhört! Es ist nicht das erste Mal, daß so etwas bei uns vorkommt. Ein Verstoß gegen innerparteiliche politische Regeln, eine Mißachtung der Prinzipien der Partei. Mit welchem Recht nennen wir uns Kommunisten, wenn das, was wir lauthals verkünden, mit unserem Denken und Handeln nicht mehr übereinstimmt?«

Hochtrabendes Geschwätz. Tian Shoucheng fragt sich, ob es Zheng Ziyun wirklich nur um den Posten eines Parteitagsdelegierten geht. Oder möchte er sich auf dem Parteitag zum Ständigen Mitglied des Zentralkomitees hochmogeln? Das könnte erklären, warum er sich trotz seiner schweren Krankheit nicht ausruht, sondern bis zum Umfallen Vorträge hält und überall über Reform und Umgestaltung daherredet. Er versteht es, sich beliebt zu machen. Umgestaltung zwischenmenschlicher Beziehungen durch die ›Verwissenschaftlichung der ideologischen Arbeit‹, auf dieser Welle reitet er nach oben. In der Spitze gibt es ja heutzutage Leute, die das gern hören. Was hat er denn anderes im Schilde, als sich für die Wahl zum Kandidaten des ZK zu profilieren!

Tian Shoucheng lacht kalt in sich hinein. Gerade Zheng Ziyun muß reden, dieser Heuchler. »Tun Sie sich keinen Zwang an, besprechen wir das Problem in aller Ruhe, was nützt die Aufregung? Ganz abgesehen davon sind Sie nicht in bester Verfassung, wenn man krank ist, soll man sich nicht aufregen.«

Er will, daß sich Zheng Ziyun beruhigt. Der Mann ist zu allem fähig, ohne Rücksicht auf Verluste. Obwohl er seit so vielen Jahren in politisch führender Position ist, hat er offensichtlich nichts dazugelernt, stürmt immer noch blind drauflos wie ein Anfänger auf einer Mobilisierungsveranstaltung, ohne sich um die Regeln und die Pfeife des Schiedsrichters zu kümmern. Solchen Leuten geht man nach Möglichkeit aus dem Weg, sonst liegt man plötzlich auf der Nase, und das kann sich Tian Shoucheng nicht leisten. Außerdem muß er sich in seinem Innersten eingestehen, daß an der Sache wirklich etwas faul ist. Er mag ein genialer Betrüger sein, aber sich selbst kann er nicht betrügen.

Zheng Ziyun lächelt dünn. Es ist die Logik, der Leute wie Tian Shoucheng seit Jahrzehnten folgen; völlig illusorisch zu erwarten, daß sie sich ändern.

»Lenken Sie nicht ab. Wir haben uns an die Tatsachen zu halten. Diese Angelegenheit muß auf der Stelle geregelt werden, entweder benachrichtigen Sie alle Parteizellen, daß die Sache sofort zurückgenommen wird, oder ich wende mich an die übergeordneten Stellen.«

Stinkend und hart wie ein Latrinenbalken. Wer hat das über Zheng Ziyun gesagt? Ach ja, zu Beginn der ›Kulturrevolution‹ einer von den Alten, der, dessen Asche man kürzlich wieder ausgebuddelt hat. Auch wenn man seine sterblichen Reste aus dem Heldengrab in Badashan hinausgeworfen hat, seine Worte haben an Gültigkeit nichts verloren. Niemand sagt nur verkehrte Sachen. Hier jedenfalls hat er den Nagel auf den Kopf getroffen.

»Nun gut, wenn Sie darauf bestehen, werden wir die Angelegenheit mal untersuchen!«

Die Zauberwirkung des Wortes ›untersuchen‹ läßt sich mit Worten nicht beschreiben, man muß sie am eigenen Leib erfahren haben. Welchen Spielraum es eröffnet, welch unermeßliche Möglichkeiten, in Zeit und Raum zu manövrieren! Würde man die Wörter nach Gebrauchswert auflisten, stünde dieses Wort auf der Skala ganz oben. Es gibt sicher Leute, die am liebsten in den Jubelschrei »›Mal untersuchen‹, es lebe hoch, hoch, hoch!« ausbrechen würden. Zheng Ziyun nimmt sich vor, dieses ›mal untersuchen‹ nach seiner Pensionierung mal zu untersuchen. Vielleicht wird er ein Buch verfassen, in dem er darlegt, wie er anfangs mal untersucht hat und wie später, wie verschiedene Leute mal untersuchen und wie man mal untersuchen sollte.

»Schön, ich höre von Ihnen.«

Tian Shouchengs Gesicht glänzt wie eingefettet. Verlegenheit kennt er nicht. Ebensowenig wie Zheng Ziyun.

Als sie sich voneinander verabschieden, könnte man glauben, sie hätten sich gerade über Carters und Reagans Wahlaussichten im fernen Amerika unterhalten.

Nachdem er Zheng Ziyun hinausgeleitet hat, packt Tian Shoucheng das zerknitterte Papier, zerfetzt es in tausend Stücke, scharrt sie zusammen und wirft sie in den Papierkorb.

Verflucht, das ging hart auf hart. Und wieder hat der Saukerl den Sieg davongetragen.

Tian Shoucheng ist geduldig. Er wartet auf Zheng Ziyuns entscheidenden Fehler. Er rechnet fest damit, daß sich früher oder später eine Gelegenheit ergibt. Dann wird er unbarmherzig zuschlagen, so wie gerade Zheng Ziyun. Im übrigen muß er die Gelegenheit zur Offensive abwarten.

Er versucht sich zu beruhigen, aber nichtsdestoweniger bleibt das Gefühl, daß ihm in letzter Zeit ein Fehler nach dem anderen unterläuft, er hat es mehrmals an Umsicht fehlen lassen. Ein Zeichen von Nervosität und Ungeduld, er hat nicht mehr an sich halten können. Ein schlechtes Zeichen. Es geht abwärts, und es scheint, als schwänden Geschicklichkeit und Reaktionsvermögen mit dahin, wie herabgefallene Blütenblätter im Bach. Ihn überkommt das düstere Gefühl, daß seine ›goldene Zeit‹ unwiderruflich vorbei ist. Alt geworden? Er ist ungefähr im Alter Zheng Ziyuns. Aber dieses kränkliche Pflänzchen steht in vollem Saft.

Er trinkt einen Schluck Tee. Bitter, zu lange aufgebrüht. Aber er fühlt einen belebenden Stoß, schnell nimmt er zwei weitere Schlucke, läßt sie langsam die Kehle hinunterrinnen, als könne er damit den innerlichen Groll über die erlittene Schlappe mit hinunterspülen. In den letzten beiden Jahren ist sein Tee immer stärker geworden, wie bei einem Süchtigen, der immer mehr Zigaretten und Alkohol braucht. Je mehr der Reiz des Lebens verblaßt, desto stärker werden die Reizmittel. Er wirft einen Blick auf das Abstelltischchen, tatsächlich, Zheng Ziyun hat seine Tasse nicht angerührt. Was für ein Leben der Kerl führt! Wie ein engbedrucktes Formular, pedantisch Spalte um Spalte ausgefüllt, knapp, komprimiert, dürr, zum Trübseligwerden. Wie er wohl mit seiner Frau lebt? Kaum zu glauben, daß sie zwei Kinder zustande gebracht haben. Mönch sollte er werden, Haus und Hof verlassen!

Als er aufsieht, bemerkt er Xiao Yi in der Tür, er muß dort schon eine ganze Weile gestanden haben. Was macht er da? Spioniert er sein Innenleben aus?

Xiao Yis Miene ist merkwürdig verkrampft, als kämpfe er mit sich, ob er auf der Stelle reden oder alles noch einmal hinausschieben soll.

»Was gibt's, Xiao Yi?«

Dieses Herumstehen geht ihm auf die Nerven.

»Ich muß Ihnen etwas sagen.« Xiao Yis Kinn zittert. »Ich konnte nicht in Ihr Gespräch mit Minister Zheng reinplatzen. Sie haben ihn doch gefragt, woher er das Papier bekommen hat?« Er ist erregt, stottert, er macht Tian Shoucheng kribbelig. »Er hat's von mir!«

Tian Shoucheng begreift, daß sich Xiao Yi zu einem schweren Entschluß durchgerungen hat. Als wollte er, nachdem es nun heraus ist, seine Sachen packen und sich aus dem Staub machen. Soll er ihn gehen lassen? So einfach ist das nicht. Tian Shoucheng weiß seit langem, daß Xiao Yi seine Arbeit vom ersten Tag an gehaßt hat. Er fühlt sich hier befangen und unfrei. Aber wo findet Tian Shoucheng eine andere Person, die so ›repräsentativ‹ ist?

Nein, auch jetzt hat er nicht vor, ihn gehen zu lassen. Wenn sich das herumspräche, wäre der Schaden noch größer. Umgekehrt, wenn er ihn behält, wird sich das auf die öffentliche Meinung im Ministerium günstig auswirken.

Andererseits hätte er ihm diesen Schlag nie zugetraut. Die mehrjährige Beobachtung hatte ihn glauben lassen, daß sich Xiao Yi für nichts mehr interessierte; nun stellt sich das als völlig falsch heraus. In Zukunft muß er auf ihn aufpassen.

Seine Worte abwägend sagt er: »Genosse Xiao Yi, Ihr Vorgehen verstößt gegen die Prinzipien von Eintracht und Solidarität, aber es ist nun mal passiert, ich bitte Sie, in Zukunft besser achtzugeben!«

Xiao Yi weigert sich, diesen Gnadenerweis zu akzeptieren: »Die Sache selbst verstößt gegen die Prinzipien von Eintracht und Solidarität, nicht ich. Jedes ehrenhafte Parteimitglied muß sich gegen derartige Machenschaften zur Wehr setzen. Im übrigen möchte ich Sie bitten, mir eine andere Arbeit zuzuweisen, dieser hier bin ich nicht gewachsen.«

Also doch! Tian Shoucheng denkt nicht im Traum daran, sich mit ihm auf eine Diskussion einzulassen. Soll er ihm vielleicht Rede und Antwort stehen? Er ist schließlich kein Mitglied der Disziplinarkommission des ZK.

Die passende Phrase hat er sofort parat: »Hier ging es um Arbeitsnotwendigkeiten, wenn Sie daran etwas auszusetzen haben, werden wir bei späterer Gelegenheit unsere Meinungen darüber austauschen, nicht wahr?«

Nachdem er Xiao Yi weggeschickt hat, spürt er, daß dieser Vormittag für ihn verloren ist. Als hätten es alle auf ihn abgesehen. Als hätten sie sich untereinander abgesprochen. Als sei er ein Abfalleimer, in den jeder seine Essensreste kippen kann.

Sich nichts anmerken lassen. Gute Miene zum bösen Spiel machen. Was hat er alles schlucken müssen. Ein toller Posten? Pah! Es klingelt zur Vormittagspause. Zehn Uhr. Aus dem Lautsprecher erklingt die autoritäre Stimme zur Frühgymnastik. Wie das Kommando für eine Armee zum Aufbruch, weit machtvoller als seine, die eines Ministers.

»Wir beginnen mit der Morgengymnastik, Achtung . . .! Eins, zwei, drei, vier . . .« Jeder Ton verrät, daß der Besitzer dieser Stimme vor Kraft und Vitalität strotzt, an ihm prallt alles ab, wer ihm in die Quere kommt, kriegt eins aufs Maul, daß es staubt.

Wer gewinnen will, rechnet Tian Shoucheng, muß Verluste in Kauf nehmen. Im Endeffekt waren die Einnahmen noch immer größer als die Ausgaben, sonst wäre er schon längst aus dem Geschäft ausgestiegen.

16. Kapitel

Das Abendessen ist längst vorbei. Mehr als zwei Stunden sitzen Zheng Ziyun und Xia Zhujun nun schon im Empfangszimmer. Ihre Haltung und die Atmosphäre im Raum vermitteln den Eindruck, als würden sie, sobald sich die Tür öffnete und Yuanyuan ins Zimmer träte, jeder mit einem Prügel zuschlagen.

Alle paar Minuten schaut Xia Zhujun auf ihre Armbanduhr, reibt sich mit einem Stöhnen die Brust und betrachtet mit wilden Blicken die Fotos auf dem Tischchen. Zheng Ziyun ist peinlich berührt. Sie hat wieder in Yuanyuans Schubladen herumgeschnüffelt. Ihr ist wirklich nicht zu helfen.

Auf einem der Bilder ist Mo Zheng zu sehen, wie er gerade etwas in Yuanyuans Ohr flüstert, sie, an seine Schulter geschmiegt, sieht mit halbgeschlossenen Augen zu ihm auf. Blendet sie die Sonne? Auf einem anderen sieht man in einiger Entfernung ihre Silhouette, sie halten sich an der Hand und kehren dem Fotografen den Rücken zu. Am Horizont die untergehende Sonne, Zweige und Gräser biegen sich im Abendwind, sonst ist nichts zu sehen. Das Bild muß auf einem Stück Brachland aufgenommen worden sein.

Auf dem dritten Foto schließlich steckt Yuanyuan Mo Zheng ein Eis in den Mund, er versucht ihr zu entkommen, sie lacht mit weitgeöffnetem Mund.

Ohne Frage Meisterwerke Yuanyuans. Selbstauslöser-Fotos einer angehenden Bildreporterin. Es ist etwas dran an der künstlerischen Auffassung, Stimmung. In der Zeitung hat er noch nie eine Aufnahme von ihr gesehen. »Ich kriege keine gescheiten Schnappschüsse hin!« sagt sie immer.

Was spielt das bei Zeitungsfotos für eine Rolle, solange man nicht ein Gesicht zur Hälfte abschneidet oder ein Arm oder ein Bein fehlt! Sie hat wohl zuviel Ähnlichkeit mit ihm selbst. Entweder macht man etwas perfekt oder man läßt es bleiben, Halbherzigkeit ist ihr zuwider.

Xia Zhujun hat ihn, kaum daß er vom Dienst zurückgekehrt

war, schon in der Tür überfallen und, die Fotos hin- und herwedelnd, geschrien: »Da, schau dir an, was deine Tochter anstellt!«

Seine Tochter? Immer wenn sich Yuanyuan nach Xia Zhujuns Meinung danebenbenahm, wurde sie seine Tochter.

Entsprach es der Wahrheit, was sie erzählte? Vermutlich, in solchen Dingen waren Frauen unfehlbar. Sie hatte es wohl überprüft, was hätte sie sonst auch machen sollen, wenn sie den ganzen Tag zu Haus herumhing.

»Dieser Mo Zheng ist ein Dieb, er hat gesessen! Der Schützling von deiner Ye Zhiqiu!« Xia Zhujun triumphierte, als habe sie einen entscheidenden Sieg errungen.

Auch Ye Zhiqiu war mit einem Mal ›seine‹ Ye Zhiqiu geworden.

Zheng Ziyun zieht die Stirn in Falten. Wenn es sich irgend vermeiden läßt, geht er einem Streit mit Xia Zhujun aus dem Weg. Erst recht unter diesen Umständen.

Die Fotos sind für ihn durchaus nicht so überraschend wie für sie.

Yuanyuan hatte ihm gegenüber bereits vorsichtige Andeutungen gemacht.

Es war an einem dieser Abende, als er lange nicht einschlafen konnte, er lag im Dunklen mit geöffneten Augen auf seinem Bett und lauschte dem Pochen des Blutes in seinen Adern, es klang wie der Rhythmus eines Schlagzeugs, er spürte es deutlich in seinen Schläfen pulsieren. Er wälzte sich hin und her, wie ein Wahrheitssucher, der sich, vom endlosen Fragen erschöpft, in den fernsten Winkel vergräbt, um in einer letzten verzweifelten Anstrengung einen Moment der Klarheit zu erlangen.

Er wälzte sich hin und her und wünschte sich, daß irgendein anderes Geräusch dieses monotone, unentrinnbare Pochen ablöste.

Er zählte: Eins, zwei, drei, vier, fünf.

Er machte Atemübungen.

Nichts half. Nichts.

Schließlich hörte er das Geräusch eines Schlüssels. Er sprang aus dem Bett und öffnete die Tür. Sein Anblick mußte grotesk wirken: das wirre, graue Haar, der zerknitterte Pyjama, ein hastig übergeworfener Morgenmantel, seine flehende Miene – eine Jammergestalt.

Yuanyuans Gesicht verspannte sich, sie wappnete sich gegen bohrende Fragen und Vorwürfe.

»Schon gegessen? Es gibt noch eingelegte Entenfüße.« Er lächelte schüchtern. Ihn schreckte der Gedanke, sie könnte sofort in ihrem Zimmer verschwinden, er hoffte, sie einen Augenblick festhalten zu können. Eines ihrer Lieblingsgerichte. Aus irgendeinem Grund war das Essen in letzter Zeit immer schlechter geworden.

»Wirklich?« Yuanyuans dunkle Augenbrauen zuckten. Zheng Ziyuns Augenbrauen. Wenn er sie betrachtete, hatte er stets den Eindruck, einem jugendlichen Zheng Ziyun zu begegnen, er war bestürzt über die unwiederbringlich dahingegangenen Jahre und zugleich fasziniert von den unentwirrbaren Rätseln des Lebens.

Geduldig wartete er, bis sie ihre Segeltuchtasche an den Garderobenständer gehängt hatte. Zwanzig Pfund Reis hätte man darin unterbringen können, und Tag für Tag schleppte sie diese zum Platzen volle Tasche mit sich herum. Was sie da wohl hineinpackte?

Er sah ihr zu, wie sie die hochhackigen Schuhe von den Füßen schleuderte und in ihre Hausschuhe schlüpfte. Er folgte ihr ins Bad, sie wusch sich die Hände. Er folgte ihr in die Küche. Sie öffnete den Küchenschrank, suchte darin herum und nahm die Tonschüssel mit den Entenfüßen heraus. »Ich habe schon gegessen.« Sie stopfte sich einen Entenfuß in den Mund und begann, darauf herumzukauen.

Mit den Füßen angelte sie einen Hocker unter dem Tisch hervor, stieß ihn zu Zheng Ziyun hinüber, zog sich einen zweiten heran.

»Mutter hat wohl wieder über mich geschimpft?« murmelte sie mit vollem Mund und spuckte ein Knöchelchen aus.

»Nein.«

Sie verzog den Mund und gab ihm damit zu verstehen, daß sie Bescheid wußte. Sie schluckte hinunter und leckte sich nacheinander die fettigen Finger der rechten Hand ab.

»Pa, wenn ich mich in jemanden verliebe, glauben Sie, daß er es verdient?«

Überrumpelt. Er war an diesem Abend nicht auf tiefschürfende Gespräche vorbereitet. Ein einsamer Alter, der ein bißchen Zerstreuung brauchte.

Wie so oft war er nicht in der Lage, auf ihre absonderlichen Fragen zu antworten.

Im Innersten wußte er, daß er ihr vertrauen konnte. Sie war in keiner Weise leichtfertig und intellektuell ihrem Alter voraus, auch wenn sie sich gern betont ›unkonventionell‹ gab. Aber er wollte keine großen Worte machen, schon gar nicht, wenn es um Yuanyuans persönliches Lebensglück ging. Wenn sie nun aber doch nur einer Gefühlsaufwallung folgte? Gehorchte man in der Liebe immer der kühlen Überlegung und den anerkannten Normen?

»Sprich nicht in Rätseln, Yuanyuan. Du weißt, ich ziehe meine Schlüsse nicht aus Phantasiegebilden. Vielleicht hältst du deinen Vater für allzu vertrocknet. Die Zeiten, die uns geformt haben, sind nicht die euren. Zuerst die Untergrundarbeit, dann ein Leben lang im Wirtschaftssektor . . . mag sein, daß wir zuwenig Phantasie und zuviel Realität mitbekommen haben. Erklär mir, um wen es geht. Wie soll ich mich sonst dazu äußern. Gibt es denn diesen Menschen?«

»Bis jetzt noch nicht, aber früher oder später bestimmt.« Sie konnte sich ein Lächeln nicht verkneifen.

»Wirst du mir's sagen, wenn es soweit ist?« Er bettelte geradezu. Seine angebetete Tochter. Vor ihr wurde er schwach.

»Klar!« Sie stand auf und küßte ihn leicht auf die Stirn. Ihr Mund roch nach eingelegten Entenfüßen. »Du bist ein Schatz, Papa. Du verstehst mich.«

Er wischte sich mit der Hand über die Stirn, an seinen Fingern klebten braune Sauce und Entenfett.

»Klar!« So eine kleine Intrigantin!

Nur diese Fotos (wo sie Xia Zhujun nur her hat?), sonst hat er keine Ahnung.

Wieder überrumpelt.

Eingehend betrachtet er die Bilder.

Wenn der Junge nicht gesessen hätte, wäre er ohne Frage akzeptabel. Warum sonst hätte ihn Ye Zhiqiu in ihre Obhut genommen? Und Yuanyuan sich in ihn verliebt? Was macht ihn so anziehend? Ye Zhiqiu ist kein überdrehtes Frauenzimmer, genausowenig wie Yuanyuan. Anders als Xia Zhujun. Unbegreiflich.

Nie hat er Yuanyuan so lachen sehen wie auf diesem Foto. Ihm fällt ein, daß auch er nie so gelacht hat, nicht einmal in seiner Jugend. Damals ging es um Leben und Tod, vielleicht hatte er keine Zeit zum Lachen.

Ein Lachen wie das auf dem Foto gilt nur einem Menschen. Einem, der irgendwo auf einen wartet. An einem der Kreuzwege des Lebens.

Es gilt weder der Mutter, die sie geboren, noch dem Vater, der sie aufgezogen hat. Geboren und aufgezogen, und jetzt müssen sie mitansehen, wie ihnen ein junger Hüpfer die Tochter einfach wegnimmt. Ohne sich auch nur anzustrengen.

Xia Zhujun sagt scharf: »Sorg dafür, daß sie auspackt!« Als sei er derjenige, der Mo Zheng heiraten will.

Auspacken. Das sagt sich so einfach.

Er seufzt bedrückt. Was ist schon einfach? Erst kürzlich hat einer der Oberen bemerkt, wegen des Krachs im Ministerium solle man Tian Shoucheng und ihm gleichzeitig jeweils fünfzig Stockhiebe verpassen. Dinge wie diese lassen sich nie einfach klären. Mit Yuanyuan verhält es sich vermutlich ebenso.

»Bloß keine Aufregung, wir sollten in aller Ruhe mit ihr reden. Bei so etwas kommt es leicht zu starren Fronten.«

»Soweit ist es gekommen, weil du ihr alles durchgehen läßt und sie nach Strich und Faden verhätschelst!« Xia Zhujun wendet sich ab und entdeckt dabei, daß die Vorhänge nicht zugezogen sind. Ihr schwirrt der Kopf vor Zorn. Sie steht auf, um sie zu schließen, aber ausgerechnet jetzt klemmt die Schnur, sie bewegen sich nicht von der Stelle. Sie ist drauf und dran, sie in Fetzen zu reißen.

Er kommt ihr zu Hilfe, sie stößt seine Hand zurück, starrköpfig zerrt sie weiter am Vorhang, ratsch, ein Riesenloch, noch immer gibt sie sich nicht geschlagen, sie reißt den Vorhang zu Boden und trampelt darauf herum.

Hysterisch!

Jia Baoyu hat recht, Frauen werden unerträglich, sobald sie dem Mädchenalter entwachsen sind.

Er gibt keinen Ton von sich. Mit verkniffenem Mund sitzt er auf dem Sofa, das Leben widert ihn an. Wie leicht zerstört man aus Unachtsamkeit seine Umgebung. Er starrt auf den sinnlos zerfetzten Vorhang in der Ecke. Wie ein zerplatzter Luftballon.

Eben, am Fenster, war er noch recht ansehnlich, jetzt wirkt er verblichen, staubig, ein zerschlissener Lumpen.

Dahinjagen. Mo Zheng läßt das Motorrad dahinjagen. Yuanyuan zieht den Kopf ein und schmiegt ihre Wange fest an seinen breiten Rücken.

Sie ist erschöpft. Glücklich erschöpft. Mit geschlossenen Augen vergißt sie Richtung und Ziel. Spielt es eine Rolle? Sie ist bei ihm. Ohne Grenzen. Sie lächelt, löst ihren rechten Arm, der Mo Zheng umklammert und führt die Hand an seinen Mund.

Mo Zheng wendet sein Gesicht der Hand zu und fährt leicht mit den Lippen darüber, Yuanyuans kleine Hand, rauh wie die eines Jungen. Sie hat Yuanyuan zu ihm geführt. Dieses unverschämte Wesen, das ihn Tag und Nacht in Aufruhr versetzt. Sie verwandelt die vor ihm liegenden Reihen der Straßenlaternen in Edelsteine, das Motorrad in ein Schiff, das ihn ans andere Ufer trägt.

Er glaubt, daß er es erreichen wird. Er ist sich seiner Verantwortung für den Menschen bewußt, der an seinem Rücken lehnt, der ihm rückhaltlos sein strahlendes Leben anvertraut. Er begreift, daß ihm Yuanyuan mehr als die Liebe einer Frau gegeben hat. Sie wäscht ihn rein. Kleine Madonna!

In manchen Augenblicken überspringt man Jahrzehnte. Mo Zheng ist an den Beginn seines Lebens zurückgekehrt. Er wird sich wieder in die Luft schwingen, beladen mit dem geliebten Wesen, das sich an seine Schulter schmiegt.

Als lese sie seine Gedanken, klopft ihm Yuanyuan mit der Hand, die ihn umfaßt, auf die Brust. Dann flüstert sie ihm etwas ins Ohr. Der Wind bläst ihr die Worte vom Mund. Mo Zheng ist eifersüchtig auf den Wind. Aber er spürt die Zärtlichkeit ihrer Worte.

»Was hast du gesagt?« Er wendet den Kopf zur Seite.

Sie faßt ihn am Ohr und zieht seinen Kopf kräftig nach hinten, mit dem Mund dicht an seiner Ohrmuschel sagt sie: »Ich möchte ein Leben lang an deinem Rücken lehnen.«

Sein Ohr fängt den warmen Strom ihres Atems auf, ein heißes Gefühl durchflutet ihn.

Er lacht.

Danke, großherziges Mädchen!

Lebenssehnsüchte sind nicht umzubringen. Beim ersten Hoffnungsschimmer blühen sie wieder.

Er fühlt sich wie ein alter, vom Gewittersturm gefällter Baum, an dessen Stamm neue Triebe sprießen. Zartgrün, voller Lebenskraft. Sie werden wachsen, dichtes schattenspendendes Laub treiben, im Abendwind singen oder großmütig und schweigend erschöpfte Wanderer beschatten. Er will die Welt, die Menschen tiefer lieben. Vielleicht wird ihn ein neuer Gewittersturm zu Boden werfen, aber er weiß, die Wurzeln liegen unter der Oberfläche, dort gibt es Wasser, gibt es Erde, die Mutter alles Lebendigen. Irgendwann wird er wieder neue Zweige treiben. Leben, sterben, ewig und ohne Ende.

Er schüttelt den Kopf.

»Willst du das nicht?« Yuanyuan trommelt gegen seinen Rücken. »Wehe!«

Schlag zu. Schlag zu, kleiner Tyrann!

Rot. Er hat die Stopplinie überfahren.

Verdammt! Wo hat er seinen Kopf! Kein Zögern, aufs Gaspedal treten und durch! So schnell wie möglich in die nächste Seitenstraße einbiegen, damit sie nicht an der nächsten Kreuzung ein Schutzmann in Empfang nimmt.

Yuanyuan schleicht sich auf Fußspitzen in die Wohnung. Seltsam, im Empfangszimmer brennt Licht, sitzt Mutter heute nicht vor dem Fernseher?

Sie nimmt den Toilettenspiegel vom Tisch, ein völlig unbekanntes Wesen sieht ihr entgegen, ein anmutigeres. Dunklere Augenbrauen, strahlendere Augen, rote Backen. Selbst der Mund ist verändert. Woran liegt es? Nur sie weiß es, andere können es nicht sehen.

Sie verformt ihre Lippen zu einem rosa Kußmund. Sie lacht, die tiefroten Lippen umrahmen die regelmäßigen Reihen strahlender Zähne. All das gehört ihm.

Ja, sie liebt, sie liebt. Sie beißt die Zähne fest aufeinander, schüttelt heftig den Kopf, gewöhnlich beißt man die Zähne vor Haß zusammen, doch manchmal auch vor Liebe.

Dummes Zeug!

Sie kichert leise. Wirft sich aufs Bett und vergräbt das Gesicht im Kissen. Endlich! Sie hat ihm versprochen, ihn zu heiraten.

Heiraten! Schrecken und Erwartung, unentrinnbar! Die kleine Puppe aus Europa sieht sie vom Bücherregal her strafend an. Das leicht geneigte Köpfchen scheint sie zu bedauern: »Mein Gott, warum wirfst du deine Mädchenzeit so leichtsinnig hinter dich?«

Sie springt vom Bett, baut sich vor der Puppe auf und starrt ihr in die schönen, blicklosen Augen mit den langen Wimpern. Leise sagt sie: »Das wirst du nie begreifen!«

Nein, sie wird nie begreifen, daß man nicht verliert, sondern gewinnt, wenn sich zwei Leben vereinen. Etwas Neues schaffen, gestützt auf die eigenen Hände und das eigene Hirn.

Mo Zheng hat ihr erklärt, daß er auf keinen Fall zu ihr ziehen wird. Er ist nicht willens, Ye Zhiqiu zu verlassen, die ihm zugleich Mutter und Schwester, vor allem aber Freundin ist. Seit er mit Yuanyuan zusammen ist, hat er sich noch liebevoller der einsiedlerischen Ye Zhiqiu zugewandt. So bald wie möglich würden sie dann ein Kind haben, das Ye Zhiqiu ›Oma‹ nennen würde. Sie konnte sich ein Lachen kaum verbeißen. Er habe vor, ein paar Sachen zu übersetzen, um dann als Berufsübersetzer ein echtes ›Familienoberhaupt‹ zu werden. Sie schüttelt den Kopf wie ein Straßenhändler seine Trommel. Immerhin, er hat bereits ein, zwei Kurzgeschichten übersetzt, Ye Zhiqiu will sie einem alten Kommilitonen zur Lektüre schicken, der irgendeine Zeitschrift für ausländische Literatur herausgibt.

Nach langer Beratung haben sie beschlossen, das erste Honorar zum Ankauf einer Decke für ihr Hochzeitsbett zu verwenden. Hellgrüne Seide. Wenn sich Yuanyuan nicht gerade über ihn lustig macht, wütend ist oder sarkastische Bemerkungen macht, sind ihre Augen tief und ruhig wie das blaugrüne Wasser eines Sees. Später würden sie sich noch viele Decken kaufen, viele neue Bettdecken.

»Yuanyuan!« Xia Zhujuns sich überschlagende Stimme scheucht sie aus ihrem blaugrünen See.

»Was ist?« Sie ist verärgert, wie jeder, der aus einem angenehmen Traum gerissen wird.

»Komm her, ich und Papa haben mit dir zu reden!«

Die Stimme verheißt Unheil.

Sie fährt sich mit den Fingern durchs verstrubbelte Haar und wirft einen prüfenden Blick in den Toilettenspiegel. Nichts, was die Angriffslust ihrer Mutter reizen könnte. Demonstrativ unwillig schlurft sie ins Empfangszimmer.

Ihr Blick gleitet blitzschnell über die beiden hinweg. Kein Zweifel, es liegt etwas in der Luft.

Zheng Ziyun registriert ihre verteidigungsbereit aufeinandergepreßten Lippen. Ein schlechter Start. Feindseligkeit, bevor noch ein Wort gefallen ist.

»Setz dich!« Xia Zhujun richtet sich hoheitsvoll auf, nimmt die Haltung einer Vorgesetzten an, deren Untergebene in der Behörde Unheil angerichtet hat. »Zheng, sag was!«

Schwierig, schwierig. Wie soll er sie taktvoll von ihrer unmöglichen Idee abbringen, ohne sie zu verletzen?

Warum müssen sich die Leute verlieben? Mein Gott, ist das alles kompliziert! Tränen, Liebesbriefe, Rendezvous, Lin Daiyus und Jia Baoyus Explorationen der Liebe – –. Das verzehrt so viele Energien, kostet so viel Zeit! Oder etwa nicht? Liebe gehört in die Romane. Er und Xia Zhujun waren nie ineinander verliebt und leben auch schon ein paar Jahrzehnte zusammen. Wenn es soweit ist, nimmt sich der Mann eine Frau und die Frau einen Mann, basta!

Er möchte die gespannte Atmosphäre lockern. »Du bist wohl in letzter Zeit sehr beschäftigt, Yuanyuan, weil du gar nicht mehr zum Essen nach Hause kommst – –.«

Sie zieht die Schultern hoch. Nein, ein schlechter Anfang, sie muß glauben, er mache sich über sie lustig. Schluß damit, er hat keine Zeit, um den heißen Brei herumzuschleichen.

»Ich und Mama machen sich Sorgen um deine Zukunft. Daß man heiratet, wenn man ein gewisses Alter erreicht hat, ist nur selbstverständlich. Bei der Wahl eines geeigneten Partners sollte man in erster Linie dessen politische Einstellung, Charakter und beruflichen Ehrgeiz in Betracht ziehen.« Wieder falsch, er ist dabei, eine Ansprache zu halten. Nein, selbst seine Ansprachen sind weniger steif als dieses Gerede. Er spürt, daß Yuanyuan mühsam ein mitleidig-ironisches Lächeln unterdrückt. Für sie muß es klingen, als diskutiere man die Qualifikation eines Aspiranten auf die Parteimitgliedschaft.

Xia Zhujun fängt an, ihn mit ärgerlichen Blicken zu bombardieren.

Verzweifelt versucht er, seinem Bild eines idealen Schwiegersohns ein menschlicheres Aussehen zu geben: »Man sollte einen Partner wählen, der treu und uneigennützig ist, sich für das einsetzt, was er als richtig erkannt hat und über ein Mindestmaß an Bildung verfügt; er braucht natürlich kein Genie zu sein, das führt nur zu Unverträglichkeiten auf anderen Gebieten, und im übrigen sollte er verständnisvoll und nachsichtig sein. Ein solcher Partner ist eine Garantie für erfolgreiches Arbeiten und ein glückliches Leben.«

Yuanyuan lacht. Tatsächlich, sie lacht!

»Papa, Sie kommen mir vor wie einer, der Tennisschuhe kaufen möchte. Die weißen da, unmöglich, zu schmutzempfindlich, dauernd muß man sie bürsten, schön sind sie allerdings schon; die blauen, geht auch nicht, die Schaumstoffeinlage ist zu dünn, unbequem auf längeren Strecken.«

»Yuanyuan, was erlaubst du dir? Zheng, du hältst jetzt besser den Mund!« Unvermittelt zieht Xia Zhujun die Fotos unter ihrem Hintern hervor. »Eins sage ich dir, ich dulde ab sofort keine Fotos mehr von diesem Menschen in der Wohnung, du wirst auf der Stelle sämtliche Beziehungen zu ihm abbrechen!«

Yuanyuan stürzt auf sie los, mit einem Handgriff befördert Xia Zhujun die Fotos wieder unter ihren Hintern.

»Das sind KGB-Methoden!« Yuanyuans gerade noch blutrotes Gesicht wird mit einem Schlag kreidebleich. Sie preßt die Worte zwischen den Zähnen hervor. »Mit welchem Recht schnüffeln Sie in meinen Sachen herum? Das verstößt gegen die Verfassung, gegen die Menschenrechte, geben Sie mir die Fotos zurück, auf der Stelle!«

Wenn sie sich aufregen, kriegen sie alle diesen kreischenden Sopran.

»Wir wollen vernünftig miteinander reden, gib ihr die Fotos zurück, das gehört sich nicht.«

»Was?!« Xia Zhujun zerfetzt die Fotos und wirft die Schnitzel in den Spucknapf. »Das wagt sie mir ins Gesicht zu sagen? KGB, Menschenrechte! Noch nicht verheiratet und schmeißt sich diesem Kerl zum Fotografieren derart an den Hals! Keinen Funken Anstand!«

»Xia!« Das geht zu weit. Sie wird vulgär. Yuanyuan wirkt vollkommen ruhig. Die Arme über die Brust verschränkt, nur die Beine zittern leicht. »Zerreiß sie nur, wenn du fertig bist, mache ich neue! Schulter an Schulter. Und eins mache ich, wo ich ihn küsse. Ich heirate ihn, und wenn du dich auf den Kopf stellst!«

Xia Zhujun holt aus und gibt ihr eine Ohrfeige. Die feuerroten Fingerabdrücke auf Yuanyuans Gesicht schwellen an, dann laufen sie zu einem roten Fleck zusammen. »Schamloses Miststück!«

Herr des Himmels, wenn er daran denkt, wie sie sich in ihrer Jugend aufgeführt hat, nicht im Traum wäre ihm eingefallen, so mit ihr zu reden. Und jetzt diese Selbstgerechtigkeit!

»Das wirst du bereuen!« Noch nie in ihrem Leben hat Yuanyuan jemanden so gehaßt.

Zheng Ziyun begreift, daß Xia Zhujun in diesem Augenblick eine Tochter verloren hat. Seine heißgeliebte Tochter. Seit ihrer Geburt hat er ihr nie ein Haar gekrümmt, und jetzt diese Ohrfeige. Er zerrt Xia Zhujun beiseite, um weitere Gewalttätigkeiten zu verhindern. »Wie kannst du sie schlagen? Schluß jetzt, Schluß für heute!« Er drängt sie aus dem Zimmer.

»So ist das, herumgestoßen werde ich, beinahe hättest du mich umgeworfen. Ihr tut euch zusammen, ja? So nicht, heute wird Klarheit geschaffen. Friß mich nur auf, Yuanyuan, nur zu, ich habe dich großgezogen, und jetzt fällst du über mich her, so ist das also!«

»Wer hat dir angetragen, mich in die Welt zu setzen? Du hast mich zur Welt gebracht, und daß du mich großgezogen hast, ist deine Pflicht und Schuldigkeit, soll ich dir dafür auch noch auf den Knien danken?«

Xia Zhujun greift nach einem Hocker, um damit auf Yuanyuan loszugehen, Zheng Ziyun kann sie nicht mehr daran hindern. Wie eine wildgewordene Kuh.

Yuanyuan entreißt ihr den Hocker und schleudert ihn in eine Ecke. Von unten schallt sofort ein warnendes Klopfen gegen das Heizungsrohr herauf.

»Was, du willst mich schlagen! Trau dich, trau dich nur!« Mit markerschütterndem Gebrüll wirft sie ihren doppelt so schweren Körper gegen Yuanyuan.

»Leiser, um Himmels willen, hört auf zu streiten, was sollen die Leute denken!«

»Komm doch nicht damit, wer schlägt dich denn? Spiel keine Komödie!« Mit einem kräftigen Ruck stößt Yuanyuan die auf ihr lastende Xia Zhujun zur Seite, daß sie taumelt.

»Verschwinde, du bist nicht mehr meine Tochter!« Ihr schießt der Speichel aus dem Mund, an den Mundwinkeln bilden sich Schaumbläschen. Wie bei einer Krabbe. Sie ist fast ohnmächtig vor Wut.

Zheng Ziyun schließt die Augen. Der Anblick widert ihn an. Seltsam, daß ihm das früher nie aufgefallen ist.

»Yuanyuan, nimm's dir nicht so zu Herzen, Mama weiß im Moment nicht, was sie sagt.« Er versucht, Yuanyuan aus dem Zimmer zu drängen.

»Klar gehe ich. Ich habe dieses verlogene, ekelhafte Zuhause schon lange satt. Glaubt ihr vielleicht, mir liegt was an eurer Position, eurer Wohnung, eurer Lebensweise? Pah! Ich habe Mitleid mit Vater, sonst nichts. Aber du bist selbst schuld, Papa, du bist nicht ehrlich, du weißt ganz genau, was von Mutter zu halten ist, innerlich verachtest du sie, du kommst doch nicht nach Hause, weil dir die Familie was bedeutet. Im Gegenteil, solang ich zurückdenken kann, drückst du dich vor dem Heimkommen, hängst den lieben langen Tag im Büro herum. Ich weiß, du hast viel zu tun, lebst für deine Arbeit, aber glaubst du, ich merke nicht, daß du dich in deinem Zimmer verkriechst, kaum daß du die Wohnungstür hinter dir zugemacht hast? Aber sobald ein Fremder da ist, reichst du Mutter den Tee, rückst ihr den Stuhl zurecht, hilfst ihr aus dem Mantel, machst ihr die Tür auf, als wärt ihr das glücklichste Paar der Welt. Mich kannst du nicht für dumm verkaufen! Du glaubst doch nicht, daß Mutter dich liebt! Sich selbst liebt sie, sonst niemanden, nicht dich, nicht mich und nicht Fangfang. Hast du jemals erlebt, daß ihr deine Schwierigkeiten den Appetit verdorben oder den Schlaf geraubt hätten? Für dich«, wendet sie sich Xia Zhujun zu, »ist Papa doch nur ein Aushängeschild, das dir zu einem Wagen und einer Wohnung verhilft, du kannst dich als Ministersgattin aufspielen, alle müssen vor dir buckeln, ob du im Recht bist oder nicht. Könntest du dir's sonst leisten, dein Gehalt einzustreichen und monatelang nicht zur Arbeit zu gehen? Hast du eine Urlaubsgenehmigung? Woher denn! Du läufst in Seidenkostümen herum, kaufst dieses und jenes, hast den Schrank voller Klamotten, aber

Papa, wie sieht der aus? Zeig mir mal einen Minister, der so rumläuft.« Sie greift nach seiner Jacke, kehrt sie nach außen und enthüllt das blanke Baumwollfutter. »Ihm eine neue zu kaufen kommt dir nicht in den Sinn, nicht mal ans Flicken denkst du, das macht höchstens Tante Wu.« Sie zieht Zheng Ziyuns Hosenbeine hoch, der Bund seiner langen Unterhose ist löcherig wie ein Fischernetz. »1971 habt ihr die Unterhose gekauft, du bist nie auf die Idee gekommen, sie mal aufzutrennen und neu zu stricken.« Sie knetet am Hosenstoff herum. »Fühl nur mal, wie dünn das ist. Das soll warmhalten? Papas Pullover habe ich gekauft. Kein Mensch würde mir glauben, was hier los ist, nicht mal ich selbst, wenn ich es nicht Tag für Tag mitansehen müßte. Weil du genau weißt, daß er nie etwas davon nach außen dringen lassen würde, weil er sein Ansehen schützen muß, trampelst du auf ihm herum!« Sie wendet sich wieder an Zheng Ziyun: »Über Mutter bin ich mir restlos im klaren, mit ihr bin ich fertig, aber du, du führst dauernd die Verwissenschaftlichung der politisch-ideologischen Arbeit im Munde, redest über Operational Research, Achtung vor der Menschenwürde, Fürsorge und Vertrauen, über diese Theorie, über jene Theorie. Aber Mo Zheng stempelst du ab. Diebstahl, was heißt das überhaupt? Sich heimlich was nehmen, das einem nicht gehört und nicht zusteht. So gesehen ist Mutters Lohn Diebstahl, sie geht doch gar nicht zur Arbeit. So ein verlogenes Dasein will ich nicht, ich werde mit Mo Zheng ein aufrichtiges Leben führen, kein Schmarotzerdasein, wir lieben uns, respektieren uns, wir werden kämpfen, jedenfalls ein wirkliches Leben, selbst wenn wir nur Sauergemüse zu essen haben. Nur keine Sorge, Mutter, und wenn der Himmel einstürzt, ich komme nicht mehr hierher zurück, um dich um Almosen anzubetteln, jetzt habe ich alles gesagt und gehe.«

Er sitzt auf dem kleinen, mit einem Nylonnetz bespannten Liegestuhl neben Yuanyuans Schreibtisch und sieht ihr beim Einpacken zu. Seltsam, er bringt kein Wort heraus, um sie zum Dableiben zu bewegen. Er weiß, daß sie das einzig Richtige tut, sie entledigt sich einer widerwärtigen Fessel, er würde eine düstere Freude darüber empfinden, wären seine eigenen Gefühle nicht so sehr betroffen.

Yuanyuan dagegen ist fast ruhig geworden, sie fühlt sich von aller emotionalen Rücksichtnahme der Familie gegenüber befreit. Ohne diesen Ausbruch hätte sie gezögert, ihnen einfach mitzuteilen, daß sie fortgehen würde. Sie wirft den hellblauen, daunengefütterten Bergsteigeranorak beiseite, kramt aus dem Schrank eine alte Baumwolljacke, kaffeebraun mit pfirsichrosa Muster, und zwängt sich hinein, sie ist zu eng, die Ärmel wirken zu kurz, sie nimmt aus dem Schrank eine etwas weitere Cordjacke und zieht sie über die Baumwolljacke.

Er begreift, daß sie nichts mitnehmen möchte, was von Xia Zhujun stammt. Bitterkeit übermannt ihn. So weit hat sie es getrieben. Doch er versteht Yuanyuans Unerbittlichkeit, sie bereut nichts, der Entschluß ist unwiderruflich, nichts wird sie wieder davon abbringen. Er geht in sein Zimmer, holt seinen gefütterten Militärmantel. »Papas Mantel, draußen ist es kalt, die Jacke ist kein Schutz gegen den Fahrtwind!«

»Mir ist nicht kalt.« Sie preßt die Lippen aufeinander.

»Papas Mantel.« Zittert seine Stimme?

Sie packt den Mantel, vergräbt das Gesicht darin, Tränen schießen ihr in die Augen, doch sofort beißt sie in den Stoff, um das Schluchzen zu ersticken. Sie windet sich, vom Weinen geschüttelt, wie damals, als kleines Mädchen, als sie ihre Wutanfälle bekam. »Papa, verzeih mir, aber ich halte es hier wirklich nicht mehr aus –.«

Er fühlt sich plötzlich schuldig. Daß dieses empfindsame Kind mit seiner unbezähmbaren Gier nach einem wahren Leben in diese Familie hineingeboren wurde, ist allein seine Schuld. Er hat einen Gaoliangsetzling auf eine Insel im antarktischen Meer verpflanzt und nun keine Möglichkeit mehr, diesen Irrtum zu korrigieren. Außerdem ist ihm, als sei er an Yuanyuans Demütigung beteiligt gewesen, und sei es nur indirekt, als habe Xia Zhujun eine voll entfaltete Blüte vom Stengel gerissen und er sei anschließend darauf herumgetrampelt.

Er nimmt sie in seine Arme, streichelt sie über das kurze gelockte Haar. Wie lange hat er sie nicht mehr gestreichelt? Mein Gott, sie ist eine erwachsene Frau geworden, ohne daß er es recht gemerkt hat. Und er ist alt und verbraucht, ohne sich über sein Leben Rechenschaft gegeben zu haben. »Ich habe um Verzeihung zu bitten, niemand sonst – –.«

Warum kann er nicht wie sie einfach losheulen? Solange er sich zurückerinnern kann, hat er nie geheult, wie traurig ihm auch zumute sein mochte, die Tränen weigerten sich zu fließen. Er spürt, wie sich seine Backenmuskeln schmerzhaft verkrampfen.

Das rote Rücklicht des Motorrads ist längst seinen Blicken entschwunden. Noch immer steht er im kalten Wind, stumpf, den Kopf leer und zugleich voller Gedanken.

Ist er es, der spricht? Ist das seine Stimme? Alt, brüchig. »Yuanyuan, geh nicht fort, laß mich nicht allein zurück.«

Er allein weiß, daß er feige ist, wie alle Menschen. Warum hat er es vorher nicht gesagt. Aus Angst, Angst, daß ihn Yuanyuan fragen würde:

»Warum sollen wir zusammenbleiben?«

Was hätte er antworten können?

Sie hat recht, er ist nicht ehrlich. Vermutlich sieht das außer ihm nur Yuanyuan. Sie hat seine Unehrlichkeit ans Tageslicht befördert, die er ein Leben lang mit größter Vorsicht in die Tiefe seiner Seele verbannt hatte.

Um die Fassade einer intakten Familie aufrechtzuerhalten, hat er alles geschluckt, alles hingenommen. Einschließlich Xia Zhujuns keineswegs nur emotionaler Untreue, ihrer Tyrannei, ihrer Spießigkeit und ihrer ideologischen Rückschritte. Und warum? Weil er sie geliebt und ihr deshalb verziehen hätte? Keine Spur. Seit langem verdient sie weder Liebe noch Achtung. Selbstsucht, sonst nichts. Er wollte als erhabenes, fleckenloses Monument dastehen. Das ganze Gerede über wissenschaftliche, marxistische Gesellschaftstheorie! Und in Wirklichkeit?

Und dieses Monument, wozu? Verbirgt sich hinter seiner aufopfernden Arbeit nicht auch der Wunsch nach persönlichem Prestige und Erfolg? Die Leute sollen an dieses makellose Bild glauben, um des Heiligenscheins willen, der über seinem Haupte schweben soll, hat er allen menschlichen Begierden und Wünschen entsagt.

Daher fehlt ihm der Mut Yuanyuans. Sie kann fortgehen und ohne Kompromisse ihrem Glück folgen. Dorthin gehen, wohin sie ihr Weg führt. Er hat kein Recht, irgend jemandem Vorwürfe zu machen.

›Das Recht auf Freiheit!‹ Besteht es darin: daß man gehen kann, wohin man will? So wie Yuanyuan? Geht das?

Er sehnt sich danach, aber er hat es verwirkt.

Er verspürt den heftigen Wunsch, die Jahre zurückzudrehen, zu werden wie Yuanyuan. Für sie ist alles viel einfacher.

Der Wind wird heftiger. Die Kälte kriecht ihm von den Fußspitzen bis in die Finger, durchdringt seine Brust. Verlassen. Zum ersten Mal in seinem Leben fühlt er eine tiefe Verlassenheit. Nicht nur, weil er niemanden mehr hat, dem er nahesteht.

Er marschiert ziellos drauflos.

Es schneit. Große schwere Flocken. Sie wirbeln am Himmel umher. Wie kleine weiße Schmetterlinge.

Schmetterlinge!

Als Yuanyuan sechs war, wurden ihr die Mandeln entfernt. Er wachte lange an ihrem weißen Bettchen. Er lauschte ihrem rhythmischen Atem, betrachtete das rundliche Gesichtchen und dachte darüber nach, was man ihr und ihrer Generation schuldig war. Genügte es, ihnen den Weg zu ebnen?

Sie wachte auf: »Wo ist Mami?«

»Sie hat zu tun. Pst, du darfst nicht sprechen.« Damals fing er an, sie zu hintergehen. Kann man ihm einen Vorwurf daraus machen? Wie hätte er ihr beibringen sollen, daß sich ihre Mutter gerade auf einem Ball im Peking-Hotel befand.

»Erzähl mir was, Papa!« Ihre heisere Stimme flehte.

Er kann keine Geschichten erzählen. Er wäre nie auf die Idee gekommen, daß es nicht nur zu seinen Aufgaben gehörte, ihr den Weg zu ebnen, sondern auch Geschichten zu erzählen.

»Hm, was denn?« Er kramte in seiner Erinnerung. Nichts. Sämtliche Gedanken wie abgeschnitten.

Yuanyuan sah ihn enttäuscht an. »Sie hat recht«, dachte er bestürzt, was sind das für Eltern, ein Vater, der unfähig ist, Geschichten zu erzählen, eine Mutter, die zum Tanzen geht, während die Tochter operiert wird! Wenig später fragte ihn Yuanyuan: »Papa, woher kommen die Schmetterlinge?«

»Aus einer Raupe.«

»Du lügst.« Sie wollte nicht glauben, daß diese hübschen Schmetterlinge aus einer garstigen Raupe hervorkamen.

Heute hat sie das sicherlich längst vergessen.

»Yuanyuan, erwarte nicht zuviel von deinem Vater, du mußt

akzeptieren, daß ich eine Raupe bin, die sich gerade unter Schmerzen häutet, vielleicht gehe ich zugrunde, bevor ich ein Schmetterling werde.« Er führt ein inneres Zwiegespräch mit ihr.

Nein, warum soll es ein inneres Zwiegespräch bleiben? Er muß direkt mit ihr sprechen, auch mit Mo Zheng, den er beleidigt hat, ohne ihn je gesehen zu haben.

Wie spät ist es? Kurz vor elf, der letzte Bus fährt noch.

Liu Yuying gähnt, sie schleppt sich die Treppe hoch, ihre Beine sind taub wie Holzknüppel.

Morgen ist Neujahr. In den letzten Tagen ging es wild zu, die Leute standen Schlange, um sich Dauerwellen legen zu lassen, Tag für Tag Überstunden, Arbeit von morgens um acht bis abends um zehn, ihre Beine sind fühllos vom ewigen Stehen. Ihr eigenes Haar starrt vor Schmutz und ist hart wie Stroh, keine Zeit, es zu waschen.

Was hat Qiang wohl zu Abend gegessen? Am Morgen hat sie vorgekocht, das Essen in einen Dämpfkorb gelegt, den Topf darunter mit Wasser gefüllt und auf den Herd gestellt. Sie hat ihn angewiesen, das Gas aufzudrehen, ein Streichholz daranzuhalten und das Essen im Korb ein wenig zu dämpfen. Aber Ye Zhiqiu hat ihn bestimmt wieder zum Abendessen zu sich geholt. Wie unangenehm, anderen immer zur Last zu fallen, ihr ist unwohl dabei, wie oft schon hat sie Ye Zhiqiu aufgefordert, sich bei ihr das Haar legen zu lassen, sie hätte ihre ganze Kunstfertigkeit aufgewendet.

Bei solchen Gelegenheiten greift sich Ye Zhiqiu spontan an den Kopf und erklärt: »Um Gottes willen, lassen Sie mich noch ein paar Tage ruhig leben!« Als habe man sie zu Tode erschreckt.

Kleider machen Leute, Sättel das Pferd. Würde sich Ye Zhiqiu ein wenig zurechtmachen, könnte auch sie ein bißchen gefälliger wirken. Sie braucht einen Mann, mit einer Familie ist man den ganzen Tag beschäftigt.

Sie muß in den dritten Stock. Keuchend hält sie eine Weile inne. Was ist das? Sie hört ein Wimmern. Ganz nah. Sie sieht die Treppe hinunter. Niemand. Sie hastet nach oben. Auf der Treppe liegt zusammengekrümmt ein älterer Mann.

»Genosse, was fehlt Ihnen?« Sie ist völlig durcheinander, möchte ihm aufhelfen.

Zheng Ziyun öffnet die Augen und bedeutet ihr, ihn nicht von der Stelle zu bewegen. Er weist auf die über den Boden verstreuten weißen Pillen, dann auf seinen Mund.

Sie begreift, sammelt die Tabletten auf und stopft sie ihm in den Mund. Dann klopft sie eilig an Ye Zhiqius Tür. »Frau Ye, Frau Ye!«

Die Tür öffnet sich, drei lachende Gesichter: Ye Zhiqiu, Mo Zheng und dieses auffallend hübsche Mädchen, das so oft zu ihnen kommt und Yuanyuan heißt.

»Schnell, schnell, ein kranker Mann liegt auf der Treppe, es sieht schlimm aus!« Ihre Stimme überschlägt sich vor Aufregung.

Die drei rennen sofort hinter ihr her zur Treppe.

»Papa!« Yuanyuan stürzt auf ihn zu.

»Zheng, Sie? Mo Zheng, hol ein Taxi!«

Zheng Ziyun schließt die Augen, als ginge es mit ihm zu Ende.

Daß er auf diese Weise, in einer solchen Situation Mo Zheng begegnen würde! Ein bißchen zu dramatisch. Er hofft, die beiden begreifen, daß er nicht gekommen ist, um Krach zu schlagen.

Yuanyuan heult wieder los. Alles ist ganz allein ihre Schuld, sie hat ihn so weit getrieben.

Ye Zhiqiu fährt sie an: »Hier wird nicht geheult, hör auf, ihn zu schütteln! Er braucht Ruhe.« Sie beugt sich zu ihm hinunter und bettet seinen Kopf auf ihren Arm. »Los, hol ein Kopfkissen!«

Yuanyuan bleibt wie versteinert stehen, als sei sie taub. Sie ist eben doch noch ein Kind. Liu Yuying schafft eilig ein Kopfkissen herbei.

Wo bleibt das Taxi? Ye Zhiqiu möchte die unsichtbar enteilende Zeit festhalten. Unbewußt spürt sie, daß jede Sekunde Zheng Ziyun der Krise näher bringt. Riesige Schweißperlen bilden sich auf ihrer Stirn.

Himmel hilf, um keinen Preis darf der Mann auf diese Weise sterben!

Yuanyuan preßt ihr Gesicht in Zheng Ziyuns eisige, von

kaltem Schweiß durchnäßte Hand. »Papa, du hättest nicht kommen dürfen, auch nicht, um mir zu verzeihen. Papa, ich werde dich noch mehr liebhaben, vergiß, was ich gesagt habe, ich verstehe dich, Papa, ich versteh dich –.«

»Sei still, Yuanyuan, laß ihn in Ruhe!« Ye Zhiqiu wird wütend.

Das Taxi ist endlich da. Mo Zheng trägt Zheng Ziyun hinunter.

Der Junge hat Kraft in den Armen! Zheng Ziyun hat das Gefühl, daß aus diesen Armen Lebenskraft in seinen Körper fließt. Wie gut! Ein Säugling an der Brust eines Riesen. Keine Angst, er wird es schaffen. Er öffnet die Augen, Mo Zhengs tiefschwarze Pupillen blicken ihm gerade in die Augen. Unbeirrbar rufen sie seine sich vielleicht schon in der Ferne verlierenden Lebensenergien zurück; zugleich geht von ihnen eine fast magnetische Anziehungskraft aus, die sein flüchtendes Leben festhält.

Zheng Ziyun bemüht sich, ihn anzulächeln.

Das Telefon schrillt.

Fast Mitternacht, wirklich eine Unverschämtheit, nicht einmal um diese Zeit kann man ruhig schlafen.

Tian Shoucheng öffnet die Augen. Da, wieder, wahrscheinlich läutet es seit zehn Minuten, offenbar ist es dringend.

Er setzt sich auf, streckt seine Beine und tastet nach seinen Filzpantoffeln. Verflucht noch mal, er ist mit dem linken Fuß in den rechten Schuh geschlüpft.

Höchst ungnädig nimmt er den Hörer ab: »Hallo?«

»Minister Tian? Verzeihen Sie, daß ich Sie geweckt habe.« Ji Hengquan kann seine Stimme zum Schmelzen bringen (und er kann schweigsam dasitzen, als koste jedes Wort zehn Unzen Gold, es hängt davon ab, mit wem er es zu tun hat).

»Bitte?«

»Minister Zheng liegt mit einer Herzattacke auf der Intensivstation.« Ji Hengquans Stimme vibriert vor Erregung, als halte er nur mühsam ein Lachen zurück, wolle es sich aber um keinen Preis anmerken lassen.

»Was!« Müdigkeit und Verdruß sind wie weggewischt. »Wie ist denn das passiert?«

»Es heißt, daß es bei dieser Journalistin war. Heute abend,

nach elf.« Ji Hengquan spricht so schnell, daß er sich verschluckt, ihm bleibt keine Zeit zum Atemholen. Er hat entsetzliche Angst, daß er im nächsten Moment tot umfallen könnte, noch bevor er diese Neuigkeit aller Welt verkündet hat. Das Triumphgefühl eines Superagenten, mit einem Packen geheimer Informationen aus dem feindlichen Lager ins eigene Hauptquartier zurückgekehrt. Wie im Film.

»Aaah –.« Dieses Ah zieht sich von ganz oben bis nach ganz unten. »Informieren Sie bitte umgehend die Klinikleitung, daß sie ihm die bestmögliche Behandlung angedeihen läßt, die besten Arzneimittel, das beste Pflegepersonal. Der Genosse Zheng Ziyun genießt in Wirtschaftskreisen höchstes Ansehen, hat sich enorme Verdienste erworben, ein Genosse mit weitreichendem Einfluß. Er muß unbedingt gerettet werden, sein Tod hätte beträchtliche politische Auswirkungen. Wo befinden Sie sich? In der Klinik? Sehr gut, ich werde sofort da sein!« Man könnte glauben, er sei außer sich vor Sorge und Aufregung.

Seit der Affäre mit den ›drei Vorschlägen‹, mit denen er unter unsäglichen Mühen und geradezu tollkühn den Bestimmungen des ZK über die Wahl von Parteitagsdelegierten getrotzt hat, hat Zheng Ziyun Oberwasser bekommen, nach mörderischem Kampf stieg sein Stimmenanteil von 887 auf 1006. Tian Shouchengs größte Niederlage: zur Frau auch noch die Armee verloren, das Ei nicht bekommen und die Henne dazu verloren. Er hatte schon alle Hoffnung aufgegeben. Und nun plötzlich diese unerwartete Wendung der Dinge.

Dieses Mal würde Zheng Ziyun nicht Parteitagsdelegierter werden.

Tian Shoucheng läßt sich noch wuchtiger als sonst auf den Rücksitz seines Wagens fallen. Selbst zu dieser nächtlichen Stunde ist kein Haar auf seinem Kopf in Unordnung, die Kleidung tadellos, als sei er auf dem Weg zu einem opulenten Empfangsbankett.

Er beugt sich über das Leuchtzifferblatt der Uhr an seinem Handgelenk. Es ist der 1. Januar 1981, 3 Uhr 41.

Anmerkungen zum Roman

S. 5 *Liang* – chinesisches Maß, ca. 50 Gramm

S. 6 *in jenen Jahren* – der ›Kulturrevolution‹ 1966-76

S. 13 *Hundefleisch* – gilt in China als Delikatesse

S. 14 *›allerhöchste Weisungen‹* – Anordnungen und Bemerkungen Mao Zedongs zu politischen oder gesellschaftlichen Fragen, die vor allem während der ›Kulturrevolution‹ gesetzlichen Charakter hatten

S. 15 *Befreiung* – in China gebräuchliche Bezeichnung für die Machtübernahme durch die Kommunisten (1949)

S. 17 *Longjing-Tee* – berühmter, teurer Tee aus der Umgebung von Hangzhou

S. 18 *Yuan* – chinesische Währung. 1 Yuan = 10 Jiao = 100 Fen; umgangssprachlich: 1 Kuai = 10 Mao = 100 Fen

S. 21 *Qipao* – traditionelles Frauenkostüm, eng anliegend, mit seitlich geschlitztem Rock

S. 23 *Fen* – siehe Anm. S. 18

S. 23 *Xinjiang* – Provinz im äußersten Nordwesten Chinas

S. 23 *Jiao* – siehe Anm. S. 18

S. 23 *das Leben vor 1958* – vor den wirtschaftlichen und sozialen Experimenten der späten 50er Jahre, vor allem des ›Großen Sprungs nach vorn‹ (1958-60). Die 50er Jahre gelten heute als die ›goldenen Jahre‹ der Volksrepublik.

S. 23 *seit 1965* – seit dem Beginn der ›Kulturrevolution‹

S. 24 *Polyester-Mischfaser* – synthetische Stoffe sind in China begehrter und teurer als Baumwolle

S. 28 *Die Zöpfchen fallen* – den Übergang in den Status einer Ehefrau dokumentieren Chinesinnen auch durch das Abschneiden ihrer Zöpfe. Verheiratete Frauen tragen in der Regel die Haare kurz.

S. 31 *»Hao dade mianzi!«* – wörtl.: »Was für ein großes Gesicht!« Respektvolle Ankündigung oder Begrüßung einer wichtigen Persönlichkeit auf der Bühne in der Pekingoper. Oft auch ironisch gemeint.

S. 31 *die passende Maske* – die Charaktere der Pekingoper tragen traditionell festgelegte, aufgeschminkte Masken

S. 35 *›Interne Materialien‹* – interner Informations- und Nachrichtendienst für Kader, enthält Informationen, die dem normalen Zeitungsleser nicht zugänglich sind und je nach Rang des Empfängers in verschiedenen Ausgaben verteilt werden

S. 38 *›von Daqing lernen‹* – Das Erdölfeld Daqing im Nordosten Chinas wurde Anfang der 60er Jahre unter ungeheuren Strapazen erschlossen und von Mao 1964 in den Rang eines Modells für die Industrialisierung »aus eigener Kraft« erhoben. Während der ›Kulturrevolution‹ und in den Jahren danach mußten sich sämtliche industriellen Einheiten am ›Modell Daqing‹ orientieren. 1980 wurde Daqing als Modell aufgegeben. Das landwirtschaftliche Gegenstück zu Daqing ist die Brigade Dazhai in der Provinz Shanxi.

S. 42 *Sun Yatsen-Anzug* – in Europa bekannt als ›Mao-Anzug‹

S. 44 *Antijapanischer Krieg* – 1937-45

S. 44 *Befreiungskrieg* – 1945-49, Kampf zwischen Kommunisten und Nationalisten (Guomindang)

S. 44 *Bodenreform* – 1947 bis ca. 1951, Aufteilung des Großgrundbesitzes an Kleinbauern

S. 44 *Unterstützung Koreas* – die VR China unterstützte im Koreakrieg 1950-53 die Guerilla-Verbände Kim Il Sungs

S. 44 *Naturkatastrophen 59 bis 61* – Das Scheitern des ›Großen Sprungs nach vorn‹ wurde verschärft durch Naturkatastrophen in drei aufeinanderfolgenden Jahren, die zu schweren Mißernten führten

S. 46 *eine ›Mütze‹ verpassen* – besonders in der ›Kulturrevolution‹ gebrauchter Ausdruck für die Diffamierung des politischen Gegners als »Konterrevolutionär«, »rechtes Element« etc., beruht auf der chinesischen Tradition, Verbrechern hohe spitze Schandhüte aufzusetzen

S. 47 *der alte Herr* – respektvolle Bezeichnung für Mao Zedong

S. 48 *Revisionisten* – gemeint ist die Sowjetunion

S. 50 *›Der Traum der roten Kammer‹* – berühmter klassischer Roman aus der Qing-Zeit (1644-1911) von Cao Xuejin (1715[?]-1764)

S. 50 *Sun Yatsen* – (chin. Sun Zhongshan, 1866-1926), »Vater der chinesischen Revolution« (1911), Gründer der Guomindang, erster Präsident der chinesischen Republik (1912/13), Präsident auch von 1920-25. – Beide Zitate sind hier aus dem Zusammenhang gerissen und völlig sinnlos.

S. 51 *Doufu* – Sojabohnenquark, meist von käseartiger Konsistenz, eines der wichtigsten chinesischen Grundnahrungsmittel

S. 53 *Affäre vom 16. Mai* – eine Gruppe von angeblichen Verschwörern, die sich nach einer berühmten Weisung des ZK vom 16. 5. 66 benannte, soll gegen führende Personen der ›Kulturrevolution‹ gearbeitet haben, ihre »Aufdeckung« führte 1969 zu zahlreichen und willkürlichen Verhaftungen

S. 55 *Jiaozi-Füllung* – Füllung der chin. Makkaroni, eine Mischung aus Hackfleisch und Gemüse

S. 59 *›vier Modernisierungen‹* – Kurzform für das 1974 vom damaligen Ministerpräsidenten Zhou Enlai verkündete Entwicklungsprogramm bis zum Jahr 2000. Nach 1976 zur Doktrin erhoben. Modernisierung von 1. Industrie, 2. Landwirtschaft, 3. Wissenschaft und Forschung, 4. Landesverteidigung.

S. 62 *Ye Zhiqiu* – Anspielung auf das chinesische Sprichwort »yi ye zhi qiu« – An einem (fallenden) Blatt erkennt man das Nahen des Herbstes. Steht für die seismographische Empfindlichkeit eines Menschen für Zukünftiges.

S. 66 *›Tante‹* – hier die respektvolle Anrede einer älteren Frau durch jüngere Leute bzw. Kinder. Die Bezeichnung drückt keinerlei familiäre Beziehung aus. Entsprechendes gilt für ›Onkel‹. In beiden Fällen wird der Familienname angehängt, wie es in China überhaupt üblich ist, sich mit dem Familiennamen anzureden, häufig sogar bei familiären oder freundschaftlichen Beziehungen.

S. 70 *Bodhisattva* – buddhistischer Heiliger, reinkarnierter Buddha

S. 81 *›erhängte Seelen‹* – Spinnweben im Altweibersommer

S. 83 *›Kuhstall‹* – provisorisches Gefängnis für politische Gegner während der Kulturrevolution

S. 83 *Duftende Hügel* – Ausflugsort im Nordwesten Pekings

S. 84 *Rangstufe* – in der chinesischen Kaderhierarchie gibt es 24 Rangstufen

S. 84 *Qipao* – vgl. Anm. S. 21

S. 87 *›mehr, schneller, besser und sparsamer‹* – Zitat aus einer von Mao Zedong 1957 ausgegebenen Losung, der sog. ›Generallinie für den Aufbau des Sozialismus‹

S. 89 *Kang* – gemauertes, heizbares Ofenbett, vor allem auf dem Land in Nordchina üblich

S. 91 *Lao Li* – ›Lao‹, wörtlich ›alt‹, ist eine respektvolle Anrede gegenüber jeweils Älteren, sagt daher über das tatsächliche Alter des Betreffenden nichts aus. Zusammen mit dem Familiennamen verwendet, wird es oft wie ein Teil des Namens selbst behandelt. ›Xiao‹, wörtlich ›klein‹ bzw. ›jung‹, wird entsprechend für Jüngere verwendet.

S. 91 *Hou Baolin* – bekannter Darsteller und Autor von komischen Dialogen, sog. ›xiangshen‹

S. 92 *Trompetenhosen* – Hosen mit unten ausgestellten Hosenbeinen

S. 92 *Gaoliang* – Getreideart (Sorghum)

S. 94 *Wangfujing* – Pekinger Einkaufsstraße

S. 95 *Jiang Qing* – Maos dritte Ehefrau, führendes Mitglied der ›Viererbande‹

S. 99 *Krötenbrille* – Sonnenbrille mit geschweiften Gläsern und Spiegelglas, in den Jahren nach 1976 bei chinesischen Jugendlichen groß in Mode

S. 101 *›Moskau‹* – Restaurant am Pekinger Ausstellungsgelände mit westlichem Essen, früher Treffpunkt der Pekinger Jeunesse dorée

S. 106 *Guomindang* – 1912 aus der von Sun Yatsen (siehe Anm. S. 50) geführten ›Tongmenhui‹ hervorgegangene bürgerliche Revolutionspartei, die maßgeblich am Sturz der mandschurischen Qing-Dynastie beteiligt war. Unter Sun Yatsens Nachfolger Tschiang Kaischek (chin. Jiang Jieshi) von 1927 bis 1949 Regierungspartei.

S. 109 *Xun-Schule* – Richtung der Peking-Oper, benannt nach Xun Huisheng (1899-1968), einem bedeutenden Darsteller, Lehrer und Fortentwickler der Peking-Oper

S. 111 *Nationales Wirtschaftskomitee* – beratendes Komitee des Staatsrates in Wirtschaftsfragen

S. 114 *Hebei-Oper* – Lokaloper der Provinz Hebei, eine von unzähligen lokalen Opernformen in China

S. 115 *Jiaozi* – chinesische Makkaroni

S. 115 *›Legende des Generals Yue Fei‹* – General der Südl. Song-Dynastie (1127-1279). Lebte von 1103-1142 und starb eines gewaltsamen Todes. Held zahlreicher Volkslegenden.

S. 116 *Fingerspiel* – chinesisches Trinkspiel: man muß versuchen zu erraten, welche Zahl die beiden Spieler mit den Fingern anzeigen werden. Die Sprüche im folgenden sind nur sprachliches Beiwerk zur Zahl. ›Schatz‹ = 0.

S. 116 *Maotai* – starker chinesischer Schnaps aus Gaoliang (vgl. Anm. S. 92)

S. 117 *Frau Neunpfund* – Figur aus einer satirischen Erzählung des berühmten Schriftstellers Lu Xun (1881-1936). Die alte ›Frau Neunpfund‹ betrachtet das jeweils abnehmende Geburtsgewicht ihrer drei Enkelkinder als Beweis für die Minderwertigkeit der folgenden Generation.

S. 120 *ein Mädchen vorstellen* – auch heute noch in China übliche Praxis, eine Ehe anzubahnen

S. 120 *1. Oktober* – chinesischer Nationalfeiertag

S. 126 *Frühlingsfest, Nationalfeiertag, Neujahr* – die drei wichtigsten Feiertage der VR China, zugleich die einzigen Urlaubstage. Das Frühlingsfest, nach dem traditionellen chinesischen Mondkalender zugleich der Jahresbeginn, liegt im Februar.

S. 126 *der Minister möchte an der Arbeit teilnehmen* – Teilnahme an körperlicher Arbeit war in den Jahren bis kurz nach der ›Kulturrevolution‹ eine Pflichtübung für Funktionäre

S. 126 *›Abwehr gegen den Wind von rechts‹* – Kampagne der ›Viererbande‹ gegen den damaligen Premierminister Zhou Enlai und seinen Stellvertreter Deng Xiaoping

S. 128 *de Amicis* – Edmondo de Amicis, italienischer Reise- und Jugendschriftsteller (1846-1908). Seine Erzählung ›Il cuore‹ (Das Herz) erschien 1886 und schildert das italienische Volksleben.

S. 131 *Rebellenfraktion* – gemeint sind die ›Kulturrevolutionäre‹

S. 133 *der ›Große Sprung nach vorn‹* – politisch-ökonomische Bewegung der Jahre 1958-60. Eine »sprunghafte« Industrialisierung sollte China innerhalb kurzer Zeit in den Kommunismus befördern. Ein Teil dieser Politik war die Einrichtung der ›Volkskommunen‹ auf dem Land. Die Bewegung endete mit einem ökonomischen Desaster.

S. 133 *Zwischenfälle am Tiananmen-Platz* – spontane Protestaktionen am 6. 4. 76 vor dem Heldendenkmal auf dem Tiananmen-Platz in Peking, die sich gegen die politische Diffamierung des kurz zuvor verstorbenen Ministerpräsidenten Zhou Enlai durch die kulturrevolutionären Linken richtete. Ein direktes Angriffsziel war Maos Frau Jiang Qing. Viele der Teilnehmer wurden verhaftet, gefoltert, einige sogar exekutiert. Im Anschluß daran verlor der erst im Jahr zuvor rehabilitierte Deng Xiaoping seine Ämter, Hua Guofeng wurde zum 1. Ministerpräsidenten und designierten Nachfolger Maos ernannt.

S. 135 *›61 Renegaten‹* – Vertreter des Parteiuntergrundes, die zu Beginn der 30er Jahre von der Guomindang verhaftet wurden und auf Geheiß der Parteiführung ›Geständnisse‹ ablegten, um der Hinrichtung zu entgehen. In der ›Kulturrevolution‹ erklärte man sie zu ›Guomindangagenten‹.

S. 135 *Lushan-Konferenz* – auf der Konferenz des ständigen Ausschusses des ZK der KPCh in Lushan 1959 äußerte eine Gruppe um den damaligen Verteidigungsminister Peng Dehuai Kritik an der voluntaristischen Wirtschaftspolitik des ›Großen Sprunges‹. Peng Dehuai wurde daraufhin von Lin Biao abgelöst, er und seine Anhänger fielen in Ungnade.

S. 135 *Liu Shaoqi* – (1898-1969) ab 1959 Staatspräsident Chinas, Gegenspieler Maos, starb an den Folgen von Mißhandlungen während der ›Kulturrevolution‹

S. 136 *Peng Dehuai* – vgl. Anm. zur *Lushan-Konferenz*, S. 135.

S. 136 *Yang Shangkun* – Kandidat des Sekretariats des ZK der KPCh, verlor ebenfalls im Zusammenhang mit der Lushan-Konferenz seinen Posten.

S. 136 *Kritik an Deng Xiaoping* – Kampagne gegen den damaligen stellvertretenden Ministerpräsidenten Deng Xiaoping im Anschluß an die Zwischenfälle auf dem Tiananmen-Platz (vgl. Anm. S. 133), die sog. »Abwehr gegen den Wind von rechts zur Umstoßung gefällter richtiger Urteile«

S. 136 *›Zwei Alte‹-Fraktion* – Vertreter der Linken nach dem Sturz der Viererbande um Hua Guofeng, die verlangten, man habe an allen Weisungen und Worten des Vorsitzenden Mao Zedong buchstabengetreu festzuhalten

S. 139 *Kaderschule* – Lager, das auf eine Weisung Mao Zedongs vom 7. Mai

1967 während der ›Kulturrevolution‹ für Kader eingerichtet wurde, die durch politische Schulung und körperliche Arbeit »umerzogen« werden sollten

S. 141 *Wang Hongwen* – Mitglied der ›Viererbande‹, Repräsentant der kulturrevolutionären ›Rebellenfraktion‹, von 1969-1976 stellvertretender Parteivorsitzender

S. 145 *Lao Zheng* – vgl. Anm. zu *Lao Li*, S. 91

S. 146 *Stück mit den Briefmarken* – eine auf den Kopf gestellte Briefmarke soll (nicht nur in China) signalisieren: ›Du hast mir den Kopf verdreht‹

S. 147 *Lei Feng* – ›Modellsoldat‹, Vorbild für die chinesische Jugend, kam 1964 bei einem Autounfall ums Leben

S. 148 *›Interne Materialien‹* – vgl. Anm. S. 35

S. 151 *Jiaozi* – vgl. Anm. S. 115

S. 163 *Jingwei, der das Meer auffüllen möchte* – einer Legende zufolge ist Jingwei, ein kleiner Vogel, die verwandelte Seele einer im Ostmeer ertrunkenen Kaisertochter. Um das Ostmeer aufzufüllen, trägt er unablässig vom Westberg Erdbrocken und kleine Steinchen im Schnabel herbei. Die Legende steht für eine unbeirrbare Entschlossenheit auch in hoffnungslosen Situationen.

S. 164 *Hinaufreiten, auf dem Rücken des Windes* – aus einem Gedicht des Dichters Su Shi (1036-1101) aus der Song-Zeit

S. 166 *tausendjährige Eier* – Eier, die in eine spezielle Lehmschicht verpackt und dann längere Zeit gelagert werden

S. 167 *Mantou* – chinesische ›Brötchen‹ aus gedämpftem Weizenmehlteig

S. 169 *›Jean-Christophe‹* – Romanzyklus von Romain Rolland (1866-1944)

S. 172 *›Die Elenden‹* – Roman in 5 Teilen von Victor Hugo (1802-1885), erschienen 1862. Jean Valjean, Cosette und der Bischof Myriel sind Hauptfiguren des Romans.

S. 175 *Peking-Menschen* – prähistorische Menschenart, deren Überreste in der Nähe Pekings gefunden wurden. Ca. 1,8 Mio. Jahre alt.

S. 177 *»vier Bücher‹ und ›fünf Klassiker‹* – kanonisierte Schriften des Konfuzianismus, die früher von den Schülern Wort für Wort auswendig gelernt werden mußten

S. 177 *Kautskyismus* – Karl Kautsky (1854-1938), galt den linken Sozialdemokraten als Hauptvertreter des »Revisionismus«

S. 191 *Xinhua-Buchläden* – chinesische Staatsbuchladenkette

S. 192 *›Ansprache‹* – Maos ›Ansprache über Kunst und Literatur‹ aus dem Jahr 1942 in Yenan bildet bis heute eines der Fundamente der chinesischen marxistischen Kunsttheorie

S. 193 *Lu Xun* – (1881-1936) gilt als der Gorki Chinas

S. 193 *Traurigkeit des in Menschenblut getauchten Mantous* – das Blut Exekutierter ist nach chinesischem Volksglauben ein Wundermittel

S. 193 *Sichuanchinesen* – Bewohner der Provinz Sichuan im Südwesten Chinas

S. 193 *Mütze eines Rechtsabweichlers* – vgl. Anm. S. 46

S. 193 *Langer Marsch* – Marsch der kommunistischen Truppen über 12500 km durch Westchina. Von 90000 Soldaten überlebten den Marsch 7000.

S. 195 *Duftende Hügel, Kirschenschlucht, Sommerpalast, Tangzhe-Tempel* – Ausflugsziele in der Nähe Pekings

S. 195 *Hausdurchsuchung* – in der Anfangsphase der ›Kulturrevolution‹ wurden die Wohnungen von sog. ›Konterrevolutionären‹ häufig von Rotgardisten durchsucht und ›belastendes Material‹ sowie ›bourgeoise‹ Gegenstände, z. B. Antiquitäten, beschlagnahmt, oft auch einfach gestohlen

S. 198 *die acht Unsterblichen* – chinesische Volkslegende; 8 daoistische Heilige, die jeweils über eine besondere magische Fähigkeit verfügen

S. 201 *Rektifizierungskampagne* – parteiinterne Säuberung gegen ›rechte‹ und ›trotzkistische‹ Elemente, 1942

S. 201 *Tigerjagd* – Ausdruck für die sog. »Anti-fünf-Kampagne« gegen Bestechung, Steuerhinterziehung, Diebstahl von Staatseigentum, Betrug und Entwendung von Informationen aus dem staatlichen Wirtschaftssektor, 1952

S. 201 *›Anti-rechts-Bewegung‹* 1957 – Kampagne gegen ›rechte Elemente‘ innerhalb wie außerhalb der Partei, insbesondere gegen Intellektuelle, die sich gegen eine übertriebene Gängelung durch die Partei ausgesprochen hatten

S. 201 *Zhong Baohua* – bekannter Verfasser und Darsteller von komischen Dialogen, sog. ›xiangshen‹

S. 202 *Liu Bingyan* – Gegenwartsschriftsteller, prominentester Vertreter der sog. ›Reportageliteratur‹

S. 203 *›Sieben Feen‹; ›Dem Bilde entstiegene Schönheit‹* – zwei Erzählungen aus der qingzeitlichen Sammlung von Geistergeschichten ›Liao zhai‹ des Schriftstellers Pu Songling (1640-1715)

S. 207 *Wang Xizhi* – berühmter Kalligraph (321-379)

S. 211 *Changan-Boulevard* – Ost-West-Achse Pekings, führt am Kaiserpalast und am Tiananmen-Platz vorbei

S. 216 *Kaderschule* – vgl. Anm. S. 139

S. 219 *Internationaler Frauentag* – 8. März

S. 222 *die Zofe Qingwen* – vgl. ›Der Traum der roten Kammer‹, Anm. S. 50. Die Zofe Qingwen gerät unberechtigterweise in den Verdacht, den Helden des Romans, Jia Baoyu, verführen zu wollen.

S. 224 *AQ* – ›Die wahre Geschichte des AQ‹, satirischer Roman von Lu Xun. Vgl. Anm. S. 193. Der Held des Romans verwandelt in seiner Phantasie jede Niederlage in einen Triumph, sogar seine Hinrichtung. Synonym für einen Menschen, der sich ständig selbst betrügt.

S. 224 *Furazolidon* – Mittel gegen Durchfall

S. 228 *Deng Lijun* – taiwanesische Schlagersängerin, auch in der Volksrepublik sehr populär, heute verboten

S. 230 *ein kleiner Junge mit rotem Halstuch* – die Mitglieder der ›Kleinen roten Soldaten‹, der chinesischen Kinderorganisation, sind nach militärischem Muster organisiert. Ihr Kennzeichen ist das rote Halstuch.

S. 232 *Xiang Lings Frau* – Episode aus Lu Xuns Erzählung ›Das Neujahrsopfer‹

S. 235 *Mantou* – vgl. Anm. S. 167.

S. 236 *Getreideladen* – Getreideprodukte sind in China rationiert und werden auf Marken ausgegeben

S. 240 *Plechanows ›Theorie der Kunst‹* – Georgi Walentinowitsch Plechanow (1856-1918), Mitbegründer der russischen Sozialdemokratie, beeinflußte Lenin und war später als Vertreter der Menschewiki sein Gegner

S. 243 *die Geschichte von der Frau, die sich ein Diadem leiht* – ›Das Kollier‹, Erzählung von Guy de Maupassant (1850-1893)

S. 251 *›Dritte Front‹* – Begriff aus der chinesischen Industrialisierungspolitik, wie sie zu Beginn der 60er Jahre formuliert wurde. Aus strategischen Gründen sollte in den südlichen Inlandprovinzen, die vom Meer und von der russischen Grenze relativ entfernt liegen, eine »Dritte industrielle Front« errichtet werden. Diese Konzeption wurde nach 1978 aufgegeben.

S. 255 *›Großer Sprung nach vorn‹* – vgl. Anm. S. 133

S. 256 *Kuhteufel und Schlangengeister* – Bezeichnung für diejenigen, die während der ›Kulturrevolution‹ zu ›Konterrevolutionären‹, ›rechten Elementen‹ etc. erklärt wurden

S. 259 *Manchuguo* – 1931 von den Japanern nach der Besetzung der Mandschurei gegründeter Marionettenstaat. Formelles Staatsoberhaupt war der letzte chinesische Mandschu-Kaiser Pu Yi. Der Staat existierte bis 1945.

S. 262 *Bezugsschein für den Sony-Fernseher* – für den Kauf eines Fernsehapparates braucht man einen Zuteilungsschein

S. 265 *›Vier unumstößliche Prinzipien‹* – Kurzformel für die politische Ideologie des chinesischen Sozialismus:

1. An der Führung durch die Kommunistische Partei festhalten.
2. Am sozialistischen Weg festhalten.
3. Am Marxismus und den Mao Zedong-Ideen festhalten.
4. An der Diktatur des Proletariats festhalten.

S. 265 *kleiner roter Teufel* – Name für 13- bis 14jährige Jugendliche, die sich vor 1949 der Roten Armee anschlossen

S. 265 *›Tigerjagd‹* – vgl. Anm. S. 201

S. 265 *›Anti-rechts-Bewegung‹* – vgl. ebd.

S. 266 *drei Hühnerfedern* – im kaiserlichen China wurden an besonders eiligen Briefen drei Hühnerfedern befestigt. ›Hühnerfederbrief‹ ist noch heute im Volksmund ein Ausdruck für einen Eilbrief.

S. 267 *Mandarinhüte* – im kaiserlichen China trugen Beamte je nach Rangstufe unterschiedliche Kopfbedeckungen

S. 269 *Arbeiter-Bauern-Soldaten-Studenten* – Studenten, die in der zweiten Hälfte der ›Kulturrevolution‹, ab 1971, ohne Aufnahmeprüfung an die Universität geschickt wurden. Entscheidend waren politisches Wohlverhalten und Herkunft.

S. 270 *›Alles für die vier Modernisierungen‹* – vgl. Anm. S. 59

S. 271 *Badaling* – Ausflugsort nördlich von Peking an der Großen Mauer

S. 272 *seine Zinsen erhalten* – Unternehmer, die im Rahmen der ›Einheitsfrontpolitik‹ zu Beginn der 50er Jahre als ›patriotisch‹ eingestuft wurden, wurden nach Übernahme ihrer Betriebe durch den Staat mit staatlich garantierten Zinsen auf ihr Kapital entschädigt

S. 285 *Jin Pingmei* – berühmter erotischer Roman aus der Ming-Dynastie (1368-1644). Entstanden in der 2. Hälfte des 16. Jahrhunderts; Autor umstritten. Der Roman ist im chinesischen Buchhandel nicht erhältlich.

S. 286 *Wie strömendes Wasser verrinnt die Zeit* – schon in seiner elegischen Stimmung ist das Gedicht ein Affront gegen die optimistische Aufbruchsstimmung des ›Großen Sprungs‹. Das Pfeifen der Mäuse und Gebrumm der Insekten karikiert die Phrasendrescherei dieser Jahre.
– ›Der Ostwind besiegt den Westwind‹ war ein Slogan, der die Überlegenheit des chinesischen, maoistischen Sozialismus ausdrücken sollte. Das Fallen der Blätter im Westwind drückt daher eine pessimistische Haltung gegenüber dieser Politik aus.
Das Gedicht ist eine direkte Kritik an Mao, es vergleicht ihn mit Gou Jian (? – 468 v. Chr.), König des chin. Teilstaates Yue, der vom König von Wu besiegt wurde und 10 Jahre dessen Gefangener war. Mit Hilfe seines klugen Beraters Fan Li und der Xi Shi, einer der vier klassischen Schönheiten der chinesischen Geschichte, gelingt es ihm durch List und Zähigkeit, sein Reich wiederzuerobern und Wu zu vernichten. Wieder an die Macht gelangt, erweist er sich seinen früheren Helfern gegenüber als undankbar und treulos. Fan Li und Xi Shi stehen hier für die Gruppe um Peng Duhai. Vgl. S. 135 die Anmerkung zur *Lushan-Konferenz*.
– »treulose Machtgier« in der letzten Strophe hat eine Doppelbedeutung. Das Wort »jian Xiao« bedeutet im Chinesischen zugleich

die verräterische junge Eule, die, wenn sie flügge geworden ist, nach chinesischem Volksglauben die eigene Mutter tötet.
– Lanzen aus dem Staat Wu waren im chinesischen Altertum geschätzte Waffen. Hier stehen sie für ›Widerstand leisten‹.

S. 287 *Yenan* – vgl. Anm. *Ansprache*, S. 192

S. 287 *Jiang Qing* – vgl. Anm. S. 95

S. 287 *›Mafia‹* – im Chinesischen Qinghongbang. Qingbang: ursprünglich eine antimandschurische Geheimgesellschaft. Später halb politische, halb kriminelle Geheimorganisation vor allem in Shanghai. Wurde von Tschiang Kaishek zur Verfolgung von Kommunisten eingesetzt. »hong‹ – rot meint hier offenbar die Farben der Kommunisten.

S. 295 *Ming-Gräber* – unterirdische Grabkammern der Kaiser der Ming-Dynastie in der Nähe Pekings

S. 299 *›groß‹ und ›weise‹* – ›groß‹ war ein obligatorisches Adjektiv für Mao Zedong in den Jahren in und kurz nach der ›Kulturrevolution‹, ›weise‹ galt entsprechend für seinen Nachfolger Hua Guofeng

S. 300 *Su Shi* – vgl. Anm. S. 164

S. 304 *Heldengrab in Badashan*– Friedhof für verdiente Staats- und Parteivertreter sowie Militärs in Peking

S. 312 *Du bist ein Schatz* . . . – Kinder reden ihre Eltern normalerweise mit ›Sie‹ an; das ›Du‹ ist hier Ausdruck besonderer Intimität, kann aber auch Erregung und Verachtung signalisieren (vgl. S. 319 ff)

S. 313 *Jia Baoyu* – Hauptfigur des Romans ›Der Traum der roten Kammer‹, vgl. Anm. S. 50

S. 322 *Gaolingsetzling* – vgl. Anm. S. 92